식민지 말기 한국소설의 감정 동학 연구

이 책은 한국연구재단의 연구지원과 이화여자대학교 한국문화연구원의
출판지원으로 이루어졌습니다.

이화연구총서 31

식민지 말기 한국소설의 감정 동학 연구

황 지 선 지음

역락

이화연구총서 발간사

이화여자대학교 총장 김 은 미

이화는 1886년 여성교육을 위한 첫 발걸음을 내딛었습니다. 소외되고 가난하고 교육의 기회를 갖지 못한 여성을 위한 겨자씨 한 알의 믿음이 자라나 이제 132년의 역사를 갖게 되었습니다. 배움을 향한 여성의 간절함에 응답하겠다는 이화의 노력을 통해 근현대 한국사회의 변화·발전이 이룩되었습니다.

이화여자대학교는 한국 근현대사의 중심에 서있었고, 이화가 길러낸 이화인들은 한국사회에서 최초와 최고의 여성인재로 한국사회, 나아가 세계를 선도하는 역할을 수행해 왔습니다. 오랜 역사 동안 이화는 전통과 명성에 안주하지 않고 항상 새로운 길을 개척하며 연구와 교육의 수월성 확보를 통해 세계적 경쟁력을 갖춘 대학으로 거듭나고자 매진해왔습니다.

이화여자대학교의 성취는 한 명의 개인이나 한 학교 차원에서 그치는 것이 아니라 사회적 책무를 다하려는 소명 의식 속에서 더 큰 빛을 발해왔다고 자부합니다. 섬김과 나눔, 희생과 봉사의 이화정신은 이화의 역사에서 일관되게 나타났습니다. 시대정신에 부응하려 노력하고, 스스로를 성찰하고, 민주적 절차를 통해 미래를 선택하려한 것은 이러한 이화정신의 연장선에 놓여 있는 것입니다.

섬김과 나눔의 이화 정신은 이화의 학문에도 반영되어 있습니다. 이화의 교육목표는 한 개인의 역량과 수월성을 강화하는 것에서 머무르지 않고, 사회적 약자와 소수자를 외면하지 않고 타인과의 소통과 공감능력을 갖춘 인재를 배출하는 것입니다. 이화는 급변하는 시대의 변화 속에서 뚜렷한 가치관과 방향성을 갖고 융합적 지식을 갖춘 인재를 양성하려고 노력해 왔습니다. 또한 학문의 지속성을 확보하기 위해 차세대 연구자에게 연구기반을 마련해줌으로써 학문공동체를 건설하려고 애써왔습니다. 한국문화의 자기정체성에 대한 투철한 문제의식 하에 이화는 끊임없는 학문적 성찰을 해왔다고 자부합니다.

한국문화의 우수성을 국내외에 알리고자 만들어진 한국문화연구원은 세계와 호흡하지만 자신이 서있는 토대를 굳건히 하려는 이화의 정신이 반영된 기관입니다.

한국문화연구원에서는 최초와 최고를 향한 도전과 혁신을 주도할 이화의 학문후속세대를 지원하기 위해 매년 이화연구총서를 간행해오고 있습니다. 이 총서는 최근 박사학위를 취득한 신진 학자들의 연구논문 가운데 우수논문을 선정하여 발간하는 것입니다. 이를 통해 신진 학자들의 연구를 널리 소개하고, 그 성과를 공유하여 이들이 학문 세계를 이끌 주역으로 성장할 수 있도록 도움을 주고자 합니다. 신진연구자들의 활발한 연구야말로 이화는 물론 한국의 학문적 토대이자 미래가 되기 때문입니다.

앞으로도 이화연구총서가 신진학자들의 도전에 든든한 발판이 되고, 학계에 탄탄한 주춧돌이 되기를 기원합니다. 이화연구총서의 발간을 위해 애써주신 연구진과 필진, 그리고 한국문화연구원의 원장을 비롯한 연구원들의 노고에 진심으로 감사드립니다.

책머리에

이 책은 식민지 문학 연구를 다채롭게 할 또 하나의 시각을 발명해보겠다는 다짐 속에서 출발했다. 문학이 사회의 반영물이자 개인의 투영체라면, 문학 텍스트는 사회역사적 사료이자 시대를 전유하려는 욕망일 것이다. 매우 투박한 분류이지만, 필자는 이를 통해 문학연구가로서 지녀야 할 태도와 학위 논문의 아이디어를 궁리할 수 있었다. 당대적 사실과 맥락을 염두하되 문학을 오롯이 문학이게 하는 가치가 무엇인지 찾고 싶었다. 이화여자대학교 국문과에서 텍스트의 내적 의미를 세밀하게 읽어내는 방법을 공부할 수 있었기에 이 질문을 계속할 수 있었다.

그리고 이 물음은 식민지 말기 한국소설을 감정 동학의 방법론으로 분석하는 길을 열어줬다. 파시즘의 시대 속에서 문학이 어떤 방법으로 체제를 전유하는지 살필 수 있었다. 감정은 사회적 학습물이자 사회를 변화시킬 원동력이다. 사회는 감정을 통해 개인이 자연스럽게 사회 규범을 내면화하도록 하지만 개인은 이를 새롭게 정의하여 규범을 균열내고 사회를 변화시킬 계기를 마련하기도 한다. 건전 담론은 식민지 조선인의 내면을 소거하여 전쟁 주체로 만든다. 그러나 당대 소설은 이 강력한 힘을 받아들이는 듯 이에 대응하는 다양한 감정 가능성을 발명한다. 소설들은 분명 당대의 제약 아래 쓰여졌지만, 이를 넘어서는 지점들을 표현해낸다. 그리고 감정 동학의 메커니즘은 21세기에도 반복 중이다. 수많은 한국 여성들이 오늘도 자신들에게 부착된 뿌리 깊은 감정 규약을 거부하고 반사하고 재발명하고 있다.

'감정 동학' 용어를 재정의하며 감정-정동 모두를 아우르는 개념을 탄생시키고 싶다는 야망도 있었다. 감정의 구조성과 정동의 운동성이 조화롭게 함께 할 수 있기 바랐다. 단행본 작업을 하며 연구의 한계와 가능성 모두를 돌아볼 수 있었다. 하나로 통합할 수도 그렇다고 둘로 완전히 분리할 수도 없는 개념들의 양립가능성을 한국소설 속에서 의미화해내는 일은 평생 도전해야 할 과제이다.

이 책의 토대인 박사학위 논문을 완성하며 많은 분들의 도움을 받았다. 다른 시각에서 연구를 돌아볼 수 있게 해주신 정끝별 선생님, 부드럽지만 단호하게 보완할 점을 짚어주신 정우숙 선생님, 칭찬과 격려로 우주의 먼지로 소멸해가던 필자를 살려주신 박진 선생님, 냉철하고 세밀하게 연구를 평가해주셨고 지금도 여전히 이 초보 강사를 굽어 살펴주시는 홍혜원 선생님께 감사드린다. 이분들이 있었기에 '졸업'이라는 걸 할 수 있었다. 그리고 지도교수 김미현 선생님께 무한한 감사를 드린다. 선생님은 존재 자체로 그저 빛인 분이시다. 선생님께 어떻게 이론을 장악하고 소설 속 의미를 길어올려야 하는지를 배웠다. 공부에 대한 선생님의 진지하고 열정적인 태도를 등불 삼아 나태를 물리치고 여기까지 올 수 있었다. 앞으론 선생님께 누가 되지 않는, 좀 더 나은 연구자가 되려 한다.

이화에서 만난 친구들, 선배들에게도 감사의 마음을 전하고 싶다. 학부 시절의 대부분이었던 이화문학회의 모든 친구들, 덕분이다. 문학의 자장

아래서 각자의 길을 끝까지 걸어가 보자. 국어문화원에서 함께 일했던 친구들에게도 마음을 전하고 싶다. 어학 파트의 김혜지, 신연수 선생님 당신들이 있어서 박사 수료 이후에도 즐겁게 학교에 올 수 있었습니다. 국어문화원 원장님이셨던 최형용 선생님께도 이 자리를 빌려 감사 인사를 드리고 싶다.

황지영, 서승희, 전지니, 이종호 선생님은 이 책의 기반을 마련해주신 훌륭한 선배님들이다. 천둥벌거숭이 시절, 이분들과 공부하며 많은 걸 배울 수 있었고 논문에 녹여낼 수 있었다. 대학원 동기라는 인연으로 함께하게 된 미래박사 f4는 거의 전우에 가깝다. 우아한 긍정의 태도란 무엇인지를 알려주는 박구비 언니, 가끔 연락해도 언제나 즐겁게 대화를 이어나갈 수 있는 강아람, 타국에서도 훌륭하게 살아가고 있는 박진아가 있어서 외로울 틈이 없었다. 그리고 이화여자대학교 대학원 현대소설 파트 선후배들이 있어서 즐겁게 공부할 수 있었다.

좋게 말하면 여유롭고 신중한, 사실대로 말하면 게으른 나를 무한한 인내심으로 지켜봐 준 김현주, 황인기 님께 이 책을 맨 먼저 안겨드리고 싶다. 이분들의 믿음이 나를 한 인간으로 성장하게 했다. 멀리서 육아에 시달리고 있을 동생 소윤에게도 엄지를 치켜 올려주고 싶다. 그리고 은찬, 은후, 은혁아. 너희 덕분에 코끝이 찡해지기도 배꼽이 빠지기도 한다. 무슨 말이냐면 이모가 너희를 사랑한다는 소리다.

책을 작업하며 연구자로서 황지선이 앞으로 무엇을 할 수 있을지 곰곰이 생각해볼 수 있었다. 이 경험을 바탕으로 내가 속한 학술공동체에 도움이 되는 연구를 이어가고 싶다. 부족한 논문을 기꺼이 이화연구총서로 선정해주신 한국문화연구원과 책이 무사히 출판될 수 있게 든든하게 지원해주신 도서출판 역락에 감사드린다.

2021년 9월

저자 황지선

차 례

이화연구총서 발간사 • 5
책머리에 • 7

제1장 서론: 식민지 말기 한국소설의 감정 가능성을 묻다
– 인식, 연구사, 방법론 ………………………………… 13

1. 연구목적 및 연구사 검토 / 15
2. 연구방법 및 연구대상 / 34

제2장 식민지 말기 한국소설과 감정 체제의 지형도 ………………… 61

1. 전시 총동원 체제의 구축과 건전화 프로젝트 / 63
2. 신체제의 허구성과 국민문학의 균열 / 69

제3장 채만식: 폐쇄적 전시 체제와 멜랑콜리의 감정 동학 ………… 77

1. 냉소주의적 주체와 모순적 세계의 첨예화 / 81
2. 반어적 삶의 현시와 역설적 사유의 장소성 / 105
3. 완전성의 집착과 균열의 미학 / 126

제4장 박태원: 명랑 프로젝트의 억압과 수치심의 감정 동학 …… 145

1. 허위적 주체와 윤리적 세계의 가시화 / 149
2. 대립적 삶의 현시와 전유적 사유의 장소성 / 169
3. 신념의 결락과 구성의 미학 / 189

제5장 이태준: 건재한 문화자본주의와 상실감의 감정 동학 ········ 207

1. 노스텔지어적 주체와 자생적 세계의 전경화 / 211
2. 상실한 삶의 현시와 회귀적 사유의 장소성 / 228
3. 전망의 고립과 연대의 미학 / 245

제6장 결론: 식민지 감정 체제에의 응전, 한국소설의 형상 ········ 263

1. 건전의 과잉과 감정 동학의 의미 / 265
2. 식민지 말기 한국소설의 세 가지 대안 / 270

참고문헌 _ 274

제1장

서론: 식민지 말기 한국소설의 감정 가능성을 묻다

– 인식, 연구사, 방법론

제1장

서론: 식민지 말기 한국소설의 감정 가능성을 묻다
– 인식, 연구사, 방법론

1. 연구목적 및 연구사 검토

1) 식민 체제, 전쟁, 감정 주체

식민지 말기는 '대동아전쟁'이라는 광풍이 불던 시대였다. 일제는 어떤 의심이나 저항 없이 전쟁에 기꺼이 몸을 던질 줄 아는 주체를 만들어 내려 했다. 신시대의 전망, 충량한 군인과 황민의 열망을 담은 담론들이 사회로 퍼져나갔다. 제국의 명령은 단지 이념을 주입하는 것에 그치지 않는다. 이념의 주입은 감정의 주조와 함께 이루어진다. 좀 더 자세하게 말하자면, 당대 사람들이 공유할 감정 형상을 제시하여 제국의 의도를 교묘하게 섞어 놓는다. 이런 의미에서 감정은 사회학적 연구에서 말하듯, 사회문화적 학습의 결과물이다.

'건전' 담론은 감정이 논리와 경험의 총체적 산물임을 증명한다. 건전하고 명랑한 몸과 마음이 바로 주체가 지녀야 할 '좋은 자세'로 기획하려는 의도가 들어있기 때문이다. 그러므로 식민지 말기를 사유하기 위해서는 이념 체제가 아닌 감정 체제로써 '건전'을 탐구해야 한다. 그래야만 건전 체제가 어떻게 식민 주체들의 감정을 구획하여 그들을 완전한 전쟁 주체로 만들려 했는지를 볼 수 있다. 하지만 더 중요한 지점은 감정 체제를 사유함으로써 단단한 이념의 틀에서 체제를 전유하고 내파(內破)하려는 다양한 가능성도 찾아낼 수 있다는 데 있다.

이러한 문제의식을 바탕으로 식민지 말기 한국소설이 지닌 '감정 동학(emotional dynamics)'을 살펴볼 필요가 있다. 식민지 말기를 이데올로기가 아닌 감정의 동학으로 읽어내는 작업은 시대와 문학을 협력-저항의 이분법적 프레임 안에서 독해하는 한계를 넘어서기 위해서이다. 사회가 개인에게 어떤 이념을 내면화시켜 조종했는지보다, 개인이 사회에 어떤 대응행위를 돌려주었는지 그 태도를 보려는 것이다. 이는 식민지 말기 한국사회가 '건전' 감정을 호명하는 전시 체제의 뒤편에서 건전에 대응하는 여러 갈래의 감정을 생산하고 있었다는 가정에서 시작한다.

식민지 말기 감정 체제는 건전이라는 표상으로 동화를 상상한다. 중일전쟁 발발 이후 총독부는 비상시국을 이유로 전시 총동원 체제를 수립했으며, 식민지 조선인들은 내선일체의 충량한 황민(皇民)으로 거듭나야 했다. 전시 체제를 예외 상태가 아닌 상시상태로 만들려는 식민통치술은 건전 감정을 사회의 공통 감정으로 불러온다. 건전함은 자연스러운 감정 상태가 아닌, 인위적으로 개조된 감정 상태이다. 나아가 싸우라는 제국의 명령을 어떤 의심이나 불만 없이 수행할 수 있는 텅 빈 상태, 불건전한 것을 소거한 감정의 표백상태이다.

체제는 건전 감정을 강화하기 위해 '명랑' 개념을 동원한다. 날씨를 가리키던 말인 "명랑의 용례는 사회성과 내면성이라는 새로운 자장에 깊이 관여"[1]하며 그 외연을 확장한다. 이제 명랑은 자연이 아닌 인간의 내면과 사회 현상에 직접적으로 적용된다. 명랑은 조선 민족의 성격 개조에도 도입된다. "명랑한 인격 양성"[2]을 목표로 하는 미나미 총독의 방침에는 체제에 순응하고 전쟁에 이바지하는 건전한 신체와 정신을 조형하겠다는 의지가 들어있다. 명랑은 전시 체제에 협력하여 기쁨을 누리는 황국신민의 덕성이며 나아가 충량한 총후인(銃後人)/군인의 자세이다. 이런 맥락에서 명랑은 곧 건전을 의미한다.

총독부 정책 아래 건전은 배제와 증진의 기준선이 된다. 오물, 부랑자, 미신 등이 근대 생활을 저해하는 요소로 건전의 배제 대상이었다면, 위생, 치안, 오락 등은 체제 안전에 기여하는 건전의 증진 대상이 되었다. 이는 건전이 전쟁을 훌륭하게 수행할 건강한 육체를 만드는 행위와 연관되어 있음을 보여준다. 즉, 식민지 말기는 전쟁 수행을 유일한 목표로 설정하며 건전은 이를 성공적으로 이끄는 동력이 된다. 이를 위해 국가주의적 감정 규율인 건전은 주체의 행위 및 내면까지 간섭하여 식민지인을 충량한 전쟁 주체로 재탄생시키는 것이다.

1) 김지영, 「'명랑'의 역사적 의미론」, 『한민족문화연구』47, 한민족문화학회, 2014, 340쪽.
2) 「남총독이 윤치호옹에게 송한 서」, 『삼천리』, 1938.12, 15쪽.

파시즘적 전시 체제의 강력한 통치성 아래 식민지 말기의 한국문학은 '암흑기(暗黑期)'[3] 혹은 '전형기(轉形期)'[4]로 규정되었다. 이는 당대 체제의 동향을 하향식 구조와 단일한 반응 양상으로 파악한 결과이다. 그러기에 식민기 말기 문학 연구는 친일/반일의 이분법 구도 속에서 당대 문학을 살펴보는 경우가 많았다.[5] 비슷한 관점에서 파시즘 등 제국의 통치 체제를 기준으로 일제 말기 문학을 살펴보는 연구도 상당 부분 축적되어 있다.[6] 이는 식민지 말기 작가들이 전시 총동원 체제라는 특수한 사회 상황에 강한 영향을 받을 수밖에 없었다고 판단했기 때문이다. 그러나 한편으로 신문연재소설이나 장편소설, 사소설 등 '장르'를 분석하거나,[7] 일상성, 청년 주체 등 이분법의 밖에서 식민지 말기 문학을 진단하려 노력한 연구

3) 백철이 『신문학사조사』에서 일제 말기, 특히 1940년 이후를 암흑기라고 규정한 이래 문학사는 식민지 말기를 '암흑기'로 불러왔다. 그러나 일제강점기가 모두 암흑기였는데 파시즘적 국가체제를 이유로 말기만을 암흑기라 하는 구분 기준은 더 고민해봐야 할 문제일 것이다.

4) 김윤식은 1930년대 프로문학 퇴조 이후, 문단의 정신 구조에 공백 지대가 생겼다는 점에 착안, 이 시기를 '전형기'라고 불렀다. 그러나 당대 문학정신의 기준이 카프라는 점이나, 실상 문학계는 다양한 양태를 보여주고 있었기에 공백기를 거론할 수 있을지에 의문을 제기할 수 있다. 김윤식, 『한국근대문예비평사연구』, 일지사, 1999.

5) 임종국, 『친일문학론』, 평화출판사, 1988 ; 김철, 「친일문학론 : 근대적 주체의 형성과 관련하여」, 『국문학을 넘어서』, 국학자료원, 2000 ; 강상희, 「친일문학론의 인식구조」, 『한국근대문학연구』, 2003 ; 김재용, 『친일문학의 내적논리』, 소명출판, 2003 ; 한수영, 『친일문학의 재인식』, 소명출판, 2005 ; 방민호 외, 『일제 말기 한국문학의 담론과 텍스트』, 예옥, 2011.

6) 김철 · 신형기 외, 『문학 속의 파시즘』, 삼인, 2001 ; 권명아, 『역사적 파시즘 : 제국의 판타지와 젠더 정치』, 책세상, 2005 ; 윤대석, 『식민지 국민문학론』, 역락, 2006 ; 이현식, 『일제 파시즘체제 하의 한국 근대문학비평』, 소명출판, 2006 ; 한민주, 『낭만의 테러 - 파시스트 문학과 유토피아적 충동』, 푸른사상사, 2008 ; 황호덕, 『벌레와 제국 - 식민지말 문학의 언어, 생명정치, 테크놀로지』, 새물결, 2011.

7) 강옥희, 『한국 근대 대중소설 연구』, 깊은샘, 2000 ; 이지훈, 「1930년대 후반기 한국 대중소설 연구」, 서울대학교 대학원 박사학위논문, 2003 : 천정환, 「일제말기의 작가 의식과 나의 형상화」, 현대소설연구43, 한국현대소설학회, 2010.

도 있었다.[8] 이들은 식민지 말기를 협력과 저항의 방법론이 아닌 제3의 시각에서 독해하며 새로운 의의를 확보할 수 있었다.

이러한 연구 흐름을 참조하였기에, 필자는 식민지 말기 한국소설을 감정 동학으로 읽어내려는 시도를 할 수 있었으며 몇 가지 달성목적도 세울 수 있었다.

첫째, 식민지 말기 한국소설의 연구 주제를 확장한다. 이는 식민지 문학 연구에 '감정 동학'이라는 제3항을 추가하는 작업이기도 하다. 그동안 식민지 문학 연구는 문학 속에 드러나는 식민지 사회체제의 의미를 규명하고, 각 작가의 작품이 형상화하는 시대 의식을 분석하는 등 식민지 시대 문학의 사회적 의미를 세우기 위해 노력했다. 역사적 변혁을 겪으며 분절되어야 했던 한국 근현대문학의 시대적 의의를 발견하고 나아가 식민지 문학에서 한국 문학사의 핵심 정신을 조망하는 연결고리를 구축한 것이다. 동시에 식민지 문학 연구는 대동아 전쟁이라는 역사적 사건과 당대를 추동하던 전시 체제의 강력한 영향력에서 벗어나지 못했다. 그 결과 식민지 말기 문학 연구는 파시즘의 투사 결과를 찾아내고 작가의 의식, 무의식을 추적하여 친일/반일의 의의를 규명하는 데 집중했다.

그러나 현재 그리고 미래의 식민지 문학 연구는 체제와 이데올로기 탐색이라는 분석틀에 고착되지 않고 당대가 지니고 있었을 잠재적 가능성을 찾아야 할 것이다. 이는 파시즘 담론의 토대를 탈구축하는 감정적 전환을 의미한다. 식민지 말기 소설 속에 드러나는 감정의 양상을 자세히 살펴

8) 상허문학회, 『1930년대 후반문학의 근대성과 자기성찰』, 깊은샘, 1998 ; 한수영, 『소설과 일상성』, 소명출판, 2000 ; 김한식, 「1930년대 후반 장편소설의 일상성 수용과 표현에 관한 연구」, 고려대학교 대학원 박사학위논문, 2000 ; 정하늬, 「일제 말기 소설에 나타난 '청년' 표상 연구」, 서울대학교 대학원 박사학위논문, 2014.

작가들이 '건전'이라는 파시즘적 감정을 내면화하는데 그치는 것이 아니라, 나름의 방법으로 이에 대응하는 감정을 발화하고 있었음을 찾아내려는 것이다. 감정은 모든 사람에게 동일한 경험을 요구하지 않는다. 감정을 어떻게 해석하고 구성하는가의 문제는 주체의 지위, 상황, 세계관 등에 따라 다르게 고려할 수밖에 없다. 그러므로 순응/저항이라는 두 가지 길 이외의 다양한 해석 가능성을 탐구하는 게 가능하다. 문학이 당대 이데올로기를 어떻게 내면화했는지를 확인하는 증거가 되는 데서 나아가, 어떻게 체제를 전유하는 다양한 방법을 모색했는지를 찾을 수 있는 것이다.

둘째, 감정 인식의 외연을 확장한다. 이는 이성/감정의 이분법을 벗어나 감정 또한 그 안에 합리성을 내포하고 있음을, 감정이 개인적이고도 사회적인 요소임을 인지하는 논의와 시각을 함께한다. 식민지 말기 중요한 사회 규율인 '건전'이 감정의 이런 성격을 잘 드러낸다. 사회 정책이자 개인의 내면 감정까지 영향을 미치는 건전은 감정이 담론의 잉여가 아님을 증명한다. 또한 이성과 감정을 수평적이고 상호적인 관계로 규정하는 '감정적 전환(affective turn)'의 시각으로 볼 때, 감정은 불평등한 사회적 관계를 재생산하는 정서적 매개인 동시에 그것을 해체할 수 있는 유동적 에너지이자 과정임을 간파할 수 있다.

그리고 이러한 감정의 양가성과 역동성을 인지할 때, 주체의 행위 결과를 통해 소설적 의의를 찾는 데서 나아가 행위 과정의 중요성을 읽어내는 연구가 가능하다. 감정과 이성은 밀접하게 연관되기에, 주체가 감정을 내비치는 순간조차 상황에 대응하는 어떠한 논리가 함께 움직인다. 이는 소설 분석이 행위 결과만을 놓고 평가하는 데서 벗어나 행위 과정이 지닌 잠재성을 탐구할 수 있게 한다. 결과는 같을지라도 과정이 다르다면 이는 서로 다른 맥락에서 해석되어야 할 것이다. 이러한 감정의 과정까지 고찰해야 식민지 말기의 다양한 문학적 시도들이 드러날 것이다.

마지막으로 작가의 문학세계를 관통하는 총체적 개념을 찾는 데 집중한다. 식민지 말기는 작가들에게 정치적, 경제적 이유를 덧붙여 다양한 형식의 소설을 창작하게끔 종용한다. 일원론적이고 폐쇄적이었던 시대가 도리어 여러 양상의 작품을 만들어 문학적 부감을 드러내게 하는 역설적 원인이 되는 것이다. 그렇기에 식민지 말기 문학 연구는 개별 작품론이나 장르론을 축적하는 데 집중해왔다. 텍스트의 개별적 특징은 작가가 지닌 한 단면을 예각화하는 데 적합하다. 반면 전체 작품 세계를 총괄하고 당대를 포괄하는 의미를 찾기는 힘들다. 하지만 감정을 분석틀로 설정한다면 한 작가의 다양한 소설들을 함께 분석할 수 있다. 나아가 작가 정신이 시대에 어떻게 대응하였는지도 살필 수 있다.

2) 선행연구 검토

그렇다면 여기에서 지금까지 한국소설의 감정 연구사를 정리해볼 필요가 있다.

한국소설의 감정 연구는 감정의 중요성을 인식한 2000년대 이후부터 서서히 진행되고 있다. 우선 감정이 사회문화적으로 학습, 구성된다는 전제에서 출발하는 연구가 있다. 이들 연구는 당대의 맥락을 살피며 감정의 의미를 분석한다. 문학 담론의 형성 과정에서 시대적 감정이 어떻게 반영되었는지, 특정한 시기에 특정한 감정이 강조된 원인이 무엇인지 등을 설명하는 것이 이러한 연구의 주요 관심사이다. 손유경[9]은 1920년대 지식인 담론과 소설에 드러나는 특질들이 '동정'이라는 감정으로 수렴한다고 분석한다. 동정 담론을 중심으로 1920년대의 문학을 살펴볼 경우, 유미주의 문학(1920년대 초기) →프로 문학(1920년대 중반기) →동반자 문학(1920년대 후반기)라는 문학사적 통념은 유효한 관점이 될 수 없다는 것이다. 논문은 이념/퇴폐, 사상/감정, 경향성/탐미성, 현실성 강화/현실성 약화 등의 이분법적 논리나 위계도 비판한다. 위계적인 이항 대립이 여전히 근대소설 연구의 관습적 기준이라는 것이다. 기존 문학사 연구가 이분법 도식에 갇혀있었다는 손유경의 지적은 타당하다. 감정 연구는 이성/감정의 이분법으로 재단할 수 없는 복잡한 양상을 전제하여 이를 아우르는 시각 아래 이루어질 필요가 있다. 신수정[10]은 이광수의 초기 소설을 분석하며 감정 교육을 통해 탄생하는 근대 남성 부르주아를 규명한다. 여성적 자질로 간주하였던 감정을 감정교육으로 전유하여 새로운 감수성과 도덕률을 습득하는 근대인의 표상을 보여준다는 것이다. 이수형[11]도 1910년대부터 1920년대 말까지 이광수 소설의 감정을 연구한다. 초기 동정을 통한 근대적 윤리학과 공동체의 인식을 꿈꾸었으며, 1920년대로 오면서 감정을 개조하고 훈육하는 근대적 주체를 구성하려 했다는 것이다.

박숙자[12]는 일련의 연구를 통해 1920~30년대 감정의 특징을 분석한

9) 손유경, 「한국 근대소설에 나타난 '同情'의 윤리와 미학에 관한 연구」, 서울대학교 대학원 박사학위논문, 2006.

10) 신수정, 「감정교육과 근대남성의 탄생-이광수의 초기 단편소설을 중심으로」, 『여성문학연구』15, 한국여성문학학회, 2006.

11) 이수형, 「이광수 문학에 나타난 감정과 마음의 관계」, 『한국문학이론과 비평』54, 한국문학이론과 비평학회, 2012.

12) 박숙자, 「근대문학의 형성과 감정론-'감정과잉'의 문학사적 평가와 관련하여」, 『어문연구』34, 어문연구학회, 2006 ; 「'조선적 감정'이라는 역설」, 『현대문학이론연구』29, 현대문학이론학회, 2006.

다. 그는 근대 초기 문학성 유무의 기준이었던 감정 과잉이 사실 선험적으로 규정된 '적절한 감정'을 설정하는 데서 비롯되었다고 말한다. 또한 1920년대의 중요 관심사였던 '조선적 감정'의 의미를 규명하며 조선 민족이 슬픈 민족으로 '구성'되었다고 지적한다. 식민지라는 고달픈 현실이 슬픔이라는 감정을 불러낸 것이 아니라, 오히려 슬픔이라는 감정을 통해서 식민지 현실이 구성되었다는 것이다. 소래섭[13]은 문학 제도와 감정이 만나 변화하는 양상에 주목한다. 그는 잭 바바렛의 배후 감정 이론을 열정이라는 감정에 접목하여 시대를 분석한다. 근대 초기 낡은 것을 증오하는 계몽 주체의 열정이 1920년대에 와서 공적/사적 열정으로 분화되었고, 1930년대에 와서는 문단의 침체를 해결하는 시대적 감정으로 변화했다는 것이다.

최근 감정 연구는 1970년대를 조망한다. 박수현[14]은 창작 과정 전반을 주재하는 작가 정신이 당대 망탈리테에 구속된다는 가설을 세운다. 작가들은 사회의 구조적 모순에 주목하라는 1970년대 문단의 이데올로기를 바탕으로 민중문학, 지식인의 선각자적 자의식, 청년이라는 표상 등에 집중했다고 분석한다. 이정숙[15]은 1970년대 '가난'의 정동이 대부분의 작가들에게 일상적인 것이었고 곧 1970년대 소설이 지닌 정치성의 핵심이라고 말한다. 그는 개발 이데올로기가 내세운 통치술에 대응하며 당대 작가들이 구조화해 낸 '가난정동'의 의미를 탐색한다. 이때 '부끄러움'은 1970년대 한국소설이 생산해낸 고유의 도덕 감정으로, 고통과 성찰을 통해 윤

13) 소래섭, 「근대문학 형성 과정에 나타난 열정이라는 감정의 역할」, 『한국현대문학연구』 37, 한국현대문학회, 2012.

14) 박수현, 「1970년대 한국 소설과 망탈리테」, 고려대학교 대학원 박사학위논문, 2011.

15) 이정숙, 「1970년대 한국 소설에 나타난 가난의 정동화」, 서울대학교 대학원 박사학위논문, 2014.

리적 판단에 다다르기 위한 '감정의 도덕'이라고 명명한다.

위 연구들은 당대 상황을 살피며 특정 감정이 어떻게 형성되고 이 감정이 문학에 어떻게 투영되는지를 탐구한다. 그러나 대부분의 연구가 감정을 사회화의 결과이며 학습물, 환원될 수 없는 사회문화적 산물로 보는 관점을 취하고 있다는 점에서 아쉬움을 남긴다. 이들은 감정이 개인적이고 충동적인 현상이 아니라 사회 정치적 맥락에 따라 변화하는 요소임을 파악한다. 그러나 감정을 사회적 산물로만 인식하는 구성주의적 접근방식을 따르기에, 다시 개인이 사회에 어떤 방식으로 감정을 돌려줄 수 있는지를 밝히지 않는 한계가 있다.

다음으로 '명랑'을 키워드로 하여 시대 감정의 방향을 탐구하는 논의들이 있다. 박숙자,[16] 소래섭,[17] 최애순,[18] 김지영[19]은 명랑이라는 시대 감정의 형성 및 변화 과정과 시대적 의미를 규명하여 그 사회문화적 배경의 외연을 확장하는 역할을 하나, 구체적인 문학작품 분석과 이어지지 않아 사회학적 연구에 가깝다. 김철[20]은 명랑을 세대론으로 바라본다. 식민지 말기에 제기된 신세대론을 중일 전쟁기의 사상사적 맥락에서 논의한다. 식민지 조선의 지식인(동생)이 중일전쟁을 '버추얼 리얼리티'를 통해서만 체험했기 때문에 눈앞의 현실을 지우고 명랑성과 정복의 황홀감만을 누릴 수 있었던 반면, 기존의 이념과 질서가 효력이 없어진 현실에 대응하는

16) 박숙자, 「'통쾌'에서 '명랑'까지-식민지 문화와 감성의 정치학」, 『한민족문화연구』30, 한민족문화학회, 2009.

17) 소래섭, 『불온한 경성은 명랑하라』, 웅진지식하우스, 2011.

18) 최애순, 「50년대 아리랑 잡지의 명랑과 탐정 코드」, 『현대소설연구』47, 한국현대소설학회, 2011.

19) 김지영, 「명랑의 역사적 의미론-명랑 장르 코드의 형성과정을 중심으로」, 『한민족문화연구』47, 한민족문화학회, 2014.

20) 김철, 「우울한 형/명랑한 동생」, 『상허학보』25, 상허학회, 2009.

구세대 문인(형)들의 혼돈과 분열이 우울증으로 나타났다고 보았다.

명랑을 중심으로 문학작품을 분석하는 연구는 주로 박태원의 작품론에 집중된다. 박진영[21]은 「소설가 구보씨의 일일」을 중심으로 꾸며낸 명랑의 허위성을 포착하지만, 모더니스트 주체의 내면을 규명하는 데 그치고 있다. 박진숙[22]은 박태원의 세 작품을 통해 시대의 명랑 담론을 분석하여 이것이 소설 속에 어떻게 투영되는지만 대조하고 있다. 김미현[23]은 시대적 담론으로서의 명랑과 이를 전유하는 박태원식 명랑을 구분하여 그 양쪽 모두를 탐색한다. 그리고 소설이 명랑한 것과 명랑하지 않은 것의 대비를 통해 명랑의 양가성을 드러내고, 대항 이데올로기로써 새로운 명랑을 구축했음을 밝혀낸다. 이는 사회적 감정이 개인에게 어떻게 투사되고, 개인은 이를 다시 어떻게 돌려주는지를 생각하게 한다는 점에서 유의미한 지점이다. 이렇게 명랑 연구들은 시대 감정인 명랑을 규명하지만 실제 분석으로 이어지지 않거나, 소설을 명랑 담론을 재확인하는 자료로 사용하거나, 작가 개별의 작품분석에 머물러 작가론, 시대론으로 확장되지 못한다는 아쉬움이 있다.

그러므로 기존 연구의 업적을 바탕에 두되, 사회가 부여하는 감정 체제를 다시 개인이 어떤 형태로 전환하여 표출하는지에 더 중점을 둘 필요가 있다. 사회와 개인의 쌍방향적 감정 소통이 지닌 메커니즘을 분석하여, 식민지 말기 한국소설의 감정 동학을 탐구해야 한다. 이는 시대 감정과 이에 길항하는 개인의 감정 양상을 분석하기 위해서이다. 과학과 기술의 힘

21) 박진영, 「가장된 '명랑함'의 세계」, 『한국문학평론』6, 한국문학평론가협회, 2002.
22) 박진숙, 「박태원의 통속소설과 시대의 '명랑성'」, 『한국현대문학연구』27, 한국현대문학회, 2009.
23) 김미현, 「박태원 소설의 감성과 이데올로기」, 『현대문학의 연구』51, 한국문학연구학회, 2011.

으로 인간의 내면까지 조형하려는 통치술의 기획과 지배적 체제에 대응하는 미적 기획을 감정이라는 분석 범주로 해석하려는 것이다.

그리고 이 감정의 전유 과정을 식민지 말기 문학 속에서 살펴보기 위해 당시 활발한 문단 활동을 했던 채만식, 박태원, 이태준 세 작가의 작품을 읽어내기로 한다. 이 작가들은 기존 체제가 무너진 현실에 혼란을 느끼지만 어떻게든 삶을 유지해야 하는 구세대의 위치에 서 있다. 다양한 장르 규약과 대중 매체를 이용하여 창작활동을 해나간다. 동시에 이들은 식민지 말기 감정 체제를 전유하여 개별적 감정을 형상화하며 분열을 극복하려 한다. 세 작가의 개별 연구사를 정리하면 다음과 같다.

채만식은 1949년까지 장편소설 11편, 중편소설 10편, 단편소설 63편을 발표하였으며, 수필, 평론, 희곡, 시나리오, 방송극본 등 다양한 장르를 다룬 작가로 한국 문학사에 한 위치를 차지하는 작가이다. 그러나 채만식은 상당 기간 비평가, 연구자들의 관심에서 벗어나 있던 작가이기도 하다. 1970년대 이전까지 채만식 문학 연구는 양질의 측면에서 모두 소략했다.[24] 70년대 이후 채만식 연구는 학위 논문을 통해 본격적으로 시작되었다.[25] 이 시기에는 작가의 전기적 연구를 바탕으로 작가의 작품 경향을

24) 윤영옥에 의하면, 1924년부터 1960년대까지 발표된 채만식 연구 논저는 60편에 불과하다. 이는 현재까지 발표된 300편이 넘는 채만식 연구 논저와 비교해 볼 때, 매우 적은 양인 것이다.
윤영옥, 「연구현황과 과제」, 『채만식 문학연구』, 한국문화사, 1997.

25) 이주형, 「채만식연구」, 서울대학교 대학원 석사학위논문, 1973.
송하춘, 「채만식연구」, 고려대학교 대학원 석사학위논문, 1974.
우명미, 「채만식론」, 서울대학교 대학원 석사학위논문, 1977.
이래수, 『채만식소설연구』, 이우출판사, 1986.
김상선, 『채만식연구』, 약업신문사, 1989.
김홍기, 『채만식 연구』, 국학자료원, 2001.
방민호, 『채만식과 조선적 근대문학의 구상』, 소명출판, 2001.

개괄적으로 고찰하는 작업이 이루어졌다. 이 연구를 통해 대체적인 작품 연보가 정리되었으며, 작가의 비순응주의적 현실 인식과 부패한 현실에 맞서는 투쟁적인 대응 양상이 언급되기 시작했다. 특히 그의 문학적 성격 중 하나인 풍자의 기법을 투쟁과 대결 의지를 표현하기 위한 수단이라 정의했다는 점에 주목할 만하다.

채만식의 식민지 말기 연재소설은 친일/반일의 견지에서 평가되고 있다. 임종국은 『친일문학론』에서 『아름다운 새벽』과 『여인전기』를 친일 작품이라 지적하였으며, 우명미는 채만식을 대동아 공영권을 주장하는 도착적 세계관을 지녔던 인물로 평가한다. 김홍기는 『아름다운 새벽』과 『여인전기』에 드러난 친일적 서술은 맥락에서 튀어나와 전체의 조화를 깨뜨리기에 표면적 의도와 실제 내용 사이에 아이러니가 담겨있다고 파악한다. 방민호는 작가가 사소설을 창작하고 있었음을 환기하며, 생활에 역사가 개입하는 순간 채만식은 천황제 파시즘의 자장으로부터 자기를 방어하는 힘을 상실하고, 일본 제국주의라는 국가적 신화의 내러티브에 직접 노출되는 상황에 빠졌다고 설명한다. 『아름다운 새벽』에서 신체제론 앞에 머뭇거리던 작가가 『여인전기』에서는 그것을 예술적으로 승화시켜 체제 협력의 메시지를 확연하게 하는 데까지 나아간다고 주장하는 것이다. 이처럼 채만식의 식민지 말기 소설은 친일/반일, 저항/협력의 논리에서 벗어날 수 없다.[26] 그러나 소설을 통해 작가의 파시즘적 체제의 습득 정도를

최영순, 「채만식 소설 연구」, 중부대학교 대학원 박사학위논문, 2016.

26) 조창환, 「일제말기 채만식 소설연구」, 『새국어교육』50, 한국국어교육학회, 1993.
심진경, 「통속과 친일, 이종동형의 서사논리」, 『한국문학이론과 비평』30, 한국문학이론과 비평학회, 2006.
방민호, 「일제말기 문학인들의 대일 협력 유형과 의미」, 『한국현대문학연구』22, 한국현대문학회, 2007.

가늠하는 것으로는 여러 형상을 저항-협력 중 하나로 규정하는 이분법적인 논리에서 벗어날 수 없다. 그러므로 감정 주체와 감정 동학의 측면에서 이 시기 소설을 재조명한다면 더 풍부한 논의를 끌어낼 수 있을 것이다.

식민지 말기에 채만식이 창작한 단편소설, 사소설을 중심으로 새로운 시각에서 당대를 조망하려는 연구도 계속되고 있다. 이들 연구[27]는 사소설이 소설의 차원과 다른 차원에 놓인 생활 세계를 묘사하면서 작가 의식을 보존하는 협소한 수단이 된다는 점을 강조한다. 그러나 한편으로 사소설에서 집은 주체의 체현 장소가 되며 생활의 터전이 되기에 개인이 외부 공간과 가장 직접적으로 맞닿는 공간이 된다는 점 또한 생각해야 할 것이다. 당대 소설의 도시문화를 분석하고 이를 주체의 행위와 연결하는 연구[28]도 진행되었다. 이는 전시 체제 아래 주체들이 도시와 마주치며 생성하는 정동을 살펴볼 수 있기에 유효한 연구 방법이지만, 주체가 체제를 어떻게 받아들이는지를 보여주는 데에서 그치고 있어 아쉬움을 남긴다.

박태원은 1930년대 조선 문단의 대표적 모더니스트로 자리매김하면서

김지영, 「저항에서 협력으로 가는 여정, 그 사이의 균열」, 『한국현대문학연구』26, 한국현대문학회, 2008.
이경훈, 「복종과 복수의 서사」, 『채만식 중장편 소설 연구』, 소명출판, 2009.
최유찬, 「아름다운 새벽의 알레고리 연구」, 『한국학연구』39, 고려대학교 한국학연구소, 2011.
공종구, 「채만식 문학의 대일 협력과 반성의 윤리」, 『현대문학이론연구』54, 현대문학이론학회, 2013.

27) 김홍기, 「채만식 소설에 있어 사소설의 특성」, 『한국문학이론과 비평』14, 한국문학이론과 비평학회, 2002.
이경돈, 「채만식과 사소설의 기원」, 『반교어문연구』22, 반교어문학회, 2007.

28) 유승환, 「냉동어의 기호들: 1940년 경성의 문화적 경계」, 『민족문학사연구』48, 민족문학사연구소, 2012.
이양숙, 「채만식 소설에 나타난 1941년의 경성과 지식인」, 『현대소설연구』54, 한국현대소설학회, 2013.

도시적 감수성을 체현하는 작가라는 이미지를 얻었다. 박태원 소설의 연구는 1988년 월북 작가 해금 조치 이후 활발하게 이루어졌다. 식민지 조선 문단의 모더니즘을 규명할 만한 방법론을 모색하며 작품을 연구하는 경향[29]이 두드러졌다. 최혜실은 산책자 개념을 도입하여 식민지 도시의 산책자로 미적 근대성을 실천한 모더니스트 구보를 분석한다. 또한 김윤식은 고현학의 방법론을 통해 미학적 자의식이라는 특징을 포착하여 박태원 소설의 의미를 살폈다. 2000년대 이후의 연구 역시 큰 분석틀로 모더니즘을 사용하지만, 소설의 기법과 서사의 분석 및 공간 탐구[30]등 다양한 분야로 범주를 넓혔다. 이 밖에 사소설,[31] 역사소설의 연구[32]도 다양하게

---

29) 최혜실, 「소설가 구보 씨의 일일에 나타난 산책자 연구」, 『관악어문연구』13, 서울대학교, 1988.
김윤식, 「박태원도」, 『한국 현대현실주의 소설연구』, 문학과 지성사, 1990 ; 「고현학의 방법론」, 『한국문학의 리얼리즘과 모더니즘』, 민음사, 1990.
강상희, 「박태원 문학 연구」, 서울대학교 대학원 석사학위논문, 1990.
장수익, 「박태원 소설 연구」, 서울대학교 대학원 석사학위논문, 1991.
김봉진, 「박태원 소설 연구」, 한양대학교 대학원 석사학위논문, 1992.
천정환, 「박태원 소설의 서사기법에 관한 연구」, 서울대학교 대학원 석사학위논문, 1997.

30) 조이담, 『구보 씨와 더불어 경성을 가다』, 바람구두, 2005.
윤대석, 「경성의 공간분할과 정신분열」, 『국어국문학』144, 국어국문학회, 2006.
류수연, 『뷰파인더 위의 경성-박태원과 고현학』, 소명출판, 2013.
방민호, 「경성모더니즘과 박태원의 문학」, 『구보학보』9, 구보학회, 2013.
권은, 「경성 모더니즘 소설 연구-박태원 소설을 중심으로」, 서강대학교 대학원 박사학위논문. 2013.

31) 방민호, 「박태원의 1940년대 연작형 "사소설"의 의미」, 『인문논총』58, 서울대학교 인문학연구원, 2007.
김미영, 「박태원의 자화상 연작 연구」, 『국어국문학』148, 국어국문학회, 2008.
황호덕, 「한국근대문학과 싸움」, 『반교어문연구』41, 반교어문학회, 2015.

32) 이상경, 「역사소설의 주인공과 성격화 문제」, 『민족예술』여름호, 한국민족예술인총연합, 1994.
류보선, 「모더니즘적 이념의 극복과 영웅성의 세계」, 『문학정신』, 1993.
윤정헌, 「구보 역사소설의 통시적 고찰」, 『구보학보』1, 구보학회, 2006.

진행되었다. 이 연구들은 사소설이나 역사소설 창작이 전쟁으로 상징되는 정치적 현실을 마주한 자의 불가피한 선택이라 평가한다. 식민지 말기 박태원 소설이 소극적 부정과 불안에 기반한다고 보는 것이다. 그러나 이 연구는 당대 체제에 영향받는 작가 의식이라는 일면적 부분만을 보게 되며, 행위 주체로서의 능동성은 조망하지 못하는 맹점이 있다.

최근 연구[33]는 박태원의 문학 전반을 조망하며, 모더니즘 작가라는 규정은 1930년대 중반까지 발표된 작품들에 한정된다는 점을 언급한다. 박태원의 문학세계를 모더니즘으로 한정하기엔 그 변화 양상이 다채롭다는 것이다. 그러므로 모더니즘에 집중한다면 박태원 소설을 모더니즘적 실험과 스타일을 견지한 초기 소설, 『천변풍경』을 중심으로 하는 모더니즘과 현실 재현의 공존 시기, 그리고 대일 협력기의 장편소설과 사소설 몰두 시기, 해방 후 역사소설 번역과 창작 시기, 월북 이후 『갑오농민전쟁』이라는 대하소설 집필 시기로 모두 분절하여 설명할 수밖에 없다. 이때 모더니즘이라는 평가 기준은 식민지 말기 사소설 및 『여인성장』 등의 통속소설 창작으로 이어지는 문학적 행보의 평가를 양극단으로 갈리게 한다.

이런 점에 착안하여 최근 연구는 박태원 소설을 하나로 읽어낼 수 있는 방법론[34]을 찾는 데 열중한다. 오현숙은 식민지 말기 박태원 소설의 형상은 폭넓었으나, 모더니스트로서의 박태원이라는 문학사적 기술이 다양한 소설을 연구범위에서 배제하게 했음을 비판한다. 박태원의 식민지 말기

김종회, 「해방 전후 박태원의 역사소설」, 『구보학보』2, 구보학회, 2007.
유승환, 「해방기 박태원 역사서사의 의미」, 『구보학보』8, 구보학회, 2012.

33) 김미지, 「모더니즘, 新感覺派, 現代主義」, 『한국현대문학연구』47, 한국현대문학회, 2015.

34) 오현숙, 「'암흑기'를 넘어 텍스트'들'의 심층으로」, 『구보학보』9, 구보학회, 2013.
김정란, 「박태원 소설에 나타난 근대주체의 정념성 연구」, 한양대학교 대학원 박사학위논문, 2016.

텍스트'들'이 신체제 담론과 동화하는 완료점으로 나아간 것이 아니라, 다양한 가능성을 지니고 분화했던 텍스트'들'이었음을 인식해야 한다는 것이다. 그래야만 그의 다양한 서사 양식의 실험과 창작이 온전히 평가받을 수 있다. 김정란은 박태원의 다양한 작품들을 하나의 문예 사조로 읽어내려는 시도와는 거리를 두기 위해 근대 주체의 정념성에 주목한다. 박태원 소설이 '자기'라는 대상에서 드러나는 복잡한 내면을 세계와의 관계 속에서 살피려 했음을 분석하며 근대적 주체성을 규명하는 것이다. 주체와 세계의 조응 양상에 주목하는 점은, 본 논의가 박태원을 분석하는 감정 동학으로 설정한 수치심을 통해 더 세밀하게 기술할 수 있을 것이다. 또한 소설이 체제 담론을 내면화하는 데서 끝나지 않음을 지적한다는 점, 다양한 소설 경향을 포괄하기 위해 주체의 행위성을 분석하는 점 등이 이 책의 문제의식과도 연결된다.

1925년 『조선문단』에 「오몽녀」를 발표하면서 데뷔한 이래 1953년 무렵까지 단편소설 60여 편과 중 · 장편 18편을 발표한 이태준은 한국 소설사의 대표 작가 중 한 명이며, 완성도 높은 단편소설을 창작한 작가라 지칭된다.

이태준 소설의 연구는 1960년대부터 꾸준히 진행되었으며, 해금 조치 전까지도 활발한 논의[35]가 있었다. 김우종은 패배적 인간형, 역사 부재와

35) 김우종, 『한국현대소설사』, 선명문화사, 1968.
조연현, 『한국현대문학사』, 성문각, 1969.
김현 · 김윤식, 『한국문학사』, 민음사, 1973.
이재선, 『한국현대소설사』, 홍성사, 1979.
김상선, 『근대한국문학개설』, 중앙출판, 1981.
정한숙, 『한국현대문학사』, 고려대학교 출판부, 1982.
김윤식, 「이태준론」, 『현대문학』, 1989.5.
이익성, 「상허 이태준 단편소설 연구」, 서울대학교 대학원 석사학위논문, 1987.

사상의 빈곤, 순수의 기수 등을 이태준 소설의 특성으로 꼽으며, 이태준이 사회적 공리를 무시한 순수성만을 지키려 했다는 점을 비판한다. 김현・김윤식 역시 이태준 소설이 변화하는 현실에 적응하지 못하고 과거에 머무는 회의주의적이고 감상적인 인물들을 그려내는데, 이는 곧 이태준 문학세계가 식민지 현실에 대응하지 않았다는 증명이라 지적한다. 반면 이재선은 이태준 소설이 간결하고 적절한 서술과 언어를 구사하고 있다는 점을 들어 그를 단편소설의 완성자라 평가한다. 또한 그가 그리고 있는 인물들 역시 회의주의적이고 패배주의적이라 속단할 수 없다고 말한다. 이태준 작품 세계가 상고주의와 연민의 정조를 근간으로 삼고 있기 때문이다. 정한숙 역시 이태준의 초기 단편을 분석하며 이태준은 현대소설의 기법을 완벽하게 체득한 작가라고 분석한다. 강진호는 이태준의 단편 전체를 대상으로 하여 논의를 진행한다. 이태준 소설의 양상을 세 시기로 구분하고, 후기 소설로 갈수록 작품 세계가 감상성을 극복하고 사회 인식에 눈을 돌린다고 고찰했다.

해금 이후 이태준 소설연구는 기존 연구를 비판적으로 계승하여 보완하고, 다양한 방법론을 도입하여 연구를 넓혀갔다. 강진호[36]는 이태준 문학세계를 분석한 100편 이상의 학위 논문과 422편 이상의 논저들을 언급하며, 이태준의 문학적 특성은 이제 거의 모두 드러났다고 지적했다. 박수현[37]은 해금 이후 쏟아진 수백 편의 소논문과 학위 논문을 언급하며 연구의 공통점을 정리한다. 이태준 소설에 드러나는 현실 인식의 유무와 정

강진호, 「이태준 연구」, 고려대학교 대학원 석사학위논문, 1987.

36) 강진호, 「현대소설사와 이태준의 위상-이태준 연구와 향후의 과제」, 『상허학보』13, 상허학회, 2004.

37) 박수현, 「이태준 문학 연구의 역사에 관한 일고찰」, 『작가세계』71, 작가세계, 2006.

도를 분석하는 논의, 근대/반근대 지향성과 미적/사회적 근대성의 적용 양상을 살피는 논의, 해방 후 사상적으로 전회한 이태준의 무의식적 성향을 밝히려는 논의, 작가 의식의 이중성을 다루는 논의 등이 그것이다.

다만 이 연구들은 초기 소설과 후기 소설을 불연속적인 것으로 보는 데 동의하거나, 단편소설과 장편소설을 분리하여 연구하고 있다는 점이 공통적이다. 또한 이태준의 미의식과 현실 인식을 대립적인 것으로 보는 시각이 대부분이다. 이는 스타일리스트이자 감성과 애수의 정신을 바탕으로 작품 자체가 목적이 되는 문학론을 주장했던 이태준과 해방 후 정치성과 이념성을 드러내는 작품을 발표했던 이태준의 괴리에서 오는 당혹감이다. 그러나 이는 앞으로의 연구가, 상반된 것처럼 보이는 이태준 소설의 경향들이 어떤 지점에서 서로 연결될 수 있는지에 주목할 필요가 있음을 암시한다. 시대와 장르, 작가 의식의 이분법적 구분을 넘어서는 연구방법론이 필요함을 보여주는 것이다.

이처럼 채만식, 박태원, 이태준 소설 연구의 경향은 새로운 문제의식의 필요를 요구한다. 친일/반일의 평가 기준에서 벗어나 소설의 다양한 가능성을 읽어내는 작업을 수행하고, 다양한 문학적 시도와 불연속적인 작품세계를 관통할 방법론을 탐구하는 것이 중요한 논의 지점으로 떠오른 것이다. 그러므로 본 연구는 작품 속에서 당대를 전유하는 지점을 읽어내고 나아가 작가의 문학세계 전체를 조망할 키워드를 찾으려 한다. 뒤에서 자세하게 설명할 '감정 동학'의 방법론은 각 작가의 식민지 말기 작품을 분석하는데 타당한 틀이며, 식민지 말기 이전과 해방 이후 문학세계를 연결할 내적 논리로 유효하다.

식민지 말기는 식민지 이전과 이후를 연결하는 중요한 시기이다. 또한 파시즘에 침윤된 암흑의 현실과는 반대로 다양한 문학적 시도가 이루어졌던 시기이기도 하다. 식민지 말기는 건전 감정을 국책으로 지정하여 전면에 내세웠다. 그러나 단일 체제에 순응하여 납작해졌으리라 예상한 작가들의 내면과 작품 세계 속에서 도리어 다양한 변화와 입체감을 감지할 수 있다. 그 변동 양상을 읽어내는데 개인적이며 사회적인 반응이자 구조적이면서 역동적인 개념인 감정 동학을 길잡이 삼는 것은 타당하다. 감정 동학은 건전을 반영하는 듯 전유하는 소설의 양상을 포착하게 하며 나아가 해방 이후 작가들의 행보를 이해하는 근거이다.

2. 연구방법 및 연구대상

1) 감정 담론의 팽창과 감정 동학의 발견

최근 '감정학(emotion studies)'이 새로운 방법론으로 등장하고 있다. 감정과 이성을 대립항으로 보는 관점과 감정이 이성을 지원한다는 위계적 시선을 벗어나, 양자가 서로를 지원하는 연속적 과정의 측면에 놓여 있음을 인정하는 것이다. 외부 대상이나 세계에 대한 '감각'이 '인지(cognition)'와 '판단(judgment)' 및 '평가(appraisal)'와 결합하여 복합적으로 일어나는 활동이자 실천이라는 점에서 감정은 단순한 감각의 차원을 넘어선다.[38] 이제까지 감정 연구가 주목받지 못했던 이유에는 세 가지가 있다. 첫째, 감정은 개인적이고 경험적이라는 시각 둘째, 감정이 오랫동안 여성, 흑인 등 소위

38) 이명호, 「문화연구의 감정론적 전환을 위하여」, 『비평과 이론』20, 한국비평이론학회, 2015, 114쪽.

비이성적이라 규정되었던 주체들의 속성이었다는 점 셋째, 감정 연구를 주도한 진화생물학, 정신분석학 등이 감정을 개인 신체에 귀속시킨 것이다.[39] 그러나 감정은 존재론적인 것에서 수행적인 것이 되면서 기존 통념과 한계를 돌파하며 연구의 폭을 확장하고 있다. 감정은 구조와 행위를 연결하는 작업이며 경험을 넘어서 세계를 대하는 하나의 태도로 자리 잡는다.

감정과 관련한 용어의 정의와 정리는 여전히 현재진행 중이다. 감정 이론 연구는 양상을 크게 '느낌(feeling)', '감정(emotion)', '정동(affect)'으로 구분하는 추세이다.[40] 이때 느낌은 경험과 결부되기에 개인적이고 생물학적인 성격을 띤다. 동시에 느낌은 감정이라고 번역되기도 하는데, 이때는 강도(quality)로 경험되는 정동과 내용(content)으로 경험되는 감정의 포괄적 영역을 지칭한다.[41] 감정은 느낌을 투사하는 것이다. 감정은 상황의 영향을 받기 때문에 인간의 주관을 표현하기도, 사회적인 기대나 욕망을 표현하기도 한다. 정동은 의식하지 않은 채 일어나는 경험의 강도이기에 인간의 의지에 선행하며, 아직 구체적으로 형성되지 않는 가능성의 양태이다. 여기에서 다루려는 개념은 개인적 경험이자 동시에 사회적인 표현인 감정이다. 감정과 정동 모두 정치적 함의를 띠고 있으나, 정동은 운동성과 잠재성에 중점을 두기에 포착하기 힘들며 불확실하다. 정동이 순간적인 속성을 지니는 반면 감정은 구조를 형성하는 지속성을 띠기에 사회와 개인의

39) Harding Jenniper and Pribram, *Losing Our Cool? Following Williams ang Grossberg on Emotion*, Culture Studies 18, 2004, pp.863-865, 참조.

40) 더 자세한 설명은 이희은, 「감응 연구의 관점에서 본 '현재'의 부재」, 『언론과 사회』 22, 언론과 사회, 2014, 참조.

41) 레이먼드 윌리엄스의 The structure of feeling이 '감정 구조'로, 윌리엄 레디의 Navigation of feeling이 '감정의 항해'로 번역되는 것이 그 예시이다.

길항 양상을 파악하기에 더 쉽다. 그러므로 본 논의는 감정 개념을 선택하되, 운동성과 역동성도 함께 파악하기 위해 감정적 사회학(emotional sociology)에서 사용하는 '감정 동학(emotional dynamics)'이라는 용어를 가져와 재정의하고 분석틀로 차용한다. 이는 뒤에서 더 설명할 것이다.

감정의 구조적이며 역동적인 특성을 파악하고 의의를 찾는 연구들은 있었다. 레이먼드 윌리엄스(Raymond H. Williams)는 감정을 집합적이고 사회적인 현상으로 분석해야 함을 주장하며 '감정의 구조(The structure of feeling)'[42] 개념을 제시한다. 감정이 집단 안에 비교적 분명하게 드러나는 사회 역사적 현상이라는 점에서 구조적이지만, 동시에 이질적인 존재들이 얽혀있기에 열려 있는 것이 또한 감정이라는 것이다. 즉, 개인의 감정 안에 사회 권력이 영향을 미치고 있지만 동시에 이를 해석하고 변화시키는 것 또한 개인의 감정이다. 이는 한 사회집단이 학습을 통해 공유하는 감정 체계인 '사회 성격(social character)'과 대립한다. 사회 성격이 의미와 규범, 재현을 통해 세계를 움직이기에 강압과 자발적 동의의 측면만 살필 수밖에 없는 헤게모니 모델과 닮아있다면, 감정의 구조는 반구조주의적이고 생산과 소통을 선호하는 포스트 헤게모니적 모델이라 할 수 있을 것이다. 체제가 개인의 존재와 생활을 압박하지만 동시에 개인의 활력을 끌어낸다는 점은 감정의 구조 모델에서도 유효하기 때문이다. 그러므로 감정의 구조는 감정이 "상호작용하는 살아있는 연속성 속에서 현재에 대한 실천적 의식"[43]으로 작동함을 보여준다.

윌리엄스는 1840년대 소설을 분석하여 감정의 구조가 사회 성격과 어

42) 레이먼드 윌리엄스, 성은애 역, 『기나긴 혁명』, 문학동네, 2007, 93쪽.
43) 레이먼드 윌리엄스, 박만준 역, 『마르크스주의와 문학』, 지식을 만드는 지식, 2013, 132쪽.

떻게 다른지 보여준다.[44] 당시 지배계층인 부르주아 계급은 노동의 충만함을 강조하며 개인의 노력으로 획득하는 사회적 성공, 근검절약, 가난의 원인은 게으른 개인에 있다는 믿음 등을 사회 성격으로 지니고 있었다. 그러나 1840년대 소설은 개인의 노력으로도 어쩔 수 없는 불안과 빚을 감정의 구조로 형상화하며 사회 성격과 충돌한다. 사회가 개인에게 부여하는 덕목을 개인이 온전히 내면화하지 않는다는 것, 개인이 감정을 사회적으로 재구성하며 충돌지점을 만들어낸다는 것을 증명하는 것이다. 그러므로 감정의 구조는 이데올로기나 사상을 키워드로 문학작품에 접근할 때 작품의 형식, 감정적 분위기나 인물의 내면을 충분히 분석할 수 없음을 증명한다. "맑스주의 문학연구에 결여된 텍스트 '내적' 사회 역사적 관계 양식을 찾고자 하는 노력"[45]이 감정의 구조란 새로운 개념의 발명으로 이어진 것이다. 이런 점에서 감정의 복합적인 구조를 탐구하는 수행적 역할 -사회적으로 변용되고 변용하는 감정-이 중요하다.

이처럼 감정은 세계와 주체 모두에게 영향을 미친다. 그러므로 감정은 구조와 행위를 연결하는 고리이다. 잭 바바렛(Jack Barbalet)은 감정을 "공통의 사회구조와 과정에 연루된 개인들로 구성된 집단에 의해 공유될 뿐만 아니라 정치적, 사회적 정체성과 집합행동의 형성과 유지에 중요한 요소"[46]로 규정하며 감정을 거시 사회적 관점에서 파악하자고 제안한다. 그는 이제까지 감정은 이성과 합리성에 의해 극복되거나 통제되어야 할 대상에 불과했지만, 실제 인간의 행위는 '감정적'이라 일컫는 비논리적이며 우연하고 복잡한 것의 집합체인 경우가 많음을 예로 든다. 즉, 인간의 행

44) 레이먼드 윌리엄스(2007), 앞의 책, 「문화의 분석」, 참조.
45) 이명호(2015), 앞의 논문, 122쪽.
46) 잭 바바렛, 박형신·정수남 역, 『감정의 거시사회학』, 일신사, 2007, 266쪽.

위와 사유의 배후에 감정이 작동한다는 것이다. 감정의 관여 없이는 사회에서 어떤 행위도 일어날 수 없다는 점을 강조하며 이성/감정의 이분법 체계를 '배후 감정(back-ground emotion)'[47]으로 통합한다.

감정에 접근하는 방법은 여러 갈래가 있으나, 바바렛에 따르면 치료학적 감정 요법과 구성주의적 접근이 이 중 가장 많이 애용되는 방법이다. 치료학적 감정 접근은 감정을 긍정/부정항으로 나누어 부정적 감정을 치료의 대상으로 상정한다. 감정이 치료의 대상이기에 감정의 근원은 개인 내부에 있으며, 그 부정의 원인을 과거의 고통으로 규정한다. 이처럼 감정을 개인적인 삶의 종속변수로 파악하며, 감정이 문제의 원인이라 설정하는 치료학적 감정 요법은 감정의 가능성을 찾기엔 어려운 방법론이다.[48] 구성주의적 접근은 바바렛에게 '감정사회학(sociology of emotion)'이라 지칭된다. 이는 사회학에서 사용하는 방법으로 감정을 사회화의 결과이며 학습물, 환원될 수 없는 사회문화적 산물로 보는 관점이다. 감정이 사회 정치적 맥락에 따라 변화할 수 있는 요소임을 파악하나, 감정의 사회 맥락성이나 현재적 의미만 강조하기에 독립변수로서의 감정을 고려하지 않는다.

반면 '감정적 사회학(emotional sociology)'은 치료학적 방법과 구성주의적 방법을 넘어서는 감정 접근법을 제시한다. 감정사회학의 감정이 행위의 동인으로서 독립변수를 획득하지 못하고 다시 사회와 문화 속에 종속되는

47) 잭 바바렛(2007), 위의 책, 11쪽.

48) 에바 일루즈 또한 치료적 접근방식이 결국 감정 관리나 자기 계발로 귀결된다는 점에서 신자유주의적 자본주의와 친화적이라고 비판한다. 감정이 치료의 대상이 된다면 우울감, 분노, 수치심 같은 '부정적 감정'은 치유의 대상으로 해소되어야 한다. 시대의 명랑성과 마찬가지로 부정적 감정에서 벗어나야 함을 강조하고, 부정적 감정의 사회적 책임에서 눈을 돌리게 하는 것이다.
에바 일루즈, 김정아 역, 「고통, 감정 장, 감정 아비투스」, 『감정 자본주의』, 돌베개, 2010, 참조.

반면, 감정적 사회학은 감정이 사회적으로 규정된다는 점을 넘어서 감정의 잠재성을 인정하는 사회학이다.[49] 감정의 근원이 사회문화에 있다고 보는 부분은 구성주의적 접근방법과 같지만, 감정의 사회적 규정성을 파악하는 데 그치지 않는다. 감정적 사회학은 인간의 주체성을 강조하고 감정을 독립변수에 놓아 감정적 행위 주체의 잠재성을 강조한다. 사회가 개인에게 어떤 종류의 감정을 학습하게 하지만, 그 감정이 주체 행위의 동인이 되어 다시 사회에 영향을 미칠 수 있다는 관점으로 감정의 잠재적 인과성을 발견하는 것이다. 그리고 주체가 감정적 상황 속에서 감정 행위의 주체로 위치를 바꾸어 행위를 전개하는 역동적 과정을 '감정 동학(emotional dynamics)'[50]이라 명명한다. 이때 감정 동학을 이끄는 힘이 배후감정이다. 거시적 감정사회학에서 감정은 성찰성과 주체성을 동시에 지닌 인간의 행위 동력이 되며, 이를 바탕으로 우리는 현재를 살아가고 미래를 기획하는 감정적 행위 주체를 살펴볼 수 있다.

사회체제는 반복적인 의례 행위를 통해 감정을 주체에게 전달하여 사회집단으로 조직화한다. 시민들에게 국가적 자아를 내면화하여 감정적 유대를 형성하도록 장려하며, 이럴수록 사회의 친밀성과 개인의 정체성은 궤를 같이한다. 그러나 행위 주체인 개인에게 집중한다면 사회의 감정이 모두에게 일정한 결과를 끌어내지는 않음을 알 수 있다. 모든 사람에게 동일한 감정을 요구하지 않는 것, 가기 다른 위치와 지위를 지니기에 감정 경험은 서로 다를 수 있다는 감정적 분위기를 고려한다면 사회-개인-사회로 향하는 감정의 형성 방향을 더 세밀하게 파악할 수 있다.

---

49) 제프 굿윈・스티븐 파프, 박형신・이진희 역, 「고위험 사회운동에서의 감정작업」, 『열정적 정치: 감정과 사회운동』, 한울, 2012, 참조.

50) 잭 바바렛, 박형신 역, 『감정과 사회학』, 이학사, 2009, 44쪽.

감정 주체의 역동성을 강조하는 '감정 동학' 개념은 윌리엄 레디(William M. Reddy)가 제안하는 '감정의 항해(Navigation of feeling)'[51] 개념과도 연결된다. 레디는 감정이 개인 삶의 중심이며 동시에 사회의 강력한 영향을 받는다고 말한다. 그 때문에 감정은 고도의 정치적 의미를 지니며, 어떠한 정치 체제든 안정성을 유지하기 위해서 규범적인 감정 질서, 즉 '감정 체제(regime of emotions)'를 갖추려 한다.[52] 그리고 주체는 이 감정 체제와 길항하며 감정을 표현해가는 항해의 과정을 거친다.

그에게 감정이란 활성화된 생각 재료인데, "그 생각 재료들은 다양한 코드로 정식화되어 있고, 목표 관련 정서와 강도를 갖고 있고 행동을 위한 스키마들(혹은 느슨하게 연결된 일련의 스키마들 내지 스키마의 파편들)을 구성"[53]하고 있다. 그리고 이 재료를 발화/번역해내는 것이 이모티브(emotive)로, 주의할 것은 이모티브와 감정이 불일치할 수 있다는 점이다. "이모티브는 자아-탐색적이며 자아-변경적인 힘"[54]을 지니기에 언제나 변화할 수 있으며 감정은 언제나 미결정적이며 미완성인 상태로 한 곳에 고착되지 않는다. 레디는 감정의 지속적인 변화와 수정에 주목하여 감정 발화 과정을 감정 관리가 아닌 '항해(navigation)'라고 정의한다. "항로의 급격한 변경 가능성은 물론 선택한 항로를 유지하기 위한 지속적인 수정 가능성도 포함"[55]하는 항해가 더 적합한 명칭이라는 것이다. 이는 변형되고 변

---

51) 윌리엄 레디, 김학이 역, 『감정의 항해』, 문학과지성사, 2016, 196쪽.
52) 윌리엄 레디(2016), 위의 책, 192쪽, 참조.
53) 윌리엄 레디(2016), 위의 책, 150쪽.
54) 이모티브는 감정을 확인하고 강화하기도 하지만 동시에 이를 의심하거나 사실이 아니었음을 깨닫게도 한다. 레디는 이모티브의 유동적인 성격에 주목하여 이것이 사회 체제와 어떤 연관관계를 맺는지에 주목한다.
55) 윌리엄 레디(2016), 위의 책, 189쪽.

형하는 감정 주체의 수행성을 설명하는 데 적합하다.

레디는 감정의 지속성, 규범성보다 역동성에 방점을 찍는 만큼, 역동적 감정을 표출하며 자신을 스스로 갱신해 가는 감정 주체의 역할에도 주목한다. 감정이 의지와 동기의 전제조건으로 과거의 셀 수 없이 많은 의지와 동기를 현재로 전달한다면, 결국 이 다수의 목표 사이에 조합과 타협을 조율하는 것은 주체이기 때문이다. 감정적 주체는 감정의 '이중의 닻을 지닌 자아(분산된(disaggregated) 자아)'이다. 이중 닻을 지닌 자아는 감정 표현을 조절하여 감정을 수정하고 감정을 조절하여 행동을 수정함으로써 균형을 유지하는, 항해하는 주체이다. 이 주체는 체제의 이모티브를 수행해도 체제가 원하는 감정이 발동하지 않을 때, 체제의 요구와는 다른 선택을 하기도 하는 능동적 주체이고 저항적 주체이다. 이 주체에게 감정의 선택은 결정이 아니라 변경일 뿐이다.

이처럼 감정의 새로운 연구는 기존의 감정 담론이 더는 유효하지 않다는 결론에서 출발한다. 감정은 사회체제가 부여할 수 있지만 이를 받아들이는 것도 그러지 않는 것도 감정 정치의 일환이다. 이런 관점에서 한국소설의 감정 연구 또한 전환되어야 할 필요가 있다. 식민지 말기 한국소설의 연구도 마찬가지이다. 감정 체제인 건전에서 벗어날 수 없지만 이를 탈영토화-재영토화하는 감정 동학의 다양한 양상을 포착할 때 시대를 새로운 각도에서 바라볼 힘이 생긴다. 감각적인 것의 새로운 분배를 통해 삶의 새로운 형태를 발명할 수 있듯, 감정의 낡은 분배를 재분할할 필요가 있다. 감정은 개인적이거나 혹은 사회적이라는 양자택일의 헤게모니를 대리 보충하는 감정의 재발견을 통해 미학을 추구하려는 것이다. 이는 그동안 파시즘과 어둠으로 상징되었던 식민지 말기 소설을 재인식하는 계기가 된다.

이 책은 식민지 말기 소설의 감정을 감정의 구조성과 유동성을 동시에 살필 수 있는 '감정 동학'에 입각하여 분석하면서, 레이먼드 윌리엄스의 감정 구조와 잭 바바렛의 배후 감정, 그리고 윌리엄 레디의 감정 체제와 감정 주체를 전제로 둔다. 이는 전시 체제의 조선 사회가 부여한 건전의 감정을 개인이 각자의 위치와 상황에 따라 다르게 전유했음을 파악하는데 유효하다. 다양한 감정 경향을 분석하고 그 양가성을 밝혀, 담론구성체로서 감정이 소설과 어떻게 길항하는지 보여줄 것이다. 이를 통해 한국소설을 분석하는 틀로서 감정 동학의 유의미함을 증명하고, 협력/저항, 개인/사회의 이분법을 바탕으로 진행되어 온 식민지 말기 소설의 감정 연구에 새로운 시각을 제시할 수 있을 것이다.

이를 위해 채만식, 박태원, 이태준 세 작가의 소설을 연구대상으로 선택했다. 당대에 활발하게 활동한 작가들의 작품을 통해서 하나의 감정 체제와 대면하는 각기 다른 감정 동학의 형상을 탐구하는 것이다. 이들은 식민지 시기 한국 문단의 대표 작가이자 1940년대 말까지 창작활동을 펼친 작가들이다. 본 논문은 각 작가의 소설을 통해 건전 체제에 대응하는 주체의 내면 감정, 생활의 감정, 개인과 사회의 길항 감정을 다룬다. 문학적 예술성을 추구하는 단편소설과 '나'에 침잠하는 사소설, 독자의 흥미를 끄는 소재를 바탕으로 사회상을 비교적 직접적으로 드러내는 연재소설은 식민지 말기의 세 작가가 공통으로 다룬 분야이다. 다양한 형식의 소설 창작은 전쟁의 원활한 수행을 위해 건전의 감정 체제를 내면화하길 요구하는 당대의 명령을 전유하는 방법이자 이에 대응하는 감정 동학을 탐구하는 과정이었다.

2) 멜랑콜리, 수치심, 상실감

식민지 말기 '전쟁 수행'이라는 일원적 목표 아래 강요되었던 감정 체제 '건전성'에 대항하기 위해 세 작가는 각기 멜랑콜리(melancholy), 수치심(shame), 상실감(mourning)이라는 세 가지 감정 동학을 내세운다. 이들은 치료학적 감정 요법에선 인간 내면을 피폐하게 만드는, 부정적이라 가치 평가되는 감정이다. 그러나 과연 어떤 감정이 옳고 그른지는 당대적 맥락에 따라 평가해야 할 것이다.

감정 체제를 벗어나는 감정은 비정상적인 것으로 규정되어 치료와 관리의 대상으로 격하된다. 감정 체제가 강력할수록 감정 규제는 더 냉혹하게 이루어진다. 식민지 말기의 경우, 주체 내외면의 투명성을 강조하는 건전이 감정의 긍정항에 놓인다. 반면 멜랑콜리, 수치심, 상실감 등은 불투명한 내면을 만들어 건전을 방해하는 감정으로 부정항에 놓이고 필시 교정해야 하는 불온한 것으로 억제된다. 그러나 긍정적인 것처럼 보이는 감정이 주체의 독립적 사유를 막아서는 감정일 수 있으며, 부정적인 것처럼 보이는 감정이야말로 언제나 유쾌하고 명랑하라는 시대의 명령에 의문을 던지는 감정일 수 있다. 그러므로 부정적이라 일컬어진 감정이 시대를 재사유하는 에너지와 가능성을 내포하고 있음을 감지할 때, 우리는 식민지 말기 소설들이 어떤 방식으로 감정의 항해를 하고 있는지 살펴볼 수 있을 것이다.

우울함을 뜻하는 멜랑콜리는 이전부터 이중적으로 독해 되었다. 멜랑콜리는 신이자 괴물의 얼굴을 한 감정이었다. "전자는 숙고적 지혜의 조건으로 여겨지고, 후자는 정서 불안정이나 광기와 연결된다."[56] 멜랑콜리를 병리적 관점에서 바라본 히포크라테스(Hippocrates)나 프로이트(Sigmund Freud)에게 이는 치료해야 할 병증이었으나, 멜랑콜리를 창조적 에너지와 통찰력의 근거로 본 아리스토텔레스(Aristoteles)나 벤야민(Walter Benjamin)에겐 간직해야 할 정신이었던 것이다.

히포크라테스는 멜랑콜리가 가장 천박한 기질을 지닌 흑담즙의 과잉 분비로 발생하며 이 때문에 인간은 슬픔과 우울에 빠지기 쉽다고 말한다. 프로이트는 멜랑콜리를 병증으로 보았지만 동시에 멜랑콜리의 중요한 지점을 짚어준다. 그는 정상적인 애도와 병적인 멜랑콜리를 구분한다. 물론 이 둘 다 사랑하는 대상의 상실에 반응하는 감정이다. 다만 애도가 의식적인 대상과 관련한다면 멜랑콜리는 무의식적인 대상과 관련한다. 멜랑콜리는 상실이 일어난 것은 사실이지만 무엇을 상실했는지 알 수 없는 상태에 발생한다. 애도가 의식적 대상을 상실한 슬픔을 겪고 결국에는 상실 대상에 집착하는 리비도를 거두어들이는 반면, 멜랑콜리는 주체가 대상을 잠식하여 대상이 되어버리는 퇴행을 겪는다. 상실 상태이지만 무엇을 잃었는지 알 수 없기에 상실을 인정하지 않으려는 자아의 태도, 상반되는 감정의 대립이 멜랑콜리를 일으키는 것이다. 그러므로 애도가 대상과 관련한다면 멜랑콜리는 나르시시즘, 즉 자아 형성에 관련한다. 이 자아로의 리비도 퇴행은 자애심의 추락으로 이어지며 자기 비난으로 확대되는데, 프로이트는 자기 비난이란 대상 비난이 자아에게 돌려진 것임을 지적한다. 애도와 달리 멜랑콜리는 애증의 양가감정을 자아 내부로 투사하면서 사랑의 대상을 자아로 바꾸고, 자신의 자아는 초자아의 역할을 하면서 사디즘을 발현한다는 것이다. 이처럼 프로이트에게 멜랑콜리는 자기파괴로

56) 리처드 커니, 이지영 역, 『이방인, 신, 괴물』, 개마고원, 2004, 296쪽.

귀결되는 병이었지만, 그의 논의는 멜랑콜리가 무의식적 대상의 상실 및 애증의 주체 내부 투사에 기인하는 감정임을 규명했기에 중요하다.[57]

반면 아리스토텔레스는 비범한 사람들이 멜랑콜리와 친연성이 있다고 말한다. 멜랑콜리가 과하면 광기에 이르지만 적당하게 작동한다면 천재성과 영웅성을 만들어낸다는 주장은 마르실리오 피치노 등에게 계승되며 '고귀한 멜랑콜리'의 전통을 형성한다. 특히 동판화 <멜랑콜리아 Ⅰ>의 분석은 우울이라는 병이 통찰력과 천재성의 멜랑콜리로 전환되었음을 보여준다. 발터 벤야민은 독일 바로크 드라마의 감정인 멜랑콜리를 분석한다. 알레고리 형식과 결합하는 멜랑콜리가 극단적 주관 상태에서 벗어나 메시아적이고 유토피아적인 희망과 관계 맺고 있음을 밝힌 것이다. 그에게 멜랑콜리는 병리적 상태가 아니라 냉철한 통찰력으로 세계에 대응하는 감정이다.[58] "왜냐하면 감정은 그것이 아무리 자아에게 애매한 모습으로 나타난다 할지라도 운동성이 있는 반사적 태도로서 구체적으로 구조지어진 세계에 답하"[59]는 방식이기 때문이다. 나아가 벤야민은 보들레르를 분석하며 "근대적 멜랑콜리"[60]를 탐구한다. 19세기 후반의 사회변동 아래 보들레르는 세계의 조화로운 형상을 잔해로 만들기 위한 알레고리를 만들었다. 계몽적이고 진보적인 미래를 좇는 대신 근대적 삶의 가치를 반문하는 감정으로 멜랑콜리를 끌어낸 것이다. 세계를 관조하고 통찰하는 멜랑콜리적 주체는 이제 그 자체로 근대적 세계에 역행하는 존재가 된다. 멜랑콜리를 시대 대항적인 감정이자 존재론적인 태도로 차용한 것이다.

---

57) 지그문트 프로이트, 윤희기·박찬부 역, 『정신분석학의 근본 개념』, 열린책들, 2003.
58) 발터 벤야민, 김유동·최성만 역, 『독일 비애극의 원천』, 한길사, 2009.
59) 발터 벤야민(2009), 위의 책, 210쪽.
60) 발터 벤야민, 조형준 역, 『아케이드 프로젝트』, 새물결, 2006.

멜랑콜리가 무의식적 대상과 관련한 내적 감정이며 동시에 세계를 통찰하는 태도라는 점을 받아들인 지젝(Slavoj zizek)은 또 다른 해석을 내놓는다. 그는 상실과 결여의 개념 혼동을 지적하며, 멜랑콜리는 소유했던 대상의 상실에서 기인하는 것이 아니라 대상의 결여에서 발생한다고 주장한다. 욕망의 대상은 본래 결여된 것인데 이를 상실한 것으로 파악하면 멜랑콜리에 빠진다는 것이다.[61] 멜랑콜리는 대상을 박탈당한 욕망의 감정이 아닌, 욕망이 제거된 대상 그 자체를 의미하는 감정이다. 그러므로 멜랑콜리적 주체는 이전에 가져본 적 없는 대상을 마치 소유했다가 상실한 것처럼 행동하고 나아가 아직 상실되지 않은 대상에 애도를 표하기도 한다. 결여를 상실로 혼동하고 가진 적 없었던 대상을 잃었다고 착각하여 도리어 대상을 소유할 수 있게 된다. 이 역설은 멜랑콜리가 상실이 아닌 결핍에 기인함을 알려준다. 멜랑콜리적 주체에게 중요한 것은 자신이 상실했다고 믿는 대상이 아니라 무언가를 잃었다는 믿음 자체이다. 이 자기 기만적 믿음이 결여를 상실로 전환하며 한 번도 가진 적 없는 것을 소유할 수 있게 한다. 동시에 멜랑콜리는 욕망의 결여를 통해 욕망의 원인 제공자 또한 원래부터 존재하지 않는다는 사실을 깨닫게 한다. 세계를 둘러싸고 모든 것에 의미를 부여하는 상징적 질서가 형성된 것처럼 보이지만 사실 라캉이 말하는 대타자는 존재하지 않는다는 것, 대타자의 결여를 인식할 수 있게 되는 것이다. 이때 멜랑콜리는 상징계가 완결된 공간이 아님을 알게 되며 이데올로기에서 벗어날 가능성의 감정이 된다.

수치심[62]은 타자와 그 타자의 눈에 비친 자신을 인식한 주체가 내면화

61) 슬라보예 지젝, 한보희 역, 『전체주의가 어쨌다구?』, 새물결, 2008.
62) 수치심은 네 가지 특징을 지닌다. 1. 자연스러움: 허약함 혹은 금기에 대한 의식이며 시대에 따라 어떤 종류의 감정이나 신체 부위를 드러내는 것을 수치스럽다 정의한다.

하는 감정이다. 수치심은 타자와 대면하는 주체의 주체성을 확인하게 하거나, 그 주체성을 다시 대상화하게 만드는 계기로 작동한다. 주체화와 탈주체화를 오가는 이 감정 동학은 그 안에 '타자의 시선'이라는 전제를 깔고 있으며, 이 때문에 수치심은 존재론적, 사회적 측면에서 중요한 감정이다. 수줍음이나 창피함과 달리 수치심을 철학적으로 고찰해야 하는 이유가 여기에 있다. 또한 수치심은 죄책감과도 다르게 평가해야 한다. 죄책감은 어떤 특정한 '행위'에 집중하는 감정이지만 수치심은 어떤 사람의 '인격' 자체를 문제시하는 감정이다. 그러므로 수치심은 충격도 크고 벗어나기도 어렵지만 죄책감은 그 행위에만 초점이 맞춰지기에 해결점을 찾기도 상대적으로 쉽다. 또한 죄책감이 내면적 양심에서 비롯하는 반면, 수치심은 현실/이상, 주체/타자 등과 같은 이원론적 질서의 긴장 관계에서 발생한다. 그러므로 죄책감과 달리 구체적인 시공간에 더 밀착하여 전개하는 감정이다. 또한 "수치심은 죄의 감정처럼 행위의 결과에 대한 규범적인 평가의 대상으로 설정되기 전에, 스스로 정체성을 경험하는 과정에서 필연적으로 발현"[63]되기에 감정 주체의 능동성과 역동성을 탐구하는 데 더 적절하다.

수치심은 타자가 내리는 사회적이고 도덕적 판단, 옳고 그름의 문제와 연결된다. 플라톤(Plato)은 영혼의 선한 상태를 강조하며 불의를 저지르지

---

2. 공개성: 사회적 삶 속에서 의미를 지닌 감정이 수치심으로 타인들의 시선이 중요하다. 3. 역동적인 프로세스: 우리 행동의 결과에 따라 끊임없이 변화하는 수치심과 비수치심의 경계, 그 갈등 자체가 정태적인 체계의 허약성을 드러낸다. 4. 필연성: 수치심이 없다면 기쁨 또한 없기에 마치 집단 규범과 개인 윤리의 관계처럼 언제나 존재하는 것이다.

장 클로드 볼로뉴, 전혜정 역, 『수치심의 역사』, 에디터, 2008, 참조

63) 임홍빈, 『수치심과 죄책감』, 바다출판사, 2016, 245쪽.

말아야 한다고 말하는데, 이때 불의와 감응하는 감정이 수치심이다.64) 아리스토텔레스는 잘못을 저질러 타인의 나쁜 평판이 두려울 때 발현하는 감정을 수치심이라 규정하며, 이것이 지나치면 숫기가 없어지고 모자라면 파렴치해진다고 말한다.65) 데카르트(René Descartes)는 우리가 지닌 것이 타자의 부정적 견해와 연관될 때 수치심이 발생한다고 규정한다. 타자가 이를 좋은 것으로 볼 때 영광이, 나쁜 것으로 받아들일 때 수치심이 일어난다는 것이다.66) 스피노자(Baruch de Spinoza)는 타인이 나를 비난할 때 발생하는 불쾌감을 이야기하며, 인간이 추한 행동을 하지 않게 억제하는 공포와 두려움이 수치심이라 명명한다.67) 수치심이 타율적이며 감성의 영역에서 일어나는 감정임을 강조하는 건 칸트(Immanuel Kant)이다. 그는 수치심이 존재 자체가 지닌 무능함을 유발하는 감정으로, 주체의 의도와 상관없이 육체적 내밀함이나 존재론적 무능력을 감출 수 없을 때 발현한다고 주장한다. 그러므로 수치심은 오로지 '타인 앞에서의 수치'이다.

이처럼 수치심은 타자의 평가와 밀접하게 연관되는 감정으로, 타자가 나의 어떤 점을 잘못이라 인식할 때 야기된다. 그러나 주체를 목격한 타자가 나에게 유의미한 존재라면 실패한 주체는 타자의 시선이 고통스럽더라도 타자를 부정하기보다 타자의 판단을 받아들이고 수용함으로써 타자와의 관계를 회복하고자 한다.68) 이는 수치심의 작동에 사회성이 중요한 역할을 하고 있음을 의미한다.

존재론적 측면에 집중하는 논의도 있다. 수치심이 주체의 자의식을 일

64) 플라톤, 김인곤 역,『고르기아스』, 이제이북스, 2014.
65) 아리스토텔레스, 강상진 외 역, 『니코마코스 윤리학』, 길, 2011.
66) 르네 데카르트, 김선영 역, 『정념론』, 문예출판사, 2013.
67) 바뤼흐 스피노자, 조현진 역, 『에티카』, 책세상, 2006.
68) Sara Ahmed, *The Cultural Politics of Emotion,* New York: Routledge, 2004.

깨우는 감정으로 자기성찰의 성격을 띠며, 주체의 자아정체성에 자문하게 한다는 것이다. 주체는 타자가 보는 나를 인지하며, 나를 보며 타자를 본다. 수치심은 주체와 타자가 상호주관적 관계이며 서로의 필요조건임을 환기한다. 라캉(Jacques Lacan)[69]은 팔루스 개념을 통해 수치심을 인간의 존재론적인 문제로 연결한다. 아이는 어머니의 거세를 알게 되면서 이를 메꿀 수 있는 상상적 팔루스에 집착한다. 팔루스가 상상적인 이유는 여자아이는 없고 남자아이는 아주 작기 때문이다. 그러므로 어머니와 아이는 서로의 팔루스를 메워줄 수 있다는 상상을 하며 결핍을 부정한다. 그러나 대타자의 시선이 이 모든 것이 환상이라 밝히는 순간, 아이가 팔루스의 기능을 할 수 없는 무(無)임을 들키는 순간 상상은 깨지고 아이는 근원적 수치심에 좌절하게 된다는 것이다.

짐멜(Georg Simmel)은 수치심이 신체와 정신이 결합한 인지적 차원에서 발현하는 감정이라 말한다. 수치심의 대상은 언제나 인간의 자기의식과 구조적 연관 관계에 놓이기에 자기 객관화 능력과 더불어 타자의 존재가 절대 필요하다는 것이다.[70] 그러므로 수치심은 자기 인식이 항상 타자의 매개로 이루어짐을 깨닫게 하는 감정이다. 사르트르(Jean Paul Sartre)는 타자의 존재를 규명하기 위해 '시선' 개념을 도입하여 타자를 '나를 바라보는 자'로 정의한다. 주체가 자물쇠 구멍으로 방 안을 들여다볼 때, 나는 오직 방 안에서 일어나는 일만을 자각하는 '비정립적 의식' 상태이다. 나의 행동을 인식하지 못하는 이 비반성적 상태가 수치심의 원인이다. 그러나 나를 쳐다보는 타인이 있음을 인지하는 찰나 나의 내면에는 본질적인

69) 자크 라캉, 맹정현 역, 『세미나1』, 새물결, 2016.
70) 게오르그 짐멜, 김덕영 외 역, 『짐멜의 모더니티 읽기』, 새물결, 2005.

변화가 일어난다. 타인이 출현하는 순간 나는 비로소 비정립적 의식 상태에서 깨어나게 되고, 비로소 나의 비정립적 의식을 의식할 수 있게 된다. 수치심은 타인 앞의 자신에 관한 수치라는 이중적 구조를 띤다. 타자의 시선을 받음으로써 내가 중심이었던 세계가 와해되고, 타자가 새로운 질서를 부여하는 세계로 시점이 이동되는 순간 수치심이 발현한다. 즉, 내가 타자가 인식하는 나라는 사실이 수치심의 발동 조건이다.[71)]

레비나스(Emmanuel Levinas)는 수치심이 타자의 앞에서 느끼는 자신의 부끄러움이며 타자의 시선으로 나를 인지하는 감정이라 말한다. 우리가 감추고 싶은 것, 우리의 벌거벗음을 숨길 수 없는 건 타자의 얼굴 때문이다. 주체의 망각과 이기적 폐쇄성을 깨뜨리는 타자의 시선은 타자를 향한 윤리를 깨닫게 한다. 그리고 타자에게 윤리적 책임을 지는 주체가 되는 과정에서 발생하는 것이 수치심이다.[72)] 아감벤(Giorgio Agamben)은 주체가 자신을 보는 것이 아니라 타자의 시선 앞에서 스스로를 타자화할 때 수치심을 경험할 수 있다고 말한다. 보면서 보이는 이중 운동 속에서 주체는 자신을 깨닫고 타자와 소통하는 계기를 만든다. 수치심을 느끼는 주체는 자신의 내부에서 벗어나려는 능동적인 탈주체화와 동시에 그에서 벗어나는 것에 실패하여 수동성 안에 고착되는 주체화 과정이라는 감정 동학을 수행하며 감정 주체로 거듭나는 것이다.[73)]

반면 누스바움(Martha Nussbaum)은 수치심의 양면성에 주목한다. 그는 수치심이 어떤 이상적인 상태에 도달하지 못한다는 생각에 반응하는 고통스러운 감정이라 정의한다. 주체가 자신이 전지전능한 존재가 아니라 대

71) 장 폴 사르트르, 손우성 역, 『존재와 무』, 삼성출판사, 1982.
72) 엠마누엘 레비나스, 김동규 역, 『탈출에 관해서』, 지식을 만드는 지식, 2012.
73) 조르조 아감벤, 정문영 역, 『아우슈비츠의 남은 자들』, 새물결, 2012.

상에 의존적이며 취약한 존재임을 알게 될 때 수치심이 발생한다는 것이다. 수치심이 완전성의 추구와 맞닿아 있는 한 정의로운 도덕을 발전시키는 데 매우 중요한 요소가 된다. 동시에 수치심은 완전한 통제력을 유지하려는 원초적 욕구에 바탕을 둔다. 그러므로 자아의 나르시시즘적 계획을 방해는 장애물을 격렬하게 비난하고 공격할 가능성이 있다.[74] 자기 안의 수치심이 다른 사람을 향한 모욕이나 수치심 주기로 이어지기도 한다는 것이다.

그러나 수치심이 사회성과 존재론과 연관하며 그 바탕에 타자와의 소통 열망을 두고 있다는 점을 상기하면, 수치심의 긍정적 측면을 생각할 수 있다. 수치심은 병리적 감정일 수 있지만 동시에 승화의 가능성을 지닌다. 수치심이 없다면 인간은 자신이 무엇을 추구하는지 느낄 수 없다. 인간이 자신을 발견하고 깨우치는 반성의 신호이자 자신이 가치 있게 여기는 무엇이 위협받을 때 떠오르는 감정이 수치심이다. 주체의 잘못이 타자의 시선에 포착되는 순간은 자신을 위태로운 위치에 두지 말라는 윤리적 명령과 연결된다. 이 명령이 불러내는 수치심은 타자를 전유하여 주체를 인식하는 과정이며, 나아가 추구해야 할 이상을 확인하고 행하려 노력하는 기회로 작동한다.

상실감은 보편적 경험이지만 그 원인과 표출 방식은 개인에 따라 다르며 변화한다. 상실의 어원인 Los가 '해체(dissolution)'라는 뜻을 지니고 있었다는 점을 염두 한다면, 상실감은 결국 의미 있는 대상과의 실체적이고 관념적인 해체에서 생기는 감정임을 알 수 있다. 타자와의 유대 해체는

74) 마사 누스바움, 조계원 역, 『혐오와 수치심』, 민음사, 2015, 378-400쪽, 참조.

주체의 삶에 총체적인 영향을 미친다.

프로이트는 멜랑콜리와 상실감의 차이를 우울과 애도의 차이로 설명한다. 그에 의하면 자기가 알고 있는 대상을 상실하는 것이 애도, 무의식만이 알고 있는 경우가 우울이다.[75] 그러므로 단어를 교체해 본다면, 상실감은 상징계 내에 표상된 대상의 상실을 뜻하고, 멜랑콜리는 무의식 속 대상의 상실을 의미한다. 수잔 캐벌러-애들러(Susan KAvaler-Adler)는 프로이트가 애도를 죽은 자를 향한 상실감으로 보았던 시각을 받아들이며 이를 '발달적 애도'로 발전시킨다. 그녀는 상실감이 단지 죽음, 이별, 실망에 기인하는 감정만은 아니라고 말한다. 상실감은 "자기 자신에 대한 환멸에 기초하는 후회의 아픔을 경험하는 것을 통해서 그리고 타자에 대한 환멸과 관련된 상실의 아픔을 통해 새로운 타자관계를 형성하게 만드는 힘이 된다."[76] 즉, 상실감은 대상 상실의 고통을 직면하게 하는 능력, 상실의 원인 중 하나일 자신을 반성하는 능력을 기르게 하여 윤리적 삶의 가능성을 열어준다는 것이다.

레비나스는 노화가 상실감을 느끼게 한다고 주장한다. 늙어가는 주체는 끊임없이 스스로와 결별한다. 과거의 나, 현재의 나는 시간의 통시성 앞에 잃어버린 기억이 된다. 늙어가는 시기에 주체는 자신의 수동성을 자각하게 되며, 늙어가는 신체는 존재 그 자체가 외부에 맡겨진 자라는 표징이 된다. 자기를 잃는 경험, 상실의 감정은 나아가 이질적인 바깥의 타자를 성찰하게 한다. 유한한 주체는 자기에게 몰두하여 타자에게 무관심하고 그래서 도리어 자기를 상실하는 역설에 빠지는 대신, 타자에게 손을 내밂

75) 지그문트 프로이트, 윤희기 역, 『무의식에 관하여』, 열린책들, 1997.
76) 수잔 캐벌러-애들러, 이재훈 역, 『애도-대상관계 정신분석의 관점』, 한국심리치료연구소, 2009, 31쪽.

으로써 초월의 길을 열 수 있다. 자신을 유지하려는 코나투스(Conatus)적인 주체를 넘어서는 길은 바깥과 관계를 맺는 데서 온다. 이때 상실감은 주체에게 시간의 통시성을 넘어서 존재와 다르게 되는 기회를 제공하는 감정이다.77)

가치 있는 것과의 결별에서 비롯되는 상실감이 공간 관념과 결합할 때, 실제적 공간인 장소와 관념적 공간인 유토피아 논의로 확장된다. 주체가 특정한 공간에 느끼는 강한 유대감이나 애정을 '토포필리아(topophilia)'라고 한다면, '토포포비아(topophobia)'78)는 '지금-이곳'이 아닌 장소나 과거의 장소가 없는 현재에 느끼는 상실감과 연결된다. 이밖에 '장소 상실(loss of place)' 또한 상실감을 근저로 하는 개념이다. 유대감을 느낄 수 있는 장소가 여기가 아닌 외부에 있을 때, 내부성을 경험하지 못한 주체는 상실감과 소외감을 형성하게 된다. 장소 상실은 장소의 내부에서 진정한 장소감을 경험하였다가 이를 상실하게 된 주체에게 해당한다.

에드워드 렐프(Edward Relph)는 근대적 발전이 가져오는 획일성이 장소의 상실을 초래한다고 주장한다. 집이나 공동체 같은 의미 있는 장소가 사라지며 많은 사람이 장소 상실감에 시달린다. 이때 상실감은 자신의 장소를 가지며 그곳에서 안정을 느끼는 전통적인 삶과는 다른 측면으로 감각이 옮겨감을 대변한다. 이는 장소를 잃은 주체가 체현할 감정의 움직임을 살필 수 있게 한다. 현재에 상실감을 느끼는 주체는 이제 이상적이고 관념적 시공간에 유대감을 투영한다. 지그문트 바우만(Zygmunt Bauman)은 급격한 사회 변화로 현재를 상실한 주체들이 이 상황을 타개할 방법으로 과

77) 엠마누엘 레비나스, 김연숙·박한표 역, 『존재와 다르게』, 인간사랑, 2010.
78) 에드워드 렐프, 김덕현 외 역, 『장소와 장소상실』, 논형, 2005.

거를 회상(retro)하는 공간(topia)을 불러온다고 말한다.[79] 불안정하고 신뢰할 수 없는 미래보다 추억과 안정감을 지닌 과거에 희망을 재투자하기로 하는 것이다. 사람들은 이제 부족주의, 원초적 공간으로 상실을 가리려 한다.

그러나 유토피아(utopia)는 더 나은 삶을 꿈꾸는 것이며 현재는 아닌 의식이지만 언젠가 도래할 이상적 공간이다. 이는 과거의 재구성일 수도 미래를 향한 욕망일 수도 있다. 공통점은 이것이 현실의 상실감에서 더 나은 삶으로 향하려는 방향성을 만들어낸다는 것이다. 그러므로 상실감은 사회와 개인 삶을 측정하는 판단 기준의 역할을 담당하는 동시에, 현실 비판 및 새로운 변화를 제안하는 현실 창조의 역할도 수행한다. 현실의 상실감이 새로운 삶을 설계하는 긍정적 감정으로 전회한다.

레이 초우(Rey Chow)는 국가 혹은 문화가 존재를 상실할 위기에 처하는 순간 '기원(문화, 전통)'과 '원시(자연, 여성, 어린이)'를 불러와 자기의 지배적인 정체성을 확립하는 원시적 열정에 몰두한다고 말한다. "원시적인 것은 정확한 역설, 즉 '문화'와 '자연'이라는 두 의미작용 양식의 합금"[80]이며 이는 오리엔탈리즘과 연결된다. 그러나 기원을 추구하는 현재의 상실감이 단순히 노스텔지어의 감정에 고착하지는 않는다. 전통을 현재에 소환하여 재발명하는 것은 동시대적인 표상 구조를 이루기 위함이기 때문이다. 과거의 것이 근원적이라는 가치를 획득하려면 이는 절대적 기원이 아닌 대리 보충적인 것이 되어야 한다. 번역을 거치지 않고서 전통이 계승될 수는 없는 일이다. 그러므로 원시적인 상실감은 항상 사후 발명이며, 과거의 회고인 동시에 미래의 예고로 존재한다.

---

79) 지그문트 바우만, 정일준 역, 『레트로토피아』, 아르테, 2018.
80) 레이 초우, 정재서 역, 『원시적 열정』, 이산, 2004, 46쪽.

이렇게 감정의 전환은 식민지 말기 한국소설이 감정의 정치적 수행성이라는 새로운 윤리 영역을 개척할 수 있게 한다. 랑시에르(Jacques Rancière)가 말한 대로, "새로운 감성적 분배에 참여하여 낡은 분배 형태와 불화하고 맞서 싸우는 한"[81] 문학 또한 정치적인 것이 될 수 있다. 식민지 말기 감정 체제인 건전에 대응하는 세 가지 감정 형식은 당대 문학장(場)의 결을 더 풍요롭게 만든다. 건전은 일면 긍정적인 감정으로 보이지만, 실상 전쟁 주체를 주조해내기 위해 기획된 감정이기에 부정적이다. 그러므로 식민지 말기 세 작가는 이 건전을 내면화하는 대신 건전을 또 다른 감정으로 변형하여 체제에 되돌려준다. 건전 주체는 지녀서는 안 되는 감정이자 부정적 감정으로 일컬어지는 멜랑콜리, 수치심, 상실감은 그러므로 현재의 비판적 사유를 전제로 한다.

건전 체제의 부정성을 인지하게 만드는 이 감정들은 또한 각자 다른 양상을 띤다. 멜랑콜리는 주체가 건전에서 벗어나 자아에 고착하게 만들며, 수치심은 주체의 판단 기준을 건전이 아닌 유의미한 타자에 두게 만든다. 상실감은 건전을 따르기보다 이를 대체할 새로운 이념을 탐구하도록 장려한다. 채만식, 박태원, 이태준의 식민지 말기 소설이 보여주는 이 각각의 경향은 예컨대 '집'의 형상화를 통해 잘 가늠해 볼 수 있다. 채만식에게 집은 건전 체제로부터 신념을 지키려는 내면을 드러내고, 박태원에게 집은 건전 체제 속에서 어떻게든 생활을 유지하려는 가장의 모습 자체이며, 이태준에게 집은 건전 체제를 대체할 새로운 삶을 실험하는 곳이 된다. 그러므로 이 책은 이 과정에서 발현하는 감정의 동학을 분석하여 식민지 말기의 낡은 분배 형태(건전 체제)를 새롭게 분할하려 한다. 전시 체제는

81) 자크 랑시에르, 오은성 역, 『감성의 분할』, 도서출판b, 2008, 87쪽.

파시즘과 상동하는 어둠의 시기라는 기존의 감각을 변환하는 감정적 전회를 수행하는 것이다.

3) 분석 시각 및 연구의 구성

채만식의 소설은 반어적인 태도로 권위를 풍자하는 냉소의 태도를 견지했다. 그러나 전시 체제의 도래 이후, 지배 질서의 위선을 우스꽝스럽게 만드는 냉소는 사용 불가능한 무기가 되었다. 감정의 가장 긍정적인 부분만을 극대화한 '건전' 감정 체제는 어떤 대항 의식도 용납하지 않는 정치적 의도 자체이다. 냉소할 수 없는 세계 속에서 채만식 소설은 외부에 반응하기보다, 내부의 감정 동학에 더 집중한다. 자의식에 주목하는 멜랑콜리의 감정으로 소설의 새로운 감정 동학을 구성하려 한 것이다. 체제의 부정성을 전제로 하는 멜랑콜리는 냉소주의와 우울증에 빠지기도 하지만 관조의 힘을 길러 현실의 부정적 측면을 첨예하게 드러내는 숭고와 탈주의 동력이 되기도 한다. 나아가 멜랑콜리의 감정은 해방 이후 채만식 소설 세계의 한 축을 이루는 자기 비판적 반성과도 연결할 수 있다.

주체의 내면을 탁월하게 묘사하여 모더니즘 소설이라는 평을 얻었던 박태원의 소설은 수치심을 바탕으로 외부로 시선을 돌린다. 이때 외부는 사회보다 가족을 의미한다. 명랑을 강요하는 표백된 세계에서 심경의 탐구를 지속할 수 없는 모더니스트 예술가는 창작의 원천을 상실하며 생활이 불안정해지는 상황에 놓인다. 식민지 말기 박태원 소설의 기저에는 가족을 건사하지 못할까 두려워하는, 생활하지 못하는 자의 수치심이 자리잡는다. 수치심은 치욕감, 분노 등의 공격성을 드러내게 하는 감정이지만 존재의 취약성을 인정하고 타자를 감각하게 하기에 윤리적 가치가 무엇인지 성찰하게 한다. 해방 이후 박태원의 행보가 타인들의 삶을 다루는 대하소설까지 가 닿는다는 사실을 떠올릴 때 수치심은 그의 소설 세계를 설명하는 키워드가 될 수 있다.

이태준 소설 의식 아래 흐르던 상고의 열망은 전시 체제 이후 전경화되며 구체적인 의미망을 형성한다. 상실감은 자신이 무엇을 잃었는지 알기에 현실 상태를 부정하고 새로운 세계를 희망하는 감정이다. 건전 체제라는 새로운 감정 정치가 미래를 향한 맹목적인 믿음에 바탕 한다는 점을 떠올릴 때, 이태준 소설 속 상실감은 현실 가치와 상고적 정신 가치의 충돌에서 생성되는 감정임을 알 수 있다. 기존 가치가 무너진 세상, 전쟁을 독려하며 감정의 표백을 권장하는 건전의 세계는 상실감의 감정 동학이 정정해야 할 대상이다. 그러므로 소설은 이상을 구현할 수 없는 세계에 상실감의 배후 감정을 작동하여 잃어버린 것의 가치를 재발명하고 나아가 새로운 세계를 상상하는 욕망을 드러낸다. 내부도 외부도 아닌 새로운 공간을 창조하려는 그 특성을 생각할 때, 상실감은 식민지 말기 이태준 소설의 감정을 잘 드러내는 의식이다.

이 책은 위의 방법론과 분석 시각을 바탕으로 다음과 같은 논의를 진행한다.

제2장에서는 식민지 말기 사회체제와 결합한 감정을 바탕으로, 전시 체제의 진행 양상과 감정 체제로서의 건전화 프로젝트를 설명한다. 그리고 1940년 전후 대두한 신체제를 살피고, 이를 문학장에서 어떤 방식으로 받아들이고 전유하여 다시 체제를 균열 냈는지 서술한다. 정치 체제가 안정

성을 유지하기 위해서 구성원에게 규범적인 감정 질서, 즉 감정 체제를 부여하려 하는 것처럼, 식민지 말기 사회는 전쟁의 수행과 막힘없는 후방 지원을 위해 건전을 전면에 내세운다. 이때 건전은 치안의 안정을 확보하는 사회적 슬로건이자 유능한 병사의 신체 조형술이며 명랑과 결합하여 개인의 내면을 규제하는 정신 규범이 된다. 건전하고 위생적이며 높은 기술 수준을 보유한 건전한 사회, 건강하고 결함 없는 신체와 명랑한 정신과 깊은 체제 순응 태도를 보이는 건전한 주체를 생산하는 것이 이 시대의 목적이다. 이때 조선 문단은 내선일체와 동아 신질서 수립에 이바지하라는 체제의 명령에 '국민문학'으로 답한다. 집단의 감정과 민족적 이상을 형상화하는 문학을 도덕으로 규정하여 이에 부합하지 못하는 작품은 비국민문학으로 배제하는 것이다. 그러나 작가들은 국민문학을 전유하며 각자의 감정으로 문학장에 다양한 목소리를 만들어낸다.

제3장~제5장은 건전 감정 체제에 대응하는 각각의 감정 동학이 어떻게 개인과 사회와 길항하는지 그 양상을 살핀다. 감정 동학은 표면적 이데올로기 구조와는 다른, 새로운 주체성의 기원을 탐구하게 하는 중요한 방법론이다. 감정이라는 내적 체제는 표면적 서사의 이면에서 형성되는 가능성을 살피기 위한 필요조건이다. 이는 행위 주체의 정체성을 구성하는 데 중요한 역할을 한다. 3장은 멜랑콜리의 감정 동학을 바탕으로 채만식 소설이 어떻게 내면을 형성하고 세계를 조망하는지 고찰한다. 4장은 수치심의 감정 동학을 바탕으로 박태원의 소설이 어떤 방식으로 주체와 사회를 성찰하는지 살핀다. 5장은 상실감의 감정 동학을 바탕으로 이태준의 소설이 어떤 과정으로 개인과 체제를 상상하는지 논의하겠다. 각 장의 1절은 감정을 체현하는 주체를 분석한다. 감정 동학에서 중요한 것이 주

체가 발현하는 감정 행위임을 확인하며 그 성격을 규명할 수 있을 것이다. 2절은 감정 주체가 공간을 장소화 하는 양상을 고찰한다. 장소 개념은 체제가 지배하는 단성적 공간의 성격을 극복하는 가치 체계를 끌어오는 데 효과적이다. 이는 개인과 사회 사이, 예술과 생활 사이에서 형성되는 감정의 움직임을 살필 수 있게 한다. 3절은 감정 주체가 타자와 내밀하게 교섭하는 방법인 사랑을 중심으로 서사가 어떻게 사회체제와 길항하는지 확인한다. 개인적 욕망의 서사가 이념의 서사, 다양한 인간관계의 묘사가 곧 감정 체제와 대응하는 또 하나의 체제가 된다는 분석이 가능하다. 이를 바탕으로 세 가지의 감정 동학이 어떤 형태의 사랑을 형성하는지, 나아가 이 사랑 서사가 어떻게 기존 감정 체제를 전유하는 새로운 태도를 창출하는지 살피는 것이다. 마지막으로 각 절의 1항에서는 감정 동학의 부정적 고착 과정을 고찰하고 2항에서는 감정 동학의 긍정적 형상화를 논의하여 의의를 찾는다.

제 2 장

식민지 말기 한국소설과 감정 체제의 지형도

제2장

식민지 말기 한국소설과 감정 체제의 지형도

1. 전시 총동원 체제의 구축과 건전화 프로젝트

중일전쟁 발발 이후 조선 사회는 전시 총동원 체제로의 재편이라는 급격한 변화를 겪는다. 일본 제국이 벌이는 전쟁에 식민지 조선이 사회적, 신체적, 감정적으로 본격 동원되기 시작한 것이다. '총동원 체제'란 원활한 전쟁 수행을 목적으로 총동원을 실현하기 위한 체제로, 그 기저가 되는 총력전 사상은 1차 세계 대전 이후 세계적으로 일반화된 근대적 전쟁관이다. 그리고 국가 총동원 개념은 총력전 사상의 일본식 해석으로 탄생한 용어이다. 제국은 총력전에서 승리하기 위한 동원 체제를 구축하기 위해 이 개념을 내세운다. 무력전을 수행하기 위해 경제와 공업 동원의 비중을 재조정하고 사상 및 정신의 동원까지 이루어야 할 필요성을 인지한 것이다. 총동원 체제의 제1 목표는 군수 생산력의 확충이다. 군수품을 생산하고 공급할 능력을 유지하는 게 전쟁의 승패를 좌우하기 때문이다. 군수품을 안정적으로 공급하기 위해서는 국내의 정치 사회적 혼란을 방지하고, 국민에게 총력전을 이해시켜 정신적 단결을 도모해야 했다.

조선총독부는 국가 총동원법(1938년 법률 제55호)을 제정하여 국가의 전력을 효율적으로 운영하기 위한 인적, 물적 자원의 통제 준비를 마친다. 이 법의 중요한 특징은 계획성으로, 유사시 이전부터 조선 전체를 대상으로 광범위한 조사를 실행할 필요가 있었다. 군수, 민수 물자 및 물적 인적 자원의 동원 가능 총량을 파악하여 그 수요와 공급 배분을 미리 안배해 놓아야지만, 평시 체제에서 전시 체제로의 신속한 이행이 가능하기 때문이다. "이때 총동원 조사의 범위 안에는 물자와 노동력으로서의 사람이 포함된다."[1] 총동원 체제 아래에선 전쟁을 수행하는 주체가 중요 자원이기에, 국가는 개인의 육체와 정신을 규율하여 전쟁 주체로 변화시킬 필요가 있었다. 총독부는 정신 동원의 일환으로 '국민정신총동원실시요강'을 제정하여 권국일치(拳國一致), 진충보국(盡忠報國)을 슬로건으로 내건다. 장기전에서 승리하기 위해 식민지 조선인의 결의를 다지려 한 것이다.

이런 상황과 맞물려 주목할 만한 또 다른 흐름은 '건전'이라는 표백된 감정이 시대정신으로 부상한 점이다. 총독부는 체제에 부합하는 건전함의 긍정성을 강화하려 명랑을 소환한다. 1920년대까지 날씨를 가리키는 말로 사용되었던 명랑은 1930년대에 건전과 동일어로 쓰이며 의미 영역을

1) 사람을 동원하는 총동원 업무에는 8가지가 있다. 물자의 생산, 수출입, 보관 업무/운수 및 통신 업무/금융 업무/위생과 구호 업무/교육훈련업무/시험연구업무/정보업무/경비업무가 그것이다.
유카 안자코, 「조선총독부의 '총동원체제'(1937·1945) 형성 정책」, 고려대학교 대학원 박사학위논문, 2006, 31쪽.

확장한다. 밝고 깨끗하고 쾌활하다는 뜻을 지닌 명랑의 긍정성이 건전의 의미망에 포섭되었다. 총독부가 표방한 '명랑정치'가 곧 '건전정치'를 의미하는 것은 이 때문이다. 이 시대 명랑은 건전한 상태를 표방하는 일제의 정책을 설명하고 보도하는 기사[2]들에 수시로 등장한다. 총독부는 대대적인 도시정화정책을 펼쳐나가며 근대적이고 위생적이고 안전한 것에 '건전-명랑'이라는 감정 코드를 부여한다. 근대적 도시 경관과 안전한 생활을 방해하는 요소(부랑자, 질병, 범죄)가 건전하지 않은 것으로 배제의 대상이 되었다면, 위생과 전기설비, 치안 등 깨끗한 생활환경의 증진은 건전으로 규정된다. 청명한 하늘과 밝은 달이라는 자연 상태의 '명랑'이 환경설비를 갖춘 공장과 전등이 켜진 거리, 불량배 없는 도시라는 사회 차원의 '건전'으로 위치를 이동하는 순간이다. 이제 건전은 기후뿐만 아니라 이상적 도시의 표상을 나타내는 말이 된다. 그리고 기계 설비, 사회 안전은 도시개혁정책의 성공은 물론 나아가 전시 총동원 체제가 표방하는 군수품과 노동력의 원활한 공급의 성공을 위해서도 꼭 필요한 건전 요소로 자리매김한다. 이제 건전은 식민지 체제의 정책 선전 표어이자 전시 총동원 체제의 운영에 꼭 필요한 가치이다.

'건전'의 가치는 이제 전쟁 주체의 신체와 정신을 개조하는 데까지 그 영향력을 확장하며 전시 총동원 체제의 감정 체제/사회 성격으로 기능한다. 이른바 주체 개조의 핵심 정신이 되는 것이다. 개인의 신체는 정치적

2) 「매연방지, 공장위생 등 공장지의 명랑화」, 『동아일보』, 1936.4.1. ; 「불량자들을 일제 구축, 공원을 명랑화!」, 『조선일보』, 1936.11.17. ; 「소작 쟁의 절멸에 조선에서도 호응. 총후농촌의 명랑화를 기도」, 『조선일보』, 1938.8.7. ; 「도시명랑을 기코자 거리의 불량배단속 금후 개성서 엄계방침」, 『동아일보』, 1938.8.13. ; 「어두침침한 촌 정차장 전등불로 명랑화 계획」, 『동아일보』, 1938.10.15. ; 「호곡동의 명랑화, 나환자 전부를 이송」, 『조선일보』, 1939.10.11.

인 장소이다. 근대 이후, 무엇보다 식민지 말기 총동원 체제 아래 신체는 통제, 감시 시스템이 작동하는 실질적 장소가 된다. 식민지인의 약하고 열등한 신체와 체력을 병사의 몸으로 전환하는 군사적 신체 조형술은 금지와 장려라는 이중적 방식을 통해 전개된다. 신체의 한쪽 극엔 열성 퇴치 기술이 그 반대쪽엔 신체 오락기술이 놓이고, 이 두 극점을 연결하는 수단으로 위생 규범과 질병 예방과 치료, 성교육 같은 생활 속 보건 기술이 등장한다. 이는 근대적이고 건전한 것을 좋은 것으로 규정하는 건전화 프로젝트와 연결되어 건강한 신체를 구상하는 틀이 되었으며, 『조광』이나 『삼천리』 같은 대중잡지를 통해 건전 담론의 일상화를 도모했다.

국민 체위 향상을 목표로 설립된 후생성은 전쟁 주체를 만들어내기 위해 식민지 조선인에게 훈련할 것을 명령한다. 중일전쟁의 직접적 공간이 아니었던 조선에서 이 훈련은 오락의 얼굴을 하고 스며든다. 명랑의 모토 아래 전시 체제를 벗어나지 않으면서 적절하게 기능하는 신체를 만드는 건전 오락이 성행하는 것이다. 스포츠, 취미, 여행 등 즐거움을 불러일으키는 건전한 신체 활동이 총동원 체제의 매우 중요한 요소였다는 점은 주목할 만하다. 생활 오락의 향유는 피 흘리는 군인이 될 각오[3]를 일상에서부터 내면화하도록 하는 좋은 방법이다. 이 시기 오락은 정신 총동원을 위해 신체를 개조하는 방법이다. 체력 증진은 명랑한 오락으로서의 운동 정책의 기조가 되었다가 곧 "오락을 전투력 증강에 필요한 형으로 개편"[4]

3) 아직까지 우리 눈앞에 피 흘리는 군인이 뵈이지 않고 공중에서 폭탄 떨어지는 것을 구경하지 못한 일반 우리 국민은...아즉까지 이와 같은 쓰라린 맛은 다행히 모른다고 할지라도 결코 여기서 안심하여서는 안 될 것입니다.
황신덕, 「비상시국과 가정 경제」, 『삼천리』, 1938.8.

4) 취미-오락의 성질을 띠었던 각종 운동경기를 전투력 증강에 필요한 운동경기로 개편한다는 기사. 『동아일보』, 1938.12.22.

하는 체육의 국방화로 나아간다. 이제 식민지인의 신체는 국가가 권유하는 오락을 흡수하여 사회체제에 알맞은 주체로 거듭난다. 오락의 선택적 재편과 전유 정책을 통해 신체를 조율하는 제국의 생체권력은 '건전한 주체'를 생산한다.

"신체를 둘러싸고 오락 재편이 이루어지기 시작하여 1941년경에 이르기까지 전시 문화, 전시 세계관의 핵심으로 거듭 강조된 것이 바로 '명랑성'이었다."[5] 개인주의적 주체를 국가 제일주의의 건전 주체로 재탄생시키는 수단으로써 명랑은 전시 문화 정책 아래 대중 매체와 영화와 연극 등의 오락에 끊임없이 등장한다. 국가는 감정 공동체를 산출하기 위해 퍼레이드, 휴일, 매체 등을 활용하여 특정 감정을 부여하는데, 이는 스펙터클이 산출하는 감정 에너지의 효과를 믿었기 때문이다.[6] 이에 따라 총동원 체제는 국민의 능률을 증진하고 강건한 신체, 건실한 기풍을 조장하려 명랑 에너지를 영화나 연극의 스펙터클로 전환하며 문화 국면을 더 건전하게 만들었다.[7]

총동원 체제가 건강한 신체만큼 건전한 정신을 중요하게 여긴 이유는 미나미 총독의 글[8]에서 찾아볼 수 있다. 명랑한 황국신민과 내선일체의

---

5) 김예림, 「전시기 오락정책과 문화로서의 우생학」, 『역사비평』73, 역사비평학회, 2005, 342쪽.

6) 잭 바바렛(2009), 앞의 책, 76쪽, 참조.

7) "오락은 반듯이 강건질실한 국민적 기풍을 양성하고 이로써 인생의 쾌활을 알게 되고 이 발발한 활기는 생산확충 국가에 대한봉공 등을 필수적 조건으로 들지 않을 수 없다." 유광열은 오락이 충량한 국민을 만들며, 국민은 오락을 통해 명랑(노래와 웃음)의 기조로 체제에 복무해야 한다고 말한다.
유광열, 「건실한 오락의 건설」, 『조광』, 1941.3.

8) 1. 반도 청년 지도에 관해서 언행일치의 명랑한 인격을 양성할 것 2. 동양인의 동양 건설의 핵심은 내선일체의 완벽에 재함 3. 내선일체의 근저는 충량한 황국신민 된 실질을 양성함에 있다. 「남총독이 윤치호옹에게 송한 서」, 『삼천리』, 1938.12, 15쪽.

정신은 하나의 목표를 향해 나아간다. 정신의 명랑화, 즉 "체제가 요구하는 건전한 사상과 감정만 머리에 담는 것"[9]이 선행되어야 제국은 전쟁에서 승리할 수 있다. 그러므로 건전한 정신은 자연스러운 감정이 아니라 총동원 체제에 맞게 불건전한 것을 표백한 감정 상태-감정 체제로 제시된다. 그리고 건전의 반대항에 퇴폐, 우울, 애조 등의 센티멘탈한 감정을 놓고 불건전한 상태로 치부한다. 이 반감의 감정이 내면을 만들어 주체의 전쟁 수행을 방해하기 때문이다. 총독부는 건전함을 일상 감정으로 유지하기 위해 국민정신총동원조선연맹을 설립, 애국반, 반상회 등을 조직하여 끊임없이 국민의 생활장에 건전을 전파한다.[10] 체제 순응의 감정 담론이며 인간의 내면까지 조율하는 특권적 기표에 건전이 놓이는 것이다.

식민지 말기에 특정한 감정이 강조되는 것은 국가체제가 인간의 내밀한 영역 또한 코드화하여 관리하기 때문이다. 이는 전체주의적 논리이기도 하다. 개인-사회의 상호교류를 고려하지 않는 일방적 감정 투여, 개인이 지닌 다양한 감정을 인정하기보다 감정의 바람직한 상을 제시하고 강요하는 것은 특정 감정을 국가적 덕목으로 만들려는 기획 자체이다. 총동원 체제 이후 '건전'이 명랑한 것으로, "가치판단 너머에 있는 절대 '윤리'로 부감 되면서 '좋은 것'이자 동시에 '최선'의 윤리"[11]라는 감정 체제가 된 것도 이 때문이다.

---

9) 소래섭(2011), 앞의 책, 73쪽.

10) 국민정신총동원조선연맹은 1938년 6월에 결성되어 1940년 10월에 국민총력조선연맹으로 개편된다. 이들의 실천강령은 1. 황국정신 현양 2. 내선 일체 완성 3. 비상시 국민생활 혁신 4. 전시 경제정책 협력 5. 근로 보국 6. 생업 보국 7. 총후 후원, 즉 군인원호 강화 8. 방공防空 방첩 9. 실천망의 조직과 지도의 철저 로 국민생활의 총후화를 목표로 한다.

11) 박숙자, 「'통쾌'에서 '명랑'까지-식민지 문화와 감성의 정치학」, 『한민족문화연구』30, 한민족문화학회, 2009, 225쪽.

그러나 감정은 언제나 사회-개인-사회의 흐름으로 형성되기에, 명랑 감정 체제 속에서도 다양한 이모티브와 감정 구조가 존재한다. 명랑은 이상과 도덕이지만 동시에 탈주의 욕망이라는 양가적 형태를 띨 수 있으며, 명랑 이외의 다양한 배후 감정이 주체의 감정 동학을 충동한다. 그리고 이 식민지 말기 감정 주체는 감정을 수정하고 보완하는 항해 과정을 통해 사회에 대응하는 방법을 발명한다.

2. 신체제의 허구성과 국민문학의 균열

문단의 경우, 1940년을 전후로 하여 『국민문학』을 중심으로 한 '신체제론'이 대두하였다. 신체제란 1940년 7월 제2차 고노에 내각이 주도한 전면적이고 강력한 파시즘 체제를 일컫는다. 이는 국책문학, 국민문학을 확립하여 일본 정신 및 동양문화론에 동조하자는 논조로 전시 체제가 추구하는 일본적 파시즘과 연결된다. '국민문학'이라는 용어가 공식적으로 등장한 것은, 조선 문인들을 문필보국 운동에 총동원하기 위해 1937년 5월에 결성된 <조선문예회>의 창간사에서다. 회장 이광수는 "이번 이 협회의 창립은 새로운 국민문학의 건설과 내선일체의 구현에 있다. 인류는 유사 이래 국민생활을 떠나 생활한 일이 없고, 문학도 국민생활을 떠나서 존재할 수가 없다. 반도문단의 새로운 건설은 내선일체로부터 출발되어야 한다"[12]고 발언하였다. 뒤이어 1939년 10월에 <조선문인보국회>가 창설되었으며, 1942년 9월 5일에는 상임 간사회를 소집하여 간부를 재선임하고 실천 요강을 발표했다. 첫째, 문단의 국어화 촉진 둘째, 문인의 일본

12) 김병걸 · 김규동, 『친일문학작품선집1』, 실천문학사, 1986, 414-415쪽.

적 단련 셋째, 작품의 국책협력 넷째, 현지의 작가 동원이 채택되었고, 일본 정신의 작품화와 동아 신질서 건설을 찬성하는 인식을 철저하게 할 것 등이 중점적으로 논의되었다.[13] 내선일체를 구현하는 국민 생활과 이를 본받는 국민문학이란, 결국 창작활동이 전시 체제가 장려하는 건전화 과정 안에서 이루어져야 함을 의미했다.

1941년 신체제는 문단의 중요 기조로 전면배치 된다. 『삼천리』는 신년호에 신체제 특집을 실었으며, 『인문평론』은 「문학정신대」[14]라는 제목의 권두언을 내걸고 개인주의적 심리 묘사와 자기 분장을 지양하고 작품을 명랑화 할 것을 강조했다. 또한 같은 권호에 「국민문학의 문제」를 게재하여 국민문학이란 첫째, 시민적 감정을 초극하여 국민적 감정을 대표하여 방여하는 문학일 것 둘째, 국민 전체가 그 신분, 계급의 제한 없이 독자가 되는 문학일 것 셋째, 민족적 의식을 자각한, 국민 모두에게 새로운 쇼와(昭和)의 이상과 도덕을 부여할 수 있는 지사적 사명 의식을 지닌 신민 문학일 것을 당부한다. 개인의 감정이 아닌 집단의 감정을, 개인적 심리 묘사가 아닌 국가적 이상과 도덕을 전달하는 문학만을 건전한 것이라 평가하는 목소리는 문학작품의 다양한 부감을 평면으로 만들어 버리는 행위이다. 그리고 이는 전시 총동원 체제가 추구하는 충량한 국민 만들기, 건전화 프로젝트가 주장하는 감정의 표백화와 궤를 같이한다.

이 과정 중 1941년 11월 천황귀일(天皇歸一)의 사상과 팔굉일우(八紘一宇)의 건국 정신을 문학 기조[15]로 내세운 『국민문학』이 창간되며, 조선 문단

13) 임종국(1988), 앞의 책, 106쪽.

14) 『인문평론』3권 1호, 1941.1.

15) 이 외의 기조들도 일본정신을 선양하는 문학을 해야 한다는 신체제론에 경도되어 있다. 1. 일본정신에 입각할 것 2. 일본의 국민생활을 내용으로 할 것 3. 일본정신을 선양할 것 4. 국민문학은 황민적자적 자각과 긍지를 근간으로 하기에 일어로 창작할 것.

은 대동아공영권을 내세운 정치 체제의 이론을 그대로 받아들이게 된다. 문학은 일본 정신의 긍지를 표현하여 자타 모두에게 공감을 주고 제국을 우러르는 신민으로서의 위치를 자각할 수 있게 창작해야 한다는 것이다. 사실 수리와 황국신민의 태도를 평론의 본격적인 원리로 받아들인 것은 『국민문학』을 창간한 최재서이다. 그는 비평 기준이란 결국 연구와 인식의 문제가 아니라 태도와 신념의 문제라고 규정하며, 개인주의적 입장에서는 진리를 얻을 수 없다고 주장했다. 여기서 태도와 신념은 신체제라는 국책 이념에 부응하는 행위이자 국민문학의 기본 요건을 숙지한 창작 의식을 말한다. 그러므로 제국, 전쟁, 건전의 담론에 포섭되지 않는 다양한 감정과 행위는 국민문학 밖으로 밀려나, 불건전하고 불온한 '비국민문학'이 된다.

신체제의 대두는 신문 매체에 영향을 미치며 장편 연재소설의 발표장에도 변동을 가져온다. 1940년 8월, 조선총독부는 언론 통폐합 구상에 따라 『조선일보』와 『동아일보』를 폐간 조치한다. 물적, 문화적 자원을 모두 전쟁을 위해 사용해야 했던 총동원 체제의 영향 아래 조선어 신문은 동원 통치에 활용되는 목적으로만 명맥을 유지할 수 있었다. 1940년 8월 이후 조선어 신문은 『매일신보』 하나만 남아 그 명맥을 유지한다. 『매일신보』는 1940년 8월 11일 자 신문에 「조선, 동아의 양지 明日부터 폐간」 기사를 내며 "반도 삼천이백만을 상대로 한 언론보국의 중임을 단독으로 맛게"된 본사가 지도자와 국민 사이의 중개자로 막중한 책임을 지게 되었음을 밝힌다. 조선어 신문의 폐지는 그동안 신문이 담당했던 조선어 학예란(비평)과 연재소설(장편소설)이 지면을 잃었음을 의미한다.

그러나 『매일신보』는 학예란을 축소하는 대신 연재소설의 비중은 유지하며 다양한 조선어 독자층을 끌어들이려 노력했다. 기성 연재 작가진을 유지하는 동시에 신규 연재 작가진을 모아 장편소설 연재를 이어나갔다. 여기에는 기존 문인과 현상 응모로 당선된 신진 작가들이 포함된다. 장편소설 연재란은 상업성과 시국성이 복합적으로 작동하는 장으로 운영되었다. 신체제 하에서 『매일신보』 장편 연재란은 특히 역사소설에 집중한다. 민담, 야담, 고소설을 재구성한 역사소설과 소설 작가들이 창작한 역사소설을 동시에 연재하는 경우도 있었다.[16] 제국의 전쟁 상황과 당시 국제 정세를 환기하는 창작 역사소설들이 지면을 차지했으며, 역사소설이 아닌 다른 연재소설 또한 시국 논의와 국책 수행 장려를 반영하라는 요구에서 벗어날 수 없었다.

신체제는 작가를 시대의 압력과 주체의 윤리 사이에서 고뇌하게 만든다. 창작의 조건인 언어의 변화와 그것이 발표되는 매체, 그리고 예상되는 독자층과 시장의 변화라는 문학을 둘러싼 물적 조건의 변화는 '국책에의 적극 협력'이라는 사상적 측면과 함께 조선 문학과 문단 전체의 지각변동과 재편을 의미했다.[17] 더불어 식민권력의 검열과 통제가 강화되는 시점에 국민문학이라는 분할선의 등장은 창작활동으로 생활을 유지해야 하는 작가들에게 큰 영향을 미쳤다. 그러나 만들어진 이론인 신체제는 작가들의 사정 속에서 각기 해석되고 받아들여진다. 신체제가 실체가 있는 개념이 아닌 무수한 식민지배 담론이 형성한 그림자임을 자각한다면, 이를 바탕으로 세워진 국민문학의 기준선도 사실 단일선이 아닌 무수한 선의 스

16) 이희정, 「일제말기(1937년~1945년)『매일신보』문학의 전개양상」, 『한국문학이론과 비평』21-2, 한국문학이론과 비평학회, 2007, 참조.
17) 하재연, 「신체제 전후 조선 문단의 재편과 조선어, 일본어 창작 담론의 의미」, 『어문논집』67권, 민족어문학회, 2013, 247쪽.

케치로 이루어져 있음을 알 수 있다. 신체제가 무엇이며 이를 어떻게 생각하는지 묻는 질문에 작가들이 공부를 더 해야 대답할 수 있다고 말하는 이유도 이와 같다. 그러므로 작품 속에는 국민문학을 균열 내는 무의식적 목소리들이 산재한다. 작가들은 소설을 쓸 때와 산문을 쓸 때 서로 다른 태도를 내보이기도 한다.

문학을 "작으나마 인류역사를 밀고 나가는 한 개의 힘"(「자작안내」, 『청색지』5, 1939.5.)으로 생각했던 채만식은 「문학과 전체주의: 우선 신체제 공부를」(『삼천리』, 1941.1.)에서 문학은 신체제에 참여해야 한다고 밝힌다. 당대는 서구적 자본주의와 함께 성장한 자유주의, 개인주의가 몰락하는 시기이기에 이 안에서 자란 문학은 우선 "자유주의적인 이데올로기의 잔재의 완전한 숙청"이 이루어져야 한다는 것이다. 국민이 국가를 위해 일해야 하는 만큼 국가에 솔선수범하는 소설을 생산해야 한다고 덧붙이기까지 한다. 또한 「시대를 배경으로 하는 문학」(『매일신보』, 1941.1.5,10,13~15.)에서는 시대적이고 사회적인 현실을 반영하는 것이 문학의 성립조건이기에 당대에 순응할 수밖에 없다고 주장한다.[18] 시대와 나라의 사업으로써, 시대를 반영하는 문학을 위대한 문학으로 간주했던 채만식이 신체제를 반영하는 소설을 쓰는 것은 당연한 결과로 보인다.

그러나 신체제 이론을 습득하여 내놓은 소설 작품의 양상은 산문과는 다르다. 밝고 명랑하고 건전한 세계, 대동아의 구상과 전쟁 주체 만들기와는 거리가 있는 멜랑콜리의 정조가 그의 소설 바탕에 깔려있기 때문이다.

18) 이 밖에도 「대륙경륜의 장도, 그 세계사적 의의」(『매일신보』, 1940.11.22.~23.), 「자유주의를 청소」(『삼천리』, 1941.1.), 「위대한 아버지 감화」(『매일신보』, 1943.1.18.), 「추모되는 지인태 대위의 자폭」(『춘추』, 1943.1.), 「홍대하옵신 성은」(『매일신보』, 1943.8.3.) 등의 체제 협력적인 글을 다수 발표하였다.

"쓰면서 가끔 배신을 하다가, 두어 차례나 불려 들어가 검열관-퇴직 순검한테 꾸지람도 듣고, 문학 강의도 듣고"[19] 쓴 소설 속에는 건전의 견고한 틀을 삐져나오려는 감정의 동학이 드러난다.

"생활 제1, 예술 제2는 생의 신조"이며 "미더웁지 못한 생이나마 믿고 지내려는 처자를 생각하고서는 스스로 몸을 이 시대에 피한다는 방책도 서지 않"(「일 작가의 진정서 병(竝) 자작 빈교행(貧交行)」, 『조선일보』, 1938.8.)는다고 고백한 것처럼 박태원에게 가족을 건사하는 생활의 문제란, 삶과 문학 전반을 관통하는 중요한 키워드이다. 1939년에 조선 문예부흥사 사건을 겪은 이듬해 신체제를 목도한 그에게 식민권력은 무시할 수 없는 힘이었다. 무엇보다 전시 총동원 체제가 조선의 존재 이유를 오로지 전쟁 수행에 두면서, 생활의 방편인 글쓰기가 불가능해지는 상황은 그에게 공포로 다가왔을 것이다.

신문과 잡지가 폐간되는 현실 속에서 소설가라는 직업을 가진 가장은 신체제가 투여하는 감정 체제를 받아들이려 한다. "건전하고 명랑한 것을 써보려 합니다. 지금 예정에 있는 것은 장편 남풍, 속 천변풍경, 단편 자화상 제3화, 제5화, 기타"(「건전하고 명랑한 작품을」, 『삼천리』, 1941.1.)라는 다짐은 계몽문학의 정의를 "개인주의와 자유주의를 계몽할 내용"(「신체제하의 여(余)의 문학활동방침」, 『삼천리』, 1941.1.)로 변경할 정도로 강력했다. 그러나 곧 발표한 소설 『아세아의 여명』에는 시국에 맞지 않는 화평론의 기운이 떠다니며, 명랑한 소설 대부분은 연재를 중단하거나 발표하지 못했다. 그리고 이 시기 발표한 소설은 대개 명랑을 강조하는 세계와 불화하는 내용으로 읽어내는 게 가능하다. 이들 소설을 추동하는 감정 동학은 명랑이

19) 채만식, 「민족의 죄인」, 『채만식전집8』, 창작과비평사, 1989, 135쪽.

아닌 생활하지 못하는 자의 수치심이며, 수치심은 진정으로 좋은 삶이 무엇인지를 반문하는 동력이 되어 국민문학을 균열 낸다.

이태준은 1938년 문인보국회의 일원으로 만주에 다녀왔으며, 1941년을 전후해 '황군위문작가단', '조선문인협회'에서 활동했다. 이무영과 「대동아전기」를 번역하고 시국 강연회에 참석했으며, 1943년에는 '국민총력조선연맹'의 지시를 받아 목포조선철공회사를 시찰하고 기행문을 썼다. 이 경험은 국민총력조선연맹의 기관지인 『국민총력』에 발표한 일본어 소설 「제일호선의 삽화」의 토대가 되었다.

그러나 국책이 정한 시찰 형식에 따라 쓰인 기행문 곳곳에는 체제와 어긋나는 서술들이 드러난다. 「만주기행」은 만주국의 안정적인 상황을 알리기 위해 쓰였으나, 이태준의 눈에 만주의 조선인촌 장쟈워후(姜家窩堡) 마을은 더러운 곳이며 만주는 "내 고향 금수강산에 들어서려나 생각하니 황막한 벌판에 남는 저들을 한 번 더 돌아볼 염치가 없어"(「만주기행」, 1938.4.8~21.)지는 공간이다. 전시 체제의 상징적 장소였던 만주국이 작가가 생각하는 이상향과는 거리가 멀었던 것이다. 이런 균열은 국민문학 시기 내내 이태준에게 "나는 인제부터 머리가 무거워지는 것이었다. 무엇으로 하나 작품화하나"(「신시대」, 1944.6.) 하는 고뇌가 된다. 대신 그는 상고취미를 통해 이상향을 찾으려 한다. 『무서록』에 수록된 수필 중 다수는 전통을 어떻게 재발명해야 하는지를 서술한다. "고전이라거나 전통적인 것이 오직 보관되는 것만으로 그친다면 그것은 '주검'이요 '무덤'"(「고완품과 생활」)이라고 적거나, 현대인의 소설 관념에서 멀리 떨어져 화석화된 고전을 비판한다. 이상향의 감각이나 전통을 바라보는 시각은 같은 시기 또 다른 균열 지점을 형성하던 소설 작품에도 반영된다. 상실감의 감정 동학이 지배하는 소설들은 신체제와 국민문학이 이상적 모델이 될 수 없음을 암시한다.

이처럼 신체제의 문학 논리인 국민문학은 문학장 안에서 다양한 경로를 형성한다. 그것은 슬로건처럼 단순하고 단일할 수 없기에 다양한 감정 동학의 계기가 되기도 한다. 그러므로 신체제와 국민문학의 기조가 작가들에게 어떻게 수용되는지 그리고 어떤 형태로 다시 표출되고 체제로 돌려지는지를 파악한다면 신체제의 허구성과 국민문학의 균열 지점을 세밀하게 읽어낼 수 있다. 결과가 드러내는 차이를 확인하는 것이 아니라, 차이를 발생시키는 과정을 재구성하는 것이 감정 동학 연구의 중요한 목표 중 하나인 이유이다.

제 3 장

채만식: 폐쇄적 전시 체제와 멜랑콜리의 감정 동학

제 3 장

채만식: 폐쇄적 전시 체제와 멜랑콜리의 감정 동학

식민지 말기 이전, 채만식의 문학세계는 아이러니를 바탕으로 냉소의 태도를 견지했다. 작가에게 냉소는 독선적인 이데올로기를 진부함과 웃음거리로 만드는 방법이었다. 그렇게 하여 소설은 당대 체제의 이면에 숨겨진 이기성과 폭력성을 폭로했다. 『태평천하』, 「치숙」, 「레디메이드 인생」 등의 소설 속, 체제를 내면화한 주체의 자기 확신은 그 자체로 비판적 냉소의 대상이 된다. 서술자는 이데올로기의 공식 명제를 언표 행위 상황과 직접 대면시켜 전복해버린다. 그러므로 냉소의 태도에는 당대 체제를 겨냥한 직접적인 공격성이 내재하여 있다. 냉소는 주체와 대상 사이에 거리감을 생성하고 세계의 모순을 예각화해서 드러내는 역할을 한다.

그러나 전시 체제의 확립 이후, 지배 질서의 위선을 우스꽝스럽게 만드는 냉소는 사용 불가능한 무기가 되었다. 명랑하고 건강한 세계, 마치 감정의 가장 긍정적인 부분만을 극대화한 것처럼 보이는 건전은 체제의 모순을 드러내는 부정적인 감정을 허용하지 않는다. 모두가 건전해야 하는 세계 속에서 냉소는 대항 의지를 빼앗긴 채 표백된다. 냉소할 수 없는 세계 속에서 채만식 소설은 냉소의 펜 끝을 자신에게 돌린다. 더는 냉소할 수 없는 자신의 상황을 슬퍼하고 비판하며 멜랑콜리를 배후 감정으로 작동시킨다. 멜랑콜리를 통해 주체와 세계를 판단하는 내면을 유지하며 건전 체제에 대응하려 한 것이다. 자아에 몰두하는 멜랑콜리 감정 동학은 해방 후 채만식 문학세계에까지 영향을 미친다. 부정적 체제 속에서 멜랑콜리로 자기를 들여다보고 있던 주체는 광풍이 지나간 후에야 비로소 자기반성의 글쓰기를 시작할 수 있게 된다.

멜랑콜리는 양가적 구조를 이루며 식민지 말기 채만식 소설의 감정 동학을 구성한다. 표백된 세계에서 무엇을 잃어버렸는지를 망각하여 허무감에 시달리거나 잃어버린 가치보다 잃어버렸다는 사실 자체에 침잠하는 우울증은 멜랑콜리의 부정적 측면이다. 반면, 주체의 내면을 형성하고 세계를 관조하는 힘을 부여하는 멜랑콜리는 세계의 부정성을 직간접적으로 드러내는 잠재적 저항성을 구성하기에 긍정적인 방향으로 작동한다. 3장은 이런 멜랑콜리 감정의 양면성을 탐구하며 채만식 소설의 인물, 장소, 체제를 살펴 멜랑콜리의 감정 동학을 찾아내려 한다.

1. 냉소주의적 주체와 모순적 세계의 첨예화

1) 착오하는 문학인과 불안의 발화

식민지 말기 채만식 소설의 "냉소주의적"[1] 주체는 전시 체제의 부정성을 그대로 드러낸다. 모든 것이 국가 본위로 연결되는 건전 감정 체제 아래서 외부를 상실한 자들은 세계를 무의미한 것으로 느끼는 멜랑콜리의 감정에 빠진다. 멜랑콜리 주체는 체제가 무의미하거나 잘못되었음을 알지라도 거기에서 벗어나지 못한다. 체제를 비판할 수는 있어도 변혁하지는 못하는 냉소주의자로 머물 뿐이다. 세계를 냉소하는 주체의 행위 자체가 기형적 세계를 정당화하는 데 이바지하는 모순 상황에 놓인다. 멜랑콜리 주체는 자신이 무엇을 하는지 알고 있지만, 여전히 그렇게 행동하게 된다. 자기 기만적인 냉소주의는 사유하기를 체념하라고 명령하며 주체의 불안과 자기혐오를 추동한다.

「냉동어」(1940)[2]는 채만식 문학을 둘러싼 친일 논의에서 빠지지 않는

---

1) 냉소와 냉소주의는 구별해야 한다. 식민지 말기 이전 채만식 소설의 태도가 냉소라면, 식민지 말기 채만식 소설의 정조는 냉소주의라 말 할 수 있을 것이다. 이는 페터 슬로터다이크를 참조하여 설명할 수 있다. 그는 이전의 냉소(Kynicism)와 현대인의 냉소(Cynical)를 구분한다. 디오게네스에게서 유래한 냉소는 부끄러워야 할 것에 부끄러워하지 못하고, 과다한 욕망으로 자족할 줄 모르는 자들을 배격하는 분노에 기반한다. 반면 현대인의 냉소는 보편적 진리나 윤리적 가치가 사라졌다는 전제에서 발현하기에 무기력하며 유토피아적 전망 또한 부재한다. 현대는 정신적이고 도덕적인 가치보다 실리적이고 물질적인 이익이 우선하는 시대이다. 그러므로 남은 것은 보편적 가치를 비웃는 냉소이다. 오늘날의 냉소는 이성이나 과학이 파국을 일으킬 수 있다는 것을 알고 있다. 하지만 여전히 과학과 기술의 발전은 계속된다. 이것이 바로 냉소주의이다. 이 세계가 속악함을 잘 알지만 그런데도 체제를 냉소하기에 체제는 지속된다. 냉소주의는 체제를 유지하는 장치이다.
   페터 슬로터다이크, 이진우·박미애 역, 『냉소적 이성 비판』, 에코리브르, 2005, 참조.

작품이다. 「냉동어」는 "식민지 체제의 변화를 추구하던 정신이 체제를 승인하는 움직임으로 미묘한 선회를 감행"[3]하는 작품이자 "마르크스주의가 신체제로 대체되는 과정에서 파생되는 이념과 사실의 딜레마"[4]를 기록했다고 평가된다. 결국 「냉동어」는 채만식 문학세계가 신체제를 받아들이는 여정의 디딤돌 역할을 한다는 것이다.

그러나 결론이 정해져 있다고 그 과정까지 모두 같다고 할 수는 없다. 구체제를 애도하고 건전 체제를 내면화하는 과정을 보여준다는 평가를 받아들이기엔, 소설 속 인물들은 너무도 멜랑콜리한 주체이다. "존재의 중핵을 구성할 만큼 중요했던 무언가를 나에게서 분리하는 일"[5]이 애도라면 멜랑콜리는 상실한 대상을 포기하지 못할 때 표출하는 감정의 형태이다. 대영과 스미꼬는 자신 안의 어떤 대상을 떠나보내지 못하기에 "상식적인 세계"(388)로 상징되는 건전 체제를 받아들이지 못하며 현재를 냉소하며 현실에 남는다. 이는 작품의 끝까지 유지되는 감정 동학이다. 그러므로 인물의 표면 행위를 체제 비판/순응의 이분법적 구분으로 분석하는 대신 멜랑콜리 감정의 내적 징후와 과정을 살필 때, 이 작품의 의도와 균열 지점이 잘 드러날 것이다.

그렇다면 작가는 본격적 전시 체제에 돌입한 당대를 어떻게 감각하고 있었을까. 채만식에게 세계는 "사실의 시대"[6]이다. 주목할 것은 이 시대가 건전이 표방하는 낮과 빛이 아닌 "밤과 어둠"(194)이며 "추한 환멸"(194)의 감정을 상기한다는 점이다. 미신에 빠진 어리석고 뻔뻔한 인간들

2) 채만식, 「냉동어」, 『채만식전집5』, 창작과 비평사, 1987, 367-470쪽.
3) 방민호(2001), 앞의 책, 290-296쪽.
4) 한수영(2005), 앞의 책, 76쪽.
5) 이경재, 『문학과 애도』, 소명출판, 2017, 3쪽.
6) 채만식, 「소설가는 이렇게 생각한다」, 『채만식전집10』, 창작과비평사, 1987, 193쪽.

앞에 작가는 홀로 얼굴을 찡그리며 한숨을 쉰다. 오직 별을 보는 "상상"만이 그를 죽음에서 견딜 수 있게 한다. 건전에 포섭되지 않고 건전에서 탈피하지도 못한 채 망상을 붙잡고 생을 이어가는 상황, 절망과 희망을 모두 떠안은 양가적인 태도가 그의 우울한 '사실'이었던 셈이다.

「냉동어」 속 대영은 이런 작가의 모습과 겹쳐진다. 그는 "자기혐오"(374)에 빠져 스스로를 "삐뚤어진 빈 집에서 거주를 하고 있"(370)다고 평가한다. 동시에 주변 사람들에게 "더불어 명랑하지가 못하고서 얼굴이 흐려"(388)드는 이상증 환자라 일컬어진다.

> 박처럼 긍정하는 현실과 세계를 가지지 못한 것은 물론, 모조리 죄다 비정은 하는 것이나 그렇다고 해서 김처럼 현실적인 이 지구를 위한 비정인 것이 아니라 화성을 욕망하는 비정이니, 인간 세상에선 용납치 못할 유령(否定)인 것이다.(389)

명랑과 대비되는 이러한 냉소주의는 개인의 의지로는 해결할 수 없는 상황, 곧 폭압적이고 경직된 건전 체제와 거리를 두려는 감정적 태도이다. 이는 멜랑콜리의 배후 감정을 바탕으로 작동한다. 대영은 현실이 용납하지 않는 존재, 강제로 친숙한 세계에서 추방되었거나 자발적으로 세상과 결별하고 경계에 선 멜랑콜리 주체 그 자체처럼 보인다. 그러나 이는 이데올로기의 지배적인 기능 양식을 답습하는 허위의식이다. 그가 행하는 멜랑콜리는 건전을 전유하는 감정 동학이지만 중요한 사실을 간과하기에 냉소주의적 태도로 변형된다.

대영은 건전을 믿지 않으며 건전 체제의 명제들을 받아들이지도 않는다. 다만 그는 이데올로기가 세계의 실상을 은폐하는 환영이 아니라 세계 자체를 구조화하는 환상임을 인지하지 못한다. 그는 주변 사람들의 명랑과 낙관을 비판하지만, 자신과 타자를 구획 짓게 하는 건전 체제에 대응하지는 못한다. 그들이 간과하고 상징화한 것은 현실 자체가 아니라 그들의 현실을, 그들의 현실의 사회 활동을 구조화하는 환영이다.[7] 그러므로 냉소적인 거리 두기는 단지 '건전'이라는 이데올로기적 환상이 구현하는 구조화에 눈을 감아버리는 방식일 뿐이다. 냉소주의적 태도가 체제와 거리를 유지하는 동력이지만 오히려 그 자체로 건전 체제에 봉사하는 행위가 되는 것이다. 그러므로 대영은 모두가 명랑한 가운데 홀로 "침울"(371)한 인상의 스미꼬에게 "시각적인 미추의 분별과 거기 따르는 감각"이 아닌 "임의롭고 반가움이 곰곰 솟는 모습"(383)을 발견하며 동질감을 느낀다. 아편주의자였던 과거를 놓지 못하는 그녀 또한 과거를 애도하지 못한 멜랑콜리 주체이자 현재의 이데올로기적 환상을 파악하지 못하는 냉소주의적 주체이기 때문이다.

스미꼬의 멜랑콜리는 상실한 대상을 애착하기보다 상실의 몸짓 그 자체를 애착하는 경향을 띠기에 근본적으로 냉소주의적이다. 그녀에게 중요한 것은 사회주의가 아니라 사회주의를 잃었다는 믿음이다. 사회주의를 "우상"이며 "현실을 떠난 전설"(453)이라 간단히 평가하지만, 자신이 어떻게 사회주의를 알게 되었고 배반당했는지는 상세하게 설명하는 모습을 통해 이를 짐작할 수 있다. 스미꼬는 사회주의가 사라져버린 세계의 현실을 슬퍼하는 것이 아니라 사회주의자인 자신을 증명하기 위해 멜랑콜리해 한다. 자신이 드러내는 사회주의자의 슬픔을 마치 사회주의의 직접적 구현인 것처럼 인지한다. 이는 애도하지 못한 사회주의와 동거하는 멜랑콜리

7) 슬라보예 지젝, 이수련 역, 『이데올로기의 숭고한 대상』, 새물결, 2013, 68쪽.

의 형상이다. 그녀는 또한 멜랑콜리를 부정적 세계의 근원을 규명하는 동력이 아닌 현실을 은폐하는 이데올로기적 환영으로 사용한다. 이는 체제의 책략을 간과한 냉소주의의 모습이기도 하다.

"아편 안 먹는 아편쟁이"[8](415)라고 자신을 스스로 일컫는 장면은 그래서 의미심장하다. 사회주의 하지 않는 사회주의자란 유해함을 초래하는 요체를 제거한 무해하고 텅 빈 껍데기 상태이기 때문이다. 이는 그녀의 삶이 핵심을 제거해야만 비로소 용인되는 허무한 형태임을 암시한다. 멜랑콜리는 제스처에 가까우며 냉혹한 현실을 감추는 상상으로 작동할 뿐이다. 그녀가 대영과의 약속을 저버리는 결말은 그러므로 수긍할 수 있다. 아편을 떼어내지 못 하는 것이 아니라, 아편과 결별하고 싶어 하는 자신을 버리지 못 하는 그녀가 여행을 중단할 일은 없기 때문이다. 대영과 일본으로 돌아가는 대신 홀로 대륙으로 가야만 멜랑콜리는 지속될 수 있다. 그들은 자신들이 행동하면서 환영을 좇고 있다는 것을 알지만 여전히 그것을 행한다.[9] 멜랑콜리가 건전 체제의 부정성을 은폐하는 쪽으로 이용되는 걸 알지만 여전히 이를 따르는 것이다. 이렇듯 스미꼬의 멜랑콜리는 현실에 대응하는 방식이지만 체제에 무해한 양식으로 존재하기에 자기 기만성을 띤다.

사실 스미꼬는 사회주의를 소유한 적이 없다. 멜랑콜리는 결여에 근원을 둔다. 소유한 적 없는 것을 소유했다가 잃어버렸다고 생각할 때 멜랑

---

8) 지젝은 이를 대단한 것처럼 보이나 아무것도 아닌 텅 빈 껍데기를 추구하는 '잉여쾌락'이라 정의한다. 인간은 닿지 못하는 근원적 욕망을 향한 추구를 멈추지 못한다. 그러나 막상 대상을 손에 넣는 순간 그 실체는 텅 빈 껍데기로 남아 욕망과 미끄러지면서 영원히 채워지지 않는 결핍을 낳는다. 지젝은 멜랑콜리가 행하는 결여의 집착이 정도를 넘어서면 주체를 삼키고 죽음을 부르며 파시즘으로 경도된다고 경고한다.

9) 슬라보예 지젝(2013), 앞의 책, 69쪽.

콜리의 감정 동학은 발생한다. 그녀의 사회주의는 구체적 이념으로 규명되지 못하며 멜랑콜리의 포즈로 추측될 수 있을 뿐이다. 이 불분명한 형상은 그녀의 과거에 의문을 가지게 한다. 건전을 내면화할 수 없는 주체는 사회주의와 함께 살아가기를 맹세한다. 그러나 신념을 가져보지 못한 자가 신념의 증상과 '합체(incorporation)'[10]할 때, 멜랑콜리 작업은 한계를 드러낸다. 멜랑콜리 주체가 잃어버렸다고 생각하는 대상은 실존하지 않는 왜상적 실체에 불과하기에, 대상에 무조건 집착하는 주체는 대상을 잃어버림으로써 대상을 소유한다는 환상에 빠지는 것이다. 이 비정상적인 고착은 건전 체제를 부정하면서도 체제에 복속되는 멜랑콜리 사회주의자의 부정성을 드러낸다. 스미꼬 내부에 사회주의가 아닌 사회주의를 잃었다는 믿음이 보존될수록, 오히려 신념은 주체에게서 분리되어 자아와 연관성 없이 존재한다. 자아 내부에 타자가 타자 그 자체로서 충실하게 보존되면 될수록 타자는 입사에서보다 더 폭력적인 형태로 자아와의 관계에서 배제된다.[11] 때문에 멜랑콜리아는 아직 상실되지 않은 대상의 상실이라는 부정의 부정을 수행하는, 욕망이 제거된 대상 그 자체의 현존이다.[12]

대영 또한 이러한 의심에서 벗어날 수 없다. 그는 스미꼬의 침울한 얼

---

10) 니콜라스 아브라함(Nicolas Abraham)과 마리아 토록(Maria Török)은 비정상적인 애도 작업, 즉 우울증을 새롭게 개념화하여 프로이트의 관점을 수정한다. 이들은 프로이트를 비롯한 대부분의 정신분석가들이 동일시했던 입사(introjection)와 합체(incorporation)라는 개념을 분명히 구분하고 이를 정상적인 애도 작업과 실패한 애도 작업, 또는 납골과 각각 결부시킨다. 입사가 애도라면 합체는 멜랑콜리에 대응하는 행위이다. 입사는 적절한 상징화 과정을 수행하여 부재를 극복하고 자아를 강화하는 애도 작업이다. 반면 합체는 대상의 부재를 상징화하지 못하고 자아 안으로 삼켜버리며(이른바 식인성 합체), 더 나아가 이를 납골당 안에 안치시키고 이 합체된 대상과 자신을 동일화한다.

11) 자크 데리다, 진태원 역, 『마르크스의 유령들』, 이제이북스, 2007, 387~390쪽, 참조.

12) 슬라보예 지젝(2008), 앞의 책, 220쪽.

굴과 내력에 끌려 그녀에게 친밀성을 느끼지만 사실 이 둘의 상황은 같을 수가 없다. 종로의 보신각을 바라보는 태도의 차이는 그들의 위치를 드러낸다. 대영이 이를 낡은 시대와 현대가 동거하는 초라한 상징물로 생각하면서도 동정하는 반면 스미꼬에게 보신각은 없애야 할 장애물에 불과하다. 대영이 스미꼬에게 느끼는 동질성이란 환상이며 둘 사이에는 "경성부윤"과 "경성시장"의 차이만큼이나 "서러운 거리감"(400)이 존재할 뿐이다. 이는 두 사람의 성별의 차이보다 식민지-제국의 위치 차이를 강조한다. 대영은 망설이면서도 거리감을 무마하려 부단히 노력한다. 그러나 그럴수록 그의 사랑은 정열인지 완력인지 모를 집착의 형태로 변해간다. 가져보지 못한 것을 가지고 싶다는 열망이 멜랑콜리의 감정 동학을 증폭한다.

그러므로 대영은 스미꼬가 아닌 스미꼬가 지닌 위치에 관심을 가졌다는 혐의를 지닌다. 건전 체제의 지배 아래, 아편이라는 과거를 여전히 잊지 못한 이 식민지 문학인은 진짜 아편을 경험했다는 여자를 통해 현실을 뛰어넘고 싶었던 것이다. 대영에게 스미꼬의 얼굴은 식민지인인 자신은 영원히 소유할 수 없는 제국의 우울한 사회주의자 형상 자체이다. 그는 이런 스미꼬를 포섭하여 소유할 수 없는 것을 소유하고 자신의 멜랑콜리를 심화시키려 했다. 그러나 본래 결여된 것은 충족될 수 없는 법이다.

> 마음은 부지할 수 없이, 고달픈 어떤 고독감이 이윽고 어디선지 모르게 조이듯 사면으로부터 몸에 스며들었다...필경 그리하여, 혼자서 으슥한 고샅에 가 호출하니 남아 섰던 그때의 그 외롭고 고만 울고 싶게 그지없던 마음...(465)

그의 감정 변화는 소유할 수 없는 대상을 상실한 멜랑콜리의 양상을 보여준다. 스미꼬가 곁에 있을 때, 그녀와의 거리감은 끊임없는 망설임과 집착의 원인이 된다. 일본으로 떠나든 떠나지 않든 상관없다고 "버젓한 결정"(458)을 내리면서도 여전히 고민하기를 멈추지 않는 모습은 대상에 집착하는 멜랑콜리 주체의 형상이다. 또한 그녀가 떠나고 난 뒤 대영이 표출하는 강렬한 고독감과 슬픔은 가져 본 적 없는 것을 소유했다가 상실한 척하는 멜랑콜리이다. 스미꼬를 잃어버려야 그녀의 형상에 고착될 수 있고 멜랑콜리도 지속될 수 있기 때문이다. 즉, 대영은 스미꼬가 완전히 부재한 후에야 도리어 그 현존을 실감할 수 있는 것이다.

그러므로 딸 이름에 스미꼬의 한자를 붙이는 것은 자신의 결핍을 위장하기 위한 전술이다. 대상이 사라져야 대상이 오로지 자신 곁에 존재한다고 생각할 수 있기 때문이다. 중요한 것은 스미꼬를 결여했다는 것이 아니라 스미꼬를 잃었다는 믿음, 멜랑콜리적 동일시 자체이다. 상실되지 않은 대상의 상실에 몰두하는 이 역설적인 멜랑콜리 주체는 결국 얼음 속에 갇혀 정지한 '냉동어'가 될 수밖에 없다. 결여를 알지 못하는 주체는 욕망의 원인 제공자 또한 본래 존재하지 않음을 깨달을 수 없기에 여전히 그가 부정하는 현실에 머문다.

전시 체제가 주입하는 건전, 명랑 감정을 멜랑콜리로 전유하는 과정에서 비판과 순응, 희망과 절망은 뒤섞여 있으며, 기만에 빠진 멜랑콜리 주체들은 고뇌하면서도 사유하지 않는다. 그러므로 이들의 균열적인 상황을 거부와 순응이라는 이분법으로 나누어 설명하기에는 충분하지 않다. 멜랑콜리의 동학을 배후 감정으로 삼아 세계를 향해 냉소할 순 있겠지만 냉소하기에 그럼에도 세계는 유지된다. 대영과 스미꼬의 멜랑콜리가 전시 체제를 부정적으로 바라보면서도 이를 지속하는 장치로 작동할 수밖에 없는 이유이다.

멜랑콜리한 문학인의 망설임과 불안은 사소설 연작이라 불리는 「근일」(1941)[13]에서 더 선명하게 드러난다. 전시 체제에 본격적으로 돌입한 1940년대에 주로 창작된 사소설 양식은 작가의 신변사를 그 자신의 이야기임을 알 수 있는 방식으로 제시하기에, 작가=서술자=주인공의 동일성을 상정하는 읽기 독법을 필요로 한다.[14] 덜 가공된 이야기를 통해 작가의 내면을 살펴볼 수 있는 것이다. 동시에 사소설은 소설 쓰기가 불가능한 세계를 우회적으로 드러낸다. 채만식은 이미 당시의 문학 활동을 "문학이 문학이 아니라 자살용의 양잿물"[15]이라 평한 적이 있다. 「냉동어」의 대영 또한 생활을 잃어버린 현실 앞에서 문학은 "어마어마한 그 현실을 제법 갖다가 한귀탱이나마 감각을 하며, 정통을 캐치할 근력"(399)을 잃은 무의미한 것에 불과하다고 토로한다. 새로운 감정 체제가 창작 동력을 상실하게 했다는 인식은 이들을 한 발짝 뒤로 물러나게 한다. 명명백백한 사실과 건전한 정신을 요구하는 당대 분위기에 타협할 수 없는 이들은 행복도 명랑도 할 수 없이 멜랑콜리 감정 동학에 몰두한다. 그러나 체제의 위력은 강력하기에 멜랑콜리는 집 안에서도 겨우 유지될 뿐이며 정신은 부정적 상태에 고착될 수밖에 없다.

바야흐로 시대는 총동원령으로 "원고용지 구하기가 원고 쓰기보다 더 힘이 드는"(11), "개인적 이윤본위에서 국가적 이윤본위로 갈려드는 경제신체제"(28)를 표방한다. 성냥 전표 제도가 나의 문학에 미치는 타격과 금

---

13) 채만식, 「근일」, 『채만식전집8』, 창작과비평사, 1987, 11-34쪽.
14) 김주리, 「1940년대 '집'의 서사화에 대한 일고찰」, 『한국현대문학연구31』, 2010, 279쪽, 참조.
15) 채만식, 「문학을 나처럼 해서는」, 『문장』, 1940.2, 9쪽.

광 사업의 실패 배후에는 전시 체제가 도사리고 있다. "시시로 변동하는 정세가 신경을 와서 어지럽히는 것을 이겨낼 수 없는"(21) '나'는 이런 현실을 수리하지 못하기에 글쓰기가 불가능한 상태에 놓여 있다. 전시 체제와 불화하는 멜랑콜리의 태도로 세계를 탐구하고 싶지만, 과거를 애도하라고 종용하는 현실과 생활의 문제는 그를 끊임없이 괴롭히며 불안을 일으킨다. 벤야민은 멜랑콜리를 세계와 한 인간의 마주침 속에서 만들어지는 슬픔의 감정이라 말한다. 그리고 멜랑콜리는 삶의 안전이 보장되지 않는 사태, 혹은 미래의 위험에 대한 불안 때문에 생겨난다.[16] 멜랑콜리는 불안과 상동하여 주체의 내면에 지배력을 행사한다. 나는 건전 체제와 갈등하기에 삶에 지속적인 불안을 느끼며 멜랑콜리 감정에 침윤된다. 집을 방어막으로 자신의 문학적 신념을 유지하려 하지만 체제는 이 보호막을 찢고 나를 침범해 오기 때문이다.

> 아무리 그렇더라도, 나 자신의 그와 같이 작고 속스런 인간을, 문학적으로 승화되지 못한 한낱 시정적인 사실이요 족히 진실과는 거리가 먼 나의 정신상 나체 그대로를, 그대로 갖다가 이런 모양으로 문학 속에 담아서 어엿이 남의 면전에다 내놀 까닭이야 없는 게 아닌가?...그 두 가지의 나는, 도저히 같은 시공에는 용납이 되지 않는 실로 세계가 다른 나 들이다.(23-24)

그러나 멜랑콜리는 '불안'[17]의 근원을 세계보다 자아에서 찾아내려는

16) 권용선, 『세계와 역사의 몽타주』, 그린비, 2009, 16쪽.
17) 철학자들은 불안과 공포를 구분하여 이해하고자 했다. 두 감정은 주로 구체적인 대상의 존재 여부에 따라 구분된다. 키에르케고르의 구분에 의하면, 공포는 뚜렷한 대상을 갖고 있지만, 불안은 정확히 구체적인 어떤 대상을 갖지 않는다. 야스퍼스는 "공포가 무엇인가를 향해 있다면 불안은 대상이 없다"라고 구분했고, 하이데거도 공포의

감정이다. 공포가 세계 내부적 존재에 의해 발생한다면, 불안은 현존재 자체에서 발생한다.[18] 불안이 직면하는 대상은 불확실하기에 감정의 에너지는 외부가 아닌 세계 내 존재인 자신을 향하는 것이다. 그렇기에 나는 체제가 아닌 자신의 신경 상태를 반복적으로 응시하며 생활이 불가한 이유를 재확인한다. 그리고 이는 내면의 형상화 작업인 글쓰기와 결합하여 확대된다. 선비의 도리로 소설을 쓰고 싶지만, 체제는 속스런 매문을 종용하기에 그는 멜랑콜리하다. '사실의 시대'가 말하는 건전을 수행하면 될 일이지만 이는 무엇보다 어려운 문제이다. 현실과 타협하는 창작의 길은 지금까지의 문학세계를 애도하여 멜랑콜리한 상태를 벗어날 때 가능하다. 이는 스스로를 부정하는 길이기에 커다란 고통이며 삶을 위협하는 불안이다. 처사적 글쓰기와 생활의 글쓰기, 현실과 신념 중 하나를 택해야 하는 상황이 "길이 막힌 것만은 사실"(24)을 상기시키는 이유이다. 글쓰기가 불가한 현실이 불러오는 불안은 미래가 다만 죽음을 유예하는 시간에 지나지 않는다는 사실을 실감하게 한다.

나는 건전과 명랑이 투영된 소설을 쓸 수도, 자신이 생각하는 바를 반영하는 소설도 쓸 수 없다. 전자는 나의 신념을 버리는 것이며 후자는 나의 현실을 내팽개치는 길이다. 결국 내가 선택할 수 있는 글쓰기는 객관

대상은 "앞에 있는 것, 존재하는 것"으로 불안의 대상은 "어떤 것 때문에", "어떤 것에 대한"이라는 식으로 명명한 바가 있다.
최문규, 『감정의 인문학적 해부』, 북코리아, 2017, 236쪽.
그러므로 불안은 그 대상이 불투명하고 불명확하며 지속적이기에 자아 집중적이며 이는 멜랑콜리의 특성과도 연결되는 부분이다.

18) 하이데거는 감정을 '기분(stimmung)'이라 명명하며 존재의 목소리라고 정의한다. 그에게 감정은 개인적이고 주관적인 산물이 아니라 현존재의 자기현시 방식이다. 그러므로 불안 감정 또한 세계-내-존재의 실존을 조율하는 중요한 요소이다.
김동규, 「하이데거 철학의 멜랑콜리」, 『현대유럽철학연구』19, 한국하이데거학회, 2009, 93쪽.

적 거리감을 전제로 해야 하는 소설의 형식(3인칭)에 자신의 상황을 그대로 드러내는 1인칭의 내용을 마구 욱여넣을 수 있는 사소설뿐이다. "상식도 아닌 노력을 들이기엔 답지도 않은 문학"(33)은 나의 글쓰기이지만 동시에 낯선 글쓰기이기에 불안의 기표이다. 동시에 사소설은 1인칭과 3인칭의 공존을 용납하기에 주체와 대상이 분리되지 못하는 멜랑콜리의 형상과 닮아있다.

매일 맞닥뜨려야 하는 형제는 '세계 내 존재자'의 타자이다. 이들은 내가 사소설을 창작해야 하는 이유이지만 멜랑콜리를 불러일으키는 근본 원인은 아니다. 내가 불안한 이유는 그들의 얼굴을 추레하고 초라하게 만드는 건전 체제가 무한한 힘으로 작동하고 있기 때문이다. 불안은 모든 것은 무의미하게 만든다. 친숙하고 애처로운 형제의 모습은 사라지고 세계에는 오직 나 홀로 남는다. 이는 세계 내 존재자가 아닌 세계 자체를 부각하며, 주체 자신을 스스로 반추하고 타자와 맺고 있던 관계들을 재정의하게 한다.[19] 불안이 세계를 새롭게 정립하는 감정 동학이 되는 것이다. 그러나 불안은 그 대상을 파악할 수 없다는 맹점을 지니고 있기에 세계를 부정적으로 재조정하는 결과를 가져오기도 한다. 대상을 알 수 없는 불안이 그 에너지를 자아에 집중할 때, 존재는 무의미해지며 결여에 집착하는 멜랑콜리를 불러올 수 있는 것이다. 이때 멜랑콜리는 외부는 물론 자기 자신마저 무의미하게 만드는 함정에 빠진다. 건전에 대응하던 감정 동학이 고착되며 도리어 체제에 부응하는 형상을 띠는 것이다.

그러므로 나는 체제를 비판하는 대신 자신의 무력감을 증오하기에 이른다. 여기서 파생하는 불안은 건전 세계가 표방하는 명쾌함을 거부하지

19) 마르틴 하이데거, 전양범 역, 『존재와 시간』, 동서문화사, 2016, 259-273쪽, 참조

만 어떤 선택도 하지 못하는 나의 멜랑콜리를 증폭시켜 "스스로 혐오와 불쾌"(22)[20]를 느끼도록 종용한다. 멜랑콜리가 자아를 향하며 불러일으키는 자기혐오는 주체를 소모하게 한다. 그러므로 내가 나를 혐오하는 고통에서 벗어나는 길은 결국 세계의 법칙을 인정하는 데 있다. 이는 창작의 신념을 어떻게 지켜나갈지 고뇌하기를 중단할 때 가능하다. 나는 사실을 수리할 것인지 신념을 지킬 것인지 고민하다가 급선회하여 체제에 순응하겠다고 마음먹는다. 갑자기 몇 단계를 뛰어넘어 형제들과 같은 일을 해 보겠다고 다짐하기에 이른다. "좌우간 그리고, 저리고 가 보는 것"(33) 즉, 생활의 영역에 투신하겠다는 것이다. 좀 전까지 멜랑콜리했던 나는 이제 체제가 강조하는 건전의 논리를 그대로 가져와 자신의 행동에 당위성을 부여한다. 그러나 생활인이 되면 몸도 건강해지고 명랑해질 수 있을 것이라는 낙관적 자기 위로 속에는 기만적이고 숙명적 체념이 내재한다. 멜랑콜리의 중단은 사유의 중단을 의미하는 바, 주체는 결국 자기 기만적 믿음에 의지할 수밖에 없다. 그렇기에 이 급작스러운 감정 전환은 역설적으로 멜랑콜리한 현실을 더욱 강조한다.

2) 불화하는 지식인과 숭고한 투쟁

멜랑콜리는 혼란의 소용돌이에 휩쓸리지 않고 버티는 관조의 힘으로

20) 프로이트는 이를 '불길함(unhomely)'이라 칭한다. 어머니의 품 같은 안정된 세계가 와해하였을 때 느끼는 낯선 두려움으로, 생명을 위협받는 내몰린 존재들이 경험하는 공포를 뜻한다. 독재 권력, 식민지, 전쟁과 같은 상황에서 체감하는 위협 또한 불길함을 불러오며, 이는 주체가 생을 혐오하고 자기를 비하하게 만들기까지 한다.
지그문트 프로이트, 정장진 역, 「두려운 낯설음」, 『창조적인 작가와 몽상』, 열린책들, 1996, 참조.

작동하기도 한다. 관조 역시 강요된 의미 상실에서 벗어날 수 없다는 점에서 멜랑콜리의 부정적 양태인 냉소주의와 공통적이지만, 다다르는 결론은 다르다. 냉소주의가 숙명적 체념으로 향한다면 관조는 그 체념 끝에서 긍정의 파토스를 모색하려 한다. 멀리 떨어져 보는 행위는 멜랑콜리 주체가 세계의 부정성을 더 잘 목도하게 한다. 주체와 세계의 대립이 빚어내는 긴장 속에서 전시 체제의 맹목성은 더욱 첨예하게 드러난다. 그러므로 자기 자신을 믿는 주체들은 시대에 뒤떨어졌다는 평가를 받으나 체제를 받아들이지 않을 권리를 주장하길 멈추지 않으며, 건전이 내재하고 있는 부정성을 끝까지 보려 한다.

「모색」(1939)[21]은 여성 멜랑콜리 주체를 내세워 당대를 관조한다. 이제 막 여고를 졸업한 옥초는 "생활의 테마"(478)를 고민한다. 그녀가 미래의 일에 골몰하는 이유는 이 세계를 부정적인 것으로 감각하기 때문이며, 또한 여성이라는 자신의 위치에서 벗어날 수 없기 때문이다. 속물적 욕망을 상식이라 이름 붙이는 세계 속에서 옥초는 자신을 지키기 위해 더욱 신중하게 앞날을 설계해야 한다. 그러므로 그녀는 궁리와 생각에 많은 시간을 할애한다. 하숙방에서 "우습게 궁상스런 포즈"(470)를 하고 취직도 연애도 하지 않는 채 정지하고 있는 셈이다. 이 형상은 세계와 불화하는 멜랑콜리 주체가 취하는 진정한 관조에 맞닿아 있다. 진정한 관조는 사태 자체의 리듬을 파악하려는 시도이며 그렇기에 연속성을 끊임없이 중단시키며 사유를 대상에 접근시키는 방법이다.[22]

주부의 상식으로, 좀스런 학자님이 될 소용으로, 멋도 없는 여류문사

21) 채만식, 「모색」, 『채만식전집7』, 창작과비평사, 1987, 470-499쪽.
22) 최성만, 「벤야민에서 중단의 미학과 정치성」, 『문예미학8』, 문예미학회, 2001, 105쪽.

> 행세거리로, 교단에 선 살아 있는 딕셔너리로 남의 집 서사질이나 해줄 밑천으로, 다직해야 앉아서 홀로 문화를 향락하는 확대경으로, 이렇게 학문과 인간이 단지 기계적으로 혼합이나 되어 아무 의미도 없이 행동을 한 대서야 그는 결국 학문에 대한 모독이요 인간 제 스스로의 자실이 아닐 수가 없다.(484)

그녀는 학문을 성공의 수단으로 취급하는 근대 지식인의 기계적인 삶을 혐오하며 멜랑콜리의 정서를 강화한다. 공허하게 흘러가 버리는 시간에 대한 의식과 삶에 대한 혐오는 멜랑콜리의 톱니바퀴 장치를 계속 움직이게 하는 두 개의 추이다.[23] 멜랑콜리가 선적 시간관에 반대하는 실존적 반응인 만큼 발전과 진보의 도식 또한 옥초에겐 무의미하다. 그러므로 자신을 세계에 던져진 존재로 파악하고, 스스로를 "아직은 아닌(not-yet)" 것으로 던져 넣는다.[24]

주목할 점은 옥초의 관조가 대부분 도래할 미래를 가정하는 형식으로 이루어진다는 것이다. 주체와 학문이 유기적으로 화합하여 생성하는 "새로운 현실의 창조"(484)의 진위를 파악하기 위해, 그 정신을 잃어버린 미래의 나를 가정하는 것이다. 아감벤은 멜랑콜리의 책략을 가리켜 "대상의 상실이 일어나기 전에 그것을 미리 내다보고 한 발 앞서 애도하고자 하는 역설"[25]이라 했다. 멜랑콜리 주체가 결여된 대상을 소유하는 방법은 마치 그것을 이미 상실한 것처럼 다루는 방법뿐이다. 이는 텅 빈 욕망을 알아채지 못하는 주체의 허점을 드러내지만 반대로 애도를 거부하려는 주체의 위장이 되기도 한다. 멜랑콜리 주체는 애도하지 않으려 상실하지 않은 대

23) 발터 벤야민(2006), 앞의 책, 443쪽.
24) 리차드 커니(2004), 앞의 책, 300쪽.
25) 조르조 아감벤, 윤병언 역, 『행간』, 자음과모음, 2015, 56-59쪽, 참조

상을 잃은 척 애도하는 거짓 행동을 취하는 것이다. 옥초는 진정한 삶이 건전의 애도 작업이 아닌 멜랑콜리의 관조가 포착한 지점에 있음을 확신한다. 애도 작업을 통해 통합될 수 없는 잔여들이 항상 남아 있기 마련이며, 가장 궁극적인 충절이란 바로 이 잔여에 대한 충절이다.[26]

그녀는 미래를 설계하고 싶지만 삶은 여전히 모호하다. 삶을 자신만의 방식으로 전유하고픈 강한 의지를 지니고 있으나 현실은 이를 뒷받침할 어떤 청사진도 제시하지 못한다. 옥초는 체제가 고유한 삶 자체를 결여된 관념으로 만들었다는 걸 어렴풋이 파악하고 있기에 머뭇거린다. 그러나 체제는 주변 사람들의 목소리를 통해 이런 모색 자체를 중단하라 압박한다. 그러므로 옥초가 멜랑콜리를 지키는 방법은 체제가 권하는 미래를 받아들이겠다는 제스처를 취해 진의를 가리는 방법이다. 현실에 잘 적응하여 사회생활을 하는 자신을 가정하며 관조하길 체념하는 '척'하는 것이다. 그렇게 해야 그녀는 멜랑콜리 주체라는 정체성을 지킬 수 있다. 새로운 삶이 불가한 미래를 받아들이겠다고 말하며 도리어 새로운 삶을 꿈꾸는 현재를 유지한다. 그녀는 체제에 부합하는 삶이 무엇인지 궁리하기 위해 "미루어 나갈 권리"(486)를 행사하고 있다고 말하며 사실 멜랑콜리적 관조를 수행한다.

읍회의원이 된 상수의 등장은 그녀의 행위에 힘을 실어준다. 옥초는 "현실이 나의 이상과 맞지 않는 바이면 터럭 하나도 세상을 위해 뽑지 않는다고 정열적으로 부르짖던 젊은이"(497)였던 청년이 "거리의 약장수"(493)가 되어 돌아온 이 "턱 없는 비약"(496)에 당황하지만 영향받지 않는다. 건전 체제를 받아들인 상수의 모습은 사실 수리론을 충실히 이행하

---

26) 슬라보예 지젝(2008), 앞의 책, 218쪽, 참조.

는 일상적 삶을 상징한다.

멜랑콜리 주체에게 이는 실패한 미래로 각인된다. 옥초는 상수의 변질을 동정하거나 비판하지 않는다. 다만 참조해야 할 본보기로 삼는다. 성급한 연애와 결혼도 체제에 부응하는 일이라 생각하던 그녀에게, 결혼 후보자의 타락은 관조를 지속해야 할 이유가 된다. 옥초는 상수의 선택 속에서 굳이 그 사정을 읽어낼 필요가 없다는 걸 안다. 이는 면죄부를 주거나 오류를 합리화하는 계기가 될 수 있기 때문이다. 옥초는 상수에게서 인간적 감정을 거두고 "상쾌"(497)함을 느낀다. 멜랑콜리적 관조를 바탕으로 현실을 다양하게 탐색하되 이입하는 걸 중단하는 것이다. 그녀는 이것이 새로운 생활을 창조하는 하나의 방법이라 결론을 내린다. 그러므로 가분가분한 발걸음으로 돌아서는 옥초는 결국 상수와는 다른 길을 걸어간다.

옥초의 선택은 관조와 애도의 위장을 바탕으로 삶을 조율하고 항해하는 감정 주체의 긍정적 측면을 보여준다. 여성에게 멜랑콜리 감정이 광증으로 덧대어지는 것과 달리 옥초에게 멜랑콜리는 사회의 모순을 간파하여 스스로를 창조적이고 비범하게 만드는 적절한 힘이다. 여성 주체가 시대의 명령을 재구성하고 사유하며, 건전을 비껴가는 가치를 모색하는 데 감정의 동학이 중요한 역할을 수행하는 것이다.

「소망」(1939)[27]은 건전 체제를 내면화한 부인의 시선으로 세계와 불화하며 내면에 침잠하는 주체를 그려내기에 멜랑콜리 감정 형상이 더 두드러진다. 남편은 시대와 신념을 일치시키는 대신 신문사 기자를 그만두고 세계를 관조하는 길을 택한 멜랑콜리 주체이다. 건강하지 못한 자는 건전 체제가 포섭해야 할 대상이자 배제해야 할 주체이다. "남처럼 활달하게

27) 채만식(1987), 앞의 책, 336-349쪽.

나돌아다니는"(338) 직능 생활과 건강 유지를 중단한 것이다. 그러나 아내는 건전을 거부하는 남편을 그저 "신경쇠약"(338)과 "병"(349)에 걸린 환자로 인식한다. 부부가 건강 문제를 놓고 대립하는 이유도 바로 이 간극에 있다. 아내에게 건강이 건전을 지속하는 방법이자 생활의 행복을 찾는 길이라면, "번번이 몸이 건강털 못해서 일 감당 못하겠다는 핑계"(342)를 대며 직업을 거부하는 남편에게 건강은 세계와의 타협이자 불행이다.

건강할 수 없는 남편은 집에 틀어박힌다. "책 디리파기, 신문 잡지 뒤치기, 그렇잖으면 웃지두 않구, 이야기두 않"(340)는 모습은 건전하지 못한 멜랑콜리 주체의 삶을 잘 보여준다. 남편은 전시 체제를 일상화한 사람들을 "속물"(339)이며 "하등동물"(346)로 격하한다. 멜랑콜리 감정을 공유할 수 없는 자들과의 소통은 단절된다. 그러나 남편의 멜랑콜리는 단순히 병적 우울증에 그치지 않는다. 세계와 불화하며 자신 안에서만 살아가는 것이 아니라, 책과 신문 등의 매개체를 바탕으로 타자와의 교섭을 추구하며 세상을 조망하기 때문이다. 매체를 통해 습득하는 세계의 정세와 이론은 관조를 지속할 동력으로 전환된다. 또한 상실의 고통을 대면하는 멜랑콜리 주체는 잃어버린 대상, 타자의 고통을 외면하지 않는다는 점에서 잠재적 가능성을 지닌다. 남편은 미국의 번영 뒤에 드리워진 그림자에 주목한다. 국가 발전의 명목 아래 희생된 자들에게 감응하는 자의 시선은, 건전 체제가 표방하는 밝음 뒤에 감추어진 식민지의 어둠을 향한다.

그의 멜랑콜리는 방구석에서 더위에 농성하는 숭고(Erhaben)[28]한 "싸

28) '미와 숭고의 변증법'은 감각적 쾌락이나 아름다운 형식에 대한 만족에만 머무는 협소한 의미의 미적 경험과는 다르게, 정의롭지 못한 폭력에 맞서는 대항폭력(적절한 대상에 대한 공격본능의 작용)이라는 일련의 고통스러운 과정을 경과하여 보다 인격적 확장으로 전환시키며 레이코프가 말하는 "감정이입의 정치학"의 가능성을 보여준다. 심광현, 「재난자본주의와 감정의 정치학」, 『문화연구』1-1, 한국문화연구학회, 2012,

움"(346)으로 이어진다. 더위에 순응하지 않고 맞대응하는 행위는 이상 증상이자 건전의 상식을 교란하는 사건이며, 남편의 병증을 부각하지만 동시에 그의 의지를 보여주기에 양가적이다. 이 싸움을 통해 멜랑콜리 주체는 자신을 세계 안에 존재하면서 동시에 밖에 위치하도록 만든다. 건전 체제의 내외부를 오가며 경계를 흐리는 존재가 되는 것이다. 남편의 궁극적인 목표는 표백된 건전 세계의 부정성을 드러내는 데 있다.[29] 그러므로 그의 웅변은 겨울 양복을 입고 종로 한복판으로 나서는 사건으로 확대된다. 마루에도 안방으로도 나가지 않았던 남편이 계절에 맞지 않은 옷을 입고 밖으로 나서는 모습은, 짜증으로만 인식되던 그의 말을 외부로 드러내는 행위이다. 건전 주체들이 명랑하게 활보하는 종로의 일상 풍경 속에 낯선 존재로 난입하여 이 세계의 모순을 직시하라고 웅변하는 것이다. 건강하고 명랑한 세계가 은폐한 구멍을 드러내는 불화의 멜랑콜리가 가시화하는 순간이다.

주목할 것은 남편의 운동성이다. 겨울 양복을 입고 밖을 활보하는 모습은 멜랑콜리의 감정 동학을 수행하는 숭고의 형상이다. 숭고는 무형식, 불쾌, 부조화에 기반하며 보는 이의 불안을 불러온다. 겨울 양복을 입은 멜랑콜리 주체는 불안에 잠식당하는 대신, 불안의 형상 자체가 되어 건전 주체들의 감정을 교란한다. 불안은 세계의 방식을 반추하게 하는 감정이

36쪽.

29) 라캉식으로 설명하자면, 평소에는 타자가 보이지 않는다. 그러나 그는 상징계와 실재계 모두에 관여하기에, 매끈한 것처럼 보이는 상징계를 구멍 낼 때 우리 눈앞에 출현한다. 이때 상징계는 규범의 세계로, 언어를 통해 말해질 수 있는 현실 세계이다. 실재계는 상징계 너머에 있는 대상 a의 세계로 언어로 명확히 말해질 수 없기에 존재하지 않을 수도 있는 세계이다. 그러나 실재계는 상징계의 기반임과 동시에 언제든 상징계의 결여를 드러낼 수 있다는 이중성을 지닌다.

다. 나아가 주체가 세계와 맺고 있는 관계를 새롭게 구성하도록 인도한다. 이 행위는 건전 체제의 "순수함에 대한 환상을 거부하는 것이며, 그 발명품들에게 항상 모호하고 일시적이며 분쟁적인 단절의 성격을 돌려주"[30]려는 것이다. 건전이 조화와 쾌의 미학으로 향유되는 현실을 불안하게 만들고, 건전의 세계로 표상되는 종로를 새로운 감각으로 경험할 수 있게 하는 배후에 멜랑콜리의 감정 동학이 존재한다. 멜랑콜리가 건전 "상태의 미학에 맞서는 움직임의 미학"[31]으로 작동하는 순간이다.

그러므로 건전 세계에 출현한 멜랑콜리 주체는 체제의 고정적인 분할선을 유동하게 한다. 랑시에르는 치안이 공동체 구성원을 직무와 위치에 부합하는 방식에 따라 규정하는 방식이라면, 정치는 그 분할법을 흐트러뜨리며 가시적인 것과 비가시적인 것의 구분을 원점으로 돌리는 행위라 말한다. 정치적인 것은 치안의 기준선에 포함되지 않았던 보충적 요소들 도입하여 몫 없는 자들의 몫을 가시화한다.[32] 종로로 나서는 남편은 건전의 풍경엔 어울리지 않는 형상을 체현하며 건전 체제의 표백과 빛에 가려진 다른 감정 주체를 기억해내도록 한다. 그것이 질병으로 치부될지라도, 건전을 내면화한 존재들에게 생경한 감각을 불러일으키는 계기가 되는 것이다.

30) 자크 랑시에르, 주형일 역, 『미학 안의 불편함』, 인간사랑, 2008, 199쪽.

31) 낭시는 경계의 가장자리에서, 따라서 현시의 가장자리에서 발생하는 탈경계의 움직임이 숭고의 핵심이라 강조한다.
장 뤽 낭시 외, 김예령 역, 『숭고에 대하여』, 문학과지성사, 2005, 68쪽.

32) 정치적인 것을 치안과 정치라는 두 원리가 충돌하는 장소로 모색하는 랑시에르의 관점 또한 그것의 불가능성과 가능성의 지평에 놓인다. 그에게 정치적인 것은 통치의 과정인 치안과 평등의 과정인 정치의 마주침에서 생성된다. 이질적인 척도에서 발생하는 이 두 과정의 마주침에서 감각적인 것의 재분배가 일어난다.
자크 랑시에르, 양창렬 역, 『정치적인 것의 가장자리에서』, 길, 2013, 112쪽.

더불어 이 경험은 멜랑콜리 주체 자체의 동학도 다시 유동하게 만든다. 밖으로 나가 자신을 드러내는 정치적 행위가 남편 자신의 삶 또한 변화하게 한다. 그는 외상 때문에 언제나 피해 다녔던 싸전 앞을 당당하게 지나쳐 오면서, 지금까지 외면했던 생활을 직시하려 한다. 멜랑콜리 주체로 살기 위해 포기해야 했던 경제적 삶을 생각하기 시작한 것이다. 이전까지 남편에게 생활을 유지하는 일은 곧 건전에 순응하는 일과 같았다. 그러나 이제 관조의 삶을 살면서 동시에 먹고 사는 일까지 사유하겠다고 다짐한다. 이렇게 자기의 위치를 수정해내는 멜랑콜리 주체는 이제 관조를 동력으로 삶과 감정을 전유한다.

> "속 모르는 소리 말아. 이걸 떠억 입구 이걸 푸욱 눌러 쓰구, 저 이글이글한 불볕에! 어때? 온갖 인간들이 더우에 항복하는 백기 대신 최저한도루 엷구 시언헌 옷을 입구서 그리구서두 허어덕허덕 쩔매구 다니는 종로 한복판에 가 당당하게 겨울옷을 입구서 처억 버티구 섰는 맛이라니! 그게 어떻게 통쾌했는데!"(348)

집으로 돌아온 남편은 일 년 만에 잠시 "웃음"(339)을 짓는다. 아내는 이를 "명랑"(348)으로 읽어내려 하지만, 실상은 멜랑콜리 주체의 자기만족에서 나오는 표정이다. 이 순간의 미소는 남편의 태도가 또 한 번 변화했다는 암시이기도 하다. 건전의 허상을 남들 앞에 드러내 버린 자의 웃음은 앎을 실천으로 전환하는 데 성공했다는 표시이다. 멜랑콜리 주체가 짓는 이 역설적인 "웃음은 낡은 가치를 파괴하고 새롭게 예감한 가능성"[33]

33) 이는 니체의 웃음이자 이를 전유한 들뢰즈의 웃음 이론이기도 하다. 대상이나 세계를 내면화, 코드화하는 죄의식이나 나르시시즘의 반대항인 "분열자적 웃음", "정당한 터무니없음", "탈코드화" 등과 연결되는 웃음인 것이다.

의 징후이다. 고정된 감정 체제를 대변하는 웃음이 아닌 체제를 유동하는 감정 동학의 웃음인 것이다.

찡그린 얼굴로 부정의 태도를 견지하던 멜랑콜리 주체는 이제 침울한 얼굴로 "통쾌"를 말하며 체제를 더욱 헷갈리게 만든다. "요행 병을 돌려서 그러는 거라면, 오죽 기쁠 일이우, 그렇지만 불행히 병이 도져가는 증조라면 그 일을 장차 어떡헌단 말이우?"(349)라는 아내의 말은 웃음이 얼마나 혼란스러운 사태인지를 보여준다. 세계를 거부하는 게 명확해 보이던 주체가 이젠 세계에 어떤 감정을 투여하고 있는지 알 수 없어 보일 때, 체제의 불안은 심화된다. 이렇게 멜랑콜리 주체는 건전을 관조하는 데서 나아가 건전을 "유쾌"(348)로 전유하는 방법까지 습득하며 체제를 가로지른다.

사소설 중 하나인 「집」(1941)[34]은 '나'가 "평생 처음으로 집이라고 생긴 것"(69)을 정성 다해 관리하는 과정을 묘사한다. 작품이 집 자체보다 집을 만들어가는 나의 역경을 중시하는 이유는 그것이 멜랑콜리 주체의 관조하는 내면을 구축하는 과정이기 때문이다. 그리고 이는 전시 체제와 건전 프로젝트가 지배하는 "세상과의 한계"(98)선을 긋겠다는 선언이다.

> 울타리를 둘러치고 나니, 그새 며칠 벌판에서 기거를 하는 듯, 몸둘 곳을 모르게 허전허전하던 기운이 일시에 가시고, 심신이 한가지로 아늑히 싸이는 것 같았다...그러다가 푸뜩 따로 나던 생각이었는데 인간이란 기어코 이렇게 손바닥만하게나마 울을 막아 세상과 한계를 선언함으로써, 저 혼자만의 세계를 가져야만, 그리고 그러한 저 혼자만의

류종영, 『웃음의 미학』, 유로, 2005, 321쪽.

34) 채만식, 「집」, 『채만식전집8』, 창작과비평사, 1987, 68-120쪽.

세계에 들어 있어야만 마음이 놓이고 남께 당당하고..(98)

소설은 앞부분에 내가 집을 알아보는 여정, 자택을 소유할 여유가 없는 경제적 상황에도 불구하고 여기저기서 돈을 끌어 모아 간신히 집을 구매하는 사정을 나열한다. 내가 그렇게 어려운 과정을 견디고 오막살이 같은 집이라도 “내 집”을 원하는 이유는 체제의 명령에서 자유로운 혼자만의 세계를 구상하기 위해서다. 건전 체제의 슬로건에 부합하지 않는 나의 신념은 넝마가 되어버렸지만 이를 애도할 수 없기에, 나는 세계와 불화하는 존재로 남는다. 이제 집이란 보호막을 가진 소설가는 세계의 안에 있으면서 동시에 밖에 위치할 수 있게 된다. 넝마로부터 사유를 길어 올리는 예술가의 모습으로 마음껏 시대를 응시하며 멜랑콜리의 관조를 유지할 수 있다.

댄디가 자본주의 사회가 배제하는 가치들의 쇠락을 견디며 귀족적 고고함을 유지하려는 존재[35]라면, 나는 “화폐가격만으로는 능히 환산을 할 수가 없는 다른 한 벌의 가치”(69)를 바탕으로 전시 체제가 제거하려는 신념을 유지한다. 애도는 상실 대상을 두 번 죽이는 배신행위이다. 반면 멜랑콜리 주체는 대상을 향한 애착을 포기하지 않으며 그 곁을 충실하게 지킨다. 이렇게 멜랑콜리는 건전에 대응하는 삶의 태도로 기능한다. 그러므로 나의 관조는 대상의 상실에 따른 퇴행적 반응이라기보다는 오히려 상

35) 보들레르는 멜랑콜리 시인의 정체성을 산책자와 댄디로 설명한다. 산책자가 사라진 것, 쓸모없는 것처럼 보이는 흔적을 수집하는 자들이라면 댄디는 파토스의 영도, 즉 어떤 것에도 감동받지 않고 놀라지 않고, 대신 자신이 놀람이라는 파토스를 불러일으키는 기이한 존재가 되기를 열망한다. 그러므로 이들은 상실 대상과 공존하는 멜랑콜리로 세계에 항거하는 정신적 존재인 것이다.
김홍중, 「멜랑콜리와 모더니티」, 『한국사회학』40-3, 한국사회학회, 2006, 참조

실된 대상을 여전히 살아있게 만드는 몽환적인 능력에 가깝다.

너무도 강건한 건전 체제는 끊임없이 멜랑콜리를 침범하고 관조를 무용한 행위로 만들려 한다. 장마로 대변되는 "심술궂은 것의 의사의 체현"(97)은 나를 방해한다. "귀신덩어리"(97)의 형상으로, "봉변"(107)의 사건으로, 넘쳐흐르는 "물"(117)로 모습을 바꾸며 밀려드는 세계는 집이라는 얼룩을 파괴하고 깨끗이 지워버리려 한다. 그러나 그 압박이 강하면 강할수록, 장마에 대응하는 멜랑콜리 주체 또한 더욱 역동적으로 변모한다. 무관심을 가장하며 세계를 관조하던 정적인 멜랑콜리는 애도를 강요하는 세계를 절대 용납하지 않겠다는 적극적인 태도로 변모한다. 이때 감정은 주체의 인식에 선행하여 촉발하는 잠재성을 드러낸다. 스스로 의식하지 못한 채 집을 구제하려 뛰어다니는 멜랑콜리 주체는 끝이 보이지 않는 고난에 맞설 의지가 충만하다. 결국 실패할지라도 포기할 생각이 없으며, 그것이 멜랑콜리가 지닌 의의임을 행동으로 보여주는 것이다. 현재의 어둠 속에서 "우리에게 도달하려고 하지만 결코 그럴 수 없는 빛을 지각하는 것, 이것이 바로 동시대인이 된다는 것의 진정한 의미"[36)]임을 깨달은 것이다.

장마가 지나간 집의 광경은 폐허여도 나의 내면 풍경은 "고요"(118) 상태에 놓인다. 나는 폐허 속에서 아사가오 한 포기를 발견한다. 가까스로 생명을 붙잡고 있는 존재에 "애련함"(120)을 느끼지만, 나는 아내처럼 눈물을 흘리는 대신 고개를 돌린다. 아사가오는 바로 나의 모습이기 때문이다. 미약한 뿌리라도 남아 있다면 나(집)의 멜랑콜리는 아무렇지 않아 보이는 세계에 대응할 수 있다. 체제가 결국 포섭하지 못한, 그러나 완전히 배제하지도 못한 대상으로 끈질기게 남아 있을 수 있다. 그러므로 세계를

36) 조르조 아감벤, 김영훈 역, 『벌거벗음』, 인간사랑, 2014, 29쪽.

파악하고 대응하는 냉철한 멜랑콜리의 시선은 여전히 그 희미한 잠재성을 긍정하며 건전 체제와 맞설 방법을 탐색한다. "별을 보기를 자신 잃지 않는 광경을 한편으로 상상하지 못한다면 차라리 자결을 하고 말았을 것"[37] 이라 토로했던 나에게 별을 보는 상상은 더는 냉소주의적 망상이 아니다. 실제로 별빛을 볼 수 없지만 그래도 별빛을 상상하는 행위는 멜랑콜리 주체가 꿈꾸는 희망이 된다.

2. 반어적 삶의 현시와 역설적 사유의 장소성

1) 평온의 가면 쓰기와 알레고리의 일상화

멜랑콜리의 부정적 측면인 무력감은 감정의 역동성을 억압하는 결과를 가져오기도 한다. 이때 멜랑콜리는 감정이 정지한 상태로 보인다. 표백된 감정을 표방하는 건전 체제를 충실히 이행하는 것으로 보이기도 하나 실상은 내면에 고착된 상태에 가깝다. 이러한 양상은 멜랑콜리 주체가 점유한 장소의 이중성을 통해 두드러진다. 명랑하고 행복한 인물들의 사유 공간은 사실 멜랑콜리의 무력하고 무감한 민낯을 증명하는 장소이다. 주체들은 건전한 일상을 끊임없이 반복하기에 체제의 공간에서 절대 벗어나지 않는 것처럼 보인다. 그들은 종로 속 담배 가게, 집 안 서재 같은 장소에서 동일한 것의 영원한 회귀를 수행하는 것처럼 보인다. 이런 장소적 특성은 쾌와 안정의 가면을 쓴 주체들의 권태롭고 무기력한 얼굴을 드러내는 역할을 한다. 그러므로 멜랑콜리의 장소는 전시 체제가 지배하는 식민

37) 채만식, 「소설가는 이렇게 생각한다」, 『채만식전집10』, 창작과비평사, 1987, 195쪽.

지 공간의 단성적 성격을 균열 내지만 동시에 주체의 공허함을 드러내는 "바로크적"[38] 장소이다.

「사호일단」(1941)[39]은 남 부러울 일 없는 삶을 영위하며 "크고 요란스러운 기사보다 자잘한 이야기"(65)에 재미를 느끼는 박주사의 이야기를 다룬다. 그러나 그는 행복불감증에 시달리고 있는 자이다. 그가 개인적 취미와 도락에 탐닉하고 있는 것은 맞지만 이것은 그가 "정신적인 자유를 마음껏 누리고 있음을 보여주기보다는 정신적으로 피폐해져 있음을 보여주는"[40] 장치이다. 흥미로운 것은 "오로지 행복 속에서만 살아, 불행이라는 것을 전혀 모르"(51)기에 행복하지 않은 박주사의 내력과 생활을 보여주기에 앞서, 도입부에서 그의 '방'을 세밀하게 묘사하고 있다는 점이다.

사적 개인의 내면 풍경을 발견한 근대문학에서 방과 집은 중요한 의미를 지닌다. 식민지 시대 한국소설도 마찬가지이다. 개화기 이후 근대적 주체로 성장하는 신지식인의 내면은 사생활을 보장받고 싶다는 욕망과 함께 성장한다. 그러므로 "사생활을 유지하는 사적 공간, 정신적 장소로서 방이 주목받는다. 고백하는 개인, 내면을 가진 개인이란 부형이 거주하는

---

38) 벤야민은 독일 바로크 비애극을 다루며 멜랑콜리가 바로크-알레고리와 연관되어 있음을 밝힌다. 그에 따르면 바로크극의 군주는 멜랑콜리의 범례이다. 화려한 왕궁 안에 거주하는 군주는 세계의 무의미함을 인식하며 자신의 신체와 삶 또한 무관심하게 만드는 멜랑콜리에 빠진다. 그들은 우유부단하기에 배신당하며 광포한 정신착란에 빠진 채 무대 위에서 사라진다. 고독한 궁정은 멜랑콜리의 무감각함과 나태함을 증폭시킨다. 군주는 자신의 세계가 붕괴하는 상상에 빠진 채 몰락하는 것이다. 그러므로 군주는 폭군이면서 동시에 순교자로서 야누스의 얼굴을 가진 것으로 묘사된다. 이렇게 독일 바로크 비극의 멜랑콜리는 절망적인 현실 속에 머물 뿐 결코 그것을 벗어나지 못한다.
발터 벤야민(2009), 앞의 책, 213-235쪽, 참조.

39) 채만식, 「사호일단」, 『채만식전집8』, 창작과비평사, 1987, 35-67쪽.

40) 이양숙, 「채만식 소설에 나타난 1941년의 경성과 지식인」, 『현대소설연구』54, 한국현대소설학회, 2013, 397쪽.

'집'으로부터 독립한 '방'이라는 공간(기숙사와 하숙방)에서 탄생"41)한다. 그러나 1940년대에 이르러 다수의 사소설이 그러하듯, 지식인들은 다시 집으로 회귀한다. 물론 이 집은 이전의 집과는 다른 공간이다. 전통적 봉건 질서가 지배하던 집은 이제 식민지 통치 체제에 대응하는 주체의 확장체로 변모한다.

박주사의 방은 비슷한 시기에 쓰인 여타 소설에 등장하는 집과는 다르다. 방은 내면을 드러내는 장소이지만 체제와 맞부딪치는 신념이 표출되는 장소라고는 할 수는 없다. 집이 사유를 바탕으로 사회에 대응하는 태도를 보여주는 장소라면 방은 개인의 좀 더 내밀한 고민을 드러내는 장소이다. 집이 멜랑콜리 주체의 행위 결과라면 방은 이 무감각한 주체의 행동 원인을 짐작게 하기에 살펴볼 필요가 있다. 방은 세계를 공허한 폐허로 인식하는 멜랑콜리 주체의 장소로 바로크 비애극 속 군주의 궁정과 유사하다.

부동산 사업을 운영하는 건실한 실업가이자 온화하고 믿음직한 가장의 모습으로 일상을 영위하는 박주사는 건강하고 건전한 삶을 살아간다. 반면 그의 내면 상태는 조금 다르다. "행복을 모르는 자", "무관심한 표정"은 박주사를 묘사할 때 반복적으로 수식되는 단어로, 아무런 욕망을 느끼지 못하는 그의 상태를 대변한다. 이는 일면 건전 체제가 주입하는 감정의 표백상태, "지극 간단하고 명료"(50)하며 담백한 감정을 받아들인 것처럼 보인다. 그러나 체제가 말하는 건전이 명랑과 밝음으로 표상되는 감정의 긍정상태를 주장하는 것과 달리 박주사는 어떤 감정도 불러일으킬 수 없는 감정의 정지 상태에 놓여 있다. 인간, 사물로부터 아무런 즐거움도

41) 김주리(2010), 앞의 논문, 281쪽.

얻어낼 수 없다는 그의 상황이 이를 증명한다.

그가 스포츠나 오락이 아닌 수집에 몰두하고 있다는 점도 건전 체제의 행동 방침을 미묘하게 빗겨나가고 있다는 증거이다. 박주사는 아담하고 재롱스러운 것을 사들여 자신의 감정을 움직이고 싶어 하나, 물건 자체를 욕망하는 것이 아니기에 소비도 찰나의 즐거움에 불과하다. 그는 물건을 구매할 때보다 모아놓은 수집품을 볼 때 더 안정감을 느낀다. 이는 벤야민의 언급대로 사물을 소유하여 사물에서 상품으로서의 성격을 박탈하는 임무를 짊어진 수집가의 모습이다. 진정한 수집가란 대상을 자본 가치로 보거나 소비하는 데 주력하는 자들에 맞서 사물들을 유용성의 구속으로부터 해방시키는 존재이다.[42] 박주사는 자동차를 광의 대들보에 매달아두며, 불란서 인형의 가치를 잘 알지 못하지만 구매한다. 라이카도 사진기라는 본래 용도로 사용하기 위해 산 것이 아니다. 모든 것에 초연한 그의 무관심은 도리어, 경제 체제가 규정한 화폐와 물건의 교환가치를 흔든다. 나아가 모든 존재는 자신의 쓰임에 따라 온 힘을 다해야 한다는 전시 체제 직능주의가 얼마나 무용한 말인지 보여주기까지 한다.

> 방안을 차린 범절은 그러나 판연히 대조가 되는 두 갈래로 낡은 것과 새로운 것이 (의좋게) 함께 있곤 하여, 그래서 언뜻보매 심히 동떨어지고 어색한 느낌이 없지가 못하다. 가령 웃목으로 친 팔폭 병풍은 추사의 대가 분명한데, 반만 접은 그 병풍 뒤로 크막하니 섰는 책장에는 한 세대 전의 법학생들이 교과서 혹은 참고서로 쓰던 여러 가지 법학서적이 가득 들여 쌓여 있는 것이다. 개중에는 금자박이의 양서까지도 서너 권 섞여 있고. 그리고 더욱 진기하기는 저 주천백촌의 '유명하던'

42) 발터 벤야민, 반성완 역, 『발터 벤야민의 문예이론』, 민음사, 2005, 30-32쪽, 참조.

『연애지상주의』 이것을 비롯하여 하목수석의 「나는 고양이로다」나, 하천풍언의 『사선을 넘어서』니 승서몽 번역의 신조사판인 똘스또이의 『부활』이니 하는 문학서적과 몇 권씩의 『학지광』이며 『개벽』 등 옛 잡지를 곁들인 것이다.

(중략) 그러므로, 세계를 달리한 듯싶은 이 장서들이었지만...그가 약 이십여 년 저짝, 비록 전문부요, 이년쯤 하다가 중도폐지는 했을 망정 xx대학에 학적을 둔 적이 있는 동경유학생의 한 사람이었다는 경력을 고려한다면 그 부조화는 상당히 존재의 이유를 주장한달 수가 있을 것이다.(책상을, 맨 밑의 서랍을 뒤져본다치면 무수히 블랭크가 치여, 문맥이야 닿지 않으나마 『법학총론』이니 『민법원론』이니 등속의 필기 노트가 꽤 여러 벌 들어 있기까지 하다.)

따라서 지금 그 머리맡의 문갑 위에 가서 『xx일본』이라는 일문잡지의 이 달 호가(실상은 새 달 신년호가) 유색한 미인화 표지를 해가지고 한서 『동한연의』며 『고문진보』와 함께 나란히 놓여 있는 어색함도 자연 변명이 될 수 있을 것이다. 그러하되, 잡지가 『법률시보』니 『외교시보』니 기타 고급한 평론잡지가 아니고서 취미 본위의 통속잡지인 것은, 그가 증왕에 잠시 들른 적이 있던 저 책상 속의 학문세계와는 어찌하여 그랬던 이미 상관을 가지지 않은 타인이 되었다는 표적인 동시에, 오직 당시에 얻은바 어학의 힘만이 시방은 실생활 가운데서 조금씩 소용이 되고 있음을 은연중 말함일 것이다.(35-36)

수집벽은 서재 풍경을 분석하기 위한 중요 단서이다. 이 두 요소를 연관시키는 이유는 수집이 사물을 조화로운 연결고리에서 분리하여 개별체로 존재하게 만들기 때문이다. 방 장소를 점유하는 사물들 또한 박주사의 수집품만큼이나 두서없이 놓여 있으며 내적인 이질성을 형성하고 있다. 서재 역시 수집품(서적)들의 저장 장소이다. 방은 "예술상징, 조형적 상징, 유기적 총체성의 상과 더 극단적으로 반대"[43]되는 무정형적 파편으로 이루어진 "알레고리"[44]의 형상화 장소라 볼 수 있다. 서재가 알레고리의 장소인 또 다른 이유는 이 방의 주인이 바로 멜랑콜리 주체라는 데 있다. 알레고리는 멜랑콜리의 시선 아래서 고유의 의미를 창출할 수 있다. 박주사는 불화의 내면을 형성했으나 능동성은 제거된 상태이다. 이 수동적인 멜랑콜리 주체는 구원을 쟁취할 수 없다는 무력감에 빠져 공허한 세계의 조각들을 기약 없이 나열하는 행위를 반복할 뿐이다.

체제의 주변부를 서성이는 무력하고 수동적인 멜랑콜리를 규명하기 위해, 박주사의 내면이 드러나는 서재를 다시 살펴봐야 한다. 멜랑콜리 주체의 방 중심에는 여러 권의 고서와 최신의 일문 잡지가 함께 놓여 있다. 이 책들은 박주사가 한자와 일본어 모두에 능함을 짐작하게 한다. 고서는 고풍스러운 서재 장식과 함께 그가 옛것에 관심을 지니고 있음을 보여주며, 취미 본위의 통속잡지는 현재의 유행 또한 습득하고 있음을 암시한다. 이렇게 볼 때 방은 동경 유학생 출신이자 상고 취미가 있는 고상한 실업가의 취향을 보여주는 상징 공간이다.

그러나 방의 범주를 병풍 안과 문갑 위에서 나아가 병풍 밖, 책상 안까지 확대하여 사유할 때 상징 공간은 알레고리의 장소로 변화한다. 법학서적, 일본 작가와 톨스토이의 소설집, 고급 평론 잡지가 자리 잡은 책장과 유학 시절의 공부 내용을 적어둔 서랍 속 노트는 방치되어 있기에 존

43) 발터 벤야민(2009), 앞의 책, 261쪽.

44) 바로크의 감정 동학이 멜랑콜리라면 알레고리는 표현 양식이다. 알레고리는 새롭지 않은 지식을 이용하지만 이를 가변적이고 유동적인 것으로 전환해낸다. 알레고리의 요소들은 그 자체로 고유한 본질을 지니지만 연결에는 참여하지 않는 파편들이다. 그러므로 알레고리는 질서와 조화를 거부하고 파편들의 무정형적 조합을 추구한다. 알레고리는 항상 새로워지기에 새로운 의미를 쌓아 올린다.
서동욱, 「현대사상으로서의 바로크-벤야민과 들뢰즈의 경우」, 『철학논집』44, 서강대학교 철학연구소, 2016, 참조.

재감을 발휘한다. 법학 서적과 필기 노트는 박주사가 일본 유학에서 성취하고자 했던 학문의 흔적을 보여주며 소설책과 잡지는 그의 정신 지향성을 추측하게 한다. 현재 이 사회주의적 저작들[45]은 맥락 없이 옛 서적, 취미 잡지에 덧대어져 있다. 서재는 성공한 건전 주체의 교양 공간이 아닌 멜랑콜리 주체가 그러모은 파편적인 사물들이 쌓여 있는 장소인 것이다. 물론 이 넝마들은 주체의 어떤 지점과 접촉할 때 새로운 질서와 의미를 얻을 수 있다. 알레고리는 사람에 따라 다른 형상을 띠기에 박주사의 서재 또한 누군가에겐 잡동사니의 공간이고 누군가에겐 지식욕의 전시 공간이며 누군가에겐 비밀이 숨겨져 있는 장소이다.

알레고리의 세계에서 "사물들은 그것들의 의미에 따라 집합"되며 "그 사물들의 무관심이 그것들을 다시 흐트러뜨린다."[46] 박주사의 서재 또한 광적인 수집 태도와 수집한 사물을 아무렇게나 배치하는 느슨한 태도가 공존하는 알레고리의 법칙을 따른다. 과거와 현재가 혼종된 그의 방은 바로크적 궁전이며 매우 화려(galant)하기에 역설적으로 멜랑콜리 주체의 방황을 심화시킨다.

현재의 삶에 무감각하며 행복을 인지하지 못하는 그의 멜랑콜리 상태를 방 장소에 숨겨놓은 과거와 연결해 보면 어떨까. 박주사가 1910-1920년대 문화와 학문의 상징이었던 저작들을 소유하고 있다는 점은 의미심장

45) 하천풍언과 하목수석의 제자 주천백촌, 승서몽은 사회주의 운동에 몰두했던 사람들이며, 톨스토이는 처음에 러시아의 반전 평화주의 사상가로 조선에 소개되었다는 점, <학지광>과 <개벽>이 수없이 발행정지를 당했던 잡지라는 사실이 이를 뒷받침한다. 저작과 잡지의 자세한 고증은 이양숙(2013), 앞의 논문, 410-412쪽, 참조.

46) 바로크의 궁정은 멜랑콜리의 공간으로 군주를 무력하게 만들며 '흩어짐'과 '집중'의 법칙에 따라 알레고리를 형성한다.
발터 벤야민(2009), 앞의 책, 280쪽.

하다. 물론 이 서적들 또한 용도 변경된 수집품 중 하나일 수 있다. 그러나 책들이 소장 가치를 잃고도 여전히 서재에 남아 있다는 점과 이들의 상태를 소설 속에서 상세하게 서술하고 있다는 점은 이를 그냥 지나칠 수 없게 한다.

멜랑콜리는 대상을 욕망하게 만들었던 원인이 철회되었기에 욕망 또한 상실해버린 상태를 지칭한다. 서재는 박주사가 바로 이런 상황에 놓여 있음을 암시한다. 그는 평생 부족함을 모르고 살았기에 행복을 모르는 것이 아니라, 대상을 잃고 욕망 자체가 결여된 멜랑콜리 상태에 빠져있는 것이다. 건전한 사업가의 공간처럼 보이던 곳은 멜랑콜리의 원인이 숨겨진 장소이다. 서재에 남은 과거 흔적을 통해 우리는 그가 어떤 대상과 욕망을 상실했는지를 추측할 수 있다. 일본 유학 시절 사회주의를 받아들였으나 식민지 조선에서는 그것을 온전히 달성할 수 없음을 깨달은 지식인의 슬픔을 엿볼 수 있는 것이다. 건전 체제가 작동하기 시작한 지금 이상을 이룰 길은 더욱 요원하다. 그러므로 욕망은 영원히 충족할 수 없으며 주체는 욕망이 제거된 공허한 세계를 살아갈 뿐이다.

멜랑콜리는 우리가 마침내 욕망하던 대상을 얻었을 때, 그러나 그것에 실망했을 때 발생한다.[47] 박주사는 아버지의 부고를 받고 조선에 돌아왔다가 정착한다. 서구적 근대와 사회주의를 온전히 받아들 수 없는 식민지인에게 이념은 서재라는 '지하매장실(crypte)'[48] 보존될 뿐이다. 안온하지

47) 슬라보예 지젝(2008), 앞의 책, 228쪽.

48) 데리다는 멜랑콜리가 타자와 입사(introjection)하기를 거부하며 자아의 내부에 타자를 보존하는 장소를 마련한다고 말한다. 멜랑콜리가 형성하는 지하매장실(crypte)은 타자의 동일화를 거부하며 '산 사자(死者)=죽은 산 자'를 보존하는 장소인 것이다. '어떤 일정한 비-장소 un certain non-lieu'라 명명되는 이곳에서 타자는 내 것이 아니지만 나와 함께 머무는 균열된 균형을 유지한다.

만 텅 빈 시간을 살아가는 주체의 멜랑콜리는 이렇게 생성된다. 그가 매일 같은 공간을 돌아다니며 "재롱스러운"(60) 물건을 반복적으로 수집하고 서재에 진열하는 것도 마찬가지이다. 재클린 로즈(Jacqueline Rose)는 반복의 형식이 주체가 가지는 상실 인식과 연관이 있다고 말한다. 결여의 고뇌를 미적 쾌락의 잉여로 가장(假葬)하려는 게 반복이라는 것이다. 그리고 그 어떤 것으로도 욕망을 충족할 수 없는 멜랑콜리는 이 반복을 통해 차이를 생성하기보다 하나의 상태에 고착한다. 이는 멜랑콜리가 모든 사람과 사물을 동일하기에 의미 없는 것으로 취급할 수 있음을 보여준다. 그러므로 박주사는 서재에 앉아 옥진의 부고 기사를 보며 "별반 동요가 지나간 자취도, 심각한 여운도 볼 수가 없"(66)는 표정을 짓는다. 멜랑콜리 주체는 알레고리 장소에 파묻힌 채 무감각의 상태에 빠진다.

박주사가 방에 머물며 무감각을 평온으로 가장한다면 「종로의 주민」(1941)[49]의 영호는 명랑의 가면을 쓴 채 거리를 활보한다. 사소설 계열의 주인공들이 건전 체제로 상징되는 밖을 거부하고 집에 머무는 것과 반대로, 그는 고민 없이 건전을 만끽하는 것이다. "삼백예순다섯 날을 두구 보아야 근심이라군 하나투 없구, 육장 저렇게 맘속 편안한 얼굴"(151)을 한 채 산책할 수 있는 "생소하고 어색함이 없이 가늠이 잘 들어맞는"(167) 종로는 곧 건전의 공간이자 이를 체화한 영호의 확장된 신체 장소이다.[50]

49) 채만식(1987), 「종로의 주민」, 앞의 책, 150-170쪽.

50) 공간이 로컬을 동질화하는 이데올로기라면, 장소는 신체의 감각 혹은 지각 현상과 연결되어 밀접성과 개별성을 띤다. 그러므로 장소는 한 개인의 경험적 진실을 다루며 감정과 더 구체적으로 접촉한다. 황호덕은 종로를 '장소'로 정의하며, 남촌/북촌, 여행/일상 등의 축을 설정하여 종로와 일본인 거주구역을 대조한다. 경성의 도시문화가 함의한 근본적인 식민성을 장소성을 통해 분석한 것이다.
황호덕, 「경성지리지, 이중언어의 장소론-채만식의 <종로의 주민>과 식민도시의 (언어)감각」, 『대동문화연구』51, 2005, 참조.

그러므로 영호의 이동이 곧 종로 자체를 체현한다. 우리는 하숙집-공원-모리나가 카페-화신 백화점으로 이어지는 산책의 경로 속에서 전시 체제가 표방하는 건전 문화를 엿볼 수 있다. 1930년대 중반부터 확대되기 시작한 다방은 1940년까지 이어지며 시대의 감성과 오락을 경험하려는 사람들을 한데 모았으며, 백화점은 즐겁고 유쾌한 감정을 연출하는 여성들을 내세워 소비를 장려하는 공간이었다. 이런 문화 부흥 뒤에는 언제나 건전 감정 체제가 자리 잡고 있다. 즐겁고 풍요로운 분위기를 추구하도록 유도하여 현재를 올바르고 정당한 시대라고 생각하도록 통치한 것이다. 이처럼 종로는 건전 감정의 확산을 주도하는 공간으로 "총독부의 통치 정책뿐만 아니라 당시 경성에서 전개된 자본주의와도 밀접하게 관련되어"[51] 있었다.

영호는 농담과 가십의 담화를 덧붙여 건전한 종로를 더욱 활발한 장소로 만든다. 친구와 주고받는 가벼운 수다에 내재한 명랑함은 이들이 체제의 명령을 충실히 따르는 것처럼 보이게 한다. 그러나 종로에서 이루어지는 대화 대부분은 알맹이가 없는 껍데기이거나 구체적 목적을 알 수 없는 추상적인 발화일 뿐이다. 체제를 직접적으로 언급하거나 현실을 논의하는 목소리는 빠져있다. 이런 모호함은 종로를 체제를 내재화한 공간이 아닌 체제를 굴절하는 장소로 읽어낼 가능성을 부여한다. 일부러 지속하는 의미 없는 대화 속에 슬쩍 등장하는 "다아 그렇게 우울할 재료밖엔 없으니깐 일부러라두 웃고 살어야지 어떡하나?"(152)는 말은 영호에게 종로가 건전의 세계가 아닌 건전을 가장한 멜랑콜리의 장소임을 암시한다.

---

51) 소래섭(2011), 앞의 책, 168쪽.

이튿날.

송영호 군은 오늘도 어제와 마찬가지로 하숙집을 나와서, 천천히 종로 네거리를 향해 공원앞을 걸어가고 있다. 시간도 꼬옥 어제 고맘때, 날씨도 어제처럼 맑고 상쾌하다...이윽고 송영호 군은 모리나가엘 들어가서 커피를 한잔 먹었다...웬만큼 다시, 종로 네거리로. 문 닫힌 화신 앞에 서서 잠깐, 어떡할까 하고 망설이다가 향을 남쪽으로 잡아 명치좌로.(163-164)

다시 이튿날.

오늘도 역시 맑은 하늘에, 눈부신 햇살을 받으면서 송영호 군은 하숙집을 나와 공원 앞을 지나 모리나가엘 들러 차를 마시며 아는 사람을 만나서 이야기도 하고 까십도 듣고 했다. 그리고 이쁜이한테로 가서 담배를 샀다.(166-167)

종로는 반복으로 침잠하는 곳이다. 매일 비슷한 여정을 되풀이하는 영호는 종로를 떠나지 못한다. 이는 일면 건전 주체가 일상을 누리는 모습처럼 보이기도 한다. 그러나 건전 체제의 진짜 목적은 의심 없이 명령을 수행하는 전쟁 주체를 창출하는 데 있다. 그런 의미에서 영호의 삶은 건전의 목적에 부합하지 않는다. 영호에게 종로는 의욕 없는 생활을 명랑한 생활인 척 반복하는 장소일 뿐이다. 여기에서 건전 체제의 종로와 영호의 종로가 엇갈리는 지점이 생성된다. 건전의 종로는 주체에게 적극적으로 나서 소명을 다하라고 요구하지만, 영호는 이에 완전히 순응하지 못한다. 그는 건전해지려 노력하지만, 그의 무의식은 건전한 삶을 무의미한 삶으로 인식한다. 예컨대 그에게 선전영화를 촬영하는 일은 국가 정책에 이바지하는 행동이 아니라, 소통을 반복적으로 굴리는 말똥구리의 움직임과 다를 바가 없다. 말똥구리는 생존하기 위해 소똥을 굴리지만 그러기에 사유 없는 본능적 반복 행위에 가깝다. 게다가 말똥구리가 아닌 존재에게 이는 그저 배설물을 소중히 여기는 행위로 보일 뿐이다. 인간이 행위에서 어떠한 가치도 찾을 수 없을 때 세계는 공허감과 우울감으로 가득 찬다. 그러므로 근대 세계의 댄디가 "권태 속으로 들어가 그것을 우울로 변화시키는 자기소외"[52]를 실현하듯, 영호 또한 무력감을 바탕으로 종로를 멜랑콜리의 장소로 변화시킨다.[53]

반복은 또한 미묘한 차이를 만들어내며 지속된다. 우리가 반복되는 삶을 인지할 수 있는 이유는 그 안에 차이가 있기 때문이다. 종로의 일상은 매번 비슷하지만 언제나 똑같다고 볼 수 없다. 영호는 일정한 패턴으로 움직이지만 매일 똑같은 말을 하거나 똑같은 장소에 가진 않는다. 화신백화점이 문을 닫아 이쁜이를 만날 수 없는 날에는 명치좌에 가기도 하며, 카페에 가는 대신 영화사를 방문하는 날도 있다. 그리고 이런 미세한 차이가 나의 가면을 벗기기도 한다. 영호가 영화를 찍으러 전주에 다녀온 사이 결혼해버린 이쁜이를 만나는 사건은, 권태의 가면이 벗겨지며 멜랑콜리의 얼굴이 잠시 드러나는 유일한 순간이다.

그는 이쁜이의 진짜 이름도 모르며 그녀와 사랑을 나눈 적도 없다. 그러나 마치 소유했던 사랑을 상실한 사람처럼 "눈이 살폿 젖"(170)을 때, 영호는 그동안 장착했던 공허한 "미소"(169)를 벗어놓는다. 명랑이라는 포

---

52) 발터 벤야민(2006), 앞의 책, 826쪽.

53) 이때 바로크 멜랑콜리의 규범인 '흩어짐'과 '집중'은 근대 도시에도 적용 가능한 알레고리이다. 영주와 궁정의 관계는 곧 멜랑콜리한 댄디와 도시의 관계로 재해석 될 수 있는데, 다시 말하면 흩어짐과 집중의 궁전 안에서 방황하는 군주의 멜랑콜리는 도시에서 산책하는 댄디의 모습과 오버랩된다.
최문규(2017), 앞의 책, 118쪽.

장지에 싸여 있던 멜랑콜리가 대상의 상실이라는 직접적인 사건 앞에 그 속을 드러내는 것이다. 이때 종로의 멜랑콜리도 함께 드러난다.

종로 안에서 상실의 멜랑콜리를 느끼는 존재는 영호뿐이다. 반면 종로를 건전 체제의 장소로 내면화하는 타자들은 무엇도 상실하지 않았다는 확신에 차 있다. 사실 종로에 발 딛고 있는 존재들은 세계의 실상을 모르며 욕망의 대상을 진실로 소유해 본 적이 없다는 점에서 모두 동등하다. 영호는 사랑의 대상을 가진 적이 없지만, 사랑하며 건전 주체들은 대타자의 욕망을 마치 자신의 욕망처럼 향유하고 있다. 다만 무언가 소중한 것을 잃었다는 감각을 인지하는 존재는 영호 혼자이다. 그러므로 그가 발현하는 멜랑콜리는 건전 체제가 환상을 유지하며 모든 감정 동학을 완전히 삭제하는 게 불가능함을 드러낸다.

그러나 영호의 멜랑콜리는 결여를 알아차리지 못하기에 발생한 감정인 만큼 불완전하다. 또한 그가 쓴 명랑의 가면은 내면에 몰두하기보다 외부를 의식하게 만들기에 멜랑콜리의 능동성보다는 수동성과 더 밀접하게 연결된다. 이렇듯 멜랑콜리가 무력감을 배후에 두고 있기에 영호의 눈물은 "보아야, 아무렇지도 않은 사람들"(170)에 의해 쉽게 저지당한다. 건전을 내면화하진 않았지만, 건전과 불화할 힘은 없는 영호는 건전 주체의 시선 앞에 어찌할 바를 모르는 것이다. 이제 막 진심을 드러낸 영호의 멜랑콜리는 종로가 체현하는 감정(건전)의 통제술에 압도되며 그가 흘린 눈물도 곧 없던 것이 된다.

2) 절망의 내파와 견유주의의 실천

건전 체제가 요구하는 의욕적인 삶과 대립하는 멜랑콜리의 감정이 무력감으로 치우칠 때 주체는 현실을 체념해버리기도 한다. 그러나 자기 자신과 세계를 제대로 바라볼 수 있는 관조의 힘을 믿는다면, 이념적 공간이 강요하는 감정 체제의 부정성을 파악하고 이를 전환할 수 있게 된다. 이때 절망의 정조가 흐르는 장소는 도리어 건전 체제를 따르지 않으면서도 즐거울 수 있는 삶을 재건하는 곳으로 전환된다. 추상적 이념이 아닌 구체적 삶의 장소에서 획득하는 즐거움과 건강함은 명랑이나 건전과는 결이 다른 의미를 생성한다.

멜랑콜리 주체의 죽음 이후를 다루는 「패배자의 무덤」(1939)[54]은 그의 흔적인 '무덤'을 통해 죽음의 욕망을 생의 의지로 전환하는 방법을 보여준다. 그러므로 소설은 종택의 무덤을 찾아가는 길에서부터 시작한다. 무덤이 세계와 불화했던 종택의 결말이라면 그곳으로 향하는 길은 그가 겪었던 고뇌의 과정을 상징한다. 경순은 오르막길에서 "남편의 그 참변"(384)을 되새긴다. 종택은 건전 체제의 "독자한 시대적 성격"(390)을 인정하면서도 그 명령이 "불합리하고, 그 성격이 나의 생리에 맞지 않는 것"(391)이라 평가한다.

전시 체제를 맞이하여 급변하는 시대정신이 자신의 신념과는 다른 길을 가는 데서 오는 혼란에 대해 채만식도 언급한 적이 있다. 다른 이들은 모두 인정하고 해결한 것 같은데 오로지 "나는 그것을 알지 못하오. 그래서 자꾸만 보고 생각하고 하지만 머리가 둔한 탓인지 아직도 알 수가

54) 채만식, 「패배자의 무덤」, 『채만식전집7』, 창작과비평사, 1987, 384-409쪽.

없"[55]는 현실은 종택의 내면에 "침울"함과 "흐린 그늘"(385)의 멜랑콜리를 생성한다. 동시에 가족의 존재는 그를 "애정과 명랑한 빛"(385)으로 끌어당기려 한다. 사직서를 내고 칩거하려 하나, 아내와 곧 태어날 아이가 서 있는 생활의 세계는 그에게 그만 불화를 거두라 종용한다. 양자택일을 강요하는 체제 속에 갇힌 종택은 현실을 거부하지도 신념을 포기하지도 못한 채 "거추장스러운 자기분열"(389)을 할 뿐이다.

총동원령에 따르지 않는 모든 존재를 배제하는 전시 체제는 건전이라는 강력한 감정관리 도구를 이용해 구성원의 감정을 통제하려 든다. 엄격한 체제는 규범적인 감정에 흔쾌히 반응하지 않는 사람들에게 목표 충돌을 유도하고 감정 고통을 부과하며, 감정의 일탈을 금지함으로써 인간의 가능성을 부인하는 것이다.[56] 그러므로 하나의 선택만을 종용하는 건전의 시스템에 갇힌 멜랑콜리 개인은 이분법의 논리에 고착된다. 새로운 닻을 달고 자유로운 항해를 떠날 힘, 제3의 선택지를 떠올릴 사유 자체를 상실하는 것이다. 종택이 차라리 조선을 떠나는 "양행"(389)을 하자는 아내의 제안을 "도피"(390)로 밖에 생각할 수 없는 이유가 여기에 있다. 무덤으로 향하는 길이 한 방향인 것처럼 종택의 생도 결국 하나의 종착지로 귀결될 수밖에 없다. 경순이 남편의 흔적을 찾아 힘들게 산길을 오르듯, 종택은 괴로워하며 죽음을 향해 걸어간다. "참혹한 파선의 형해"(390)를 재건할 돌파구를 찾지 못한 채 무력감에 빠진 멜랑콜리의 흔적은 결국 무덤으로 남는다.

이월 보름께라 아직은 일러 바람 끝이 쌀쌀한 기운이 채 가시지 않

55) 채만식, 「소설 안 쓰는 변명」, 『채만식 전집10』, 창작과비평사, 1987, 84쪽.
56) 윌리엄 레디(2016), 앞의 책, 194쪽, 참조.

> 은 철이지만, 여기는 북쪽으로 언덕이 막히고 움푹 패인 분지가 되어서 바람은 없고 한갓 다양만 하다. 맑기도 하려니와 햇볕은 따사한 걸 지나쳐 정이 들게 포근하다.(404)

그런데 암울하게 묘사되어야 할 무덤은 아내 경순의 시선을 통해 다르게 조망된다. 죽음의 공간인 묘지가 개방감과 따뜻함을 느끼게 하는 장소로도 인지되는 것이다. 이는 남편의 자살이라는 참혹한 사건을 계기로 "무던한 성장"(394)을 이룬 경순의 내면과 관련이 있다.

초상을 치른 후 상념과 센티멘털에 빠져있었던 그녀의 내면은 "'잘'이란 소리를 몇 번이고 입으로 되뇌"(394)이는 발화의 순간 전환된다. 우리가 자신의 감정을 말할 때 감정과 감정의 구체적 발화 사이에는 독특하고 역동적인 관계가 형성된다. 이 '감정 표현의 수행성'[57]은 감정의 발화가 발화자에게 미치는 영향력을 지칭한다. 감정은 발화를 통해 발화자의 진실이 되거나 거짓이 되거나 강조점이 된다는 것이다. 경순은 죽음을 잘 기억하는 동시에 새로운 삶의 의미를 잘 발견하려 노력하는 "내 자신의 나...새로운 내 자신..."(394)을 깨닫는다. 그리고 자신에게 느끼는 자랑스러운 감정을 발화한 후 "제 자신의 한 경이로운 변천"(394)을 인지한다. 남편의 죽음과 자신의 삶을 함께 직시할 줄 알게 된 경순은 무덤 앞에서 양자택일의 법칙에서 벗어날 실마리를 마련한다.

"권태와 멜랑콜리의 심연으로부터 끝없이 새로운 의미를 찾으려 분투하는 영혼의 위대함을 소유"[58]한 경순은 모든 것이 무너진 폐허이자 죽음

---

57) 윌리엄 레디(2016), 앞의 책, 161쪽.

58) 벤야민은 우리가 철저한 무의미의 영역, 모든 것이 붕괴한 폐허를 직면하게 된다고 말한다. 그리고 이 끔찍한 현실을 외면하거나 미화하지 않고 무의미의 잔해를 넘어 용기 있게 일어서는 모습을 긍정하는 멜랑콜리를 언급한다. 이는 게으름과 우둔함,

의 공간인 무덤까지 변화시킬 힘을 획득한다. 그러므로 무덤의 의미가 변화하는 과정은 그녀의 감정 전환과 중층적인 사유 상태를 드러낸다. 이제 무덤은 "애통"(393)하면서 "반가운" 장소이자, 죽음과 봄의 기운을 동시에 느끼는 곳이다. 무덤을 앞에 두고 경순은 아이에게 젖을 먹이며, 경호는 자신의 묘비명을 생각한다. 무덤은 어머니의 "이토록 아름다운 표정"(406)과 아내의 슬픔과 눈물이 공존하는 장소가 된다.

또한 무덤은 '~이 아닌 것처럼'[59]의 장소로 감각된다. 이는 하나의 관념이 다른 관념으로 옮겨가거나 둘 중 하나의 관념을 선택하는 것이 아닌, 두 관념 사이에서 균형을 잃지 않겠다는 의미를 내포한다. 오후의 햇살이 아직 무덤 위에 드리워져 있는 가운데, 무덤은 패배의 흔적이자 생을 희망하는 장소로 남는다.

집은 식민지 말기 채만식의 소설에서 가장 중요한 장소이다. 사소설 연작 등에서 그랬듯, 집은 단순히 거주의 공간이 아닌 주체의 지향점을 드러내는 장소로 형상화되기 때문이다. 강력한 체제 아래 휘둘리는 개인은

예지와 명상으로 양분되는 멜랑콜리 중 후자의 경우이다. 전자가 비천하고 파멸의 근원이 되는 멜랑콜리라면 후자는 숭고한 멜랑콜리, 영웅적인 멜랑콜리(erhabene Melancholie, Melencolia illa heroica)이다. 멜랑콜리의 이런 두 가지 형상은 변증법적 대립을 이룬다. 김동훈, 「세계의 몰락과 영웅적 멜랑콜리」, 『도시인문학연구』2-1, 서울시립대학교 도시인문학연구소, 2010, 32쪽, 참조.

59) '~이 아닌 것처럼'은 바울의 어휘집에서 매우 중요한 말이다. 이는 메시아적 생에게 부여한 정의이다. '~이 아닌 것처럼'이 뜻하는 메시아적 소명이란 '소유'의 대상이 되는 것이 아니라, 다만 '사용'의 대상이 되어야 함을 의미한다. 메시아적 소명은 일체의 소명을 자기 자신으로부터 분리하고 그것들이 자기동일성을 형성하지 못 하게 하여, 그것과 자신 사이의 긴장 관계를 유지하는 것이다. 현세적 상태의 폐지(~아닌 것처럼 만드는 것)는 현세적 상태를 그 자체로부터 해방시켜 현세적 상태를 '사용' 상태로 만들어야 한다는 것이다. 이것이 아감벤이 바울로부터 읽어낸 '~이 아닌 것처럼'의 의미이다.
조르조 아감벤, 강승훈 역, 『남겨진 시간』, 코나투스, 2008, 47-68쪽.

망가지는 집으로 은유 되지만, 그런 모든 문제에도 불구하고 여전히 집은 주체의 안식처이자 피난처로 욕망 된다. 시대와 불화하는 주체의 사유 장소로 상징되는 것이다.

「삽화」(1942)[60]는 「집」의 이후에도 집을 찾아 헤매는 여정이 끝나지 않았음을 보여준다. 안양에서 큰 장마로 집을 잃고, 동교로 옮겨와 셋집에 살지만 자기 집을 소유하려는 의지는 사그라지지 않는다.

> 그만큼 집은 매양 나를 성가시게 하고, 마음 번거롭게 하고 하기를 마지않는다...내 집-남의 집을 빌어서 사는 셋집이 아니요, 내 소유의 내 집-그 내 집에서 산다는 것은 참으로 즐거운 일이었다...불안과 초조가 있나...아무 거리낄 것도 근심할 것도 없고 만날 든든하였다. (208-210)

집은 양가적인 감정을 불러일으킨다. 성가시고 번거롭지만, 불안할 필요 없이 멜랑콜리 사유를 보존할 수 있는 "즐거움", "만족", "안심"(210)을 주는 장소이기에 포기할 수 없다. 전시 체제라는 강력한 세계의 반대급부로, 천장 마루가 무너지고 구들이 내려앉는 허술한 집이라도 내 집으로 하는 '장소 만들기(place-making)' 계획은 계속된다. "장소는 언제나 다시 공간의 전 지구적 영향력에 반대하는 입지에 처하게 되기 때문에 살아남는"[61]다.

그러므로 집은 '감정 피난처'이다. 감정 체제로부터 자유로울 수 있는 안전지대인 집은 이데올로기적인 정당화에 맞서 기존 질서에 대한 이론과

60) 채만식, 「삽화」, 『채만식전집8』, 창작과비평사, 1987, 208-228쪽.
61) 마르크스 슈뢰르, 정인모・배정희 역, 『공간, 장소, 경계』, 2010, 에코리브르, 193쪽.

갈등과 변혁을 개시하는 장소가 된다.[62] 모든 것을 드러내고 건전하게 사회로 나아가라는 시대 요구의 대척점에 서는 것이다. 드러나지 않는 내면세계를 구축하는 전략은 이런 성격의 집 장소가 있기에 가능하다.

내가 이 집을 탐내는 이유에는 동교라는 장소의 분위기도 포함된다. 집의 뒤꼍에 심은 콩의 탐스러움과 더불어 동네의 모습이 고향의 "향수"(217)을 불러일으키기 때문이다. 채만식은 수필[63]에서 농촌의 여름 풍경과 고향의 여름 풍경을 묘사한 바 있다. 그리고 이 단상은 꼬리를 물고 풍년가와 신곡감사제, 오리식례와 술멕이 두레,[64] 정월 보름날, 추석, 남사당패의 이야기로 이어진다. 마을의 정경과 풍속의 묘사에서 느껴지는 건강한 생명력과 즐거운 놀이성은 건전 체제가 말하는 건강이나 명랑과는 다른 경향을 띤다. 그러므로 집은 마을로 확장되며 고향, 그리고 전시 체제와는 거리가 먼 전통 세계와 연결되는 것이다. 이는 집을 주제로 한 채만식의 다른 소설과는 구별되는 전개이기에 주목할 만하다. 「근일」이나 「집」이 집으로 표상되는 멜랑콜리 주체가 체제에 어떻게 대응하는지 그 심리 묘사에 중점을 두어 서술 범위를 집으로 한정한 것과 달리, 「삽화」의 장소는 외연을 확장하고 있기 때문이다. 그러므로 다른 사소설이 감정 피난처의 역할을 집에만 부여한 것과 달리 이 작품은 감정적 이완을 허용하는 의례

62) 감정 피난처는 감정 규범에서 벗어나는 안전지대를 제공하며, 감정적 노력의 이완을 허용하는 의례, 공식 비공식 조직, 관계이다. 이데올로기적 정당화가 개입될 수도 있고 그렇지 않을 수도 있으며, 기존의 감정 체제를 뒷받침할 수도 있고 위협할 수도 있다. 그러므로 감정 피난처는 다가적(多價的)이다.
윌리엄 레디(2016), 앞의 책, 197-199쪽, 참조.

63) 채만식, 「인간하경 수제」, 『사해공론』, 1936.8. ; 「여름풍경」, 『채만식전집10』, 창작과비평사, 1987, 319-328쪽.

64) 이 또한 수필에 묘사한 적이 있다. 「삽화」는 수필의 내용을 거의 그대로 가져와 서술한다. 채만식, 「오리식례, 술멕이」, 『채만식전집10』, 창작과비평사, 1987, 454-456쪽.

나 비공식 조직에까지 역할을 부여한다. 물리적 장소 확장은 나아가 "고향의 가을에 엉킨 기억"(224), "불현듯이 고향에 가고 싶다"(224)라는 정신적 확장에까지 이른다. 현시대의 고찰에 머물러 있던 사유가 과거에 가 닫는 것이다.

동교는 「집」의 배경이 되었던 안양과는 여러모로 대척점에 서 있다. 「집」에서 각박한 인심과 우둔한 사람들이 모여 살던 곳으로 서술되던 그곳은 「안양 복거기」[65]라는 수필에 좀 더 자세히 묘사되어 있다. 온전한 농촌도 아니고 그렇다고 체제를 내재화한 것도 아닌 안양은 고향과는 거리가 먼 공간이다. 이는 도리어 전통 장소가 상실된 현실을 잘 드러내기에 주체의 멜랑콜리를 부각한다. 그러나 동교 또한 안양과 비슷한 경로를 걸어간다. 두레가 "농촌진흥회를 거쳐, 다시 애국반으로"(219) 변모한 것처럼 옛것은 현 체제와 결합하여 다른 모습이 되어 가는 중이다.

고향 또한 건전 체제에 침윤되고 있다는 사실은 다시 집의 중요성을 떠올리게 한다. "다시 내 집 명색이라구 지니구 살았으면!"(228)의 소망은 멜랑콜리의 지속을 바라는 마음의 표현이기도 하다. 이는 불완전한 집이고 사정이 여의치 않지만 내가 육백 원에 집을 사라는 권유에 응하려는 이유이다. 물질적으로 가난할 수 있지만, 정신적으로 궁핍하지는 않겠다는 의지는 부부가 조용히 앉아 냉정하게 가계 상황을 점검하는 장면에서 드러난다. 숨기지 않고 자신을 돌아보며 주어진 상황을 정리하는 모습은 그들의 실존을 아름답게 만든다. 마치 '파레시아-견유주의'의 정신을 형상화한

65) 안양은 인심이 오히려 각박하고, 공동묘지와 상엿집만 많은 곳으로 묘사된다. 공중목욕탕도 없었고 보리와 쌀을 5:1비율로 혼식해야 했기에 작가는 늘 소화불량에 시달렸다. 군수물자 조달로 식량부족이 심해 시도별로 혼식 비율이 정해져 있었는데, 경성보다 시골인 경기도의 잡곡비율이 높았다.
채만식, 「안양복거기」, 『채만식전집10』, 창작과비평사, 1987, 409-422쪽.

것처럼 보이기까지 한다. 푸코는 이를 일컬어 과시욕에 휘둘리지 않고 비굴함에 짓눌리지 않는 삶의 기술이며, 자기 자신을 솔직히 드러내며 제대로 돌보는 일, 곧 자기 배려의 실천[66]이라 말했다. 그런 의미에서 파레시아는 행복과 밀접한 관련이 있는 개념이다. 멜랑콜리 주체가 집을 바탕으로 체제와 분리되는 사유 장소를 확보하려 하는 것 또한 건전의 즐거움과는 다른 행복을 추구하기 위해서다.

그러나 멜랑콜리를 용납하지 않는 건전 체제는 이념 세계는 물론 생활 영역까지 침범해 집 구하기를 방해한다. 검열의 손길을 원고료를, 종이 부족 현상은 인세의 취득을 막지만 '나'는 포기하지 않는다. 집을 가지지 못할 수 있는 상황을 담담하게 받아들이면서 계속 정착을 희망할 수 있는 이유는, 패배가 아닌 실패를 했을 뿐 행복 찾기는 계속될 수 있다고 믿기 때문이다. 콩 뿌리는 뒤뜰에 무성하게 자라났고, 행동을 수정하고 균형을 유지하여 장소를 찾겠다는 의지도 여전하다. 이는 체제 만들기 기획에 따라 강력한 일원성을 지향하는 것처럼 보이는 조선이 다양한 장소로 분화할 수 있다는 가능성을 담지하며 체제의 허점을 드러내는 실마리가 된다.[67]

---

66) 즉, 파레시아는 행복을 만드는 기술이다. 쾌락의 진정한 의미는 개인의 차이가 있겠지만, 결국 행복해지고자 하는 감성을 의미한다. 현실 속에 많은 것들이 혼재하기에 자칫 잘못하면 순간적인 선택이 잘못되어 개인의 행복의 길에서 한참 벗어나 버릴 수 있지만, 그것을 인식한 순간에 바로잡을 자세를 갖추는 것이 언제나 중요하다. 스스로가 바로잡을 수 있는 것이 파레시아이고 인간이다.
미셸 푸코, 오트르망 역, 『담론과 진실』, 동녘, 2017, 참조

67) 졸고, 「해방기 장소의 형성과 감정 동학의 지형」, 『춘원연구학보』13, 춘원연구학회, 2018, 403-404쪽, 참조

3. 완전성의 집착과 균열의 미학

1) 나르시시즘적 연애와 결여의 고착

멜랑콜리의 감정은 식민지 남성 지식인의 욕망을 서사화하는 데 영향을 미친다. 결핍의 대상을 충족하지 못하는 멜랑콜리 주체는 사랑과 실천을 매개로 자신을 탐구하며 완전성을 추구한다. 그러나 멜랑콜리 특유의 예민함과 고립성이 부정적으로 발현될 때, 주체는 건전의 맹점을 파악하지 못한 채 사회체제와 일체화하게 된다. 멜랑콜리 주체는 결여를 채우고 싶다는 싶은 욕망에 경도되는데 이는 사실 결여의 슬픔을 느끼기 위해서이다. 그리고 전시 체제는 식민지인에게 충량한 국민의 환상을 심으려 한다. 그러므로 연애라는 접촉 방법으로 결여를 메꾸려다 실패하고 슬픔에 집착하는 멜랑콜리 주체는 실패하기 위해 체제의 환상을 받아들인다. 완전한 주체가 되지 못한다는 슬픔을 지속시키려는 것이다. 멜랑콜리 주체의 이러한 폐쇄성은 부정의 시대를 비판 없이 받아들이게 되는 결과를 불러온다.

『아름다운 새벽』(1942)[68]은 채만식을 둘러싼 대일 협력 논의에서 꼭 언급되는 작품이다. 사소설에서 지키려 했던 협소한 진실이 현실과 역사가

---

68) 채만식 전집 4권에 실려 있는 장편소설로 『매일신보』에서 1942년 2월 10일부터 7월 10일까지 연재되었다. 그러나 전집에 수록된 부분은 박문출판사 판으로 4월 21일까지의 연재 내용만을 담고 있다. 그러므로 이 논문은 전집과 매일신보 연재본의 내용 모두를 참조대상으로 한다. 전집의 내용은 페이지를, 신문의 내용은 날짜를 써서 표기한다.
채만식, 『아름다운 새벽』, 『채만식전집4』, 창작과비평사, 1987. : 『매일신보』, 1942. 4.22.~7.10.

개입하는 연재 장편소설에선 이루어지지 못한 채 천황제 파시즘의 자장에 휩쓸려 들어갔다고 평가되거나,[69] 조종되는 인물, 우연의 범람, 사건구조의 비합리성, 작위적인 구성 등 소설의 구성 자체에 의문을 제기하는 분석이 이루어졌다.[70] 이 글 또한 위의 연구들이 이야기하는 비판 지점에 동의한다. 그러나 작품이 작위적인 서사와 플롯으로 전개된다는 점, 체제 협력과 저항 사이에서 분열된 작가 의식을 보여준다는 점에는 반론을 제기한다. 극과 극이 통한다는 말이 작품 속에서도 언급되듯, 소설은 체제와 가장 불화하려던 주체가 결국 체제와 같은 모습이 될 수밖에 없는 필연적 과정을 잘 보여주기 때문이다. 그러므로 소설의 구성 방식이나 체제 서술 양상보다는 인물이 지닌 감정 동학에 주목하여 분석하며 그 자연스러운 흐름의 의미를 살필 필요가 있다. 내면 감정의 변화 과정을 살필 때 인물의 행위와 서사의 당위성을 확보하여 그 부정성을 제대로 살필 수 있기 때문이다. 또한 개인의 감정이 어떻게 체제의 감정과 조응하는지를 규명할 수 있다.

작품은 식민지 지식인 임준이 다양한 여성과의 애정 관계 형성을 바탕으로 삶을 깨닫는 과정을 그린다. 전반부(전집4권)가 어머니, 부인과의 갈등을 바탕으로 하는 전근대적 세계의 이야기를 다룬다면, 후반부(신문 연재본)는 신여성, 기생과의 연애를 기반으로 현 체제의 상황을 담아낸다. 그리고 이는 임준이 지닌 멜랑콜리 감정과 조응하며 서사화된다.

그러므로 작품을 이해하기 위해서는 우선 그의 멜랑콜리가 어디에 기원을 두고 있는지를 살펴야 한다. 소설에서 임준은 "거의 병적으로 상상

69) 방민호(2001), 앞의 책, 참조
70) 이경훈, 「복종과 복수의 서사」, 『채만식 중장편 소설 연구』, 군산대학교 채만식연구센터, 소명출판, 2009, 참조

력이 강력한 소년"(109), "지지리 약비한 신경의 소유자"(131)로 지칭되며, 여타 지식인 주체와 다르게 예민함과 우울을 타고 난 존재임이 여러 번 언급된다.

> 매양 소극적이요 우유부단한 성격으로 인하여 늘 적극적이거나 능동적이질 못했기 때문이다.(32)
>
> 비교적 내면적이요 명랑 쾌활하질 못하고 침울한 성질은 성질이었지만(54)
>
> 병적으로 남의 암시에 대한 감응성이 예민한 그는 그리하여 항상 착각·독단에서 출발하여 환상·과장을 거쳐 으레 오산의 피안에 닿곤 하던 것이었었다.(132)

멜랑콜리를 체질의 문제로 바라본 것은 고대 그리스부터이며 이는 칸트, 벤야민 등의 근대 사상가들에게도 유효한 사실이었다. 피타고라스 학파와 히포크라테스는 인간의 체액을 네 가지로 구분하여 멜랑콜리를 일으키는 체액이 가장 천박한 기질이며 비자연적인 흑담즙의 과잉 배출한다고 보았다. 칸트는 멜랑콜리 주체는 자신의 원칙에 따라 살아가며 숭고를 느끼는 훌륭한 감각을 지녔지만, 잘못된 방향으로 빠진다면 우울함과 열광적 도취, 광신적 태도를 취한다고 주장했다.[71] 임준은 "안으로 안으로 더 깊이 골똘히 파고들기나 할 따름"(117)인 성격이 만들어낸 "터무니없는 망상"(127)으로 조강지처 서씨와 애정 관계를 쌓는 데 실패한다. 어머니 강부인과 다른 다정한 아내를 희망했지만, 악의적으로 왜곡된 민담을 받아들이며 서씨 또한 무서운 존재로 인식해 버린 것이다. 언제나 자기 자신

71) 김동훈, 「죽음을 부르는 질병인가, 인간 실존의 근원적 조건인가?」, 『철학논총』80, 새한철학회, 2015, 116쪽.

의 일을 제일 중요하게 여기며, 온갖 근심에 빠져 의심을 멈추지 않고 부정적, 비관적으로 생각하는 멜랑콜리 주체의 고립성을 잘 보여주는 대목이다.

그의 멜랑콜리 기질이 발현되는 배경에는 연약한 아버지와 냉정한 어머니가 있다. "수족은 앙상하고 핏기 없이 해쓱한 얼굴"(131)로 기억되는 아버지, "여장부가 될 천품"(14)을 타고 난 "호랑아씨"(15)인 "무서운 어머니"(55)와의 관계는 임준의 성격을 구성하는 중요 요소이다. 특히 어머니는 임준의 멜랑콜리를 증폭시키는 존재로 그려진다. 멜랑콜리 주체에게 첫 상실 대상은 어머니이다.[72] 아이들은 모친 살해에 성공한 후 상징계에 진입할 수 있게 되고 정체성을 획득하게 되지만, 어머니와의 분리를 거부하는 경우도 있다. 이때 아버지는 어머니에게서 분리될 수 있도록 도와주는 기제가 되어야 하지만 그 힘이 미약하다면 주체는 계속 멜랑콜리 상태에 머문다.[73]

아버지와의 의미 있는 경험이 없는 임준은 어머니에게서 벗어나지 못한다. 그에게 어머니는 양가적 의미를 지닌다. 자신을 압도하는 무서운 어머니이자 다정한 어머니 모두 하나의 어머니인 것이다. 전통적 세계에 존재하는 엄격한 어머니를 두려워하지만 동시에 사랑을 갈구하기에 도시로 나와 다정한 어머니상을 찾아 헤맨다. "상냥스럼에 대한 동경"(106)을 품은 채 "무섭지 않은 어머니, 부드럽고 상냥하기만한 어머니"(49)를 다른

72) 아이는 첫 마디 단어들을 말하기 전에 돌이킬 수 없을 정도로 슬픔을 느끼게 된다. 자신의 어머니로부터 영원히 절망적으로 분리된 것이다. 이로 인해 그 아이는 (잃어버린) 사랑의 다른 대상들과 마찬가지로 어머니를 다시 찾으려고 결심하게 된다. 우선은 그의 상상 속에서, 나중에는 단어들 속에서.
줄리아 크리스테바, 김인환 역, 『검은 태양』, 동문선, 2004, 15쪽.

73) "어떤 부성적 결점 때문에 명명할 수 없는 슬픔이 생겨날까?"
줄리아 크리스테바(2004), 위의 책, 9쪽.

여성들에게서 발견해내려 하는 것이다. 며느리에게 애정을 쏟을 줄 알며 힘찬 실행력을 가졌다는 강부인의 장점은 임준에게 어떤 위로도 되지 못한다. 다정함을 회복할 수 없는 냉정한 어머니의 존재는 그의 마음속에 근본적 결함으로 남는다. 그러므로 임준은 불완전함과 선천적인 결여에 고통받아 자아에 집착하는 "나르시스적"[74] 멜랑콜리 주체가 된다.

어머니를 향한 부정적 감정은 그녀가 상징하는 전통 세계를 거부하는 것으로 이어진다. 다정한 부부의 인연을 망친 것이 바로 자신의 망상이었음을 깨달은 후에도 아내를 향한 "아낙에 대한 공포증"(128)과 "무섭고 가슴 울렁거리는 증세"(137)는 호전되지 않는다. 충실한 며느리, 고향 집을 지키는 조강지처인 서씨를 무서운 강부인과 괴담이 상징하는 전근대적 세계와 분리하여 생각할 수 없는 것이다. 그렇기에 서씨는 "고요함 담담함 초현실적인 깨끗한 아름다움"(138)을 지닌 여성임에도 "안해는 고사하고 단순한 여자라는 느낌조차 좀처럼 나지 않"(139)는 장벽 저쪽 세계의 알 수 없는 존재로 남는다. 언제 인외로 돌변할지 모른다는 미지의 "환각과 공포"(140)를 불러일으키며, 고향 집에서 벗어나고 싶다는 임준의 충동을 자극한다.

무섭고 냉정한 전통 세계를 배격하는 마음은 다정하고 명랑한 근대 세계를 희망하는 사유를 강화한다. 담담한 마음과 속세를 초탈한 아름다움

---

74) 코후트는 나르시시즘이 주체가 성장해 감에 따라 점진적인 환멸감에 의해서 약화되며, 결과적으로 성인이 되어서는 바람직한 자기 존중과 실질적인 목표를 추구하는 지속적인 토대가 된다고 말한다. 나르시시즘이 결국 미래에 되고 싶어 하는 자신을 사랑하는 형태로 나아가기에 발전적이라는 것이다. 그러나 이러한 나르시시즘의 바탕에는 부모가 주는 충분한 사랑이 있어야 한다. 사랑받고 자란 아이의 나르시시즘은 긍정적인 감정 동력이 된다. 그러나 사랑을 충족 받지 못했을 때 나르시시즘은 자기 혐오나 자아 고착 머무는 부정적 형상을 띤다
제레미 홈즈, 유원기 역, 『나르시시즘』, 이제이북스, 2002, 13-51쪽, 참조

을 지닌 서씨와 반대되는, 상쾌하고 대담하며 "건강한 혈색과 윤기잇는 살결"(0703)을 가진 신여성 오나미에게 사랑을 느끼며 근대적 표상과 현실 감각을 찾으려는 것이다. 용순도 마찬가지이다. 기생이지만 조금이나마 신식교육을 받았으며 나미와 비슷한 처지에 놓여 있고, "쓸모잇고 가정적인 여자"(0703)라는 위치는 임준의 마음을 움직인다. 나미의 빈자리를 채움과 동시에 자신을 돌봐줄 다정한 어머니의 역할도 할 수 있는 여성이기 때문이다.[75] 이처럼 연애를 매개로 한 여성들은 그의 결여를 채우는 역할을 한다. 그러나 임준은 여성들에게 답례하지 못한다. 그나마 그가 줄 수 있는 것은 사랑이지만 그 또한 온전하지 않다. 임준과 애정 관계를 맺는 여성들은 그의 나르시스적이고 고립적인 멜랑콜리 때문에 죽거나 행방이 묘연해진 채 서사의 축에서 사라진다.

연애는 멜랑콜리 주체의 시대 고민에도 영향을 미친다. 언어를 잃어버린 소설가는 소설을 쓰지 못하는 상태에 놓인다. 임준은 글쓰기가 불가능한 이유를 현재 문학이 거짓말과 통하기 때문이라 설명하며, 체제에 순응할 수 없다는 생각을 드러낸다. 그러나 오나미는 물 안에 있을 수도, 밖으로 나갈 수도 없는 용으로 비유되는 그의 어정쩡한 상태에 새로운 길을 열어준다. 연애는 그를 "한결 사람이 명랑"하게 하며 "생활의 용기"(0515)를 불어넣어 주지만, "연애는 생활의전부가 아니다 인생의 전부는 더욱 아니다"(0515)는 지각은 당대 체제가 말하는 건전한 삶과 여전히 거리를 두게 한다. 대신 임준은 나미와 안양의 포도원을 사들이며 농원경영을 계획한다.

---

75) 덧붙여 임준은 용순에게서 자신과 같은 우울을 발견하고 반가움을 느끼기도 한다. "저 눈동자 하나만은 아까워! 슬픈 저 눈동자! 희곡이라면 희랍비극 허구도 안 바꿀 천하의 걸작품인데!"(0613)

농원경영은 사유를 행위로 전환하는 계기이자 체제를 비껴가는 생활 활동의 가능성이 된다. 이는 전시 체제가 요구하는 식량(쌀) 증량도 아니며 군수물자를 생산하는 일도 아니다. 금광 사업과 대비되어 체제의 부정적 측면을 강조하기도 한다. 토양을 보호하며 과실을 생산하는 농원과 달리 금광은 전시 체제에 필수적인 사업으로 농토를 난장판으로 만들어 그 원형을 파괴하는 사업이기 때문이다. 금광 사업의 "전쟁을 하는중이요 전쟁에는 금이 필요하니 업서한이지 얼마든지 자꾸자꾸 만히 캐내야한다"(0603)는 설명은 이를 "악덕"(0603)으로 규정하는 임준의 시선과 병치 된다. 멜랑콜리 주체는 금광의 불모성이 곧 전시 체제의 불모성을 상징함을 알고 있다. 그러기에 체제와 불화하며 생활하는 길을 찾으려는 임준은 농원경영을 긍정적인 생산 방식으로 인지한다.

그러나 전시 체제는 강력한 자장을 형성하며 끊임없이 임준의 삶에 틈입하려 한다. 그는 유유히 흐르는 강 위를 요란스럽게 날아가는 군용기, 비행 장교가 되어 전장에 나가는 것이 꿈이라는 건강한 아이와 일상에서 조우한다. 또한 그가 가장 친밀감을 느끼는 친구 태평은 "국민복에다 전투모를 눌러쓴"(0615) 채 "대륙의 점령지역을 돌고 오는"(0615) 형상을 하고 있다.

전시 체제는 그의 연애 관계가 변화할 때 더욱 강력하게 존재감을 드러내기 시작한다. 임준의 고립적 성격이 불러온 거짓과 오해로 나미가 떠나면서, 충족되었을 줄 알았던 결여는 다시 텅 빈 구멍을 드러낸다. 근대정신의 표상이자 화목한 가정 만들기의 동력이 되어 주었을 나미의 부재로 임준의 고통이 심화할수록, 전시 체제는 작품 속에서 노골적으로 서술되기 시작한다. "반도에두 지원병제도가 생겼구 말에는 불원간 증병제도가 실시”(0622)될 것이니 건실한 아이를 낳아 억센 병정을 만들어야 한다는 의사의 말, 대동아 전쟁이 일어났음을 알리며 “일면전쟁” “일면건설”(0705)을 강조하는 설명은 서사의 흐름과 배치되어 갑자기 튀어나온 것처럼 느껴진다. 그러나 이를 임준이 감정 상태와 결부하여 생각한다면 그저 작위적인 언술이라 할 순 없다. 대상을 상실하자 멜랑콜리 주체는 다시 자신의 결여에 집중한다. 그리고 체제의 목소리는 이 빈틈을 놓치지 않는다. 임준이 고난에 허덕일수록 체제의 목소리는 더욱 크게 들려온다. 전시 체제는 대타자가 부여하는 국가적 대의를 따라 욕망의 텅 빈 자리를 채우라고 유혹한다. 멜랑콜리 감정 동학이 도리어 체제를 내면화하는 계기로 작동하는 것이다.

어머니와 분리되지 못한 나르시시즘적 멜랑콜리 주체가 건전 체제와 합치될 수 있다는 암시는 임준과 강부인의 대립에서 예견된 바 있다. 극도의 감정 동요가 극한의 냉정으로 유동하는 모습은 “미상불극단과 극단은 서로 통하는 것”(0620)임을 암시한다. 선천적이고 개인적인 슬픔이 구성적이고 대사회적인 가치 추구와 연결될 수 있다는 것, 내면에 집착하는 멜랑콜리가 외면을 강조하는 건전과 결합할 수 있다는 것이다.

멜랑콜리의 원인이 불완전하고 공허한 자아에 있다면 결국 주체가 집착하는 것은 대상이 아닌 대상이 없다는 슬픔일 것이다. 즉, 멜랑콜리의 슬픔은 그가 매달릴 수 있는 유일한 대상 자체가 된다. 결여의 슬픔을 느끼기 위해 결여를 채울 대상을 찾는 모순적인 상황이 계속되는 것이다. 그러므로 멜랑콜리 주체에게 대상은 계속 바뀔 수 있다. 임준은 서씨-나미-용순을 교체해가며 빈자리를 채우려 하지만 실패하며, 결국 결여를 안고 있는 자신의 처지를 슬퍼한다. 나미와 용순을 “정갈하고도 어여쁜 새

신발", "발에 잘 맞는 실용적이고 편리한 헌 신발"(0705)에 비유하며 둘 모두를 충족할 수 없는 자신의 상황을 통탄하는 것이다.

그러므로 임준이 서씨와 나미, 용순 모두를 잃은 후 부처의 길과 전장의 길을 일치시키는 이상한 논리를 설정하며 떠나는 것 또한 속죄가 아닌 자기합리화라 생각할 수 있다.

> 부처님 압헤 이 손을 합장허구 나무아미타불을 외우면서 여생을 마치던지...혹은 전질 가서, 이 손으루 조그만헌 공이라두 세워, 속죄를 하든지...아직 확정은 못햇소마는...
>
> 오월의 새벽은 맑고도 아름다웟다 준은 집을 등지고 밧틀길을 호올로 걸어나가면서 "내 영혼도 몸도 영원히 이 새벽처럼 맑고 아름다워 지이다!" 하고 눈을 감았다.(0710)

사랑을 상실한 자신을 더욱 슬퍼하기 위해서는 사랑이 없는 세계로 들어가야 한다. 세속이 없는 종교의 세계와 개인적 삶이 없는 전쟁터는 그런 의미에서 연결될 수 있는 극단이다. 문제는 오직 자신의 공허함을 위해 대동아 전쟁이 발발한 전시 체제로 투신하겠다는 태도이며, 이를 구도의 길로 포장하려는 태도이다. 전쟁터로 나가는 모습을 구도적 행위와 연결하는 서술은 일찍이 "일신상의 모든것을 헌신짝가티 내던저버리고 시방장한 길"(0617)을 찾아 대륙으로 떠나는 군인 태평에게서 찾은 적이 있다. 그러므로 멜랑콜리가 건전, 성스러움과 일치하는 이 모순적인 상황은 주체의 부정성을 보여줄 뿐이다. 나르시시즘적 멜랑콜리 주체가 자신의 슬픔에 침식한 나머지 죽음에 가 닿으려 하는 이유는 "절대로 도달할 수 없고 언제나 다른 곳에 있는 불가능한 사랑과의 합병"[76]을 꿈꾸기 때문이다. 임준의 태도 또한 이와 다를 바가 없지만, 그것이 '대아'의 허상과 연결되기에 그의 멜랑콜리는 결코 긍정적일 수 없다.

2) 히스테리적 모성과 예속상태에서의 탈주

반면 멜랑콜리가 여성 주체와 결합할 때 감정은 건전 체제를 균열 내는 동학이 된다. 여성의 멜랑콜리는 규범을 변주하여 체제에 순응하는 듯 빗겨나가는 이면의 서사를 구축한다. 광증과 감수성이라고 평가되는 여성 멜랑콜리는 어머니의 사랑과 결합하여 감정 체제에 대응하는 힘으로 자리 잡는다. 여성 멜랑콜리 주체는 전시 체제의 규범적 허구를 내파 하고자 한다. 나아가 모성과 결합한 멜랑콜리는 체제가 주입하는 이상적 총후부인 모델이 이미 탈구되어 있음을 체현한다.

『여인전기』(1944)[77]는 『어머니』, 『여자의 일생』과 함께 언급되곤 하는 작품이다. 『조광』에 1943년 3월부터 연재하다가 중단된 『어머니』를 1944년의 뒷이야기를 연재한 것이 『여인전기』, 1947년에 개작하여 출간한 것이 『여자의 일생』이라는 것이다. 즉, 이 작품들을 통해 같은 소재와 내용을 다루는 작가의 의식이 해방 전과 후 어떻게 다른지를 볼 수 있는 것이다. 『여인전기』는 연재 장편소설이 지니는 통속성과 대일협력의 논리성을 결합한 작품이라 평가받는다. 소설은 진주라는 어머니의 수난사를 임중위-무일-철로 이어지는 남성의 친일 서사에 연결하여 파시즘 논리를 자연스럽게 전개한다. 여성적 미덕인 지조가 총동원 체제가 말하는 충의로 변

---

76) 줄리아 크리스테바(2004), 앞의 책, 13쪽.
77) 채만식, 『여인전기』, 『채만식전집4』, 창작과비평사, 1987, 303-470쪽.

형 반복되는 것이다.[78)]

실제로 소설 속 남성들은 건전 사상을 내면화한 채 어떠한 고민 없이 일본 제국에 충성하는 군인이다. 러일전쟁에서 활약한 임중위는 대화혼(大和魂)을 숭상하며 아들 철은 대동아 전쟁에 나가 싸우는 군인이다. 임중위와 일본인 여성 사이에서 태어난 동생 무일 또한 군인의 의무를 다한다. 이는 전시 체제가 표방한 정신의 총동원체제를 소설화한 것이라 봐도 무방하다. 조선의 몸을 가졌지만, 일본의 정신을 받아들이는 것이 진정한 애국의 자세라는 내선일체론을 구현하는 임중위와 철, 그리고 나아가 육체까지 일본의 것을 받아 심신일체를 이루어낸 무일의 존재가 이를 뒷받침한다.

그러나 작품의 또 다른 축을 형성하는 여성 인물들, 이 어머니들의 계보는 조금 다르게 읽힌다. 이는 제목이 『여인전기』인 것처럼, 소설이 여성의 삶을 더 중점적으로 조망하고 있다는 점과 연결하여 생각할만하다. '전기(戰紀)'라는 말의 사용이, 여성의 인생 또한 전쟁 그 자체임을 보여주며 이를 남성들이 활약하는 전쟁과 결합하기 위한 의도로 사용되었다고 볼 수도 있을 것이다.[79)] 그러나 여성들은 남성들처럼 온 마음을 다해 체제에 부응하지는 않는다. 그녀들은 자녀와의 애착 관계를 바탕으로 전시 체제의 자장 안과 밖을 배회하는 모습을 보여준다. 그러므로 전기는 체제와 길항하는 여성의 감정 기록을 의미한다고 볼 수도 있을 것이다.

시어머니 박씨부인과 며느리 진주(옥동댁)은 여러모로 대척점에 서 있다. 박씨부인은 『아름다운 새벽』의 강부인의 부정적 측면을 극대화한 인물로

---

78) 심진경, 「통속과 친일, 이종동형의 서사논리」, 『한국문학이론과 비평』10-1, 한국문학이론과 비평학회, 2006년, 참조
79) 심진경(2006), 위의 논문, 10쪽.

보인다. 강부인이 무서운 어머니였지만 며느리의 상황을 연민할 줄 알았던 것과 달리, 박씨부인은 아들과 며느리 모두에게 "가혹히 굴기로만 주장"(347)하는 시어머니이다. 아들의 실수에 즉각적으로 반응하며 "온갖 간섭과 책망과 매질"(346)을 일삼으며 구학문을 강요하는 이유의 근원에는 나르시시즘적 '자기대상'의 환상이 자리 잡고 있다. 부모들이 어린아이를 어느 정도 조절할 수 있는 자아의 연장선상으로 여긴다는 점에서, 부모들은 아이의 자기대상들이다.[80] 자식을 사랑하는 마음은 자기 자신을 사랑하는 감정에서 파생된 감정이기에 기형적이다. 박씨부인은 자아와 타자의 분리가 완전히 이루어지지 않은 상태에서 자식들을 자신의 의지대로 휘두르는 모성을 보여준다. 그러나 강력한 어머니의 도착된 사랑에 따라야 하는 자식들은 주체를 유지할 수 없는 상황에 직면한다. 준호는 마음 놓고 편히 잠을 잘 시간조차 없을 정도로 정신적 압박에 시달리며 며느리 또한 근거 없이 행동을 의심받는 상황에 놓이며 질책의 굴레에 매인다.

반면 진주는 자애로운 어머니의 모습으로 자식들을 훈육한다. "매질이라는 것은 어른의 화풀이"(353) 매질과 간섭은 절대 하지 않으리라 다짐하며 "매가 두려워 겉으로 복종하는 체하는 것이지 속으로부터 우러나서 하는 복종이 아닌"(354) 훈육은 의미가 없다고 생각한다. 철의 경솔한 말을 앞에서 책망하기보다, 앞으로 어떻게 교육해야 하고 감당해야 할지 속으로 다짐하는 모습에선 따뜻한 사랑을 엿볼 수 있다.

이런 두 가지 모습은 '감정관리'[81] 양상에 따라 교육 방식과 태도가 달

80) 제레미 홈즈(2002), 앞의 책, 52쪽.
81) 특정 목표를 위하여 감정의 자아-변경 효과를 도구적으로 사용하는 것. 그것은 감정의 탐색 효과에 의해 전복될 수 있다.
윌리엄 레디(2016), 앞의 책, 198-199쪽, 참조.

라짐을 보여준다. 어머니의 사랑을 어떻게 사용하느냐에 따라 목표의 달성 여부가 결정된다는 것이다. 자녀의 양육에서 중요한 것은 교육철학이나 철칙이 아니라, 어머니가 감정을 어떻게 운영하느냐에 달려있다. 박씨부인이 감정을 여과 없이 표출하는 과잉의 상태라면 진주는 감정을 다스리는 규제를 수행하고 있다. 그리고 이는 정반대의 산출 효과를 가져온다. 박씨부인의 아들인 준호가 "정신상으로 무거운 압박"에 시달리며 "발육이 정지"(352)한 것 같은 나약한 존재로 성장하여 결국 죽음을 맞지만, 진주의 아들인 철은 "살이 오르고 원기가 발랄"(450)해져 충량한 군인으로 성장한다. 박씨부인의 '감정 과잉'[82]보다 진주의 감정 규제가 전시 체제가 장려하는 건전한 어머니상에 더 알맞은 셈이다. 전시 체제는 주체의 감정이 격렬할수록 악한 것이며, 감정을 자제할수록 선한 것이라는 감정 양식을 형성해놓은 것이다. 그러므로 박씨부인은 부정성은 곧 체제의 기준선 밖의 감정들을 의미하며, 진주의 긍정적 모성은 체제 안에 포섭되는 감정을 지칭한다.

그러나 감정 과잉과 감정 규제의 양상을 좀 더 살펴보면, 우리는 두 모성의 감정 서사 모두가 체제와 불합치하고 있음을 알 수 있다. 박씨부인은 절제하고 희생하여 건전한 국민을 키워내는 어머니라는 기대 규범에서

---

82) 박씨부인이 아들과 며느리를 향해 감정을 과잉되게 쏟아내던 시기가 1920년대임을 생각해본다면, 당대 감정론과도 연결해 볼 수 있을 것이다. 1920년대는 감정의 차이를 남성성/여성성으로 환원해서 감정의 위계를 나누기 시작하던 시기이다. 남성의 감정을 공적인 것, 여성의 감정을 사적인 것으로 구분하고, 공적 감정에 포함되지 않는 감정은 일시적이고 여성적인 것으로 깎아내렸던 것이다. 그러면서 여성 작가의 작품 중 내밀한 감정 표현이 많은 작품을 감정 과잉이라 부정적으로 평가했다. 여성의 감정 중 긍정적으로 평가받던 것은 모성이었다. 모성을 여성의 가장 자연스러운 감정으로 추앙한 것이다. 그러므로 박씨부인의 감정과 행동은 당대에도 용납될 수 없는 것이었다.
박숙자, 「근대문학의 형성과 감정론」, 『어문연구』34-3, 한국어문교육연구회, 2006, 참조

벗어나 있다. 그녀의 감정은 즉흥적인 광기에 가깝게 그려지는데 이는 여성 멜랑콜리의 한 양상이라 볼 수 있다. 남성들이 통찰과 천재성, 예술성으로 대표되는 고귀한 멜랑콜리를 선점한 반면 여성들은 일상적이고 신경질적인 멜랑콜리만을 부여받았다. 작품 속에서 박씨부인이 행하는 여성 멜랑콜리는 히스테리로 지칭된다. 물론 멜랑콜리의 에너지는 결여한 대상을 집착하고 원망하는 자기 자신에게 향해 있다. 반면 히스테리는 욕망하는 대상을 신경질적으로 공격하고 스스로 그 욕망 대상이 되려 하기에 이 둘의 양상은 다르다고 할 수 있을 것이다. 그러나 "정상성이 무엇이냐에 따라 그 정상에 넣을 수 없는 모든 것을 '히스테리'라고 부른다"[83]는 말처럼, 그 또한 남성 멜랑콜리에서 떨려난 해롭고 하찮은 감정이라는 점에서 여성 멜랑콜리와 같은 카테고리 안에 놓일 수 있다.

> 그러나 여장부는 여장부요, 병든 홀시어머니는 따로이 또 병든 홀시어머니였다. 생리학자의 말을 들으면 흔히 중년 과부란 그 생활조건과 심리작용으로 인하여 성질이 다소간 편협·괴벽하기가 쉽고, 그러다 이윽고 단산기를 당하여 소위 히스테리 증세가 생기게 되고 보면, 그 경향이 일단 농후하여 진다고 한다. 그러나 가벼운 경우면 사람이 까다로와지고 신경이 예민해지는 정도에 그치고 말지만, 만일 병이 심한 경우면 극도로 쇠약한 신경이 일변으로는 극도로 날카로와져 가지고 인하여 성격과 생활 행동에 어지러운 변화를 일으켜 놓는다.(333-334)

---

83) 폰 브라운은 히스테리가 모든 타자의 비정상성, 혹은 비정상으로 분류될 타자성에 붙여진 명칭이 되었다고 지적한다. 그렇다면 나와 다른 사람은 모두 히스테리적이다. 특히 다른 성, 다른 존재 그 자체인 여성은 히스테리다.
크리스티나 폰 브라운, 엄양선·윤명숙 역, 『히스테리』, 여이연, 2003, 25쪽.

박씨부인을 “상상도 하기 어려운 위험스런 환자”(339)로 정의하고 그녀의 몸을 “썩은 분비물(호르몬)이 들어서 작희”(341)하는 무성적 대상[84]으로 보는 서술은 그녀의 감정이 치료가 필요한 정신병으로 치부되고 있음을 의미한다. 자기대상이었던 자식들이 자신의 감정을 드러내기 시작하며 나르시시즘적 감정 상태는 깨지고 히스테리는 격화된다. 이것은 타자의 욕망이 주체에게는 수수께끼로 남아 있기 때문인데, 이는 자신이 타자에게 어떤 대상인지를 주체가 결코 알 수 없다는 것을 의미한다.[85] 그렇기에 박씨부인은 자신이 여전히 강력한 어머니라는 환상을 확인받으려 더욱 과잉된 감정을 투사하며 부정적으로 행동한다.[86] 이는 자신에게 총체성을 부여해줄 기표를 찾고자 하는 몸부림이다. 그러므로 이 여성 멜랑콜리 증상은 건전 체제의 정상성 범주를 넘어서는 감정 동학이자 질병으로 배척되는 것이다. 또한 근대적 이성과 감정 체제가 요구하는 감정의 절제를 수행할 생각이 없는 박씨부인은 제 아들을 식민지 권력이 원하는 주체로 키울 생각도 없었던 걸로 보인다. 그러므로 신경질적 멜랑콜리는 “양반이요 선비”(345)를 최고 가치로 생각하는 철학을 형성하는 요인으로 작동한다. 이는 주체 스스로 당대 체제의 기준선 밖으로 걸어 나가는 멜랑콜리 감정 동학의 운동성을 보여주기에 유의미하다.

반면 진주는 “군국의 어머니”(310)[87]가 지녀야 할 덕목인 감정관리에

---

84) 멜랑콜리는 팔루스의 작용과 대타자의 시선을 거부하기에, 멜랑콜리에서 주체는 여성으로서의 정체성을 가질 수 없는 비존재이다.
박선영, 「여자는 어떻게 존재하는가」, 한국라깡과현대정신분석학회 정기학술대회, 2008. 6, 38쪽.

85) 레나타 살레클, 이성민 역, 『사랑과 증오의 도착들』, 도서출판b, 2003, 108쪽.

86) 이 욕망에서 가장 중요한 물음은 “나는 그를 사랑하는가?”가 아니라 “그는 나를 사랑하는가?”이다. 자신이 누구이며 어떤 가치를 가지고 있으며 어떤 대상인지를 말해달라는 물음과 호소는 말하는 주체의 분열을 극복하기 위한 시도들이다.

능한 여성이다. "마음을 지레 불안케 하여주고 싶지가 아니"(353)한 "희생 정신"(429)과 인내로 자신의 감정을 언제나 온화한 것으로 유지한다. 이는 마음속 부정적 감정을 조정하여 상대방에게 전염시키지 않는 것, 언제나 긍정적 감정 상태만을 내보이는 것을 요구하는 건전 체제에 동조하는 일이다. 실제로 그녀의 감정 규제술은 "아버지의 혈관에 흐르던 용맹의 내림"(338)이라 서술된다. "마음의 나라는 일본"(388)이라 여기던 아버지 임중위의 정신이 평정심의 그 배후에 자리 잡고 있는 것이다. 감정을 다스려 건전하고 평화로운 상태를 지속할 줄 아는 일이 곧 "군국에 대한 정신적 준비"(310)로 이어지는 이유이다.

그러나 새 세대를 양성하는 일을 "큰 자랑거리이며 큰 즐거움"(456)으로 생각하는 진주가 사실 감정을 관리하며 감정의 고통을 느끼고 있다는 점은 좀 더 세밀하게 분석할 필요가 있다.

"부질없이!......이러지 말자면서도 중추가 분명치 못해 그러는지!"

---

87) '군국의 어머니'는 중일전쟁이 본격화되며 재규정된 어머니상으로 총후부인의 세부적 이미지 중 하나이다. 여성을 전시 체제에 효율적으로 동원하는 '총후부인' 정책은 가장의 빈자리를 채우고 경제와 노동을 책임지는 여성 가장, 군수물자를 준비하고 황국의 군인을 길러내는 어머니 등의 역할을 부여받는다.
군국의 어머니상은 특히 감정 관리술과 밀접한 관계를 맺는다. 이들에게 따라붙는 수식은 주로 감정을 지칭하는 말들이다. 어머니의 '상냥한', '따듯한', '용맹한', '굳센'은 자식을 교육하는 데 필요한 감정이다. 총후 교육에서 무엇보다 중요한 것은 어머니와 자식 사이의 감정 교류, 즉 '감화'이다. 어머니는 자식과 생활하며 쌓은 친밀감을 바탕으로 교육을 수행해야 한다. 체제는 모범적인 어머니의 삶을 직접 보면서 자연스럽게 습득하는 교육을 최고의 교육으로 정의하기 때문이다. 어머니는 상냥함으로 자식과의 감정 격차를 해소하고 용맹함을 투사하여 그를 군인 주체로 키워낸다. 반면 '명랑', '쾌활' 감정은 전장에 자식을 내보낸 후 어머니가 지켜야 할 소명이다. 자식이 위험에 빠진 상황을 볼지라도 부정적 감정을 드러내지 않아야 전쟁은 막힘없이 수행될 수 있기 때문이다. 이렇게 감정은 상태와 행위 모두를 포괄하여 전쟁 주체를 조형하며 건전 체제를 공고하게 한다.

"남은 삼형제 사형제 잃고도 씩씩하다는데! 겉으로 내색을 아니한다는데! 그래야만 시방은 장한 어미 노릇이라는데!"

"윤팔네를 보겠지? 견문으로 하나 지체로 하나 월등히 나만 못한 사람이건만 조옴 천연스러! 조옴 의젓해?"

이성을 채찍질하여 낡은 허물 속의 감정을 억제하려는 노력이 없지 아니함은 퍽도 다행한 일이었다. (312)

진주의 번뇌는 총후부인의 모성애를 되돌아보게 한다. "내지의 어머니"(310)들은 "조금도 미련겨워하며 슬퍼하는 등 연약한 거동을 함이 없이"(310) 아들을 전장에 내보내며, 윤팔네는 외동아들을 입영시키고도 "비관이나 실망을 하는 내색"(312)이 없다. 반면 진주는 철을 생각하며 "애절"한 감정을 느끼며 눈물을 흘릴 뻔 한다. 절제된 감정과 이성으로 나아가야 하는 전장에서 눈물은 감성적인 것이며 배격해야 할 산물이기에, 그녀는 이 과잉을 억제하려 노력해야 한다. 그 노력은 즐거움보다는 "채찍질"의 고통에 가까워 보인다. 다른 어머니들이 투명한 감정 상태를 바탕으로 강인한 사랑을 체현하고 있는 반면 진주는 그 속에 불안을 안고 있는 것이다.

'신경증적 불안'[88]은 불투명한 미지의 대상 때문에 발생한다. 진주는 체제의 명령을 따르지만, 온전히 내재화하지 못한다. 여기서 군국의 어머니 모델을 향한 의문이 발생한다. 무엇인가 잘못되어 있다는 것을 감지하지만 구체적으로 알 수 없다는 감각은 삶을 뒤흔드는 위험으로 다가온다.

88) 프로이트는 무의식적 충동에 의해 자아가 압도될 때 내적 불안(Binnenangst)이 발생한다고 주장한다. 구체적인 위험을 정확히 알고 있는 현실 불안과 달리 신경증적 불안은 그 대상을 알지 못한다. 그러므로 불안은 강박관념, 편집증, 히스테리 등으로 표출된다는 것이다.

주체를 불안하게 만드는 감정은 나아가 체제와 불화하는 멜랑콜리 감정으로 이어진다. 전시 체제는 구성원의 동요와 불안을 잠재우기 위해 건전 감정을 구성하며 전쟁에 집중할 것을 명령한다. 이는 실상 국가가 개인의 어떤 욕망을 박탈하고 만들어진 욕망을 주입하는 행위이다. 그러므로 주체는 욕망해야 할 대상을 강제로 빼앗긴 채 수동적 멜랑콜리의 상태에 빠진다. 진정한 욕망은 표현하기도 힘든 어떤 대상이지만, 이를 체감하기도 전에 제도에 욕망이 억눌리는 상태가 되는 것이다.

진주의 고통은 그녀가 건전 체제를 완전히 체화하지 못한 채 멜랑콜리 상태에 머물고 있음을 보여주는 증거이다. 만들어진 모성과 감정의 표백 상태는 체제가 부여한 욕망일 뿐 사실 진주가 원하는 진정한 사랑은 될 수 없는 것이다. 모범적인 총후부인의 외면을 한 어머니는 내면에서 감정의 균열을 경험한다. 어머니의 불안 징후는 결여를 응시하는 멜랑콜리로 이어진다. 그리고 멜랑콜리는 주체가 "텅 빈 공백이란 것을 발견함으로써 대타자와의 동일시로 얻어진 상징적, 이데올로기적 정체성을 버리고 궁극적으로 상징질서를 전복"[89]하는 단초가 된다. 그렇게 우리는 멜랑콜리가 건전 체제 내부의 공백과 분열을 발견하도록 하는 감정 동학임을 확인한다.

그러므로 진주와 무일의 정다운 만남을 보며 "핏줄은 할 수 없는 것이야!"(470)라는 발화 속에는 체제에 순응하는 마음과 체제를 탈주하고픈 의지가 모두 들어있다. 핏줄은 전시 체제가 강요하는 내선일체론을 은유한

89) 지젝은 이를 숭고한 히스테리로 연결하여 설명한다. 주체가 자신의 욕망을 알지 못하고 결코 충족시킬 수 없는 이유는 그의 욕망이 바로 대타자의 욕망이기 때문이다. 대타자가 욕망을 갖는다는 것은 대타자가 충만한 것이 아니라 뭔가가 결여된 것이라는 뜻이다. 숭고한 히스테리 주체는 자신의 결여를 찾는 과정에서 대타자의 텅 빔을 발견한다.
슬라보예 지젝, 주형일 역, 『가장 숭고한 히스테리 환자』, 인간사랑, 2013, 389쪽.

다. 그렇다면 저 말은 체제가 부여하는 욕망에서 벗어날 수 없기에 받아들일 수밖에 없다는 뜻이 된다. 러나 이를 반대로 생각할 수도 있다. 친근한 핏줄을 "가공의 동기"(468)라 말하는 모순은, 체제의 욕망이 진짜 욕망이 아님을 우회적으로 밝히는 표현하기 때문이다. 이는 수동적 멜랑콜리 상태에 놓인 진주의 상황과 겹쳐진다. 멜랑콜리한 어머니는 건전 체제 안에 거주하면서 자신의 결함과 체제의 분열을 드러낸다. 전시 체제의 명령은 주체가 바라는 진짜 욕망은 아니었기에 온전히 받아들일 수 없다. 그 비현실적 가공의 요구를 이행하는 척은 할 수 있지만, 온전히 수행할 수 없다. 건전에 순응하는 것처럼 보이지만 불화하는 멜랑콜리의 이 이중적 태도야말로 체제의 부정적 진실을 폭로하는 증거이다.

이렇듯, 『여인전기』 속 어머니들은 그 경향이 다를 뿐 체제를 비껴가는 여성 멜랑콜리를 체현하는 주체라는 점에서 공통적이다. 체제에 아예 복속되지 않는 히스테리, 순응하는 듯 분열된 의식을 보여주는 멜랑콜리 모두 부정적인 현실 체제를 탈주하는 감정의 방법이기에 유의미하다.

제4장

박태원: 명랑 프로젝트의 억압과 수치심의 감정 동학

제4장

박태원: 명랑 프로젝트의 억압과 수치심의 감정 동학

식민지 말기 이전, 박태원은 고현학을 바탕으로 자의식에 천작하는 모더니스트라는 평가를 받았다. 작가에게 내면 의식은 사유하고 관찰하는 작가의 개체성을 유지하는 중요한 동력이다. 그러므로 자기를 반영하는 심경 소설을 창작하거나 소설 기법을 실험하는 등의 작업을 하는 것도 작가 의식과 창작자로서 작가라는 포지션을 유지하기 위해서이다. 「소설가 구보씨의 일일」에 드러나는 산책의 발견과 소설 쓰기의 소설화, 『천변풍경』에서 드러나는 도시와 인물 군상의 묘사는 결국 그 초점이 화자(작가)의 내면을 향하고 있다는 점에서 작가의 주관성과 미의식을 드러낸다고 할 수 있다.

그러나 작가적 내면에 집중하여 독특한 감수성을 추구하던 박태원 소설은 건전 체제의 확립 이후 그 창작의 축을 이동한다. 명랑을 강요하는 표백된 세계는 인간의 내면을 제거하려 들기에, 심경의 탐구를 더는 지속할 수 없는 예술가는 창작의 원천을 상실한다. 이때 박태원 소설에서 새롭게 부상하는 소재는 생활의 문제이다. 작가로서의 글쓰기가 이제는 생활의 글쓰기와 일치할 수 없다는 사실은 생활의 공포를 가시화한다. 그러므로 식민지 말기 박태원 소설에는 생활과 가족의 존재가 전경화된다. 오직 자신의 내면이 자신의 준거 기준이었던 작가는 이제 타자의 시선을 받아들인다. 타자가 중요한 대상으로 포착되면서 거의 소설 속에는 수치심이 배후 감정으로 자리 잡는다. 이런 초점의 변화는 해방 이후 박태원 문학세계에도 영향을 미친다. 내면에 집중하던 작가는 가족으로 대변되는 타자를 인식하며 수치심을 알게 되었으며, 나아가 우리 사회와 구성원들이라는 범주까지 세계를 확장한다. 이는 해방 후 박태원이 사회역사소설을 창작하는 동력이 된다.

수치심은 부정적으로 움직일 때 당혹감, 분노 등의 방어기제를 드러내며 주체로 하여금 오류를 은폐하고 상황에 고착되게 만든다. 반면 긍정적 감정으로 작동할 때 타자의 시선을 받아들여 존재의 취약성을 인정하고 이를 반성하는 계기를 만든다. 나아가 수치심은 현시대의 가치를 넘어서는 새로운 태도를 발명하는 감정으로 승화되기도 한다. 4장은 이런 감정의 양면성을 바탕으로 박태원 소설의 인물, 장소, 체제를 살펴 수치심의 감정 동학을 분석한다.

1. 허위적 주체와 윤리적 세계의 가시화

1) 패배자 아버지와 과오의 자기합리화

수치심은 주체의 자기평가와 직결하는 감정이다. 소설 속 인물들은 자신에게 기대되는 '가장'의 역할을 수행하지 못할 때 수치심을 느끼지만, 그 원인과 대면하지 않기에 더 나은 방향으로 나아가지 못한다. 인격적 존재로서의 가치를 잃은 수치심 주체들은 잘못된 결과가 불러온 고통을 회피하기 위해 치욕감이나 분노를 표출할 뿐이다. 성찰이 부재한 수치심의 주체는 스스로 설정했던 이상적 인간상에 다다르지 못하고 가족의 위기는 해결되지 못한 채 남아 있다. 박태원 소설의 무능한 아비들은 수치심을 치욕으로 받아들이기에 거짓 서사를 만들거나, 보이지 않는 대상을 향해 공격성을 드러내며 고통을 회피하려 한다.

내면을 제거하여 오직 명랑한 외면만을 가지길 강요하는 전시 체제 아래서 내면의 탐구는 불가능하다. 작가의 시선은 건전 감정 체제로 빛나는 거리의 사람들을 떠나 어두운 골목 안 인물들을 향한다. 그러나 골목에서 한 인간의 심경을 발견하는 일은 더욱 어렵다. 거리의 군중들은 익명의 존재들이기에 관찰자의 상상과 추측을 부여하기 쉬웠지만, 골목 안 인물들은 실제적 개인으로 인식되기 때문이다.[1] 게다가 골목 안 인물들이 보여주는 너저분한 삶의 진실은 "그 어떤 호명으로도 가려지지 않는 이 가난한 경성의 정체성"[2]을 드러낸다. 근대 주체이자 모더니스트라 스스로를

1) 거리는 서로 잘 알지 존재들이 일시 접촉하는 곳이지만, 골목 안은 그곳에 오래 공존했던 사람들이 서로의 존재를 매일 확인하는 장소이기 때문이다.

규정했던 작가는 전시 체제에서 도피하여 골목 안에서 자신이 식민지인임을 깨닫는다. 이제 골목은 실제 세계이며 인물들은 작가 자신의 문제를 투영한 존재이다. 박태원 문학세계의 기저에 깔려있던 생활의 문제는 이렇게 소설에 전경화된다.

보건, 위생, 치안의 안정을 도모하는 도시 건전화 프로젝트의 손길이 미치지 않는 「골목 안」(1939)[3]에 거주하는 인물들은 구더기가 들끓는 "똥오줌"(317)이며 기준 이하의 "절뚝발이 병신"(322)으로 묘사된다. 건강과 청결함을 지키는 건전 주체들이 활동하는 공간이 골목 밖 거리라면, 골목 안은 비위생과 가난에 시달리는 불건전 주체들이 모여 사는 곳이다. 골목 안 사람들은 골목 밖 타자를 이상적 기준으로 삼는다. 반면 골목 밖 사람들에게 골목 안 타자는 체제의 이면을 드러내는 구멍이다. 그러므로 골목 안 사람들은 바깥의 삶을 열망하고 노력할지라도 언제나 "냄새를 풍기고 하늘을 가리는"(317) 빨래와 같은 혐오의 대상으로 남는다. 혐오는 다수가 소수자를, 가진 자가 가지지 못한 자를, 강자가 약자를 비하함으로써 자신의 사회적 정치성을 다진다.[4] 이들의 존재가 오염물로 비유되는 까닭도 여기 있다. 혐오는 "우리 자신의 동물성을 꺼려할 때 현저히 드러나는 유한성에서 벗어나고자 하는 감정"[5]이다. 혐오의 특징은 오염물로 간주하는 대상이 다른 대상에게 영향을 미친다고 생각하는 데 있다. 골목 밖 주체에게 골목 안 사람들은 건전 체제의 취약성과 한계를 드러내기에 지워야 할 타자이자 심리적 오염물이다. 동시에 건전 주체의 총체성을 파괴할 전

---

2) 류수연, 「'골목'의 모더니티」, 『구보학보』10, 구보학회, 2014, 78쪽.
3) 박태원, 「골목 안」, 『한국근대단편소설대계8』, 태학사, 1997, 317-415쪽.
4) 김윤정, 「애도 (불)가능의 신체와 문학의 정치성」, 『이화어문논집』46, 이화어문학회, 2018, 20쪽
5) 마사 누스바움(2015), 앞의 책, 170쪽.

염물이기에 "투사적 혐오"[6]의 대상이 된다.

골목 안 사람들에게 골목 밖 존재는 유의미한 타자이자 지향점이다. 그러나 혐오의 시선으로 바라보는 타자 앞에 주체의 의지는 좌절한다. 골목 밖에서 바라보는 나는 건전을 내면화하지 못한 열등한 대상이라는 프레임 속에 놓인다. 그 시선에는 어떤 믿음도 없기에 혐오의 주체는 타자를 충족시킬 수도 자신을 만족시킬 수도 없다. 그러므로 이들은 건전 체제에서 떨려난 존재로서 수치심을 내면화한다.[7] 이들은 언제나 골목 밖 세계와 자신들의 처지를 비교한다. 건전 체제의 시선을 바탕으로 스스로를 평가하기에, 이원론적 질서의 긴장 관계에서 형성되는 수치심을 내면화하게 된다. 수치심은 완벽함의 기준에 미치지 못하는 자신에 대한 좌절과 부끄러움의 감정이다.[8] 수치심은 타자의 시선으로 자신의 가치를 평가할 때 생기는 부정적 감정으로, 부정의 이유가 '자신'[9]에게 있기에 더 근원적이고 고통스러운 감정이다. 그러므로 골목 사람들은 타자 앞에서 떳떳하지

---

6) 누스바움은 투사적 혐오를 '심리적 오염'의 확장 상태라고 진단한다. 혐오의 대상으로 낙인찍힌 물질은 실제로 유해하지 않더라도 심리적 오염 의식 때문에 거부당한다. 이는 전염과 유사성이라는 두 가지 법칙에 따라 심화한다. 이때 혐오는 경계 위반과 유한성의 거부를 드러내는 감정 지표이다.
마사 누스바움, 강동혁 역, 『혐오에서 인류애로』, 뿌리와 이파리, 2016, 54쪽, 참조.

7) 파울러(J. W. Fowler)는 수치심(건전한 수치심, 완벽주의적 수치심, 귀속적 수치심, 악성적(중독적) 수치심, 무수치심)을 다섯 가지 유형으로 구분하고 있다. 이 중 귀속적 수치심(ascribed shame)은 주로 사회적 편견과 관련하여 발생한다. 개인적 능력이나 소양의 부족으로 느끼는 수치심과 달리, 이 수치심은 자신이 속해 있는 환경, 특히 부모의 사회, 경제적 위치와 그에 대한 사회의 부정적 편견으로부터 유발된다.
김태훈, 「수치심의 기원과 발달에 관한 연구」, 『도덕윤리과교육』31, 한국도덕윤리과교육학회, 2010, 33-38쪽, 참조.

8) 마사 누스바움(2015), 앞의 책, 338쪽.

9) 죄책감이 나의 '행위'에 대한 부정적 평가라면 수치심은 '나'에 대한 부정적 평가이다. 그러므로 수치심은 자아 존재 자체를 공격하는 감정이 되며, 충격도 크고 벗어나기도 힘들다.

못하며 자신의 결핍을 가리려 애쓴다.

수치심의 이런 관계성을 잘 보여주는 예시를 순이와 문주의 연애에서 찾을 수 있다. '신축한 이층양관'에 사는 문주는 골목 안 '일각대문집'에 사는 순이에게 호기심에 가까운 연애 감정을 느낀다. 그가 자신과는 반대되는 세계에 사는 순이에게 혐오가 아닌 관심을 지니는 이유는 "문학서적을 탐독"하는 "신경쇠약"(363)에 걸린 사람이기 때문이다. 건전의 시선은 문학 서적이 우울이나 절망 같은 부정적 감정을 일으킨다고 규정한다. 그러므로 문학 서적을 병적으로 독서하며 건강한 신체를 소유하지 못한 문주는 건전 세계 안에 사는 비건전한 자이다. 이런 그의 사정이 건전 체제의 밖으로 떨려나 있는 순이에게 공명한 것이다. 그러나 그는 여전히 골목 밖에 위치한다. 세계와 불화하는 내면을 지녔으나 체제에서 완전히 이탈한 자가 아니기에 순이를 동등한 대상으로 사랑하지는 않는다. 그에게 순이는 "가엾은 소녀"(363)로 동정심을 불러일으키는 대상에 가깝다.

반면 순이는 문주를 사랑하면서 자신의 처지에 수치심을 느낀다. 문주와 견주어 "자기의 행색이 너무나 초라함"(360)과 "떳떳지 못한 저의 집안"(360)을 부끄러워하는 것이다. 이 수치심이 고통스러운 것은 그녀가 문주와의 미래를 꿈꾸기 때문이다. 수치심은 어느 정도 자존감에 기반하기에, 순이 또한 자신이 문주와 어울리는 훌륭하고 좋은 사람일 수 있다고 생각한다. 다만 가난과 가족 구성원이 결점일 뿐이다. 그러므로 그녀는 자신의 부끄러움과 자신이 가지지 못한 것을 감추기 위해 노력한다. 그러나 호기심과 수치심을 바탕으로 하는 이 연애는 그 감정의 위계성 때문에 결국 실패할 것으로 보인다.

그리고 순이의 사정은 생활하지 못하는 가장을 수치심 주체로 만드는 하나의 원인이 된다. 순이의 아버지인 집주름 영감은 몇 년째 경제활동을 하지 못한다. 국가 본위의 경제 체제를 구축하기 시작한 건전 체제는 부동산 시장을 마비시키고, 그 여파는 집주름 영감에게 고스란히 돌아온다. 거리에는 건전의 기운이 가득하지만, 경제적 능력도 "세월이 없는 가쾌들은, 그 음침한 방"(387)에 앉아 "손때가 까맣게 묻은 장기짝"(387)처럼 아무런 쓸모가 없는 존재로 방치된다. 돈을 벌지 못하는 아버지 역시 생활의 여유가 없는 가족에겐 아무런 도움이 되지 못한다. 가족의 생활을 책임지지 못하는 가장은 그렇게 타자의 시선이 미치지 않는 어둠 속에 침잠한다.

수치심은 주체가 자신이 속한 가치 체계 안에서 어떻게 위치하느냐에 따라 발현한다. 멜랑콜리 같은 근원적 감정과 달리 수치심은 사회적 양태와 길항하며 형성되는 복잡한 정서이다. 그러므로 무능한 아버지 모두가 수치심을 느끼지는 않는다. 다만 집주름 영감의 경우, 그가 이전에는 유능한 아버지였다는 사실과 가족들이 제대로 된 생활을 하지 못하고 있다는 점 등이 복합적으로 영향을 미친다. 가족에게 경제적 영향력을 미칠 수 없다는 사실은 유능한 가장을 무능한 아버지로 전락시키기에 수치심을 불러온다. 수치심 안에서 주체는 자기를 관찰하는 내면화된 타자의 기준에 따라 자신을 평가하는 주체인 동시에 평가의 대상이 된다. 그러므로 영감은 아버지로서 자기평가와 가족의 평가 모두에서 벗어날 수 없다.

영감은 자신의 상황을 돌아보며 "가슴 한구석에 슬픔이 샘 솟듯"(391) 한다. 동시에 돌아오지 않는 큰아들과 우는 아내를 보며 "비감"(393)을 느끼며, 여급인 큰딸이 외박할 때 "마음을 어둡고 슬프게"(395) 만들며, 순이가 연애 때문에 모욕적 취급을 당할 때 "실성한 사람의 얼굴"(401)을 한다. 가족들은 여전히 혐오의 대상이며 가장은 가족을 골목 밖의 세계로 이주시킬 능력이 없다. 이는 자신이 무능하고 패배한 아버지라는 생각을 심화시킨다. 무력하기에 자식의 하는 일을 나무랄 권리가 없는 가장은 그렇게 수치심 주체가 된다.

그렇다면 수치심 주체는 이 부정적 감정의 역동에 어떻게 대응하는가. 그는 상황을 받아들여 전회의 계기를 마련할 수도 있고 반대로 현실을 은폐하고 회피하려 할 수도 있다. 집주름 영감은 사실을 설명하는 대신 이야기를 만들어 행복을 가장하는 방법을 택한다. 이야기는 경험을 나누는 방법이지만 그 안에 진실과 허구가 뒤섞여 있다는 점에서 온전한 사실이라 볼 수는 없다. 그가 서 있는 곳이 사적 공간이 아닌 고등소학교 공회라는 점, 발화 내용이 오로지 불단집의 상황만을 반영하고 있다는 점은 이야기가 거짓말에 더 가까움을 보여준다.

> 노인은 대답을 하며, 무심코 눈을 들어 장내를 둘러보았다. 모든 사람이 한결같이 자기의 입만 바라보고 있었던 것이다...국방복이 따라준 차를 또 한 모금 마시고 난 노인은, 당당한 태도로, "그 댐은, 내 큰딸년인데..."하고, 어제 끝날지 모르는 이야기를 또 계속하는것이었다.(415)

영감은 "국방복"이 상징하는 골목 밖 사람들이 혐오하는 골목 안 거주자이다. 하지만 이를 모르는 사람들은 영감이 자신들과 동류일 거라는 믿음의 시선을 보낸다. 이 타자의 시선은 그가 행복의 서사를 창작할 수밖에 없는 이유이다. 강당 안 사람들에게 행복이란 건전 체제 속 성공한 주체들이 누리는 삶이다. 영감 또한 이들의 기대처럼 행복한 주체가 되어야 한다. 이때 행복은 건전한 삶을 향한 낙관주의적 애착에 고정하는 감정 태도이다. 집주름 영감의 이야기 속 행복은 결국 골목 안의 삶이 골목 밖의 삶으로 변환되어야 좋은 삶을 살 수 있다는 이데올로기를 내포한다. 수치심 주체는 건전 주체의 삶을 모방하는 서사를 만들어 그것이 바로 행복임을 증명한다. 행복은 특정 방식, 특정 대상, 특정 관계를 '좋은' 것 혹은 추구해야 할 것으로 가정하는 지배의 테크놀로지이다.[10] 그러므로 행복을 건전에 등치시키는 이야기는 결국 발화자인 영감을 향한 체제의 명령이다. 그러나 이는 건전 체제가 골목 안 사람들에게 보내는 혐오의 시선을 은폐하고 그 원인을 그들 개인에게 돌리는 효과를 창출한다. 개인의 노력으로 건전에 적응하여 행복해질 때 체제의 일원으로 편입할 수 있다는 약속은 환상일 뿐이다.

이야기의 내용이 행복이라는 환상을 쫓아 수치심을 면피한다면 이야기의 형식은 수치심을 증폭시킨다. 일시적이고 한정적인 이야기는 혐오의 대상이 되는 자의 수치심을 일시적으로 가리는 방법에 불과하다. 수치심 주체의 이야기는 체면을 차리기 위한 수단이기 때문이다. 체면은 타인의 기대치가 규정하는 나를 스스로도 인지할 때 나타나기에 수치심과 밀접한 연관성이 있다.[11] 주체이자 대상인 자신의 실상과 타인의 기대가 일치하지 않아 수치심이 발생할 때, 우리는 체면 차리기를 수행하며 그 고통에서 벗어나고자 한다. 그러므로 영감의 이야기는 수치심의 방어기제이자

10) 사라 아메드는 행복이야말로 개개인의 일상생활과 인생경로 설정에서부터 국가 차원의 규율까지 영향을 미치는 정치적 개념이라 주장한다. 행복은 지배적 이데올로기와 사회적 규범을 전달하고 수행하는 기능을 담당한다는 것이다. 삶의 규범이자 목적이 되는 행복은 개인에게 특정 방향에 따른 훈련, 계발을 요구하는 지배의 테크놀로지이다. 박미선, 「행복을 통한 규율과 "정서적 변환"의 정치 비판」, 『도시인문학연구』8-2, 서울시립대학교 도시인문학연구소, 2016, 61쪽.

11) 홍이화, 「한국인의 수치심 이해를 위한 하인즈 코헛 이론의 재 고찰」, 『신학과실천』 48, 한국실천신학회, 2016, 183-185쪽, 참조.

현실의 고통을 허구로 돌려 견디는 전략이다. 그러나 이야기는 언젠가 끝이 나며, 그 뒤의 현실은 더욱 엄혹하다. 타자의 기대도 자기 자신도 만족시킬 수 없는 상황에 수치심은 더욱 증폭되어 돌아온다. 허위적 행복과 일시적인 이야기로는 주체의 수치심을 긍정적으로 전환할 수 없다. 이런 회피의 이야기는 골목에서 시작된 삶은 결국 골목에서 끝날 수밖에 없다는 현실을 반복하며 수치심 주체의 무력함을 대면하게 할 뿐이다.

자화상 연작인 「투도」(1941)[12]에는 도둑의 침입이라는 사건을 겪으며 아버지의 책무를 다하지 못하여 수치심을 느끼는 '나'가 등장한다. 자화상 시리즈는 같은 시기 발표되었던 역사 장편소설들과 비교하여 분석되곤 한다. 다른 작품들이 전시 체제 선전물에 가까워 보이는 것과 달리 사소설 연작은 대일 협력적 태도와는 현격한 거리가 있어 보인다는 것이다.[13] 전시 체제가 본격화하면서 전쟁이라는 정치적 사실이 유일한 담론으로 대두하며 이는 소설 속에 장마, 도둑, 채무의 형태로 재귀한다. 그리고 작가에겐 이에 맞서 생활을 지속하고 가족의 안전을 지키는 일이 중요한 화두가 되었다는 것이다.[14]

소설에서 도둑의 침입은 '나'와 가족들에게 "불안과 공포"(510)를 불러오는 중요한 사건이다. "더운 거리"와 "참말 뉘집보다도 시원"한 "나의 집"(478)이 암시하듯, 전시 체제가 지배하는 거리로의 외출은 이제 불편하고 괴로운 것이 되어버렸다. 그리고 이런 나에게 유일하게 평온을 제공하는 것이 바로 가족이다. 나는 체제의 손길이 미치지 않는 곳에 "명예의 고립상태를 보존"(480)하며 오직 가족들과 교류를 하며 살아간다. 이 "외

12) 박태원, 「투도」, 『한국근대단편소설대계9』, 태학사, 1997, 476-510쪽.
13) 방민호(2007), 앞의 논문, 303쪽.
14) 황호덕, 「한국근대문학과 싸움」, 『반교어문연구』41, 반교어문학회, 2015, 참조.

로운 위치”(480)는 전시 체제의 시선에서 벗어나 나의 내면을 지키는 명예로운 고립을 가능하게 했지만, 시간이 흐르며 나는 역시 세계와 교류하고 살아가는 것이야말로 “생활”이고 “기쁨”(482)이지 않겠냐는 생각을 한다.

그러나 주체와 세계의 만남은 어느 쪽이 주도권을 가지느냐에 따라 상황이 달라진다. “행복”이 될 수도 “불행”(478)이 될 수도 있는 것이다. 불행하게도 당대 체제는 전쟁이라는 예외 상태를 내세워, 모든 개인에게 강력한 영향력을 행사하고 있었다. 내가 아무리 고립상태를 유지하려 해도 체제는 매우 쉽게 나의 경계를 침범해 들어올 수 있던 것이다. 사실 이런 세계 속에서 주체의 완전하고 자율적인 분리는 불가능하다. 게다가 내 집은 너무도 허술하게 건축되어 있다. 벽으로는 비가 새며 문은 허술하여 문단속도 하기 쉽지 않다. 그러므로 도둑의 존재는 내가 생각하는 온전한 자아가 얼마나 허무맹랑한 것인지를 깨닫게 하는 기제이자 나의 내면을 빼앗으려 드는 체제의 폭력 자체이다.

이 사건으로 나는 자신의 취약성을 깨닫지만 평정심을 가장하며 이를 표백하려 한다. “고만한 손실이 곧 우리 생활에 큰 위협을 주는 것도 아니”(496)라고 생각하며, 도난 신고하려는 아내를 “지극히 인색하고 동정없는 여자인 것 같이, 은근히 미워하고싶은 생각”(496)까지 한다. 도리어 도둑을 동정하는 “조고만 감상”(494)에 이르는 것이다. 그러나 이는 자신의 허점을 가리려는 행위이다. 어떤 이상적인 상태에 도달하지 못하여 느끼는 수치심의 고통을 평정으로 외면하는 일이다. 수치심의 주체는 여러 형태의 가면들을 통해 감정의 변환을 시도한다. 그들은 표정을 고치거나 방어적인 태도를 취하며 수치심이 불러오는 고통을 경감하려 한다.[15]

15) 임홍빈(2016), 앞의 책, 375쪽.

> 우리가 이런 수작을 주고 받었을 때, 어느틈엔가 다시 방으로 들어와 우리 이야기를 뜨고 있던 설영이가, 눈을 동그랗게 뜨고 물었다.
>
> "도둑놈이 들어 오우? 유리창 분합 열구 들어 오우?"
>
> 나는 당황하여, 저도 모르게 언성이 높았다.(502)
>
> 그보다도 어린 소영이로 하여금, 아빠 양복을 잃은 것을 안타까워하게 만든 도적놈을, 나는 대체 어디서 붓잡어다가 버릇을 가리켜 주어야 하나?(510)

그러나 나는 딸이라는 타자를 통해 공포를 느끼며 자신을 돌아본다.[16) 공포는 불안과 달리 구체적 대상이 있을 때 발현하는 감정이다. 이는 특히 맞닥뜨린 위험 징후를 개선할 힘이 없다고 느낄 때 발생한다. 주체가 무능한 가장임을 통감하게 만드는 딸은 유의미한 타자이기에 공포의 대상이다. 가장의 의무를 다하지 못했다는 사실을 상기시키며 나에게 도덕적인 공포를 느끼게 하기 때문이다. 건전 체제의 영향력에서 나와 가족을 지키지 못했다는 것, 유의미한 타자가 부여하는 책임을 다하지 못한 나는 공포에서 벗어나지 못하며 나아가 수치심도 느끼게 된다. 수치심은 주체가 소중한 가치에 따라 행동하고 있지 않을 때 발생한다. "수치심은 대개 우리가 될 수 있는 어떤 존재, 즉 좋은 일을 하는 착한 사람이 되려는 욕구를 표현한다"[17)]는 것이다.

딸이 아버지를 걱정하게 했다는 사실에 분노하는 행위 또한 이와 같은

16) 프로이트는 불안의 경향을 언급하며 구체적인 대상 앞에서 느끼는 불안과 초자아(사회 현실)가 개인에게 벌을 내리려는 데서 오는 도덕적 불안을 구분한다. 구체적인 대상이 존재한다는 점에서 이 두 가지 불안은 공포의 동의어이며, 이 중 도덕적 불안은 수치심과 죄책감을 불러온다는 것이다. 나에게 딸은 이 두 가지 불안(공포)을 복합적으로 느끼게 하는 존재이다.

17) 마사 누스바움(2015), 앞의 책, 378쪽.

맥락에서 이해할 수 있다. 자식에게 걱정을 안겨준 아버지는 좋은 아버지가 될 수 없다. 그러므로 자신을 자격 미달의 아버지라 인식하는 수치심 주체는 그 원인이 될 대상을 찾아 비난하려 든다.[18] "가엾은 도적"(494)이 "도적놈"이 되는 순간이다. 결국 나의 수치심은 자신이 "나와 나의 처자의 위험"(506)을 불러오는 무력한 아버지임을 인지할 때 발현한다. 이제 집은 나의 내면을 드러내는 곳이 아닌 나의 위치와 자격을 드러내는 곳이 된다.[19]

그러나 수치심의 평가 대상이 곧 자신이라는 점은 주체가 부정적 상황을 타개할 방법을 찾지 못하게 만드는 이중 고리가 되곤 한다. 자아로서는 자신에 대한 전반적인 문제 제기인 수치심을 인정하기도 어려운 데다 해소하는 것은 더욱 어려운 까닭에 다른 감정 상태로 전이되는 경우가 대부분이다.[20] 그래서 수치심 주체는 부정적 평가를 전환의 기회로 삼기보다, 이를 은폐와 회피하는 쉬운 길을 택한다. 수치심의 이유를 제대로 바라보지 않기 위해 보호 감정 또는 행동 방식을 찾는 데 집중하는 것이다.[21]

---

18) 수치심과 격노의 관계는 마사 누스바움(2015), 앞의 책, 383-385쪽, 참조.

19) 그리고 이 부분이 박태원과 채만식의 집 관념에 차이를 만들어낸다. 채만식이 집을 체제에 대응하여 지켜야 할 '나'이자 신념의 각축장으로 생각한다면, 박태원에게 집이란 체제에 대응하며 지켜야 할 '가족'이자 생활의 각축장이다.

20) 물론 수치심의 순간에 발생하는 각종 통제 불가능한 신체적 징후들, 즉, 홍조, 시선회피, 얼굴 가리기 등이 수치심을 만천하에 알리고, 이것이 다시 이차적 수치심을 유발하기도 하지만, 통상 누군가의 수치심을 알아채기 어려운 이유가 여기에 있다. 이때 동원되는 이른바 수치심의 '가면들'에는 경멸, 조소, 고집, 오만, 분노, 마취, 반대 상상 등이 있다.
이준서, 「수치심 문화와 죄책감 문화 담론에 대한 비판적 고찰」, 『브레히트와 현대연극』32, 한국브레히트학회, 318쪽.

21) 「골목 안」에서는 집주름 영감의 거짓 이야기가 이에 속한다.

나의 결말도 이와 다르지 않다. 나는 가족의 안전을 지키지 못한 아버지라는 자기평가에서 벗어나려 이성적인 판단 대신 "주먹"(510)과 "박달나무 육모방치"(510)를 찾는다. 이는 분노를 표출하여 수치심의 고통을 일시적으로 회피하려는 시도에 불과하다. 개인적 폭력으로는 도둑의 침입을 완벽하게 막아내지 못한다. 개인적 분노로는 가족의 안위를 지킬 수도 없다. 그들과 자신을 위협하는 감정 체제에 어떤 영향도 미치지 못하는 것이다. 그러므로 나는 영원히 도둑의 존재에 "불안하여 하는 꼴"(508)을 하며 "언제까지든 흥분"(510)할 수밖에 없다.

2) 수호자 가장(家長)과 명예의 회복

수치심은 타자와 관련한다는 점에서 사회적이고 자기의식을 수반하는 감정 동학이다. 수치심의 주체는 타자의 시선을 통해 자신을 변화시키고 나아가 세계를 바라보는 틀을 교체한다. 타자에게 나의 새로운 존재 방식을 구성하는 적극적 역할 부여하는 것이다. 그러므로 수치심의 주체는 타자의 이유도 내면의 반성을 허락하지 않는 명랑 체제의 오류를 깨닫게 되며, 자신의 삶을 좀 더 윤리적인 방향으로 전회하는 방법을 습득한다. 그러므로 가족이라는 타자를 인지한 가장은 수치심을 대면하여 이를 가장의 윤리적 책임 의식으로 전환하는 건실성을 보여준다. 공포와 수치심의 고착상태에서 벗어나 가족의 수호자가 되는 것이다.

「명랑한 전망」(1939)[22]은 건전 체제의 '명랑' 슬로건을 정면에 배치한

22) 박태원, 「명랑한 전망」, 『한국근대단편소설대계9』, 태학사, 1997, 201-235쪽 ; 구보학회, 「명랑한 전망 누락분」, 『박태원연구』, 깊은샘, 2013, 235-245쪽.

다. 박태원은 건전 체제가 본격적으로 확립되기 전부터 '명랑'이라는 단어를 소설 속에 차용해왔다. 「소설가 구보씨의 일일」에서 명랑은 근대적 생산 활동과 생활인의 표지이다. 모더니스트 구보는 자신의 피로와 우울을 가리는 가면으로 명랑을 활용한다. 그러나 전시 체제가 시작되고 생활의 문제를 삶 속에 받아들인 그는 「건전하고 명랑한 활동을」[23]이란 글을 쓴다. "건전하고 명랑한 것을 써 보려 합니다."라고 말하는 작가는 자신이 생각하는 명랑이 아닌 건전 체제가 부여하는 명랑에 충실한 글을 쓰겠다고 선언하는 듯 하다.

이 선언의 진위를 확인하기 위해서는 이 글보다 앞에 쓰인 「명랑한 전망」과 그 뒤에 쓰인 『여인성장』을 살펴봐야 할 것이다. 이 중에서도 「명랑한 전망」은 「건전하고 명랑한 활동을」에 앞서, 작가가 명랑이 무엇인지를 고민하여 문학적 형상화한 작품이기에 주목할 만하다. 이 소설은 인물들이 구사하는 수치심의 감정 동학을 바탕으로 명랑한 세계의 정의를 탐구한다. 수치심은 이원론적 체계의 평가 대상을 통해 자신의 취약성을 인지할 때 발생한다. 그러므로 작품 속 수치심은 명랑에 대응하는 주체의 배후 감정으로 작동하며 명랑의 얼굴을 양가적으로 사유할 수 있게 한다. "명랑의 개념을 따르는 척하면서도 정반대의 목적과 의미로 전유함으로써 근대의 자본주의와 일제의 감성화 전략에 대한 대항 이데올로기를 구축"[24]했다는 평이 유의미한 이유다.

그러므로 이 작품에서 명랑은 건전보다 수치심에 더 가까운 감정이다. 인물들은 수치심의 감정 동학에 따라 삶의 태도를 정립한다. 희재는 두

23) 박태원, 「건전하고 명랑한 활동을」, 『삼천리』, 1941.1, 247쪽.
24) 김미현(2013), 앞의 논문, 390쪽.

명의 여성을 통해 수치심을 발현하며 이를 바탕으로 행위의 선택과 수정을 반복한다. 감정 동학이 인간관계를 조율하고 나아가 주체의 윤리적 결단을 촉구하는 힘이 되는 것이다. 희재의 수치심만큼이나 혜경과 애자의 수치심도 중요한 요소이다. 두 여성 주체의 수치심 소유 여부에 따라 희재의 대응 양상이 달라지기 때문이다.

혜경은 건전 감정의 맹점이 무엇인지 보여준다. 그녀는 고등교육을 받은 신여성이자 "부호가의 영양"(207)으로 "젊고 어여쁘고 건강"(218)한 존재이다. 지적 능력과 건강한 신체는 혜경을 건전 체제에 부합하는 긍정적인 주체로 보이게 한다. 또한 그녀는 언제나 감정의 건전 상태를 유지한다. 솔직하고 쾌활하다는 묘사는 혜경의 내면과 외면이 동일하고 투명함을 증명한다. 그러나 내면이 없다는 것은 주체가 자기 자신을 돌아보지 못한다는 뜻이기도 하다. 주체를 타자화하지 못하기에 타자의 시선에도 무감하다. 세계 속에서 오직 자신만이 옳고 유일하다는 감각은 곧 건전 체제의 무한한 자기 확신과 연결된다. 자기반성이 부재한 명랑은 욕구나 오락과 결합하여 음란하고 경박한 건전으로 변화한다.[25] 혜경이 '딜레탕티즘(dilettantism)'에 몰두하여 "히스테릭한 우슴"(217)을 지으며 희재의 삶을 함부로 비난하는 이유가 여기 있다. 반성할 줄 아는 능력이 없는 주체는 편견과 왜곡으로 타자를 판단한다. 동시에 그 상대를 자신의 통제 아래 두어야만 한다는 자기애적 욕망을 발현한다. 이런 '자기애적 비일관성

25) 즐거움과 밝음을 장려하던 건전 체제는 전시 상황에 몰두하는 1930년대 후반부터 오락을 규제하기 시작한다. 모범 주체를 양성한다는 목적으로 카페나 당구장에 출입하여 도색유희를 즐기는 학생들을 단속하기 시작한 것이다. 총독부는 명랑한 기분을 지니게 하는 것은 중요하지만 명랑을 이유로 잘못된 오락과 유희를 즐기는 악폐를 근절하겠다고 공표하기까지 한다.
소래섭(2011), 앞의 책, 82-87쪽, 참조

(inconsistency of narcissism)’[26]은 수치심을 모르는 건전 체제의 진짜 얼굴을 가늠하게 한다.

희재는 수치심 없는 건전 주체를 포용할 수 없기에 떠나간다. 희재는 자신의 사유를 “고루하고 비열한 사상”(217)이라 속단하는 혜경의 시선에 수치심을 느낀다. 혜경의 경멸은 스스로가 이상적 자아에 도달했다고 느끼는 환상에 기반한다. 스스로가 완벽한 존재라고 생각하는 주체는 자만, 나르시시즘, 자긍심 등의 왜곡된 감정을 표출하며 타자를 압도한다. 그러므로 이런 수치심 없는 타자가 투여하는 감정은 받아들이는 주체의 자존감을 훼손하기에 부정적이다. 존 케크스(John Kekes)는 스스로를 비천하게 생각하게 되는 부정적 평가로 자아가 위축되는 경험을 명예-수치라고 말한다.[27] 이 수치심은 자존감과 연결되기에 도덕적으로 더 중대하고 주체가 느끼는 충격도 더 심각하다. 다만 이 경험을 통해 희재는 건전 체제의 진면목을 마주하고 자신을 변화할 기회를 얻는다. 혜경의 명랑함과 건강함이 실상 방종한 자기 맹신에 기인한다는 점을 깨닫는 것이다.

반면 애자는 혜경의 반대항에 놓이는 여성이다. 그녀는 “술이나 팔고 팁이나 받으면 그만이 아니냐는”(206) 카페 여급이지만 희재를 “진정으로 사랑”(206)한다. 애자는 희재의 자존감을 회복시켜 부정적 수치심에서 벗어나게 만든다. 무력감에 빠진 수치심을 “내게는 당연한 의무가 잇다”

---

26) 이 자기애적 비일관성(이기적인 비일관성)의 주체는 비판과 다른 사람의 공정한 요구를 회피하고 자신을 방어하기 위해 오만이나 자기애적 욕망과 쉽게 결탁한다. 타자를 거부하고 오직 자기 확신만으로 움직이기에 수치심이 부재한 주체이기도 하다. 김용환 외, 『혐오를 넘어 관용으로』, 서광사, 2019, 100쪽, 참조.

27) Kekes, J, *Shame and Moral Progress*, Midwest Studies in Philosophy, XIII, 1988, p.289 ; 허라금, 「수치의 윤리, 그 실천적 함의」, 『한국여성철학』26, 한국여성철학회, 2016.11, 214쪽에서 재인용.

(211)는 능동적 행위로 전환하는 중요한 역할을 한 것이다. 애자의 임신은 "한 사나이의 아내로 얼마나 믿음직한"(208) 가장의 소명을 부여하며 희재의 고통을 만회하는 계기가 된다. 애자가 임신을 고백하는 순간, 그들의 곁을 지나가는 소년은 휘파람 노래를 부른다. 노래는 "하나이 군함행진곡"이었다가 "아나타또요베바"로 바뀌어 흐른다. 군가가 유행가로 전환되는 모습은 곧 희재의 심정 전환을 은유한다. 그는 이제 건전 주체인 혜경의 그림자에서 벗어나 애자의 사랑에 안착한다. 수치심을 모르는 건전 체제는 오락과 전쟁에 몰두하지만, 수치심 주체들은 생명을 생산하고 사랑을 수호하는 것이다.

희재의 삶을 변화시키는 애자는 수치심의 소유자이다. 수치심은 타자의 시선에 드러나는 자신을 부끄러워하는 것에서 시작하며 타자와 관계 맺는 자신을 인식하는 것으로 확장한다.[28] 애자는 희재를 통해서 카페 여급이었던 자신의 삶을 반성한다. 희재는 이를 "집안사정으로 여급노릇좀 한게 웨 어때서"(214)라고 넘기지만 애자는 자신의 과거를 기꺼이 대면한다. 수치심을 동력으로 자신의 행위를 돌아보며 도덕적 발전을 이룬다는 점에서 애자는 혜경과 다르다. 부정적 상황 앞에서도 자기방어보다 타자의 사정을 이해하는 관용이 가능한 것도 이 때문이다. 타자와의 이타적인 관계를 바탕으로 하는 이 '비자기애적 일관성(non-narcissistic consistency)'는 어떤 상황에서도 모두에게 더 나은 삶이 무엇인지를 찾게 한다.

그러나 희재는 다시 한번 흔들린다. 그는 대량 실업 사태를 불러오는 전시 총동원 체제에 굴복하여 건전의 세계를 누리는 혜경에게 돌아간다. 취직의 "희망"(224)이 보이지 않는 "우울한 봄"(224)과 생활을 할 수 없다

28) 장 폴 사르트르(1982), 앞의 책, 385-387쪽, 참조.

는 내적 공포는, 타자를 배려하고 도덕적으로 사유할 수 없게 만들어 버린다. "자기 살림 살이가 대체 어터케 되어 가는것인지 갈피를 차릴수 업슬 때 세상 형편이야 어떠한 것이든 도무지 문제가 아니었다."(225) 실직한 가장이자 아내를 카페 여급으로 나갈 수도 없게 만든 남편이라는 사실 또한 그의 수치심을 자극한다. 희재에겐 "사랑스러운 내딸"(223)의 얼굴도 보이지 않게 된 것이다.

> '이제까지의 일은 모조리 그것들을 과거의 망각 속에다 장사지내 버리자....' 희재는 마음속에 굳세게 그렇게 한 번 외쳐보았다.
> '그리고 이제부터 새로운 생활을 위하여 모든 설계를 하여보자...' 희재는 그렇게 생각하고 자기 마음 속에 우울을 덜어버리려고 하였다.
> 그러나 그것은 쉬웁지 않았다.(236)

희재는 "일신의 행복"(239)을 얻으려 모녀를 떠나지만, 역설적으로 그때부터 정신적 고통은 더 깊어진다. 이 감정은 혜경이 제공하는 자본과 안정된 생활의 혜택을 받을수록 심화한다. 희재는 안락한 삶을 "굴욕"(243)으로 받아들이기 시작한다. 생활하지 못하는 자의 고통보다 가족을 지키지 못한 가장의 고통이 훨씬 크다는 것을 자각하기 시작한 것이다. 모녀의 존재는 내면화된 '자의식적 감정(self-conscious emotion)'으로 계속하여 돌아오고, 그가 새로운 생활에 몰두할 길은 멀어진다.

건전 주체가 되기 위해서는 애자와 딸을 타자의 자리에서 축출해야 할 것이다. 그러나 희재는 망각의 순간 진정으로 유의미한 타자가 누구인지 깨닫는다. 새로 획득한 행복은 처자의 불행을 담보로 얻은 부정적인 것임을 재확인하며 수치심을 느끼는 것이다. 수치심이 나와 내가 누구인지를 아는 이들 사이에서 발달하는 관계 감정임을 상기한다면 희재에게 진정한 '우리'가 누구인지는 쉽게 짐작할 수 있다. 그러므로 그는 자신의 선택을 돌아보며 고통받는다. 이렇듯이 자신의 결점을 인식하는 데서 나아가 그 결점을 깨닫고 놀라게 될 때, 수치심은 윤리적 감정으로 작동할 수 있게 된다. 수치심은 주체를 파괴하지만, 그 고통이 있어야만 타자를 통해 새로운 존재 방식을 구성할 수 있다. 수치심의 감정 동학은 나의 세계가 객체로의 타자를 향해 흡수되는 '내적인 출혈(hemorragie interne)'과 타자를 나의 세계 법칙으로 고정하는 응고 작용의 순환으로 비유된다.[29] 애자와 딸은 가장의 수치심을 추동하는 소중하고 위협적인 존재이다. 희재는 이들의 냉정한 시선에 공포를 느낄 수 있지만 이 공포를 유의미한 감각으로 받아들인다면 부정적 삶에서 벗어날 수 있다.

> 마침 지나는 자동차를 붙들어 타고 경성역으로 향하여 눈오는 거리를 달릴 때 희재의 가슴에는 형언하지 못할 감격이 가득하였다....'우리의 사랑만 굳을 때 우리의 앞길에 행복과 광명은 저절로 전개될 것이 아니겠소?'...내일 낮이면 만나볼 수 있는 그래운 아내와 귀여운 딸의 얼굴을 눈앞에 그려볼 때 희재의 양볼에는 눈물이 흘러내렸으나 마음에는 비길데 없이 큰 기쁨이 샘솟듯 솟아오르는 것이었다.(244-245)

결점을 본 타자가 의미 있는 존재라면 주체는 수치스럽더라도 그 타자의 시선을 받아들여 관계를 회복하려는 윤리를 수행한다. 희재는 수치심을 통해 자신이 무엇을 중요한 가치로 생각하는지, 왜 그 가치에 도달하지 못했는지를 자각한다. 이를 알 수 없는 자들은 어떤 의지도 세울 수

---

29) 임홍빈(2016), 앞의 책, 259쪽, 참조.

없고 윤리적 사유도 갖출 수 없다. 그러므로 수치심은 인간성의 상실을 고발하는 방식이자 인간성을 회복할 수 있게 하는 감정의 동학이다. 가난에 허덕이더라도 애자와 딸의 가장으로 살겠다고 결의한 희재가 "마음에 비길데 없이 큰 기쁨"을 느끼는 이유는 그가 수치심으로 윤리적 명예를 되찾았기 때문이다. 타자의 시선은 나의 존재뿐만 아니라 나의 세계도 변화시킨다. 감정이 자신의 위치를 개선하며 삶을 전환하는 모습을 보여준 것이다.

그러므로 이 작품은 희재가 가족을 형성하는 과정을 통해 무엇이 진정 명랑한 전망인지 정의한다. 희재가 방종한 신여성인 혜경과 결별하고 애자와 딸의 가장이 되는 결말은 도덕적이고 건전한 삶을 명랑이라 말하는 것처럼 보인다. 그러나 혜경은 향락적이기에 배제당하고 애자는 순응적이기에 포섭되는 것이 아니다. 소설 속 명랑은 수치심의 등치어이다. 혜경은 건전 주체이지만 명랑한 존재는 아니다. 그녀는 표백된 감정의 체현하기에 수치심 없는 자기 맹목에 빠져있다. 반면 애자는 내면을 소유하기에 반성할 줄 아는 수치심을 지녔다. 그러므로 이 작품에서 건전 체제는 사실 진정 명랑하지 못하다. 수치심이 없는 건전은 아무리 그 외면이 좋아보여도 결국 타락(딜레탕티즘)과 죽음(전쟁)의 결말을 맞이하리라는 비판이 담긴 것이다. 그리고 희재는 건전이 말하는 부정적 감정을 긍정적 감정으로 전환한다. 수치심의 감정 동학으로 건전 체제의 명령에서 벗어나 자기 삶의 방향을 설정하는 성공에 다다른다. 즉 명랑한 전망은 고정된 건전 체제를 벗어나 자신을 갱신해 나갈 때에만 발견할 수 있다. 수치심의 감정 동학을 바탕으로 타자의 요청을 받아들이며 삶을 수정해나갈 때 가능한 것이다.

고정된 삶을 더 나은 방향으로 변환시키는 힘이 수치심이라는 해석은 「음우(陰雨)」(1939)[30]에서도 드러난다. 소설은 부부라는 형식에 매인 채 사랑 없이 살아가는 자들의 삶을 묘사한다. 이들에게 결혼 관계는 더는 유의미한 도덕이 될 수 없다. 도덕은 단순히 객관적으로 구조화된 실재가 아니라 객체-주체 관계 간의 역동적 상호작용에 의해 발생하며, 이성적 판단의 기준을 제시하고, 감정에 의한 행위를 통해 실현된다.[31] 그러므로 감정은 이념적 표상인 도덕을 현실에 적용할 때 필요한 실천 개념이다.

부부에게는 수치심이 도덕의 감정 동학이다. 도덕과 연결된 수치심은 사회가 설정한 규범을 바탕으로, 자신의 상황과 현실의 차이를 가늠할 때 발생한다. 부부에게 수치심은 자신의 행동이 결혼이 요구하는 도덕적 기준에 미치지 못할 때 발생하는 양심의 가책이다. 그러나 애정이 없는 결혼은 부부에게 더는 유의미한 지표가 되지 못한다. 아내는 수치심 없이 다른 남자와 사랑에 빠지며 남편은 서적 탐독에만 몰두한다.

다만 남편의 경우, "애정없는 남녀의결합은 죄악"(323)임을 인지하며 비정상적인 결혼 생활에 수치심을 느낀다. 그는 아내를 사랑하겠다는 대책을 세워 현 상황을 유지하려 하지만 이는 남편의 일방적인 합리화일 뿐이다. 자신의 기획이 아내를 만족시키지 못하자 남편은 다시 수치심을 느낀다. 두 번째 수치심은 현 상황을 파괴하는 수치심으로 전환된다. 그는 부정적인 현실을 유지하게 시키는 결혼(도덕)에 회의감을 품는다. 결국 아내와의 관계를 포기하고 집을 뛰쳐나오는 그의 수치심은 사랑으로 가장된 결혼 생활을 변화시켜 새로운 삶을 모색할 힘이 된다.

---

30) 박태원, 「음우」, 『한국근대단편소설대계9』, 태학사, 1997, 320-332쪽.

31) 김왕배, 「도덕감정: 부채의식과 감사, 죄책감의 연대」, 『사회와이론』23, 한국이론사회학회, 2013, 140쪽.

2. 대립적 삶의 현시와 전유적 사유의 장소성

1) 상시적 공포감과 위선의 관성(慣性)화

수치심은 개인적, 사회적 도덕률에 어긋난다고 판단되는 행위를 보거나 직접 행할 때 발현하는 감정이다. 그러나 수치심이 수반하는 부끄러움이나 분노가 타자를 배려하는 행위 동력으로 전환되지 않는다면 감정은 무의미한 경쟁을 부추기는 기제가 될 뿐이다. 이때 수치심의 장소는 타자와의 소통을 불가하게 하며 공포와 공격성을 드러내는 공간으로 확장된다. 박태원 소설은 대립쌍의 장소를 형상화한다. 수치심이 타자의 존재를 염두에 둔 이원론적 긴장 관계에서 발현하듯, 장소의 대립은 수치심 주체의 불안을 강화하며 생활의 문제를 드러낸다. 시골-도시, 안채-바깥채의 대결 구도는 타자의 시선에 갇힌 주체의 무능한 생활력을 낱낱이 드러낸다. 이때 공간은 공포를 수치심으로 전환하는 감정 동학의 장소가 된다.

「윤초시의 상경」(1939)[32]은 제목에서 확인할 수 있듯이 '상경'을 가장 중요한 사건으로 다룬다. 실업자 남성과 카페 여급의 이야기는 박태원 소설 속에서 반복되는 보편적 소재이다. 다만 이 작품은 여기에 시골 노인이 개입한다는 특수 상황을 더하여 서사를 구축한다. 소설은 도입부와 결말에서 노인의 감정 상태를 부각한다. 또한 낯선 공간에서 타자와 마주하는 경험을 바탕으로 노인이 겪는 감정의 변화를 세세하게 묘사한다. 그러므로 이 소설은 윤초시가 시골-도시-시골로 이동하며 겪는 감정 동학을 다루고 있다고 볼 수 있다.

---

32) 박태원, 「윤초시의 상경」, 『한국근대단편소설대계9』, 태학사, 1997, 236-259쪽.

이 작품과 짝을 이루는 소설 「보고」(1936)에서 여급과 가정을 차린 남자를 가족에게 돌려보내는 임무를 수행하는 건 그의 가장 친구이다. 그러나 친구이기에 결국 남녀의 사정을 감정적으로 이해하게 된다는 결말에 이른다. 반면 「윤초시의 상경」에서 그 "소임"(240)을 맡은 자는 유교적 덕목으로 무장한 노인이기에 연인이 인정받는 길은 멀고 험난하다. 따라서 「보고」에서 서술자이자 보고자인 '나'가 자신의 임무를 포기해버리며 그에 대한 합리화의 논리를 비교적 손쉽게 만드는 것과 달리, 윤 초시와 같은 인물이 이들의 처지와 사랑을 동정하고 자신의 '임무'에 대해 회의하게 만들기 위해서는 훨씬 복잡하고 정교한 장치가 필요하다.[33] 그러므로 소설은 윤초시가 생애 처음 경성에 올라와 겪는 어려움을 자세하게 묘사한다. 그가 도시의 타자가 되어 처지가 불리해질수록, 도시 공간 안에서 자기 자신의 연약함과 쓸모없음을 깨달으며 감정적으로 동요할수록 연인에게 공감할 가능성이 커지는 것이다.

윤초시의 거주지인 시골은 그의 경험과 신념이 녹아 있는 장소이다. 목침에 누워 잠을 자고 「전등신화」를 읽고 장죽을 피우는 그의 여유로운 모습은 시골을 전통의 세계로 느끼게 한다. 이곳은 윤초시를 완전한 주체로 존재하게 한다. "견의불위무용야(見義不爲無勇也)"(240)로 대변되는 유교 질서가 지배하는 장소 속에서 그는 자신의 의를 불변의 진리처럼 생각한다. 자신의 평가와 타자의 평가가 완벽하게 일치하는 삶을 사는 것이다. 유교 덕목으로 무장한 "어르신"(237) 윤초시의 시골은 홍수와 숙자의 사정을 "그런 계집한테 반해라지고 어버이와 안해를 전연 잊고 집안을 돌보지 안

33) 김미지, 「박태원의 [만인의 행복] 과 식민지 말기의 '행복론'이 도달한 자리」, 『구보학보』14, 구보학회, 2016, 21쪽.

는다니, 고이한 일"(240)로 치부할 수 있는 장소이다. 그러므로 그는 능히 한 가족의 행복을 책임질 수 있다는 자신감을 지니고 경성으로 떠난다.

> 질겁을 하여 뒤로 물려서려니까 이번에는 그의 등뒤를 간신히 피하여 자전거가 지내며 손주벌 박게 안되는 애녀석이 사뭇 또 "빠가!" 한다...준절히 꾸지즈러 들려니까 저편에서 교통순사가 맹렬하게 손짓을 하며 "빠가!빠가!"하고 발까지 동동 구른다.(234-244)

> "그냥 아파-트라고만 하시면 어딘줄 압니까?" 그러고는 저갈대로를 가버리엇다.
> 어떤 학생은 "번지는 아시나요?"하고 그것만 안다면 자기가 나서서 차자줄 듯이 하엿으나...(248)

도시 공간은 그가 대리 가장의 임무를 수행할 수 없게 만든다. 경성은 공간을 효율적으로 운영하기 위해 구축된 근대적 질서 체계가 작동하는 곳이다. 이곳을 자유롭게 돌아다니기 위해서는 교통법규와 대중교통망, 번지와 주소를 알아야 한다. 주체가 도시를 장소로 누리려면 이 시스템을 반드시 숙지해야 한다. 그러나 윤초시에게 이곳은 가늠하기 힘든 낯선 공간이다. 그가 숭상하는 덕과 의는 아무런 도움이 되지 못한다. 그러므로 경성에서 그가 처음 느낀 감정은 "당황"(242)과 스펙터클의 공포이며, 그가 부여받은 명칭은 "빠가"이다. 시골 출신이지만 이미 도시를 장소로 감각하는 데 성공한 갑득에게 윤초시가 상징하는 전통 세계는 이제 무서운 곳이 아니다. 시골 장소 속에서 완전한 존재처럼 보였던 윤초시가 도시 공간 앞에서 무능한 시골 사람으로 전락하는 것이다.

경성은 전통 세계와는 너무도 다른 성격의 공간으로 주체의 불완전함을 드러내도록 한다. 도시는 윤초시를 소임의 수행은 물론 자기 자신조차 건사하지 못한 채 "눈꼽 낀 눈을 연방 꿈버거리며 또한번 중얼"(243)거리는 불안한 노인으로 만들어 버린다. 장소와 상황의 변화에 따라 타자의 시선과 주체의 상황도 변화하는 것이다. 도시는 수치심을 유발하는 공간으로, 전통 주체가 자신의 취약성을 대면하는 곳이다. 윤초시는 도시에서 처음으로 자신이 생각하는 나와 타자가 생각하는 나가 불일치하는 경험을 한다. 윤초시는 갑득이에게 책임을 전가함으로써 수치심을 방어하려 한다. 그러나 도시 안에 존재하는 한 수치심의 완전한 해소란 불가능하다.

이런 사정으로 짐작할 때, 그가 수치심으로 "죽을 고생"(252)을 하던 자신을 도와준 "갸륵한 색시"(249)에게 감정적 호감이 가는 것은 당연하다. 도시 질서를 내재하였으면서 다른 도시인들과 다르게 자신을 존중해주는 숙자의 친절은 기대의 불일치로 고통받는 윤초시를 구원한다. 그녀는 그를 흥수에게 인도하여 대리 가장의 역할도 수행할 수 있게 해준다. 그러므로 그 '은인'이 흥수를 빼앗아간 여자임을 알게 되자 "윤초시는 잠깐 어찌 대답할바를 모르는"(253) 경험을 한다. 흥수의 아파트는 "자기가 띠고 온 사명"(254)과 감정이 충돌하는 공간이다. 시골로 상징되는 신념과 도시에서 습득한 새로운 진실이 갈등을 만들어낸다. 문제는 사명을 완수해야 할 그가 감정적으로는 흥수와 숙자에게 끌린다는 점이다. 그러므로 그는 자신의 "난처"(254)함을 설명할 길이 없기에 침묵한다. 흥수와 숙자의 대화 사이에서 윤초시의 발화는 오직 말줄임표로 표현될 뿐이다.

난처함은 "자기의 행복을 위하여 남을 불행한 구뎅이에 떨어터리는 것은 결코 옳지 않"(258)으며 "행복은 행복이라도 의롭지 못한 행복"(258)이라는 숙자의 말로 더욱 격화된다. 시골 세계가 구성하는 가부장적 가족

이미지는 숙자의 행복을 불행으로 전환한다. '전통 질서와 의를 지키는 가족'이라는 특정 양식이 덕과 선으로 정의되며 개인적 감정 교류로 결합한 부부는 일탈로 치부된다. 집안과 규범을 수호하는 정상 가족 이데올로기가 행복의 지표가 되는 순간 숙자가 형성한 사랑은 진정한 행복을 방해하는 요소로 은폐될 위기에 놓인다. 숙자는 시골 장소가 희구하는 행복을 거부하는 '정서소외자(affect alien)'[34]이다. 행복을 불행으로 바꾸어 시골 세계의 안온함을 무너뜨리는 사람인 것이다. 숙자는 흥수 가족의 행복을 망치는 존재로 여겨지지만 사실 자신의 행복을 희생해야 하는 불행한 주체이다. 결국 "만인의 행복"[35]은 한 사람의 불행을 통해 공고해진다.

그러므로 윤초시는 숙자를 정동소외자로 만드는 원인이 바로 자신과 자신의 세계라는 사실에 수치를 느낀다. 그가 흥수와 귀향한다면 숙자는 불행해지고 자신 또한 행복할 수 없으리라고 예감하는 순간, 사명의 성공이 곧 양심의 실패임을 깨닫는다. 숙자의 진정성을 체감할수록 자신의 신념이 얼마나 취약하고 기형적인지를 알게 되는 것이다. 그러나 윤초시는 결국 수치심을 행위의 전환으로 연결하지 못한다. 수치심은 인간이 인간으로 존재하는 데 필요한 자연스러운 감정이다. 인간은 자신이 일으킨 실수와 잘못을 반복하지 않기 위해 자신을 반성하며 좋은 것을 행하기 위한 의지를 세울 때만 수치심의 도움을 받을 수 있다.[36] "자기가 서울에 나타

34) 사라 아메드는 사회적 규범이 어떻게 정서적인 것이 되며 행복이 사회적 불평등과 어떻게 연동되는지를 포착한다. 이방인 혹은 정서 소외자는 좋은 감정을 나쁜 감정으로 변환시키며 흥을 깨는 자이다. 이들은 이미 정해진 행복 규범의 유지를 위해 소외당한다. 이들은 사회적 규범이 부여하는 행복을 따를 것을 요구받으며, 행복의 대가로 무엇이 희생되는지는 외면하고 침묵하라고 강요받는다.
사라 아메드 외, 최성희 외 역, 『정동이론』, 갈무리, 2015, 66-76쪽, 참조.

35) 연재 당시 제목은 「만인의 행복」이었으나 『박태원 단편집』(학예사, 1939.)에 수록될 때는 「윤초시의 상경」으로 바뀌었다.

남으로 하여 영자에게 크나큰 불행을 준 것 같아서 견딜수"(259) 없이 괴롭고 죄스럽지만, 그는 결국 홍수와 시골로 돌아가는 기차에 오른다. 그가 숙자에게 남기는 것은 결국 행복의 대가로 희생되는 것에 침묵하고 사회적 규범에 따라 행복 하라는 덕담 아닌 덕담이다. "부끄러워하는 마음이 없는 것을 부끄러워한다면 치욕스러울 일이 없다."가 맹자가 생각하는 수치심의 미덕이라면, 윤초시는 부끄러워하는 마음을 부끄러워하지 않으려 하기에 치욕스럽게 수치심의 악덕에 빠진다.

"애달픔"(259)과 "울음섞인 목소리"(259)만으로는 생각과 행위를 전환할 수 없다. 시골-도시-시골로 돌아가는 귀향의 구조, "見義不爲無勇也"와 "德不孤必有隣"의 수미상관은 곧 윤초시가 수치심을 바탕으로 태도를 수정하지 못한 채 다시 본래의 상태로 돌아가는 것을 의미한다. 그의 공허한 덕담은 결국 시골로 대변되는 전통의 신념이 위선에 가까움을 보여준다. 윤초시는 수치심을 바탕으로 도시(근대적 통치 체제)와 시골(전통적 규범 체제)을 수정하며 새로운 삶의 태도를 발명할 수 있었다. 그러나 그는 수치심의 긍정성을 외면한 채 전통 세계가 규정한 행복 관념을 따르기로 한다.

「윤초시의 상경」이 장소 변화에 따라 순환하는 수치심의 감정 동학을 보여줬다면, 「재운」(1941)[37]은 안채와 행랑채라는 대립 장소 속에서 심화하는 수치심의 양상을 보여준다. 한 집 안에 위치하는 두 개의 공간은 곧 두 개의 가족과 두 개의 삶을 대변하기에 장소가 된다. 그리고 두 장소의 공존과 대립은 우리 가족과 행랑 가족의 삶이 상호 연관관계에 있으며, 그 본질이 다르면서 유사하면서도 하다는 것을 암시한다.

36) 신은화, 「수치심과 인간다움의 이해」, 『동서철학연구』88, 한국동서철학회, 2018, 325쪽.
37) 박태원, 「재운」, 『한국근대단편소설대계9』, 태학사, 1997, 636-667쪽.

전시 체제에 종속된 두 가족은 생활의 여유를 얻지 못한 채 불안과 가난에 시달린다. 이는 안채(일 못 하는 나와 미신에 집착하는 부인)-행랑채(일 안 하는 아범과 교활한 어멈)라는 구도로 구체화된다. 이 중 나와 행랑아범의 관계성은 여러 번 언급된다는 점에서 주목할 만하다. 두 사람은 가족의 생활을 책임져야 할 가장이지만 구차한 집의 풍경과 상태가 의미하듯 그 역할을 제대로 수행하지 못하고 있다. 돈을 벌어서 생활을 영위해야 한다는 점에서 정신적 노동을 하는 나나, 육체적 노동을 해야 하는 행랑아범이나 같다고 할 수 있다. 글쓰기가 작가의 문학 활동이 아닌 생활 활동이 되어버린 이 세계에서 정신/육체의 이분법은 힘을 잃는다. 그러므로 나와 아범은 한 지붕 아래에서 무능한 가장의 슬픔을 공유한다. 내가 행랑아범에게 호의를 보이고 동정하는 것은 그의 상황이 자신과 다르지 않다는 생각에 기반하는 것이다.

> 그처럼 중도에 조그만 곡절이 있기는 하였으나, 아범의 물뿌리 장사는, 그뒤에도 순조로웁게 되어 가는 모양으로...그러나 그러한 그와는 반대로, 나는 근래로 도무지 원고를 쓰지 못하여, 초조하고 우울한 중에 그날 그날을 보내지 않으면 안되었던 것이다.(662)

동시에 두 가장의 삶은 거울상처럼 대립한다. "나는 집속에 들어 앉았어야 돈을 벌 수 있는 몸이었지만, 아범은 밖에 나가야만 수가 나는 신세"(654)라는 언급은 이들이 서로 상이한 축에 서 있음을 은유한다. 안채와 행랑채는 '더블 모티브(Dopplgaenger motive)'[38]의 대립 구조를 형성하며

38) 프로이트는 '투사(projection)' 개념을 통해 이를 설명한다. 주체가 무의식에 품고 있는 충동은 억압을 통해 자아로부터 소외된다. 자신의 일부이지만 인정하기를 거부한 요소들은 추방되는 것처럼 보이지만 익숙하면서 낯선 타자를 통해 돌아온다. 행랑채는

서로의 타자로 기능하고 밀접한 관계를 맺는다. 내가 겨울 동안 원고를 써서 생활을 이어나가는 동안 행랑아범은 벌이를 나가지 못한다. 반대로 아범의 물부리 장사가 순조롭게 지속되는 동안에 나는 원고를 완성하지 못한다. 안채 가족의 생활이 안정을 찾으면 행랑 가족의 생활이 불안정해지고, 행랑 가족의 생활이 안정을 찾으면 안채 가족의 생활이 불행해진다는 장소 설정은 결국 이들이 불안을 주고받는 경쟁 관계임을 보여준다. 생활의 공포에서 자유로울 수 없는 두 장소는 상대에 반목하여 자신을 스스로 지키려 한다.

두 가족의 위치는 체제의 영향력에 따라 유동한다. 다른 사소설 계열 소설들이 그러하듯 건전 체제 아래서 작가는 자신의 문학세계를 유지할 동력을 잃는다. 체제를 받아들여 정치적 문학을 창작할 수도, 절필을 감행할 수도 없는 나에게 작품은 가족의 생활을 영위할 수단에 불과하다. "옳은 말인줄 알거던 당신두 부지런히 좀 원고를 써요"(652)라는 아내의 말은 체제의 명령을 전유한다. 유일한 경제적 수단이지만 원하는 바를 창작할 수 없는 글쓰기는 고통이기에 나의 펜은 생각만큼 움직이지 못한다. 반면 행랑아범의 물부리 장사는 만주에서 돌아온 아들의 제안으로 시작된다. 만주가 전쟁의 공간임을 생각할 때, 그의 돈벌이는 곧 전시 체제의 영향 아래에서만 가능하다는 것을 알 수 있다. 그러나 체제가 용인한 일이라면 체제는 이를 다시 불가하게 만들 수 있다. "경관의 따귀"(665)로 상징되는 제제가 내려온 순간 아범은 다시 생활 수단을 잃는 것이다.

경쟁 구도가 불러오는 공포는 아내를 "재수"(636)와 미신에 사로잡히게

'나'가 떨쳐버리고픈 '생활할 수 없을지 모른다는 공포'의 투사이며, 결국 공포는 어김없이 회귀한다는 걸 보여준다.

한다. 공포는 명확한 대상이 존재하기에 원인을 제거하면 사라지는 일시적 감정이다. 아내는 행랑채만 삭제하면 공포에서 벗어난다는 착각에 빠진다. 아내가 터주에 집착하는 이유는 이것이 장소 점유의 주도권을 의미하기 때문이다. 안채의 생활이 행랑채의 생활보다 우월해야 한다는 생각, 안채가 행랑채 때문에 피해를 보고 있다는 의식은 그녀가 행랑채를 공포의 대상이자 비교 대상으로 보고 있다는 증거이다. 행랑채는 안채의 생활을 평가하는 타자이다. 그러므로 행랑채가 안채를 어떻게 바라보고 있는지를 의식하는 아내와 그런 아내의 상태를 평가하는 아내의 내면이라는 이중 투사가 수치심을 촉발한다. 그러나 이는 수치심의 진정한 원인을 파악하지 못한 행동이기에 아내의 소망은 미신만큼이나 환상에 가깝다. 수치심의 이중성은 스스로의 약점이나 실수, 결함을 보이는 것이며, 동시에 자신의 감정을 통제할 수 없는 스스로를 드러내 보인다는 사실에서 확인된다.[39] 행랑채를 공포의 대상으로 착각하는 아내는 과잉된 수치심을 표출하는 고통에 시달린다.

반면 나는 얼마 동안은 행랑채 가족의 삶을 응원한다. 행랑아범의 안부를 물으며, 행랑채를 부정적 타자로 인지하는 아내를 "가엾이도 생각하였으나, 또 한편으로는 미웁게조차 느껴"(640)버리는 것이다. 이는 안채와 행랑채 모두 생활이 어려운 존재들의 집합이라는 동질감에 기인한다. 그러므로 나는 그저 생활을 위해서만이 아니라 "안해의 계몽을 위하여"(663) 글쓰기를 해야겠다고 다짐한다. 생활하는 가장이 된다면 수치심을 느끼는 아내도 평정을 찾고, 안채와 행랑채는 다시 공존할 수 있다고 생각하는

39) 유예원, 「김승옥 소설에 나타난 수치심에 관한 시론」, 『이화어문논집』45, 이화어문학회, 2018, 269쪽.

것이다.

그러나 원고를 쓸 수 없는 상황이 지속되자 행랑채의 행복은 생활을 책임지지 못하는 나의 수치심을 자극한다. 이때 수치심은 자기 반성적 감정이 아닌 불명예에 공포를 느끼는 감정에 가깝다.[40] 안채의 생활을 어느 정도 유지하고 있다는 여유는 더 나은 생활을 하는 듯 보이는 행랑채에 의해 무너진다. 아리스토파네스는 수치심을 자신이 전혀 전지전능하지 않고 [모든 것을] 통제할 수 없음을 인정하는 것에서 생기는 고통스러운 감정이라고 표현한다.[41] 이전에는 완전했지만, 지금은 그렇지 않다고 인지할 때 수치심이 발현되는 것이다. 안채의 행복을 행랑채에 빼앗겼다고 느끼는 순간, 안채에 남아 있던 여유마저 사라지고 수치심이 자리 잡는 것이다.

개방적 경험을 바탕으로 나름의 법칙을 쌓아가던 주체가 사실 평가절하당하고 있다는 것을 깨달을 때 수치심은 충격으로 실감된다.[42] 완전함을 기대하는 욕구에서 촉발한 수치심은 타자를 비하하려는 부정적 상황에 놓이기 쉽다. 동시에 수치심 주체는 자신의 부정적인 평가가 드러나지 않도록 분노를 직접적으로 표출하기보다 간접적인 방법으로 표현하는 '전위

40) 아리스토텔레스가 수치심을 부정적 감정으로 보는 이유이다. 수치심은 불명예를 두려워하는 감정이며 좋지 못한 행위의 결과 때문에 표출되는 감정이기에 덕으로 삼을 수 없다는 것이다.
아리스토텔레스(2011), 앞의 책, 1128b, 참조.

41) 마사 누스바움(2015), 앞의 책, 335쪽.

42) 짐멜은 수치심이 인격적 통합성(integrity)을 방해할 때 발생한다고 말한다. 그에 따르면 수치심의 생성은 세 가지 인지적 차원과 연결된다. 1. 수치심의 대상이 주체의 자기의식과 구조적 연관관계에 놓여 있음을 전제할 때. 2. 자기 지식이 평가절하당하고 있다는 데서 충격을 받을 때. 3. 자기 판단과 자기평가가 항상 타자에 의해 매개됨을 인식할 때이다
임홍빈(2016), 앞의 책, 248-250쪽, 참조.

공격성'[43])을 띠기도 한다. "선량한 것을 사랑"하기를 거부하고 "너무나 지나치게 어리석은 그 위인을 비웃으려만"(664)드는 행동은 수치심을 가리려는 방어기제이다.

이처럼 소설은 대립 장소의 유동적 위계성을 통해 수치심이 윤리적 태도를 재구하는 과정을 보여준다. 안채가 행랑채의 시선이 부여하는 수치심을 참지 못하고 타자의 고단함과 슬픔을 무감각하게 받아들일 때, 집은 구성원들이 느끼는 생존의 공포를 심화하는 장소가 된다. 내가 행랑아범에게 보였던 선의들도 결국 위선으로 격하되고 마는 것이다. 안채-행랑채의 대립 장소가 추동하는 수치심은 이웃을 환대하지 못하게 만드는 원인이다. 비교와 편견으로 기준을 설정하고 이에 미치지 못하여 형성되는 수치심은 개인의 삶과 공동체를 파괴하는 악순환을 낳는 것이다.[44]) 이들은 고통의 근본적 원인을 사유하지 못하는 자신을 수치스러워하는 대신, 타자보다 낫지 못한 자신의 상황을 수치스러워하기에 한계에 봉착한다. 집의 평화를 방해하는 것은 전시 체제이지만 공격적 수치심은 곁에 있는 타자들을 탓하도록 유도한다.

43) 수치심은 자기를 보호하기 위해 격노, 노출에 대한 두려움과 동반되는 근본적인 감각으로, 격노 감정과 함께 작용하면서 분노 감정과 상황을 회피하게 만든다(Kaufman, 1974). 그리고 공격성을 촉발하는 자극을 벗어나 회피하려는 경향은 두려움, 전위 공격성과 관련이 있다(Berkowitz, 1990; Denson et al.,2006).
황지연・연규진, 「내면화된 수치심과 전위 공격성의 관계」, 『한국심리학회지 건강』 23-1, 2018, 149쪽.

44) 마사 누스바움(2015), 앞의 책, 370-371쪽, 참조.

2) 시선의 승화와 생활의지의 지속

건전 체제가 요구하는 삶을 살지 않는 대신 생활의 공포라는 취약한 상황에 놓일 때 수치심의 감정은 발동한다. 그러나 수치심을 통해 나의 취약성을 반성하고 현 상태를 변화시키려 노력한다면 주체는 더 나아질 수 있으며, 감정 체제에 귀속되지 않는다는 자긍심도 지킬 수 있다. 박태원 소설 속 주체들은 수치심을 부여하는 타자가 자신과 밀접하면 밀접할수록 수치심을 긍정적으로 전환하려 노력한다. 그러므로 가족이 거주하는 장소인 집은 수치심을 승화하면서 건전 체제와 결을 달리하는 생활의 토대가 된다. 가장은 가족의 시선을 바탕으로 삶을 분열시키려는 고난을 전유하며 집을 지켜낸다. 나아가 체제의 법과 자본, 건전 동학이 침투한 '집'은 그럼에도 체제를 내파 하는 개별적 삶의 장소로 재정립된다.

식민지 말기 한국 사소설은 작가 자신을 텍스트 안에 등장시켜 3인칭 소설을 쓰지 못하는 고뇌의 상황을 그려낸다. 작가는 상징화 과정을 거쳐 '나'를 작가 자신이 아닌 새로운 주체 모형으로 만들어낸다. 이때 '집'이라는 공간 자체를 상징적 '나'이자 확장된 주체로 상정하여 자기의식과 상황을 더 깊이 응시하려 한다. 박태원은 사소설의 이런 기능을 옹호하며 사소설이 신변소설로 배척되는 상황을 비판한 적이 있다. 그는 사소설이 집을 통해 드러내는 감정 동학에 주목하며 "이른바 신변소설이라는 것은 그 세계야 좁은 것임은 틀림없으나, 그 대신 그곳에는 '깊이'라는 것이 있는 것 아닌가?"[45]라는 질문을 던지기도 했다.

---

45) 박태원, 류보선 편, 「표현·묘사·기교-창작여록」, 『구보가 아직 박태원일 때』, 깊은샘, 2005, 270쪽.

박태원에게 집은 가족과 생활의 상징이자 가장으로서의 자신을 확인하는 장소이다. 채만식이 집을 소설가 자신을 확인하는 장소로 상정하기에 건전 체제를 관조하는 멜랑콜리에 침잠하는 반면, 박태원은 집을 가족의 장소로 상정하기에 구성원의 시선을 의식하며 건전 체제에 대응하는 수치심을 표출하는 것이다. 「음우(淫雨)」(1941)[46]의 집 또한 나와 가족의 생활 장소로 그려진다. 집은 "용마루 전체가 어처구니없이도 그냥 좌우로 쓰러져"(186) 있는 허술한 모습으로 건전 체제 앞에 노출된다. 체제는 장마로 변하여 위협을 가하기에 집은 생활이 불가한 무력한 장소이다. 생활이 불가하다는 것은 곧 나의 글쓰기가 지속되지 못함을 의미한다. 그러나 내가 수치심을 느끼는 실질적 이유는 생활하지 못하는 피해가 나뿐만이 아니라 가족들에게도 돌아가는 데에 있다. 집은 곧 무력한 가장인 나의 위치를 확인하는 장소이기도 하다.

글을 쓰고 싶지만 쓸 수 없다는 것, 그 근본적인 원인이 당대 체제에 있다는 사실은 집에 들이치는 빗물로 은유 된다. 집의 침수는 서재에서 시작된다. 책장 둘을 붙여 만든 가림 벽으로 구획했던 서재의 벽에 누수가 일어나면서, "창작을 게을리 한 지도 어언간 일 년이 가까워"(190)지는 나는 더더욱 작품을 쓸 수 없게 되는 것이다. 건전 체제가 나의 유일한 생활 수단인 글쓰기를 방해하는 이유는 역설적이게도 글을 쓰게 하기 위해서다. 명랑의 가면을 쓴 채 내면을 탐구하려는 고집을 버리지 않는 한, 생활의 고통은 계속되리라 경고하는 것이다. 그러므로 체제는 집을 공격하여 건전을 내면화하는 글을 쓰라고 종용한다.

내가 심각한 이유는 다만 글쓰기 때문이 아니다. 나에겐 문예활동을 하

46) 박태원, 「음우(淫雨)」, 『이상의 비련』, 깊은샘, 1991, 186-208쪽.

지 못하는 것보다 가장으로서 가족의 생활을 책임지지 못한다는 게 더 중요한 사실이기 때문이다. 곰팡이가 슨 벽지, 비에 젖은 세간과 뛰어놀지 못하는 아이들은 단순히 재해를 입은 집 안 풍경이 아니다. 이는 평화를 빼앗긴 위태로운 가족의 모습이며 레비나스가 말하는 비참함으로 얼룩진 타자의 얼굴이다. 집의 형상은 나의 수치심을 자극하며 타자를 책임질 주체로 거듭날 것을 요구한다.

그러나 나는 아직 타자의 시선을 감당할 준비가 되어 있지 않다. 그러므로 집의 바깥에 있는 청부업자와 기와장이를 탓하지 못하고 집 안의 아이들에게 화를 돌려 면피하려 한다. "괘애니 집에서만 기승을 부리구…정작 남허구 따져야 할 경우엔 말 한마디 뭇허구…"(195) 라는 아내의 말에 반박하지 못하는 이유가 여기에 있다.

> 방들이 새어 제각기 저 있을 곳을 잃은 세간은, 제자리 아닌 곳에가 아무리 바로 놓이려도 바로 놓일수 없는 것이었다…나는 문득 저것들을 지금 당장에, 말끔 눈에 띄지 않을 곳으로 치워 버리라 소리치고 싶은 충동을 느꼈다. 그러면서도 나는 그것을 가까스로 억제하였다. 치워 버린대야 방마다 비가 새는 현상으로는, 이제 남은 곳이란 오직 광밖에는 없었고, 광이란 물론 그러한 것들을 수용할 곳이 아니었다.(199)

장마는 오직 나와 가족의 생활 장소인 집을 건전 공간으로 단일화하려 한다. 체제는 집 안의 사물을 "제자리가 아닌 곳에 진열"시키며 개별적 장소를 건전의 공간에 포섭하려 한다.[47] 그러므로 세간을 치워 버리고 싶

---

47) 바디우는 이를 하나로-셈하기(compte-pour-un)의 구조화와 재구조화 과정으로 명명한다. 구조화란 다수를 모순 없는 일관적인 것으로 파악하는 행위이다. 집 밖에 존재하는 건전 체제는 이를 수행한 상태이다. 그러나 이는 다수는 일자로 묶어둔 것일 뿐,

다는 나의 심정은 집을 다시 체제를 비껴가는 공백의 장소로 만들고 싶다는 욕망을 드러낸다. 이런 그의 소망을 돕는 것은 가족이다. 아내는 장마가 변화시킨 장소를 재변화 시켜 그가 다시 글을 쓸 수 있도록 독려한다. 가족은 새로운 서재 장소를 만들어내는 '사건(événement)'을 발생시켜 집이 건전의 그물망에서 누락되도록 유도한다. 이는 바로 나(나)의 회복을 바라는 타자(아내)의 소망이기도 하다. 바디우는 단독적이기에 결정 불가능성을 띠는 '사건'을 '있는 것'으로 인정받기 위해서는 존재를 결단하는 '개입(intervention)'이 필요하다고 말한다. 나는 타자의 소망을 알기에, 가족이 내어 준 서재 장소를 기꺼이 받아들인다. 책상 앞에 앉아 글쓰기에 착수(개입)하면서 가족의 기대(사건)를 의미 있는 것으로 만든다. "상황으로 하여금 자신의 공백을 고백하도록 강제하고, 비일관적인 존재 가운데, 중단된 셈 가운데, 어떤 실존의 비존재적 섬광을 솟아오르게 하는 것",[48] 즉 유의미한 타자를 받아들여 삶을 긍정적으로 변환해내는 것이다. 이는 체제를 전유하여 주체/타자의 이원론적 관계에서 윤리적인 결과를 도출해내는 수치심의 감정 동학이다.

책장 두 개를 붙여 방 한쪽에 만들었던 서재는 이제 마루 한가운데서 새롭게 탄생한다. 방과 마루의 경계를 벗어나 "어느 틈엔가, 본래, 그곳이 제자리인 듯싶게"(208) 자리 잡은 책상 위에 글쓰기에 필요한 도구들이 이

일자 그 자체는 아니다. 건전 체제가 압도적인 존재감을 드러내고 있더라도 여기에 통합되지 않는 집 장소, 즉 비일관적 다수(multiple inconsistant)는 그대로 존재한다. 셈은 항상 공백을 남겨두기에 불완전하다. 일자는 두 번째 셈, 재구조화를 요구한다. 구조화가 놓친 공백을 재포섭하여 상황의 일관성consistance을 다시 보장하려는 것이다. 바디우는 이 과정을 국가-개인의 권력 구조로 은유한다. 그러므로 장마는 건전 체제가 온전히 포섭하지 못한 수치심의 장소를 재구조화하려는 시도이다.
알랭 바디우, 이종영 역, 『조건들』, 새물결, 2006, 31-116쪽, 참조.

48) 알랭 바디우(2006), 위의 책, 204쪽.

전처럼 놓여 있는 모습은 서재가 건전에 포섭되었다가 다시 개별적 의미를 찾았음을 보여준다. 수치심에 시달리던 나는 타자의 시선을 받아들여 새로운 장소에서 감정의 변환을 이룩한다. "미소는 사라지고, 나는 근래에 없는 엄숙한 기분"(208)을 느끼는 나는 이미 무능한 가장이라는 수치심을 새로운 삶의 의지로 전환한 후이다.

새로운 서재는 나의 글쓰기에도 새로운 전환을 가져온다. "좋은 작품"(208)을 쓰겠다는 각오는 건전 체제에 부응하는 글쓰기도 이전의 문학 세계를 고수하는 것도 아닌 다른 곳을 향해 있다. 건강한 수치심은 균형을 잡아주고 인간의 한계를 알게 해주며 우리가 전능하지 않음을 알려준다.[49] 속악한 체제 아래 살아가지만 '그럼에도 불구하고' 생활만 가능한 글쓰기와 문학만 가능한 글쓰기의 이항 대립을 넘어서 둘 모두가 가능한 글쓰기를 이룩하겠다는 것, 그래야만 작가이면서 가장으로 수치스럽지 않게 존재할 수 있기 때문이다. 그러므로 집 장소의 변화 과정을 묘사한 이 소설은 그 자체로 변화의 결과이다. "한 작가가 진리를 굽히지 않기 위하야, 자기 자신의 그리 아름다웁지 않은 '발가숭이'를 그대로"[50] 내놓으면서 생활도 포기하지 않는 사소설이 여기 탄생한 것이다.

「채가」(1941)[51]는 박태원이 건전하고 명랑한 것을 쓰겠다고 선언하며 언급한 사소설 연작 중 하나이다. 그러나 집으로 상징되는 가족의 삶을 지키려 수치심을 품은 채 분주하게 움직이는 가장의 길이 과연 건전 체제로 통하는지는 좀 더 살펴봐야 할 것이다. "이 작품은 '와타나베 안 만나기'라고 할 수 있을 정도로, 일본인 채권자인 와타나베와의 만남을 회피하

49) 존 브래드쇼, 김홍찬 역, 『수치심의 치유』, 한국기독교상담연구원, 2002, 21쪽.
50) 박태원(2005), 앞의 책, 271쪽.
51) 박태원, 「채가」, 『한국근대단편소설대계9』, 태학사, 1997, 600-634쪽.

거나 연기하려는 '나'의 불안과 위기의식을 매우 치밀하게 그려낸 문제작"[52]이라는 평가를 받는다. 그러나 이 작품의 주목할 점은 와타나베와 만나겠다는 결단을 내리는 과정, 그리고 와타나베와의 만남 이후에 더 드러난다고 볼 수 있다.

나의 공포는 건전 체제의 위협 아래 가족의 행복을 지키지 못 할까 봐 염려하는 가장의 수치심에서 발현한다. 사건의 발단인 '집'을 마련한 이유도 여기에 기인한다. 설혹 물질적 고통에 시달리더라도 딸을 정신적 고통에 시달리게 할 수 없다는 아버지의 마음이 배후에 존재한다. 그러므로 "설혹, 그것이 부지럾는 노력으로 그치는 한이 있더라도, 우리는 우리들의 행복을 위하여, 끊임없는 분발이 있어야 마땅할 것이다."(616)라는 발언은 이 작품에서 가장 중요한 구절이다. 내가 수치심을 삶을 체념하는 부정적 감정으로 소비하지 않고 가족을 수호하는 태도로 전환한다는 결말을 암시하기 때문이다.

작품 속에는 창씨개명 문제가 여러 번 제시된다. 창씨개명은 내지와 조선의 일선통혼을 이루고 내선일체를 실현하여 전쟁에서 승리하려는 건전 체제 중요 기획이다. 이는 장마와 도둑으로 상징되던 체제의 압박이 일본인 채권자 와타나베로 구체화한 이유이기도 하다. 건전의 궁극적인 목적은 대동아 공영권을 창출하기 위한 주체와 공간을 만들어내는 데 있다. 그러므로 제국과 직접적으로 연관되는 형상들이 집 주변에 위치한다는 것은, 식민지의 일상이 전쟁과 더 밀접해졌음을 의미한다. 나와 가족의 생활을 위협하는 장애물이 전쟁 준비에 몰두하는 건전-전시 체제로 엄습하는 것이다.

52) 방민호(2007), 앞의 논문, 304쪽.

> 가진 구차스러운짓 다 해서 된 집이기는하여도, 그렇기 때문에 애착은 한층더 강하여, 이렇든 저렇든, 이것이 분명 내집은 내집이렸다하고, 곁방살이에, 늘, 자리가 군색하던 몸이, 갑자기 간살 넓은 이간짜리 안방 아랫목에도 누어 보았다가, 앞뒤가 툭 터진 사간대청 한복판에도 안자 보았다가, 그래도 내어다 보는 경치는 사랑이 제일이야, 하고 바깥채에도 나가 보았다가, 도무지 안절 부절을 못하고 나종에는, 그리 넓지도 않은 뜰안을 갈팡 질팡 하였던 것이나(614)

그러므로 집의 형상도 불안정하게 묘사된다. 빌려 살던 집과 달리 빌린 돈으로 지은 집은 쾌적하고 아름다운 구조와 경치를 자랑하지만, 나의 초조함은 집 장소를 "안절 부절", "갈팡 질팡"한 곳으로 만들어 버린다. "참다운 생활"(614)을 도모하는 장소가 언제든 불행의 장소로 전락할 수 있다는 공포가 작동하는 것이다. 빗물은 마르길 기다릴 수 있고 도둑은 다시 들어오지 못하도록 방비할 수 있지만, 가족의 사정과 상관없이 매월 같은 금액을 회수하는 건전 체제의 자본 시스템은 의지만으로는 막을 수 없다. 이는 집으로 대변되는 가족의 생활을 유지하는 것이 더욱 어려워졌음을 보여준다. 가족의 생활을 돌봐야 하는 가장의 책무도 더 막중해진다.

대여하던 집을 돌려주는 사정과 소유하던 집을 빼앗기는 문제는 여러모로 다른 감각을 불러일으킨다. 집을 짓느라 빌린 돈의 밀린 이자를 내지 않으면 집을 경매에 넘기겠다는 내용증명을 받아 본 나는 "우리집을 송두리째, 집어 생키려는 수작"에 "순간에, 전신을엄습하는 강렬한 오한"(608)을 느낀다. 집을 송두리째 빼앗긴다는 것은 생활을 전부 잃어버리는 비상사태나 마찬가지이기 때문이다. 여기에 가장의 잘못으로 위기에 처했다는 아내의 말이 덧붙여지며, 집은 심각한 수치심을 체감하는 장소가 된다. 수치심은 존재 자체에 의문을 던지기에 정체성의 핵심을 포함한다.[53] 타자에게 포착되는 주체가 자신이 원하는 모습이 아닐 때 자기보존의 침해를 동반하는 고통을 경험한다. "머리끝에서 발끝까지 관통하는 직접적인 전율(unfrisson immediate)"[54]으로 명명되는 이 감각은 인지와 판단에 선행하는 심각한 수치심이다. 그러므로 얼굴을 붉히며 소리를 지르다가 "나같은 주제에, 가진 돈도 없이, 그처럼 집을 지은 것이 아주, 크나큰 잘못"(612)이라 자조하며 감정의 극단을 오간다. 자신의 존재 자체에 타격을 입는 순간 수치심이 현실 순응으로 전락하는 감정 동학을 보여주는 것이다.

그러나 수치심은 "설혹 나는 처자를 위하여 비굴하여야 한다더라도 나의 처자는 나 까닭으로 하여 비굴하여서는 안된다"(627)는 가장의 책무를 떠올리게 하여 현실을 파악하게끔 만든다. 수치심이 누군가 자기를 존중하는 타자가 있을 때 일어나는 감정이듯, 나는 집이라는 유의미한 타자를 지니고 있기 때문이다. 그러므로 나는 "비상한 결심"(627)을 할 수 있는 것이다. 가족을 지킬 수 없는 가장은 자신의 취약함과 생활의 위태로운 상황을 대면하며 수치심을 감내할 준비를 마친다.

거리는 집과 대비되는 모습으로 수치심을 무시하도록 유혹하는 건전체제의 공간이다. 봄날 창경원을 찾는 명랑한 사람들의 풍경은 수치심을 버리고 체제가 규정하는 건전한 행복을 상상하도록 유도한다. "좀 더 행복에 대하여 생각하지 않으면 안될 것"(627)이나 "시끄러운 현실에서 떠나"(627)고 싶다는 감정을 부여하려는 것이다. 집이 가족의 시선을 바탕으

53) 죄의식이 '내가 한 일'에 느끼는 감정이라면 수치심은 '내가 어떠한 사람이냐'에 느끼는 감정이기에 극복하기 힘든 감정이기도 하다. 이는 수치심의 에너지가 수정 가능한 '행동'보다 충격입은 '자아'를 향하기 때문이다. 그러나 이 어려움을 극복하고 삶을 교정한다면 자신의 가치와 잠재능력을 확인하는 긍정적 결과를 가져온다.

54) 임홍빈(2016) 앞의 책, 258쪽.

로 하는 수치심의 장소라면 거리는 시선이 부재하기에 그저 밝고 아름다운 공간이 된다. 그러나 가장의 내면에서 타자의 장소로 작동하는 집은 잠을 이루지 못하는 아내와 유치원 시험을 보러 갔을 딸을 떠올리게 하여 그를 와타나베의 집으로 인도한다.

와타나베를 만난 후에도 집을 둘러싼 문제는 여전히 끝나지 않는다. 나는 집의 존폐를 "아직 보류하여 두기로"(632) 하자는 제안에 수동적으로 동의하는 것처럼 보인다. 그러나 아감벤은 이를 수동성이 단순히 외부의 식을 그대로 받아들이는 게 아니라 자신의 수동적 상태를 적극적으로 인식하는 것이라 말했다.[55] 영어의 재귀 용법 "나에게 무슨 일이 일어나도록 하는 것(I get myself done something)"으로 "나에게 무슨 일이 일어났다(something is done to me)"와는 매우 다른 태도라는 것이다.[56] 수동성 안에는 언제나 수동성과 능동성이 공존한다.[57] 이는 "'잘' 돌려 주지 못할뿐이지, 아주 '안' 돌려 주는 것은 아니오"(614)라는 태도와도 연결된다. 그러므로 집의 보류 상태가 일어나게 하는 것은, 돈을 갚지 못한 나의 수동성과 생활을 유지하려는 나의 능동성이 만들어낸 조화로운 대안이다.

또한 보류는 집을 생활의 실패 혹은 성공이라는 두 결론 사이에 유보하는 방법이기도 하다. 나는 채무 문제를 승/패의 대립 관계에서 협상의 공존 관계로 전환한다. 내가 결단을 내리는 순간 나는 이 게임에서 패배할 수밖에 없기에 결말을 미루어져야 한다. 채무를 갚지 못해(체제에 부응하지

55) 조르조 아감벤, 박진우 역, 『호모 사케르』, 새물결, 2008, 110-117쪽, 참조.

56) 이명호, 「아우슈비츠의 수치-프리모 레비의 증언집을 중심으로」, 『비평과 이론』 16-2, 한국비평이론학회, 2011, 172쪽, 참조.

57) 이는 수치심의 근원적 구도와도 유사하다. 수치심 주체는 자신의 내부에서 자신으로부터 벗어나려고 하는 능동적 과정이 일어나며, 자신의 친밀함에서 벗어나는 것에 실패해 수동성 안에 고착되는 과정이 동시에 일어나기 때문이다.

못하여) 느끼는 수치심은 채무를 이행하여(체제에 부응하여) 느끼는 수치심으로 변화한다. 그리고 "내가 성실하게 이자를 지불하는 동안은, 언제까지든 기일을 연기"(632)할 수 있는 집은 생활에 실패할 수도 하지 않을 수도 있는 잠재성의 장소로 재정립된다.

집은 언제든 수치심을 불러올 수 있는 문제의 장소이지만, 그 사이에 딸은 유치원에 들어가고 생활의지를 다지는 행위는 반복된다. 그러므로 집은 동시에 가장의 수치심이 파국적 상태에 직면하지 않도록 어느 정도 조정하는 장소로도 작동한다.[58] 집의 문제가 진행 중이듯 생활도 여전히 진행 중이다. 가족이 있는 한 수치심은 삶을 지속하는 동력이 된다.

3. 신념의 결락과 구성의 미학

1) 교환 가치적 사랑과 성찰의 부재

수치심이 주체의 오류를 은폐하는 쪽으로 흐를 때, 기존 감정 체제를 새롭게 사유하기는 어렵다. 박태원 장편소설에서 수치심은 사랑의 서사와 결합하여 건전과 길항하는 다양한 양상을 만들어내는 감정이다. 그러나 연인들은 타자의 요청을 받아들이지 못하는 자신에게 수치심을 느끼기보다 자신의 요구를 충족하지 못하는 타자에게 수치심을 느낀다. 사랑을 교환 대상으로 환원하는 존재들은 자신의 욕구에만 충실하다. 그러므로 이

58) 시드니 레빈은 이를 "수치 불안(shame anxiety)"이라 지칭한다. 적절한 정도의 수치심을 반복적으로 표출함으로써 강렬한 경험으로 생긴 수치심이 파국적인 상태로 빠지지 않게 방어하는 역할을 한다는 것이
Leon Wurmser, *The Mask of Shame*, Johns Hopkins Univ. Press, 1981, 50-52쪽, 참조.

들은 타자의 시선을 대면하여도 자신을 돌아보지 않는다. 성찰이 부재한 수치심은 삶을 수정하는 동학이 될 수 없다. 그러므로 사랑 주체는 타자와 공존하는 사랑을 완성하지 못하고 자아의 욕구에만 고착되고 만다. 사랑이 체제를 돌파하는 힘이 되지 못하고 건전의 욕망에 이바지하는 결말을 맞이하는 것이다.

성찰하지 못하는 수치심이 사랑과 관계하는 양상은 「점경」(1940)[59]에서 드러난다. 「점경」의 사랑의 맹세를 나누었던 은숙의 배반에 좌절한 영식이 경성을 떠나 시골로 도피한 이야기를 다룬다. 영식은 사랑의 파탄에 수치심을 느끼지만, 그 책임을 은숙에게 돌린다. 자신의 잘못은 돌아보지 않기에 수치심은 자기연민에 고착된 채 힘을 잃는다. 반성하지 않는 수치심 주체는 타자를 무의미한 대상으로 소비한다. 술집 작부로 변해버린 옛 동무 정숙의 사정 보다 자신의 슬픔이 더 중요한 것이다. 정숙의 삶에서 건전 체제의 가혹함을 읽어내지 못하는 영식은 그녀를 호기심의 대상으로 소비하기에 "비웃음"(473)을 돌려받을 뿐이다. 그러므로 "새로운 출발"(474)을 다짐하는 행위는 수치심으로 삶을 전환한 것이 아니라 거짓 희망과 위선에 가깝다. 그의 맹세는 자신의 내부로 향해 있을 뿐, 정작 그 약속을 들어야 할 타자(정숙)는 여기서 제외되어 있다.

『애경』(1940)[60]은 제목이 의미는 바 당대 체제를 살아가는 사람들이 구현하는 사랑의 풍경을 다룬다. 사랑은 타자의 이해와 반영으로 공고해지기보다 체제의 욕망과 자본에 휘둘린다. 그러므로 사랑은 고유가치가 아니라 하나의 교환가치에 불과하다.[61] 흥미로운 점은 그 사랑이 수치심이

59) 박태원(1997), 「점경」, 『한국근대단편소설대계9』, 태학사, 1997, 462-474쪽.
60) 박태원(1997), 앞의 책, 335-460쪽.
61) 류수연, 「전망의 부재와 구보의 소실」, 『구보학보』5, 구보학회, 2010, 107-115쪽, 참조.

없거나 수치심을 성찰하지 못하는 주체들을 통해 조망되고 있다는 사실이다. 이들은 행복해지려 사랑을 찾아다니지만 왜 자신이 사랑을 이루지 못하는지는 돌아보지 않는다. 수치심을 모르는 사랑의 동학은 시대의 속악성을 짚어내지만 이를 전환할 전망을 발견하지 못하기에 미완의 서사로 끝나고 만다.

초반에 벌어지는 권투선수와 여배우의 사랑 쟁탈전은 이 작품이 묘사하는 사랑의 성격을 잘 보여준다. 건전의 시선이 닿지 않는 "뒷골목"(335) 다방에서 수치심을 모르는 주체들이 행하는 사랑은 '일탈(Transgression)'[62]에 가깝다. 이들의 딜레탕티즘적 사랑은 건전 체제의 부정적 측면인 '퇴폐'와 '풍기 문란'에 연결된다. 인적이 드문 골목은 건전 체제의 뒷면을 상징하며, 다방 또한 이전의 기능을 잃은 상태이다. 다방은 "한때는 젊은 예술가의 무리들이 밤으로 낮으로 찾아"(335)왔던 문화의 아지트였지만, 이제는 온갖 군상들의 소란스러운 집합소다. 개인 각자의 사정으로 혼란스러운 다방 안에서 이루어지는 사랑이란 수치심도 순간의 부끄러움 정도로 넘길 수 있는 욕망일 뿐이다.

> 여자가 들어오는 것을 보자, 그의 입가에 뜻 모를 웃음이 잠깐 떠올랐다. 그것이, 마치,
> "네가 별수 있니? 들어 왔지!"
> 그러는듯싶어, 여자는 일종 모욕을 느꼈으나, 난로 앞에 자리를 잡고

---

62) 버먼트(L. R. Beaumont)에 따르면 일탈(Transgression)은 수치심을 불러올 어떤 일이 발생한 것인데, 어떤 일탈인가에 따라 수치심의 정도와 향방이 결정된다. 일탈이 주체의 기준을 충족하지 못하거나 자기 위상을 추락시키는 정도에 따라 수치심의 양상과 정도가 결정된다는 것이다.
김태훈(2010), 앞의 논문, 32쪽, 참조

앉았는 다른 객들이 유심히 자기를 우아래로 훑어 보고 있는 것을 깨닫자, 그는 역시 남자의 탁자 앞으로 가지 않을수 없었다.(339)

언성이 의외에도 높아, 그렇지 않아도 애초부터 흘낏 흘낏 이편을 바라보든 난로 앞의 패들이, 일제히 고개를 돌려 보는 것에 남자는 당황하여, 아무러한 그로서도 순간에 얼굴이 붉어지는 것을 어찌할 도리 없었으나, 그래도

"그럼 지금두?"

하고, 못믿어운 듯이 여자의 기색을 살펴 본다.(342-343)

태석과 숙자는 자신의 목적 달성에 실패했을 때 타인의 시선을 느낀다. 다방 안 사람들에게 시선은 단순히 호기심의 표현이지만 두 사람에게 시선은 상황을 자각하게 하는 지표이다. 숙자는 어쩔 수 없이 다방에 들어가야 하는 상황을 맞닥뜨리고 시선을 의식한다. 태석의 의도에 굴복할 수밖에 없는 처지가 자신의 약점을 드러낸다고 생각하기 때문이다. 태석의 경우 숙자를 유혹하는 데 실패한 자신을 의식할 때 시선에서 벗어날 수 없다. 그러나 실패의 자각은 자기방어나 자기반성으로 이어지지 않는다. 태석과 숙자는 주체의 취약성이 드러나는 상황에 당황하지만 금세 초연해진다. 타자에게 자신이 어떤 평가를 받는지, 그 평가가 자신에게 어떤 의미를 지니는지 인식할 필요가 없다. 따라서 그들은 행위를 중단할 필요도 느끼지 못한다.

사실 그들이 느끼는 감정은 수치심보다는 당혹감에 가깝다. 당혹감은 일시적이기에 중요한 개인적 가치와 긴밀하게 연결되지 않는다. 이는 자신을 스스로 평가하는 감정이 아니기에 청중이 없으면 생기지 않으며 이

도적으로 부과되는 경우도 거의 없다.[63] 당혹감은 수치심보다 '무수치성'[64]에 가까운 감정인 것이다. 그러므로 두 사람은 다방에서 상대의 가치를 저울질하는 욕구의 게임을 지속한다.

이것이 사랑이 아니라 욕구인 것은 그들이 서로에게 어떤 진실한 감정도 내보이지 않은 채, 자신이 관계의 주도권을 쥐려고 하기 때문이다. 그러므로 이들은 사랑하는 자의 얼굴이 아니라 "비웃음"(339), "모멸하는 코웃음"(343), "모멸하는 빛"(347)을 내 비추는 경쟁하는 자의 표정을 하고 있다. "여자를 농락하는 것이, 이를테면 자기의 직업"(345)이라고 생각하는 태석은 숙자가 자신의 의지를 무시한 채 자리를 떠나자 "농락"(345) 당했다고 생각하며 코웃음을 치지만 금방 잊는다. 숙자는 태석과의 사건을 준걸이라는 또 다른 연애 대상에게 드러내며 경쟁심을 부추긴다. 이들에겐 도덕보다 자신의 욕구가 중요하다. 이들에게 사랑은 감정의 교류가 아닌 성적 욕망의 유희를 부추기는 오락이다. 그러므로 상대는 그 자체로 의미 있는 존재가 아니라 오직 나를 위해 존재하는 대상이 되어버린다.

태석과 숙자의 사랑이 건전 체제의 퇴폐성에 동조한다면, 신호와 정숙 부부의 사랑은 건전 체제의 자본 논리에 따라 움직인다. 부부가 살아가는 식민지 경성은 건전 체제와 근대 자본주의가 톱니바퀴처럼 맞물려 돌아가는 곳이다. 이 체제에선 직접적 감정으로 촉발하는 조건 없는 사랑보다 지위와 자본을 교환하는 사랑이 더 건전한 미덕으로 여겨진다. 하물며 생

63) 반면 수치심은 깊게 자리 잡은 도덕적 문제와 관련되기에 타자가 직접 바라보지 않아도 이미 타자의 시선을 내재하여 자신을 평가하는 감정이다.
마사 누스바움(2015), 앞의 책, 374-377쪽, 참조.

64) 파울러(J. W. Fowler)의 수치심 분류 중 하나이다. 당연히 수치심을 느껴야 하는 상황에서도 어떠한 심리적 반응을 보이지 않는 것을 무수치심이라 정의한다.
김태훈(2010), 앞의 논문, 38쪽.

활이라는 현실과 부딪쳐야 하는 부부의 경우, 자본 유무는 결혼을 유지하는 중요한 "행복의 조건"(421)으로 다루어진다.

신호와 정숙의 결합은 파국으로 치달을 수밖에 없다. 정숙의 집안은 처음부터 "경제적으로 도저히 독립할 능력이 없는 일개의 소설가"(367)와 딸의 결혼을 반대했다. 이는 부부의 사랑이 건전 체제에 어울리지 않음을 의미한다. 그들의 생활에 틈입하여 존재감을 드러내는 당대 사회의 경향이 이를 뒷받침한다. 경제적 사정으로 곁방살이 이사를 해야 했던 신호는 문패도 내걸지 못한 채, 대문 앞에 새로운 주소를 적은 명함을 붙여놓는다. 주소가 변경되었지만 새 명함도 만들지 못하고 이전 명함에 새 주소를 덧붙여 놓은 것이다. 그리고 이 명함은 당국의 위생 정책을 공지하는 "추기청결방법시행제중 쪽지"(354)와 나란히 붙어 있다. 그들의 생활이 건전 체제의 영향에서 벗어날 수 없음을 암시하는 것이다. 체제를 욕망하지만, 규범에 부합하지 않는 사랑의 결말은 어두울 수밖에 없다.

정숙은 이를 더 구체적으로 체감한다. 그녀는 상품의 소유 여부에 따른 자본력 차이를 실감한다. 친구들은 유행인 "베루벳또 치마"를 입을 수 있지만 자신은 초라한 "하부다이 치마"를 입어야 한다는 사실은 이상과 현실의 괴리를 실체적으로 보여준다. 그러므로 "번지 밑에 호번이 그렇게 백호 이상이나 붙은 것이 누가 듣기에도 빈촌"(420)임을 느끼는 정숙에게 자본 없는 부부의 사랑은 불행한 일이 된다. 번지/호번의 구획은 도시를 효율적으로 관리하려는 건전 체제의 제도에 불과하다. 그러나 이 호번이 긴 집일수록 가난하다는 암묵적 규칙은 생활 속에 체제의 공간 구획과 경제 논리가 복합적으로 얽혀 기능함을 보여준다. 이렇게 체제와 자본은 가난을 가시적으로 드러내는 타자가 되어 정숙의 수치심을 자극하는 것이다.

낚싯대를 어깨에 메고, 어린것들의 손목을 이끌어 교외로 나간 남편은, 반드시 저녁 안에는 이 집으로 다시찾아 들 것이오, 젖먹이와 더부러 하루 종일 집을 지킨 안해는, 그들이 틀림 없이 돌아올 것을 믿고, 저녁 식탁을 이제 죽비할 것이 아니겠느냐? 물론, 그것은 이 집, 이 가정 하나에만 있는 '약속'이 아닐 것이다. 모든 가정이 모두가 이 '약속'을 가지고 있고, 이를테면 이 '약속'이 있기 때문에 비로소 그것은 한 개의 '가정'이라 불리워지는 것이 아니겠느냐?

그러나 자기들―, 내외의 생활에는 이 '약속'이 없었다. 이 '약속'을 지켜 보려는 노력도 없었다.…정숙은 저도 무르게, 끝끝내 한숨을 토하고야 말았다.(447-448)

그러므로 부부는 가난한 생활이라는 현실 앞에 수치심을 느끼며, 사랑은 무너져간다. 체제에 부응하지 못하여 발생하는 수치심은 부부의 약속을 "학생쩍 철없는 사상"(421)으로 만들고, 사랑과 공경심을 앗아간다. 특히 정숙은 체제의 시선에 따라 자신의 가난을 극대화하여 감각하기에 더욱 수치심을 느낀다. 그녀의 타자는 남편이 아니라 거주지의 위치와 구매할 수 있는 상품의 종류에 따라 행복을 부여하는 체제이다. 그러므로 자본이 있다면 사랑을 회복하고 수치심에서 벗어날 수 있다고 생각한다. 그녀는 동창의 안정된 생활을 보며 '약속'이 있어야 가정도 있다고 생각한다. 가족이 각자의 일에 열중하고 저녁에는 집으로 돌아와 함께 하루를 마감하는 약속은 마치 소박한 일상을 지칭하는 것처럼 보인다. 그러나 체제의 기준에 부합하는 '평범한 삶'은 자본이라는 기반이 있어야 누릴 수 있는 것이다. 결국 정숙이 부러워하는 것은 친구의 '스위트홈'[65]이 아니라

65) 근대 사회에서 스위트홈은 남편과 아내, 자식으로 이루어진 이상적 핵가족을 의미한다. 자본주의 가부장제를 공적 영역을 책임지는 남편과 사적이고 감정적인 노동을 책

그 기반이 되는 자본이다. 그러므로 자본이 없는 신호-정숙 부부는 약속도 약속을 지키려는 노력도 부재한 생활을 지속할 수밖에 없다.

결국 정숙의 수치심으로는 본래의 사랑을 재건할 수 없다. 수치심을 전환하려면 돈이 필요하고, 돈으로 수복한 사랑은 이미 처음의 감정과는 달라져 버린 후이다. 그녀는 잘못된 타자를 설정했기에 수치심을 느껴도 이를 반성하지 못한다. 그러므로 부부 관계가 지속되는 한은 사랑이 불가한 모순적인 상황에 놓인다. 정숙의 "수치심은 자신에게 부끄럽다고 생각되는 것을 방어하고자 그것을 숨기는 과정에서 생기는 이중인격적인 모습과 관련"[66]한다. 이런 수치심에 노출되는 대다수는 자기성찰의 능력을 상실한다.

이는 신호에게도 유사하게 반복된다. 가난한 소설가 신호는 자본을 축적할 능력도 생산할 능력도 없기에 자신의 무능함을 실감한다. 그러나 자신의 취약성을 깨닫게 한 아내는 더는 유의미한 타자가 아니다. 그는 정숙의 요구를 "아내의 악의"(365)로 치부하며 자신의 수치심을 은폐하려 한다. 수치심의 원인을 정숙의 변심으로 돌리며 상황을 타개할 아무런 노력도 하지 않는 것이다. "지극히 불행한 속에서 지극히 불화하게 지내간다드라도"(359) 그저 현 상태를 유지하면 그만이라는 생각은 반성 없는 수치

임지는 아내가 사랑으로 결합하여 자식을 양육하는 공간이다. 동시에 "도적 마즐 걱정도 업는 대신 생활을 위한 안타까운 한숨도 일체의 침침한 불유쾌한 그늘도 업는 명랑! 그리고 쾌활한 그들의 스윗,홈-"(장덕조, 「내 리상하는 쓰윗 홈」, 『만국부인』1, 1932.10, 44쪽.)이 의미하듯 구성원에게 명랑과 안락함을 제공하는 감정 장소이기도 하다. 그러나 스위트홈은 자본과 감정 노동의 교환 관계를 낭만적 사랑으로 포장한 개념이기도 하다. 자본이 존재해야 사랑을 교환하고 가정을 유지할 수 있다고 생각하는 정숙은 스위트홈의 본질을 꿰뚫어 본 것이다.

66) 이는 '악성 수치심(toxic shame)'으로 브래드쇼가 말하는 '위조된, 병적인 수치심' 개념에 가깝다.
김태훈(2010), 앞의 논문, 37쪽.

심의 결과이다.[67] 부부는 수치심을 느끼지만, 서로에게 원인을 돌리기에 바쁘기에 사랑은 회복 불가능하다. 그들의 사랑은 실존적 초월의 원천이었으나 경제적 불평등, 권력, 성정체성을 놓고 벌이는 각축장으로 변화한 것이다.[68]

사랑이 자본의 교환가치일 뿐이라는 사실만 확인한 신호는 사랑을 욕망의 교환물로 보는 태석-숙자의 길을 따라가는 "사상의 변천"(412)을 이룬다. 자신을 사랑하는 옥화와 만나면서 그 사랑을 "욕정"(457)과 교환하려 하는 것이다. 가정이 있는 자신이 다른 여자를 만난다는 것, 그런데도 그 욕망이 이루어지기를 바라는 마음을 스스로도 "비겁하고, 또 불결한 사상"(457)이라 생각하지만 포기할 수 없는 신호는 자조한다. 그는 도덕 규범의 시선을 통해 자신의 욕망이 비겁한 짓임을 알게 되지만, 그런 나를 보는 나는 욕망을 이루기를 바라기에 불일치 상태에 놓이며 자조의 웃음을 짓는다. 그리고 자조하는 나를 또다시 바라보는 중년 여인의 시선은 이 도덕 규범이다. 신호는 타자의 재투사에 잠시 수치심을 느끼는 것처럼

67) 정숙이 체제와 자본을 타자로 설정하여 옳지 않은 기준을 투사하기에 신호가 수치심의 전환을 거부하는 것으로 볼 수도 있겠지만, 이후 신호의 행동을 살펴본다면 이는 적확한 평가가 아님을 알 수 있다.

68) 에바 일루즈는 낭만적 사랑은 사회적, 경제적 이해관계에 대한 감상의 우위, 이익에 대한 이유 없음의 우위, 축적이 유발한 궁핍에 대한 풍요의 우의를 주장한다고 말한다. 사랑은 사심 없는 증여에 의해 지배되는 인간관계의 우위성을 공언하면서, 개인과 육체의 융합을 찬양할 뿐 아니라 대안적 사회질서의 가능성 또한 열어놓는다. 그러나 이런 사랑의 성격에도 불구하고 우리가 발 딛고 있는 세계의 체제 법칙(자본주의)이 강고하기에 사랑도 굴절된다. 낭만적 사랑의 감정 또한 교환의 논리를 따라가는 것이다. 사랑의 조건문들이 이를 대변한다. 취향과 대화가 통하는 사람을 이상형으로 꼽는 중간 계급 여성들의 마음속에 잠재한 것은 상대의 교육적, 문화적 자질을 평가하겠다는 의지이다. 중간 계급이나 그 이상의 남자와 연애하고 결혼하여 상향하기를 꿈꾸는 것이 바로 현대사회의 낭만적 사랑이라는 것이다.
에바 일루즈, 박형신·권오헌 역, 『낭만적 유토피아 소비하기』, 이학사, 2014, 참조.

보인다. 옥화의 집으로 향하던 발길을 잠시 정지하고 주변을 둘러보다가 재빨리 골목으로 접어드는 모습이 이를 증명한다.

그러나 이미 한 번의 수치심을 넘겨버렸던 그에게 두 번째 수치심은 더 쉽게 무시된다. 반성하지 못하는 수치심 주체는 결국 욕망에 고착되며, 속악한 세계의 사랑 법칙을 따르는 길을 선택한다. 퇴폐와 향락으로 지칭되는 건전 체제의 부정항을 쫓기 시작하는 것이다. 욕구는 대상에 고정되어 있을 뿐 아니라 가치에 대해 무관심하다.[69] 그러므로 신호는 옥화가 사랑을 내놓는다면 "전후 생각 없이 그손에 매어달린채, 어떠한 곳으로든 이끌리어 가기를 사양 안할"(460) 자신의 욕구를 쉽게 행복으로 정의한다. 자본이 자신에게 행복을 가져오리라 생각하는 정숙과 욕정이 자신의 행복을 담보해줄 것이라 상상하는 신호의 생각은 이렇게 겹쳐진다.

작품 속 연인들은 사랑을 욕망의 교환 수단으로 생각한다. 그리고 건전 체제와 자본 논리는 반성 없는 삶을 조장하며 주체에게 자신들의 명령을 주입하고 세계를 공고히 하려 한다. 주체들은 타자를 모르는 사랑을 하기에, 수치심을 느끼지 못하고 타락한 체제에 복속된다. 『애경』의 사랑은 이런 속악한 현실을 포착하지만, 긍정적 수치심이 부재한 현실 앞에 진정한 '애경(愛經)'을 찾지 못한다.

2) 자기객관성의 확보와 취약성의 인정

수치심의 자기 객관화가 타자와 자신의 취약성을 깨닫게 할 때, 사랑은 균질한 감정 가치로 채워진 건전 체제의 대안 사유로 떠오른다. 수치심의

69) 마사 누스바움, 조형준 역, 『감정의 격동1』, 새물결, 2016, 246쪽.

긍정적 발현은 건전의 허상을 드러낸다. 그리고 사랑의 감정은 오직 건전해야 하는 단일 감정이 아닌 다양한 감정의 총합으로 구성되는 것임을 보여준다. 타자를 있는 그대로 이해하는 사랑을 습득한 수치심 주체는 각자의 지닌 취약성을 인정하고 이를 다수적 가치로 승화한다.

『여인성장』(1941)[70]은 다양한 인물 관계가 구성하는 사랑을 감정 체제와 견주어 서술한다. 특히 이 작품은 소설가 김철수와 신여성 숙경의 애정 관계와 수치심의 감정 동학을 중요하게 다룬다. 이런 점은 「명랑한 전망」(1939)과 연결하여 생각해 볼 수 있다. 김철수의 소설 제목이기도 한 「명랑한 전망」 또한 소설가 남성과 신여성의 애정을 다루고 있지만, 이들의 사랑은 파국을 맞는다. 연인은 서로에게 윤리적 수치심을 발생시킬 만큼의 밀접한 관계를 맺지 못한다. 그러기에 사랑은 감정 교류가 아닌 감정 고립을 가져온다. 반면 『여인성장』 속 소설가-신여성의 수치심은 상대의 한계를 인정하는 감정 동학이다. 완전성의 허구에서 벗어난 사랑은 그 자체로 건전 체제의 총체성을 위협하는 힘이 된다.

경솔하고 소비적이며 어느 정도 속물적인 신여성과 감정 고갈에 빠진 소설가가 만들어내는 사랑이 바로 박태원이 발명한 감정 프로젝트이다. 이때 수치심은 불완전한 주체의 사랑을 결속하여 건전 체제를 대체하는 새로운 감정 공공성을 만들어낸다. 소설은 이를 부각하기 위해 명랑하고 건전한 감정을 주 서사의 후면에 배치한다. 물론 건전 전시 체제는 작품의 명확한 배경으로 자리 잡고 있다. "호도오렌메이", "센닌바리", "애국반상회", "구획정리" 등의 호명은 철수와 숙경의 삶이 체제와 동떨어질

---

70) 박태원, 『여인성장』, 『신문연재소설전집3』, 깊은샘, 2011, 359-397쪽. ; 박태원, 『여인성장』, 『북한문학전집4』, 서음미디어, 2009. 페이지 표기는 서음미디어 판을 따른다.

수 없다는 것을 보여준다. 그럼에도 소설은 체제를 묘사・설명할 뿐 거기에 중요한 의미를 부여하진 않는다.

"국책형으루 된 규수"(162) 소리를 들으며 전시 체제가 가장 원하는 여성상을 실현하는 명숙의 미미한 존재감 또한 이를 뒷받침한다. 작품에서 명숙은 챕터 「국책형」 정도에서만 등장할 뿐, 사랑의 중심 서사에서 제외되는 인물이다. 그녀는 국책형 규수라는 평가에 수치심이 아닌 당혹감을 느낀다.[71] 당혹감은 자신에게 결함이 있다는 인식을 수반하지 않는 감정이다. 타자의 시선에 감정을 드러내지만, 존재론적 타격을 입지 않는다는 점은 그녀가 자신의 평가에 만족하고 있음을 보여준다. 자기 확신에 찬 건전 주체인 명숙은 불완전한 자들이 형성하는 사랑 이야기에 적합한 인물이 아니다.

작품은 감정의 평정을 이룬 국책형 인물이 더 건전한 삶을 획득하고 체제에 복속하는 서사에는 관심이 없다. 그보다는 건전하지 않은 사람들이 지닌 감정의 유동성에 집중한다. 불완전한 자들이 수치심을 동력 삼아 체제와는 또 다른 명랑한 전망을 발명해내는, 감정의 위치 조정술을 탐구하는 것이다. 오락 문화에 익숙하며 감정에 솔직한 숙경은 건전한 국책 규수와 대비되는 여성이다. "지나사변도 제이주년을 마지하여 시국이 더욱 다단한 이때"(165) 체제는 "문화자수", "애국반장", "광목표 뽑기"를 명령하지만 숙경은 아랑곳하지 않고 자신만의 문화를 즐긴다. "미쓰코시", "코티", "본정그릴"이 대변하는 그녀의 세계는 소비가 최고의 덕목인 근

71) 사람들은 종종 공개적으로 칭찬을 받을 때 당혹감을 느낀다. 이때 당혹감은 그런 칭찬이 자신에게 마땅하지 않다는 인식을 표현하지 않는다. 단순히 다른 사람 앞에서 극찬을 받는데 불편함을 느끼고, 사회적으로 어색하고 [자신에게] 어울리지 않는다고 느끼는 것일 뿐이다.
마사 누스바움(2015), 앞의 책, 375쪽.

대 자본 논리와 밀접하게 연결되어 있다. 그녀의 쾌는 언제나 부정적 평가의 대상이다.[72] 시대적 분위기에 위축되지 않는 여성이 자본을 기반으로 삶을 누리는 모습은 어떤 체제에서든 문제가 되기 때문이다. 이는 숙경이 "유난스레"(151) 외면을 치장하고 오락을 즐길 줄은 알지만, 집안일은 하지 못하는 무능한 여성으로 격하되는 이유이기도 하다. 그러나 그녀는 미술회와 음악회같은 고급예술을 누릴 줄 아는 주체이며 김철수 소설의 열렬한 애독자이기도 하다.

숙경의 이런 면은 그녀가 「명랑한 전망」의 혜경과 유사하면서도 다른 길을 가게 되는 바탕이 된다. 독서하는 여성은 책이라는 자신만의 공간을 획득하여 내면을 형성하고 세계를 바라보는 시선을 획득한 자이다.[73] 물질적 유흥에만 몰두하던 혜경과 다른 점이 여기에 있다. 또한 그녀가 읽는 책이 '소설'에 치중되어 있다는 점도 주목할 만하다. 누스바움은 소설이 타인의 삶을 사는 것이 어떤 것인지 상상할 수 있는 능력을 부여하며, 독자에게 다양한 감정과 태도를 지니도록 유도한다고 말한다. 좋은 소설은 각각의 생각을 대비시켜 격렬한 감정을 초래하며 주체의 자기방어적 계략을 깨뜨리는 기제가 되는 것이다. 사람들의 다양한 입장을 경험하고 평가하며 형성되는 공감 능력은 결국 자신의 내면을 돌아보는 힘을 강화한다.[74] 그러므로 소설을 읽는 숙경은 자신의 내면을 느끼는 만큼 타자의

---

72) 밤낫미용원에나 드나들며 머리나유난스레 지지구 영화니 연극이니허구 구경이나단일줄 알구 저는 밥하나질줄 모르면서 헌다는소리는 조선호텔음식은 엇더쿠 반도호텔음식은 엇더쿠...(380)

73) 슈테판 볼만, 조이한 · 김정근 역, 『책 읽는 여자는 위험하다』, 웅진, 2006, 25쪽, 참조

74) 소설과 독자 사이의 차이를 분별하고 이해하는 행위는 공동-추론 개념을 형성하는데 큰 영향을 미친다. 지속적인 대화와 풍부한 맥락 검토는 자신과 세상에 대한 내러티브 속에서 가치를 발견하는 감정 경험을 불러온다.
마사 누스바움, 박용준 역, 『시적 정의』, 궁리, 2013, 11-40쪽, 참조

내면을 유추할 수 있는 주체이다. 자신과 타자의 상황을 객관적이고 종합적으로 인식할 수 있기에 수치심에 감응하고 이를 긍정적 행위로 전환할 능력을 지닌다.

> 숙경은 그렇게 속으로 제자신에게 설명하여 들려주었다...(중략)
> 그러나 어차피 이룰 수 없는 사랑이라면 오히려 하루라도 일찌거니 귀정이나버려야 할 것이다. 숙경이는 그렇게 생각하는 것으로 제자신을 위로하려 들었다. '나는 아무러치도 안타...그러나....'...내가 저를 미워서 그러는 것이 아니야!...숙경이는 몇 번인가 그렇게 저의 마음에 일깨어 주었다.(294-295)

그녀가 자신의 감정을 객관화하여 인식하는 장면은 소설에 여러 번 등장한다. 감정을 정리하여 자신을 평가하고 이해시키며 감정의 방향성을 조정하는 것이다. 스스로를 타자화하여 바라보는 작업은 타자와의 더 나은 미래를 도모하기 위해 꼭 필요하다. 숙경은 자신의 감정은 물론 나아가 타자의 감정까지 이해할 수 있게 된다. 자신의 호의를 거절하는 철수에게 순간 무안함을 느끼지만, 냉정하게 상황을 돌아볼 수 있기에 관계를 지속시킬 수 있다. 감정을 객관적으로 인식함으로써 철수의 상황을 이해하고 그의 행동 이면에 존재하는 윤리적 태도를 해석할 수 있게 된다. 그러므로 그녀는 거절당했다는 사실에 자존감을 잃지 않는다. 이는 곧 정숙이 철수와 더 나은 관계를 형성하여 자신을 보존하는 '변용(affections)'[75]

75) 자기보존은 매 순간 대상들로부터 우리에게 오는 변용들에 의해 결정된다. 변용(affections)은 직면한 타자가 주체와 결합하는지, 주체를 해체하는지에 따라 완전성으로 이행하는 운동과 연관된다. 그러므로 주체는 자기보존을 위해 끊임없이 사물들과 교류하려는 욕망을 소유한다.
질 들뢰즈, 박기순 역, 『스피노자의 철학』, 민음사, 1999, 36-40쪽, 참조.

양상을 보여준다. 숙경은 철수와의 감정 관계를 맺으며 상태의 변화를 꾀하는 것이다. 이 과정의 결과물로 발현한 호감은 사랑을 이루는 중요한 감정이 되어 그녀의 자기보존을 돕는다.

숙경은 자신과 타자의 감정을 고찰할 줄 알기에 자신의 잘못에 무감하지 못한다. 그녀는 자신의 행위가 어째서 폭력적인지를 인지한다. 자신의 내면을 돌아보기에 자신에게 윤리적 행동을 요구하는 타자의 시선도 인식할 수 있다. 그러므로 철수와 숙자의 시선이 그녀를 직시할 때 숙경은 수치심을 느낀다. 질투라는 부정적 감정에 함몰한 자신을 질타하는 타자를 통해 자신의 취약한 자아를 깨닫는 것이다. 그리고 숙경은 그 고통을 외면하거나 은폐하지 않는다. '숙경의 일기'는 그녀가 수치심을 바탕으로 자신을 돌아보고 타자와의 관계를 회복하려 했던 고투의 산물이다. 동시에 숙자를 향한 질투, 철수가 자신을 미워하게 될 것이라는 두려움, 자신의 잘못을 부끄러워하는 감정을 가감 없이 고백하는 내용은 철수를 향한 사랑을 보여주는 것이기도 하다.[76] 이는 수치심의 감정 동학이 사랑과 결합할 때 어떻게 주체를 개선해 나갈 수 있는지를 보여준다. 그녀는 일련의 감정 항해를 바탕으로 "자신의 감정만큼 타인의 감정도 동등하게 가치가 있다는 교훈"[77]에 다다른다.

숙경의 유의미한 타자인 철수 또한 일련의 감정 변용을 거쳐 그녀를 유

---

76) 정신분석의 과정은 사랑의 실천과 닮았다. 형식적으로 분석가에 대한 사랑을 전제하지 않고 환자가 분석가에게 자신의 속내를 털어놓기란 힘든 일이며, 실질적으로 환자는 자신의 이야기를 하면서 분석가를 사랑하게 된다.
맹정현, 『리비돌로지』, 문학과지성사, 2009, 137쪽, 참조.

77) 성숙한 인간이 된다는 것은 자신이 '도덕적으로' 불완전하다는 사실을 받아들이고, 다른 사람의 통찰력 있는 말을 귀담아들어서 귀중한 개인적 이상-도덕적 이상을 포함하는-을 향한 자신의 노력을 계속해서 개선해 나갈 수 있다는 점을 인정하는 것이다.
마사 누스바움(2015), 앞의 책, 393쪽.

의미한 타자로 받아들인다. 그에게 숙경은 그저 "아릿따운 처녀"(181)였다가 시간이 지날수록 "은근한 애정"(331)을 느끼는 "열정적인 처녀"(331)로 변모한다. 객관적 판단(미적)의 대상에서 주관적이고 내밀한 감응을 필요로 하는 존재가 되는 것이다. 그러나 숙자의 사건에서 보여준 그녀의 행동은 그로서는 이해 불가능한 것이었기에 "모멸"(331)의 대상으로 전락하고 만다. 이는 자신이 사랑하는 자가 도덕적으로 온전하기를 희구하는 마음에서 발현한다. 그러므로 철수는 "무지몽매한 사람"(330)이나 다를 바 없는 행동을 한 그녀의 나약함에 실망하고 부정적 감정에 빠진다.

"죽으려건 죽으라구-집이 아이가 전하는 김 군의 말을 들었을 때 나는 사실 말이지 지극히 감동을 하였소. 그만일루 목숨을 버리려건 버리는 게 좋다구, 그렇게 값없는 목숨이냐구, 지금이 어느 때냐구, 마디마디가 모두 옳을 뿐이 아니라 나는 그 속에 피가 뚝뚝 덥게 넘쳐흐르는 김군의 진정한 애정을 느꼈소. 내 자식을 그러철미나 진정으로 생각을 해 주나? 하고 생각을 하니까 나두 모르게 눈물이 핑 돕디다. 바른 대루 말이 그 애 숙경이를 생각허는 게 부모된 우리가 김군만 못하였소. 우리는 그저 무슨 수단을 써서든지 집으로 데려 내오려구만 했는데... 김군은 네가 그게 무슨 짓이냐? 그처럼 어리석은 여자더냐? 하고 준절히 꾸짖어 준 게 아니었소?"

"....."

"내 딸은 이번 일에 있어서 김군 한 사람에게만 오직 사람 대접을 받은 셈요. 그래 나는 편지를 하되 다른 말은 도무지 한마디 않고 네 오래비가 신계사로 가서 김군을 만나 보구 왔는데 김군이 너를 가지구 이러저러허게 말했다더라-그렇게만 써보냈지. 그랬드니 편지를 받자 곧 뛰어나오는군, 하하하....."(380-381)

그러나 그가 표출하는 "지극한 증오"(372)는 사랑의 상호작용 안에서 변화한다. 사랑은 연인들의 메시지를 코드화하는 미디어가 되며 그 안에서 모든 의미는 사랑의 미디어에 적합한 다른 의미로 변형된다.[78] 사랑의 문법 안에서 철수가 숙경에게 느끼는 증오는 "지극한 애정"(372)으로 전환되며, 누구도 용서할 수 없는 자가 더욱더 강력하게 사랑할 수 있다는 역설이 성립되는 것이다. 숙경 또한 철수의 분노 속에서 "사람 대접"(381)의 진의를 깨닫고 집으로 돌아온다. 결국 철수 또한 그녀를 통해 사랑의 의미를 깨닫는다. 사랑은 온전한 대상을 갈망하는 게 아니라 취약한 대상을 유의미하게 정립시키는 일이다. 그러므로 사랑은 자신과 타자의 벌거벗은 상태를 있는 그대로 드러내고 수치심을 느끼는 데서 시작해야 한다.[79] 불완전한 존재를 기꺼이 유의미한 타자로 정립하는 수치심은 함께 산출하고 책임지는 사랑의 세계를 형성한다. 이는 총체성과 완전함으로 표백된 건전 체제와는 결을 달리한다.

이 깨달음은 신념을 포기한 채 현실에 안주해야 했던 숙자의 수치심을 전환하는 데도 도움을 준다. 세상은 원치 않은 임신으로 결혼을 택할 수밖에 없었던 그녀의 현실을 "경박한 여자의 허영심이 좀더 호화로운생활을 약속하여 주는 최상호를 택하고야만 것"(19)이라고 평가하거나 불쌍한 처지라고 동정하는 이분법적 시선을 견지해왔다. 그녀의 삶 속에 사랑은 없다고 잘라 말하는 것이다. 철수는 이 때문에 고통받는 숙자에게 "힘써

78) 니클라스 루만, 정성훈 외 역, 『열정으로서의 사랑』, 새물결, 2009, 35-56쪽, 참조.
79) 수치심에서 나타나는 것은, 바로 자아가 자기 자신에게 못 박혀 있는 존재라는 사실이요, 자기 자신을 숨기기 위한 자기로부터의 도주의 철저한 불가능성이요, 자기 자신에게서 벗어날 수 없는 자아의 현전이다. 벌거벗음은, 그것이 우리 존재의 순전한 내비침, 우리 존재의 궁극적인 내밀함의 내비침이 될 때 부끄러움이 된다. 엠마누엘 레비나스(2012), 앞의 책, 53쪽.

최군에게 애정을 가지십쇼."(319)라고 말하며 사랑을 변용하라 권유한다. 사랑의 감정 동학은 그녀의 삶이 사랑 없는 껍데기에 불과하다고 믿는 저 시선들을 돌파하는 방법이다. 숙자가 자신의 불완전함을 인정하는 것처럼 상호의 불완전함을 인지한다면 사랑의 감정을 불러와 삶을 전환할 수 있는 것이다. 그러므로 그녀는 부정적 감정에 고착하는 대신 "저를 진정으로 사랑하여 주는"(382) 남편을 진짜 "사랑하려 결심"(382)하며 고정적 편견에 맞선다. 숙자의 "'언제나-동일하게-있는 것처럼'으로가 아니라 '사랑을-접하여-자라나고-있는'으로 투입"되는 "변형 과정에 있는 정체성"[80)]은 사랑을 현실 순응이 아니라 현실 전유의 방법론으로 재정의한다.

결국 사랑은 겉모습을 치장한다는 '성장(盛裝)'을 내면의 '성장(成長)'까지 포괄하는 의미로 확대한다. 연인들은 수치심의 감정 동학으로 사랑으로 형성한다. 건전 체제가 요구하는 사랑의 동학과는 다른 방향성을 지니는 이 사랑은 감정의 보완과 수정을 바탕으로 새로운 감정 담론의 가능성을 전망한다.

80) 니클라스 루만(2009), 앞의 책, 62쪽.

제5장

이태준: 건재한 문화자본주의와 상실감의 감정 동학

제 5 장

이태준: 건재한 문화자본주의와 상실감의 감정 동학

식민지 말기 이전, 이태준의 문학세계는 예술을 위한 예술의 창작, 단편소설의 완성 등 같은 문학적 미의식을 구축하는 데 몰두했다. 이는 작가를 순수문학의 기수, 감성의 스타일리스트로 인식하게 만드는 계기가 되었다. 「달밤」, 「까마귀」 등의 작품에서 드러나는 서정성은 문학적 미를 추구하고 획득하는 것이 문학세계를 구축하는 필수 요소였음을 추측하게 한다. 이는 이태준의 문학세계를 정의하는데 중요한 키워드가 되어왔다. 그런데 해방 이후 이태준은 이전과는 확실히 다른 길을 간다. 정치성과 이념을 드러내는 문학을 창작하고 평가하는 행보를 한 것이다. 그러므로 이태준 연구들은 미의식과 정치의식을 연결하여 이태준의 문학세계를 하나로 볼 수 있을 키워드를 찾는 데 주력해왔다.

이 극명한 차이를 통합적으로 바라볼 수 있게 해줄 실마리는 식민지 말기 이태준의 소설 세계에서 찾을 수 있다. 건전 체제의 전경화 이후, 이태준 소설은 이상적 스타일, 이상적 세계를 탐구하는 길로 나아간다. 전쟁의 수단으로 전락한 건전 체제의 시대가 감정을 표백하라 명령하는 상황은 현재를 부정적인 것으로 인지하게 한다. 만족할 수 없는 세계에 주체는 상실감을 느끼며 이를 대체할 새로운 가치를 찾아 나서게 되는 것이다.

그러므로 이태준의 소설은 상실감을 상고주의, 동양주의, 대안 공동체에 투여한다. 상상하며 잃어버린 것을 되찾고 새로운 세계를 구상하려는 욕망을 드러내는 것이다. 현실의 속악함을 인지하고 신념으로 삶을 새로운 세계를 소환하려는 것, 이것이 이태준의 문학세계를 하나로 이어줄 키워드가 될 수 있을 것이다. 그의 단편소설이 근대적 계몽 체제에 반발하는 정서적 장소를 찾는데 열중한 것, 그의 해방 후 소설이 새로운 정치 체제를 구상하려 했던 것의 이유를 식민지 말기 소설 속에 두드러지는 상실감을 통해 연결할 수 있다.

상실감은 양가적 구조를 형성하며 식민지 말기 이태준 소설의 감정 동학을 지배한다. 무비판적 사유로 유의미한 이상향을 설정하지 못하거나 이상과 현실의 괴리에 체념하여 과거로 퇴행하는 것이 상실감의 부정적 측면이다. 반면 현실을 비판하여 잃어버린 것의 가치를 재발명하고 나아가 이상향의 청사진을 그리는 행위는 상실감의 긍정적 측면이다. 5장은 이런 감정의 양면성을 바탕으로 이태준 소설의 인물, 장소, 체제를 살펴 상실감의 감정 동학을 분석한다.

1. 노스텔지어적 주체와 자생적 세계의 전경화

1) 고아 청년과 신념 획득의 허위성

이상적 가치를 잃어버릴 때 발현하는 상실감은 부정적 현실 인식을 바탕으로 한다. 그러나 이상을 상실하게 만든 체제의 부정성을 제대로 파악하지 못한다면 이를 보완하여 대체할 이상도 제대로 설정할 수 없다. 주체는 현실을 왜곡하여 사유하며 이상의 획득과 상실은 악순환이 될 뿐이다. 이태준 소설 속 주체들은 욕망을 충족할 수 없는 현실을 부정하며 새로운 가치를 획득하는데 몰두한다. 그러나 그들의 욕망은 그들이 비판하는 체제만큼 왜곡되어 있기에 이상 또한 왜곡되어 있다. 상실감에 시달리는 주체들은 오류의 반복을 무한한 가능성으로 오판하며 방황한다.

『사상의 월야』(1941)[1]는 자전적 소설이자 성장 소설이며, 1920년대를 소설의 배경으로 하고 있다는 점에서 주목받아 왔다.[2] 특히 작가의 투영체이자 소년인 송빈의 언술과 행위 양상, 작품의 개작 양상을 중심으로 그 긍/부정성을 분석하는 논의[3]들이 있었다. 논의들은 대부분 친일/반일

1) 『사상의 월야』는 『매일신보』에서 1941.3.4.~7.5. 동안 연재된 후 연재 중단되었다. 해방 후 단행본(을유문화사, 1946.11.)이 발간되었는데, 「현해탄」 파트가 수정되고 「동경의 달밤들」이 삭제되는 개작을 거쳤다. 이 논문에서는 연재본을 바탕으로 논의를 진행한다.
이태준, 『사상의 월야』, 『이태준전집3』, 소명출판, 2015.

2) 당시 가족 연대기 소설, 근대 초기를 배경으로 한 소설 등이 많이 쓰인 점도 영향을 미쳤을 것이다. 김남천의 『대하』, 한설야의 『탑』, 이기영의 『봄』, 김사량의 『낙조』 등이 이때 쓰였다.

3) 개작 부분을 떠나 작품 전반에 걸쳐 영향을 미치는 선각자 아버지가 송빈에게 어떤 존재로 다가서는지를 분석하려 한 논의는 그의 내면 의식을 규명하려 했다는 점에서 유의미하다.

의 기준에서 송빈의 행동을 평가하고 있다. 그러므로 원작과 개작의 차이, 즉 송빈의 일본 도달 여부에 초점을 맞춘다. 혹은 일본 도달한 후의 행위를 체제 순응/저항의 관점에서 분석 평가한다. 그러나 이 작품이 소년의 성장 모험소설에 바탕하고 있음을 떠올린다면 중요하게 살펴야 할 것은 주체 내면의 작동 과정일 것이다. 내면의 감정 동학을 들여다봐야 그의 발화와 행위 과정의 이유를 분석할 수 있으며 나아가 소년의 여정이 중지될 수밖에 없는 이유도 가늠할 수 있을 것이다.

송빈은 처음부터 부모를 상실한 주체로 그려진다. 상실감은 세계 상실의 공허한 상태에서 대상의 상실을 인정하고 새로운 대상을 찾아 나서며 충격에서 벗어난다. 프로이트는 현실을 고려하여 대상 상실을 극복하는 감정 행위를 '애도의 노동(Trauerarbeit)'이라 정의한다. 요컨대, 애도는 애정 어린 대상이 더는 존재하지 않음을 확인하고 그 우울한 상태를 극복하는 정상적 반응으로서, 헤겔식으로 말하자면 "개념적 지양"이 작동하는 상태이다.[4] 애도가 이상의 박탈과 획득의 과정으로 이루어져 있다는 점은 성장, 모험 서사의 구도와도 일맥상통하는 부분이다.[5] 무엇인가를 상실한

이상재, 「자전적 소설에서의 작가의식 형성 연구」, 『한국문예비평연구』54, 한국현대문예비평학회, 2017.

4) 최문규(2017), 앞의 책, 121쪽.

5) 이현우는 그레마스(Greimas)의 서술 프로그램을 가져와 모험 서사와 애도의 구조를 비교한다. 모험서사는 $F(S)=(S\cap O)\rightarrow(S\cup O)\rightarrow(S\cap O)$의 형식을 취한다. 이때 S는 주체 O는 대상이며, ∩이 주체와 대상이 결합하는 연접, ∪가 주체가 대상을 상실하는 이접이다. 이를 애도에 대입한다면, $Ft(S)=(S\cap O_1)\rightarrow(S\cup O_1)\rightarrow(S\cap O_2)$가 된다. t는 애도(Trauer)를 뜻하며 첫 번째 화살표가 상실, 두 번째 화살표가 전이를 나타낸다. 중요한 것은 $O_1 \neq O_2$어야 한다는 것과 $O_1>O_2$라는 것, 그럼에도 불구하고 O_1이 O_2로 대체되어야 한다는 점이다. (이현우, 『애도와 우울증』, 그린비, 2011, 28-31쪽, 참조.)
『사상의 월야』의 송빈 또한 기본적으로 위의 도식을 따른다. 그러나 이 작품이 일반적인 성장 모험 서사와 다른 지점은 대상관계가 $O_1<O_2$라는 점, 상실과 전이 과정이 반복되다 전이 없이 중단된다는 점이다. 이는 멜랑콜리($Fm=(S\cap O)\rightarrow(S\cup O)\rightarrow(S\leftrightarrow \$)$),

주체만이 이를 되찾으려 모험을 할 수 있고 그 결과 성장에 이를 수 있는 것이다. 이 작품에서 그 과정이 정말 주체의 내면을 성장시키는지는 뒤에서 더 설명하겠다.

송빈은 조선인이지만 "두만강 건너 아라사땅 해삼위"에서 태어났으며 어려서 부모를 잃은 고아이다. 이는 그가 이별과 죽음을 경험한 상실 주체임을 드러낸다. 그의 아버지는 관리였으나 개화사상에 눈을 뜬 후 고난의 길을 걷게 된다. 서울의 영향력에서 벗어난 서북간도로 이주하여 "조선 사람들을 모아 가지고 일본의 유신과 상응하는 이곳 유신을 일월 큰 뜻"(19)을 이루려 했지만, 용담에서 의병에게 붙잡혀 고초를 받은 끝에 해삼위에서 죽음을 맞이한 것이다. 그의 어머니는 양반임에도 음식 장사를 하여 자식을 가르치는 생활력 강한 여성이었지만 폐병으로 유명을 달리한다.

그러므로 송빈은 부모를 잃었으며, 그 상실을 대리 보충하는 것이 바로 그의 외할머니이다. 그는 할머니의 헌신으로 상실했던 부모의 사랑을 획득한다. 그러나 그녀는 부모의 기능을 대리할 뿐 실제가 되지는 못한다. 그러므로 남들은 모두 가지고 있는 것(부모)이며 자신에게도 있었으나 잃어버렸다는 상실감은 그에게 결핍을 채우고 싶다는 욕망을 심어준다. "무슨 팔이나 다리가 없는 병신이나 보듯이 불쌍하다고만 하는 소리"(52)는 그의 상실을 불완전함으로 평가하기에, 그는 완전한 존재가 되려는 강박을 지니게 된다. 아이들은 어린 시절 동성의 부모를 자신의 유일한 이상향으로 생각한다. 그러나 송빈처럼 부모의 실제와 기능이 분열된 상태면 상황이 달라진다. 그를 고아라고 규정하는 외부의 시선은 곧 송빈의 부모

$는 S=O인 대상화된 자아)와도 확연히 구분되는 지점이다. 즉, 송빈의 경우 대상 설정의 오류가 큰 영향을 미치고 있으며, 그 기저에는 완전히 대체되지 못한 부모가 있다.

를 향한 불완전한 평가를 담고 있다. 송빈은 그 불완전한 부모에서 벗어나기 위해 사회적 지위가 높은 사람들이 진짜 자기 부모라는 상상을 하게 된다.[6] 부모와의 관계 형성 과정에서 겪는 상실감이 나아가 세계와 가치관을 정립하는 데도 영향을 미치는 것이다.

그는 자신을 상실감의 주체로 규정하는 세계에 의문을 제기하기보다 세계를 통해 상실을 보충할 방법을 찾으려 한다. 이는 인정 투쟁으로 이어진다. 자신의 결핍된 부분을 내면이 아닌 외부에서 찾으려 하기에 소년은 새로운 곳, 더 나은 곳에 다다를 때마다 자신을 충족시킬 대상을 찾아 헤맨다.[7] 그러나 이상이 자신의 신념이 아닌 욕망으로 결정될 때 대상은 언제나 교체되어 버릴 수 있다. 이는 가출-방랑-진학-유학으로 이어지는 끊임없는 여정의 원인이며, 작품의 성장 서사 구축에도 매우 중요한 요소로 작동한다.

외할머니는 고아 송빈의 유년 시절에 큰 영향을 미치는 사람이다. 아버지의 삶을 아는 사람이며 어머니에게 생활력을 물려준 사람이기에, 두 빈

6) 지그문트 프로이트, 김정일 역, 『성욕에 관한 세 편의 에세이』, 열린책들, 1996, 59-60쪽, 참조.
이와 관련하여 린 헌트는 가족 로망스를 정치적 경험을 구조화시키기 위한 일종의 전-정치적 범주로 정의하며 프랑스 혁명기의 정치 지형도를 분석한다. 가족 로망스가 특히 소년들이 사회질서 속에서 자신에게 주어지는 어떤 위치에 환상을 품는 방식임에 주목한 것이다. 그러므로 정치적 무의식과 연결되는 가족 로망스는 부정적 현실에 느끼는 상실감을 가부장적 권위에서 벗어나 새로운 체제를 상상하는 동력으로 전환시킨다.
린 헌트, 조한욱 역, 『프랑스 혁명의 가족 로망스』, 새물결, 1999, 참조.

7) 프로이트는 상실감(슬픔)은 잃은 대상이 명확하기에 그 자리에 다른 것이 대신 들어설 수 있다고 말한다. 슬픔은 보통 사랑하는 사람의 상실, 혹은 사랑하는 사람의 자리에 대신 들어선 어떤 추상적인 것, 즉 조국, 자유, 어떤 이상 등의 상실에 대한 반응이다. 슬픔의 경우에는 사랑하는 대상이 더 이상 존재하지 않는다는 사실을 인정하고, 대상에 부과되었던 리비도를 철회시켜야 한다는 현실 요구를 수용함으로써 상실의 충격에서 벗어난다.
지그문트 프로이트(1997), 앞의 책, 248쪽.

자리 모두를 채워주는 첫 대상이다. 그러므로 송빈은 그녀의 이상을 자신의 이상으로 받아들인다. 할머니는 아버지의 복숭아 연적을 건네주며 그에게 입신양명을 당부한다. 본래 복숭아 연적은 아버지의 두 가지 정체성 -관리이자 개화사상가-을 모두 함의하고 있는 유품이지만, 할머니 손에 전유되면서 관리의 의미만 남아 있게 된다. 그러나 소년에겐 할머니의 이상이 무엇보다 중요하기에 장관이 되겠다는 목표를 세운다.

관리가 되겠다는 꿈은 송빈을 배기미의 서당에서 용담 봉명학교로 인도한다. 그는 오문천 선생을 만나 존경심을 지니게 되면서 다시 행위의 전환을 이룬다. 할머니에게 받았던 소망보다 오문천의 의지가 더 대단한 것이라 생각했기 때문이다. 외할머니가 물려주지 못한 아버지의 정체성, 바로 사상가의 형상을 선생을 통해 욕망하는 것이다. 그를 통해 입신양명의 꿈이 당장의 삶에만 만족하는 작은 꿈임을 깨달으며, "신학문 신사상 신생활의 모든 기술을 수입"(69)하겠다는 마음가짐을 지닌다. 오선생이 가르쳐 준 한시는 복숭아 연적의 자리를 대체한다. 목표를 이루는 데 필요한 강한 의지를 표현한 이 시[8]의 "男兒立志出鄕關"로 입신양명을 교체하는 것이다. 송빈은 원산에서 사환으로 일하는 고난 속에서도 사상가가 되기 위해 경성으로 떠난다. 그리고 시를 암송하며 외할머니를 애도한다.

이상의 범주를 확장하려는 송빈의 여정은 계속된다. 새로 만나는 사람

8) 소설은 이 시를 이등박문의 시라고 설명한다. 그러나 연구 논의들은 두세 자가 다른 몇 개의 이본이 있는 이 한시의 작자로 北宋의 蘇軾, 일본의 막부시대 말기의 승려 月性(1817~568), 막말-명치 초기의 村松文三(1828~1884)를 거론한다.(김홍식(2011), 위의 논문, 215쪽 참조.) 반면 이 시를 안중근의 시로 보는 연구도 있다.(권은, 「식민지 교양소설과 이태준의 공간지향: 이태준의 『사상의 월야』를 중심으로」, 『상허학보』44, 상허학회, 2015.) 위 논의들은 왜 이 한시의 작자를 이등박문으로 설정했느냐를 두고 작품에 정치적인 해석을 덧붙인다. 그러나 이 논문에서는 한시의 작자보다 한시 자체가 송빈에게 어떤 의미가 되는지에 더 중점을 두기로 한다.

들은 모두 그의 상실감을 채우기 위한 대상으로 정립된다. 그는 현재의 자신보다 나은 대상을 찾느라 분주하다. 청년회관의 야학교에 입학하여 토론회에 참가하고 대학에 가서 정치를 배우고 싶다는 의지를 드러내며, 경성 학생들을 부러워하다가 휘문고보에 들어가 공부하게 되면서부터는 동경 유학생들을 동경한다. "무한한 가능성"(203)을 긍정하는 이런 태도는 그가 한계를 긋지 않고 더 나은 세계를 추구하며 변화해가는 모습이라 읽을 수 있다. 그러나 그의 행위 바탕에는 현재를 진단하는 시각은 존재하지 않는다. 상실감이 현재의 부정성을 파악하는 명료한 사유와 결합하지 않는다면 이상적 세계를 획득하는 일은 불가능하다. 송빈에게는 이 의식이 부재하다. 그는 오로지 자신을 유의미한 존재로 만들어 줄 대단한 사상에 매달린다. 즉 새로운 사상이 현실을 개선할 방책이라 받아들인 것이 아니라, 그것을 가지면 자신의 세계가 좋아 보일 것 같아 선택한 것이다.

그가 "사람의 힘"(203)을 남성, 사내와 청년 같은 자신과 친연성이 있는 대상에게서만 찾고 있다는 점도 이를 증명한다. 그러므로 그가 사학재단을 악용하는 교주와 교사들에게 반발하다 퇴학당하는 것 또한 다르게 읽을 수 있다. 송빈의 행위는 공익적이고 도덕적인 행위이나, 그가 그것을 정말 옳은 일이라 생각하여 행한 것인지는 알 수 없다. 그가 동경 유학생을 동경하는 이유는 그들이 "세상에 어려운 일, 청년들만 할 수 있는 일"(205)을 한다고 생각하기 때문이다. 그렇다면 기존 권력에 반발하는 행위는 바로 이들과 같은 청년이 해야 할 일이다. 동경 유학생을 이상적 모델로 생각하고 있는 송빈은 그들처럼 되고 싶기에 그들의 행위를 모방한다. 이 청년은 그러므로 퇴학당한 뒤 자신이 그토록 바라던 동경 유학생의 자격을 내면화할 수 있게 된다. 그리고 진짜 동경 유학생이 되기 위해 일본으로 떠난다.

상실감의 주체가 보여주는 이런 대상 집착은 사유의 폭을 좁게 만든다. 주체가 바라보는 이상적 세계는 갈수록 확장되지만 내면은 축소되는 것이다. 자신을 채워 줄 거라 믿었던 대상이 기대만큼 움직이지 않을 때 이런 경향은 더욱 명확하게 드러난다. 그가 동정 감정을 바라보는 태도 또한 이를 뒷받침한다. 동정이 지닌 윤리성을 알아본 송빈은 이를 이상화하여 자신을 윤리적인 주체로 구성하려 하지만, 타인에게 긍정적 평가를 얻지 못하자 바로 "동정이란 이처럼 무가치"(205)하다고 왜곡한다. 동정 감정이 윤리적 가치를 잃은 것이 아니라 송빈에게 동정이 무가치한 위선이 되어버린 것이다.

> 물론 선택은 필요한 것이다. 난 장은주를 선택한 일이 잇는가? 업다! 그것부터 틀렸다! 선택 안하고 무얼로 최상의 것이라 미덧는가? 그것부터 비과학적이 아니엿는가? 또 선택이란 표준이 잇어야 할 것이다. 표준이란 빼언한 것이다. 첫째 건강할 것, 미가 잇되 건강미라야 할 것, 둘재 교양정도가 가터야 할 것, 셋재 나이는 여자는 남자보다 사오세 떠러저야 할 것...그럼 은주는 첫재인 건강과 건강미가 있는가? 소위 선병질미라고 할까. 현대적인 건강미는 아니다. 교양정도가 나와 가튼가? 현재도 나보다 유치한데다 나는 작고 공부하고 그는 고만두고 장래는 너머나 층하가 질 것이다. 끄트로 나이는? 나이도 이삼세 더 아래래야 장래엔 알마즐 것이다. 그럼 한가지도 적당치 안흔 은주가 안인가?(256–257)

이는 대리 고향으로 여겼던 은주에게 거부당한 후 더욱 심화한다. 은주와의 관계 형성은 소설 서사의 많은 부분을 차지하고 있는 만큼, 송빈에게 중요한 일이다. 그러므로 거부당한 후 송빈은 격렬하게 그녀를 비난하기 시작한다. 그는 자신의 결핍감을 채워주지도 존재를 인정해주지도 않은 그녀를 '비과학'적이고 비표준적이며 '건강'하지 않다고 규정한다.[9] 자신에게 포섭되지 않는 대상을 부정성과 비가시의 영역으로 밀어버리는 태도는 곧 그가 평가 기준으로 삼는 건전의 성격과 일맥상통한다. 이때 과학은 자신의 실패를 은폐하고 자신을 완전하게 만들어 줄 새로운 대상이 된다. 송빈은 과학에 몰두하여 조선과 은주에게서 보충할 수 없었던 이상을 찾아내려 한다. 청년의 무한한 가능성과 "현대인의 안신입명할 길은 오직 과학의 길"(258)을 믿으며 동경으로 떠나는 것이다. 그러나 그가 과학에서 어떤 비전을 찾으려 하기보다 "문학이고 사상이고 먼저 과학이란 말이 붙은 것이라야만 읽는"(258) 맹목적인 경향을 보여준다는 점에서 과학 또한 영구한 가치대상이 될 수 없음을 짐작하게 한다.

상실감의 관점에서 보았을 때, 송빈은 완벽하게 이상을 교체할 줄 아는 인물이라 할 수 있다. 그는 모험의 여정을 따르며 유의미한 대상들을 손쉽게 애도한다. 그는 매번 새로운 가치에 자신의 지향성을 투사한다. 과거의 이상향에 주었던 리비도를 철회한 후, 새로운 이상에 자신의 리비도를 향하게 하는 것이다. 그러나 여기에는 매번 현재의 이상을 왜곡하여 버리

9) 흥미로운 점은 1920년대에 있는 송빈이 은주를 열등한 존재로 규정하려 "과학", "건강" 같은 건전 체제의 핵심어를 들고 온다는 것이다. 이는 작가의 상황을 결부하여 작품의 외적인 측면을 평가할 때 살펴봐야 할 증거일 것이다. 더 좋고 더 근대적인 것을 맹목적으로 추구하는 주인공이 이상 중 하나로 설정하는 것이 건전 담론이라는 점은 의미심장하다. 유일한 이상이 아니라 주체를 채우는 수단 중 하나라는 점, 일본에 도달한 후 버림받는 이념이라는 점 등은 이중적으로 읽힌다. 송빈은 식민지의 체제인 건전에 환호하지만 금방 애도해버리고 일본으로, 서구로, 이상적 대상을 교체한다. 송빈에게는 건전을 비판할 사유가 없지만, 그의 의도와 다르게 건전 담론의 허위성을 드러내 버리는 것이다.

는 사유가 깔려있다. 송빈은 대상을 폭력적으로 진단한 후, 상실감을 느끼며 새로운 가치를 찾는다. 이상을 자의대로 체화한 후 새로운 대타자를 향해 에너지를 쏟아붓는다. 상실감을 기형적으로 극복하는 패턴을 답습하는 것이다.

상실감을 채워줄 대상을 따라 일본까지 온 송빈은 이제 그 시선을 미국으로 향한다. 모조 근대(일본)에 상실감을 느끼는 그가 진짜 근대(미국)를 가능성의 동력으로 삼으려 하는 것이다. 동경에서 만난 미국인 베닝호프는 그의 상실감을 충족시킬만한 새로운 존재이다. 그 또한 송빈의 능력을 인정하며 호의적인 태도를 취한다. 베닝호프는 송빈에게 평등의 가치를 설명하며 그가 자신과 동등한 존재임을 알려준다. 그러나 식민지인이 서구인과 동등한 취급을 받을 수 있는 경우란, 오직 그들의 기준에 부합했을 때뿐이다. 여기서 주체와 대상 사이의 균열이 다시 발생한다.

서구 제국인 베닝호프가 보여주는 이중적 태도는 식민지인 송빈이 지닌 욕망을 허락하지 않는다. 그는 조선인들을 꽁초와 가래침을 뱉어대고 삐라를 뿌리는 더럽고 불순한 존재로 인식한다. 그리고 이런 생각을 같은 조선인인 송빈 앞에서 가감 없이 드러낸다. 청년 송빈에게 미국은 긍정적인 대상이지만 그들에게 송빈은 그렇지 않을 수 있다는 사실이 드러나는 순간이다. 미국-조선의 위치성이 그러하듯, 베닝호프와 송빈 또한 위계적 관계로 엮여있다. 그는 언제든지 송빈이 원하는 것을 주지 않고 원치 않은 것을 줄 수 있으며, 설령 비난을 받는다고 해도 아무런 타격을 입지 않는다. 그러므로 베닝호프는 식민지인을 바라보는 이중적 시선을 바탕으로 송빈에게 미국에 가서 체육을 배우고 돌아오라고 권유한다. 정치와 과학을 공부하고 싶어 하는 그에게 체육을 추천하는 행위는 서구 제국이 동양 식민지를 바라보는 시선과 연결된다. 정신/육체, 제국/식민지, 서양/동양의 이분법에 따라 조선인 송빈이 미국에서 배울 수 있는 분야는 육체를 움직이는 체육에 한정되는 것이다.

결국 송빈이 대상에게 원하는 것과 받을 수 있는 것은 다르기에 그의 여정은 중단될 수밖에 없다. 그 대상은 송빈이 폭력적으로 전유할 수 없는 우월한 존재이기에 비난을 쏟아낼 수도 없다. 작품은 "이리하여 송빈은 다시 압길이 막연하나 이날 저녁으로 스코트홀을 나오고 말앗다."라는 구절로 끝이 난다. 베닝호프와 결별하면서 그의 상실감 채우기 여정도 그 길이 막히는 것이다.

「사냥」(1942)[10]에도 현재를 제대로 진단하지 못하기에 이상적 대상을 설정하지 못하며 방황하는 존재가 등장한다. 한과 친구들은 그들은 현재에서 "행복하기가 쉽지 못하다는"(214) 주체들이다. 학창시절 지녔던 "의분"(214)이 현실에 순응하는 영리함으로 변질한 현실에 상실감을 느끼는 것이다. 그들은 변해버린 자신들과 이들을 변하게 만든 체제 모두를 용납하지 못한다. 그러나 현재를 청산하고 다시 과거로 돌아가는 것은 불가능하기에 "통쾌한 야성적인 정열"(213)과 "야성에의 향수"(213)에 탐닉하여 사냥에 몰두하며 상실감을 은폐하려 한다. 이들에게 이상은 퇴색되지 않은 과거이기에 현재에 추구하기 불가능한 신념이다. 대신 과거를 향한 상실감을 원시적 자연을 만끽하는 사냥을 통해 대체하려 한다. 이는 과거도 자연도 왜곡하여 조망하는 행위에 불과하다.

그리고 한은 자신과 대비되는 곤색 조끼 입은 남자를 만난다. 한이 현실을 잘 감각하기에 이상을 설정하지 못한다면, 곤색 조끼는 현실을 조망

10) 이태준, 「사냥」, 『이태준전집2』, 소명출판, 2015.

하지 못하는 상태에 빠져 잘못된 이상을 설정하길 반복한다. 그는 자신의 가치를 제대로 인정해주지 않는 현실에 상실감을 느낀다. 지금의 세계는 극복해야 할 속악한 세계이며, 자신을 인정해 줄 더 나은 세계로 나가겠다는 꿈을 꾸는 것이다. 자신이 무한한 가능성을 지닌 존재라는 오만한 믿음은 그에게 더 큰 이상을 꿈꾸게 한다. 그러나 그에겐 자신을 돌아볼 능력이 부재하기에 상실감은 생산적인 감정 동학으로 작동하지 못한다. 그의 적극성은 치기 어린 행동으로 귀결될 수밖에 없다. 도주를 택한 곤색 조끼의 결말은 밝아 보이지 않는다. "단돈 삼십 원으로도 달아날 수 있는 그 양복조끼에게는 세상이 얼마나 넓으랴!"(225)는 한의 반어적인 한탄은 현실을 조망하지 못하는 상실감 주체의 어리석음을 겨냥하고 있다.

2) 무용(無用)한 예술가와 사건의 전환

상실감은 현 세계를 부정적으로 보는 의식이 전제되기에 현실 비판이라는 긍정적 효과를 창출하기도 한다. 이태준 소설 속 주체들은 건전 체제가 삶과 감정을 잠식하여 개인이 지닌 이상과 가치를 무의미하게 만들어 버리는 광경을 목격한다. 예술을 행하지 못하는 예술가는 생활할수록 꿈을 하나씩 잃어가는 상황에 상실감을 느끼며 무엇인가 잘못되고 있음을 깨닫는다. 예술가는 건전 세계의 슬로건을 따르는 자신의 행위가 바로 상실감의 원인임을 깨닫고 더 나은 선택을 할 수 있게 된다. 충격적인 현실 앞에 순간적으로 엄습하는 상실감은 주체의 현재를 전환하는 감정 동학이 된다.

"명랑하라, 건실하라."의 슬로건을 내건 건전 체제는 주체의 삶에 틈입하여 개인의 소망과 의지를 하나하나 앗아간다. 세계는 원하는 삶과 살아야 하는 생활이 파워 게임을 벌이는 각축장이 되는데, 개인의 의지만으로는 체제의 기조를 막기에 역부족이다. 기울어진 운동장에서 주체는 이상을 상실하는 고통을 느끼며 자기-직면을 경험한다. 「토끼 이야기」(1941)[11]는 소설가 현의 고뇌와 상실감 기록지이다. 이 작품은 사소설 계열의 소설로 이태준 자신의 경험과 소설적 허구를 섞어 체제를 조망하는 사상성을 드러냈다는 평가를 받는다.[12]

작품 속 현은 예술과 생활 사이에서 이상적 문학세계를 찾으려는 주체이다. 그가 창작하고 싶은 작품은 문학의 진수를 담은 단편소설이지만, 생활을 지속하기 위해 장편소설을 써야 하는 상황에 놓여 있기 때문이다. 즉, 자신의 문학적 이상을 이룰 수 없는 현실 때문에 상실감을 느끼는 주체인 것이다. 현이 작가의 투영체임을 고려한다면 우리는 이태준의 작품관을 전유하여 현의 사상을 엿볼 수 있다. 이태준은 단편소설과 장편소설의 의미를 분리하여 생각한다. 그는 "작가들의 예술을 보려면 단편에서 찾아보아야 한다"[13]고 주장하며, 소설이 순수한 문학으로 기능하려면 연재 조건에 구애받지 않아야 한다고 말한다. 그러므로 신문연재소설은 "쓰

11) 이태준, 「토끼 이야기」, 『이태준전집2』, 소명출판, 2015.

12) 방민호는 이태준의 문학세계를 분석하며, 자아와 개성을 중시하는 정신이 일구어낸 심경 소설과 계몽적 이상주의를 추구하는 문사적 글쓰기가 창조해 낸 장편소설을 구분한다. 그리고 이 둘의 성공적 합종이 사소설에서 드러난다고 말한다. 자신의 사상성을 부각시키는 인물을 등장시켜 심경 소설 비판을 넘어서면서, 장편소설의 계몽주의와는 다르게 자신의 문사적 책임 의식을 감당하려 했다는 것이다. 그러므로 이태준의 사소설은 자기의 이야기를 쓰되 소설적으로 구조화하여 사상성을 강조하는, 진실과 허구의 경계를 넘나드는 기법을 구사하며 현실을 드러낸다.
방민호, 「일제말기 이태준 단편소설의 '사소설' 양상」, 『상허학보』14, 상허학회, 2005, 참조

13) 이태준, 「단편과 장편」, 『무서록-이태준 문학전집15』, 깊은샘, 1994, 59쪽.

는 소설"이 아닌 "씨키는 소설"[14]이다. 작가의 생각을 형상화하는 데 집중하기보다, 독자의 흥미를 유발하며 체제의 기준도 고려하는 창작이기 때문이다. 현 또한 "몰아치는 대로 몰아 쳐질 수 있는 신문소설"(198)으로 생계를 유지하는 자신의 상황을 "마음의 구속"(198)이라 표현하며 본격소설과 신문소설을 나누어 생각한다. 단편소설이 자신의 "예술욕"(197)을 구현하는 문학적 글쓰기이자 그가 획득하고 싶은 이상향이라면, 장편 연재소설은 생활의 글쓰기이며 속악한 현실이다. 소설의 시작 전부터 이미 현은 이상과 현실의 괴리 속에 상실감을 느끼는 주체로 설정된 것이다.

그러나 이 소설의 진짜 문제는 그 연재소설조차 발표할 수 없는 시국이 도래하면서 시작한다. "처자식 수두룩허니 두구, 직업두 인전 없구, 신문소설 쓸 데두 인전 없"(199)는 실업자로 전락하면서 그의 작가 생활은 다시 변화를 맞이한다. 전시 체제는 본격소설과 연재소설의 이항 대립 속에서 이상적 문학의 가치를 추구하는 행위를 용납하지 않으며, 문학을 오직 통치를 위한 선전물이라는 일면적 가치로 취급한다.

> 현의 비장한 결심이 그렇지 않아도 굳어질 무렵인데 <동아>가 <조선>과 함께 고스란히 폐간되는 것이었다. "명랑하라", "건실하라", 시대는 확성기로 외친다. 현은 얼떨떨하여 정신을 수습할 수 없는데다, 며칠 저녁째 술에 취해 돌아왔던 것이다.(198)

소설에서 언급되고 있듯이 총독부 경무국은 1940년 8월에 『조선일보』와 『동아일보』를 폐간 조치한다. 조선어 신문은 『매일신보』 하나로 통합되어 "대의의 표현이기보다는 선전을 중심으로 전환되며, 나아가 문화적

14) 이태준(1994), 「조선의 소설들」, 위의 책, 69쪽, 참조

영역이 국가권력에 의해 조직”[15]되는 상황에 놓이는 것이다. 「장마」(1936)에서 곰팡이가 장악한 집을 벗어날 유일한 탈출구가 되어 주었던 신문사를 상실하면서 현은 고립상태에 놓인다. 신문폐간은 현을 마음의 구속에서 벗어나게 하지만 그를 문학 할 수 없는 실업자로 만든다. 현의 장편소설 창작은 중지되고, 오직 본격소설만 창작할 수 있는 역설적 상태가 된 것이다. 그러나 그는 이 상황을 마냥 기뻐할 수 없다. ‘어떤 소설을 써야 하는가?’를 고민하는 것과 ‘소설을 쓸 수는 있는가?’를 걱정해야 하는 상황은 그 결이 너무도 다르다. 문학장을 갑자기 상실한 현은 삶의 선택지 자체를 잃고 생존의 위협에 노출된 상태이다. 그는 지향점을 잃은 채 “얼떨떨”한 상실감을 느낀다.

그러나 그는 곧 자신의 상황을 애도하고 새로운 삶을 모색하려 한다. 오막살이를 벗어나 번듯한 기와집을 짓고 싶은 아내의 마음을 알고 있기에 “저 혼자나마도 언제까지나 취할 수도 없는 것이었다.”(199) 그가 선택한 방법은 바로 토끼를 기르는 일이다. 건전 체제가 권유하는 ‘토끼 기르기’[16]로 생활을 도모하며 동시에 본격소설도 쓰겠다는 심산이었다. 신문연재소설 쓰기가 생활과 문학이 혼재된 상태였다면, 이번엔 아예 생활과 문학의 영역을 분리하여 둘 모두를 획득하겠다는 이상적인 포부를 세운

15) 정근식, 「식민지 전시체제하에서의 검열과 선전, 그리고 동원」, 『상허학보』38, 상허학회, 2013, 229쪽.

16) 토끼 가죽은 군수품을 생산하는 데 꼭 필요한 재료였기에, 전시 체제의 통치 권력을 토끼 사육을 장려했다. 예컨대, 1943년 9월 14일자 『매일신보』에는 「戰勝은 養兎에서」라는 기사가 실린다. 기사는 작금 영미와의 전쟁이 인류역사상 얼마나 중요한 의미를 띠고 있는지 길게 서술한 후 토끼가죽이 “空軍의 防寒被服”으로 안성맞춤이라고 설명한다. 전장의 확산으로 군용장비의 수요가 늘어나고, 이에 따라 토끼가죽의 증산이 요구되었던 것이다.
유인혁, 「이태준의 「토끼이야기」에 나타난 자연과 근대」, 『인문연구』65, 2012, 178쪽, 참조.

것이다. 이태준은 이 지점에서 채만식이나 박태원의 '나'와는 또 다른 행보를 간다. 채만식에게 글쓰기가 체제 및 생활과 불화하며 자아를 지키는 무기라면, 박태원은 체제와 불화하지만 타자(가족)를 지키는 수단인 생활의 글쓰기를 인정한다. 그리고 이태준은 글쓰기를 아예 체제와 생활의 영역에서 분리하는 새로운 이상을 기획하는 것이다. 노동으로 생활을 온전히 책임지고, 글쓰기를 오로지 문학적 활동의 영역에서 누리는 삶을 구성한 것이다. 토끼 기르기는 글쓰기가 아니기에 얼마든지 "명랑하고, 건실한 생활"(200)이어도 되며, 본격소설에 착수할 수 있게 해주는 "든든한 마음"(200)이 된다. 이는 생활하고 싶은 아내와 예술 하고 싶은 현 모두를 만족시키는 합리적인 대안처럼 보인다.

토끼 사육을 시작한 후부터 "현은 저녁만이라도 홀로 조용히 등을 밝히고 자기의 세계를 호흡"(202)하는 즐거움을 느낀다. 매문해야 하는 현실에 고뇌하지 않아도 되는 삶, 그는 이제야 진정한 문학세계를 손에 넣었다고 상상한다. 그러나 토끼가 상징하는 명랑한 생활, 그 배후에 존재하는 건전 체제는 빠르게 그의 이상을 무너뜨린다. 현은 체제와 생활, 글쓰기 행위가 그렇게 쉽게 분리될 수 없다는 사실을 파악하지 못한 것이다. 토끼가 집을 장악할수록, 현은 자신이 지닌 것들을 하나씩 잃어간다. 우선, 예술에 몰두하는 시간은 줄어들고 토끼의 먹이를 찾아 헤매는 시간이 늘어나기 시작한다. 생활이 예술을 잠식하면서 그는 "단돈 십 원 벌이라도 벌이라기보다, 단편 하나라도 마음 편히 앉아 구상해보기는 다시 틀렸"(210)다는 사실을 깨닫는다.

매문하는 글도 본격소설도 쓰지 못하는 상태에 놓이는 것, 즉 소설가로서 능력을 상실하는 현실을 맞닥뜨린 것이다. 체제가 신문을 통제하며 글쓰기 지면을 빼앗고 매체의 본래 역할을 바꾸어 버렸듯이 이제 현의 세계도 하나씩 변해간다. 능력이 기능으로 변모하는 모습은 그가 견학하였던 피아니스트의 집에서 이미 암시된 바 있다. 건전 체제의 명령에 따라 피아니스트의 손이 토끼를 사육하는 "거칠고 풀물이 시퍼런 손"(200)으로 변해 있었다는 묘사가 그것이다.

현은 마침내 아내까지도 이전과는 다른 존재가 되어가는 광경을 목격한 후 큰 상실감에 시달린다. 꽃무늬 커튼을 달고 화분을 가꾸던 아내가 "표정을 상실한 얼굴"로 "피투성이 두 손은 부들부들" 떨면서도 "억지로 찡기여 웃음"(210)지으며 토끼의 가죽을 벗기는 것이다. 우리는 이상을 추구하지 못하는 자신에게 환멸하고 나아가 타자를 상실했다는 후회에 도달할 때, 상실감에서 윤리적 태도를 조망할 수 있다. 상실의 과정이 동반하는 "후회의 아픔은 자신이 다른 사람을 상처 입혔다고 하는 실존적 자각으로 더욱 확장"[17]된다는 것이다.

문학적 전망을 상실한 채 아내에게 토끼를 죽이는 일까지 떠넘겨버린 현은 피 묻은 손을 보며 "펄썩 주저 앉을 듯"(211)한 후회와 아픔에 직면한다. 이 모든 상황이 자신의 잘못된 현실 인식에 기원했음을 비로소 깨달은 것이다. 생활과 문학을 완벽히 분리하여 둘 다 유지하겠다는 이상은 건전이 압도하는 현 상황을 제대로 파악하지 않았기에 가능한 것처럼 보였다. 그러므로 현은 자신의 잘못이 불러온 상실을 통해 반성한다.

삶의 부정성을 목도한 순간 발생하는 상실감은 현실을 재전환하는 동학으로 작동한다. 그는 피 묻은 손의 요청에 응답하지 않는다. 피 묻은 손의 주인은 아내이지만, 손에 피를 묻히게 한 배후에는 건전 체제가 있음

17) 수잔 캐벌러-애들러(2009), 앞의 책, 35쪽.

을 인지하기 때문이다. 현은 물을 떠다 주는 대신 "먼 산마루를 쳐다"(211) 본다. 체제의 요구에 순응하거나 항거하는 대신, 아무런 행위도 취하지 않는 행위를 수행한다.[18] 시선을 먼 산의 구름으로 돌리는 것, 즉 한발 물러서서 활동을 그만두어 체제의 명령에 굴복하지 않고 현실에 대응할 새로운 이상을 사유할 시간을 확보하는 것이다.

부정적 상황을 직면하며 느끼는 상실감을 전환의 동력으로 사용하는 모습은 「영월 영감」(1939)[19]에서도 드러난다. 고완품을 탐닉하며 정적인 세계에 몰두하는 성익은 자신의 이상향과도 같았던 영월 영감을 다시 만나게 된다. 영월 영감은 "기력의 정정함도 옛 풍모 그대로"(130)이지만 동시에 "머리와 수염이 반이 넘어 흰"(130) 상태로 그를 찾아온다. 이는 여전히 성익이 꿈꾸는 전통의 풍모를 지녔지만, 그 내면만은 변화한 영월 영감을 은유한다. 체제가 장려하는 금광 사업에 뛰어든 그는 성익에게 "문명으루, 도회지루, 역사가 만들어지는 데루"(132) 나아가야 함을 강조한다.

> '계획? 나 자신에겐 지금 무슨 계획이 있는가?'
>
> 성익은, 굿막 퇴장에 걸터앉아 아무 의식이 없이 머르레한 눈으로 건넌산을 바라보는, 그 풍수원서 데리고 온 사람의 꼴에서 자기를 발견하는 것 같은 허무함을 느끼었다.(141)

---

18) 지젝은 이를 "사회적 상징 질서에 빼셈의 자세를 취하는 수동적 공격성"이라 정의한다. 그러한 좌표에서 첫 번째의 진정으로 결정적인('공격적인', 폭력적인) 단계는 수동성으로 물러나는 것이며 참여하기를 거부하는 것이다. 바틀비의 "나는 그렇게 하지 않는 것을 선호합니다."는 진정한 능동성, 배열의 좌표를 바꿀 행동을 위하여 기반을 청소하고 자리를 만드는 데 필요한 첫 번째 단계이다.
슬라보예 지젝, 김서영 역, 『시차적 관점』, 마티, 2009, 670쪽.

19) 이태준, 「영월 영감」, 『이태준전집2』, 소명출판, 2015.

성익은 변해버린 영월 영감 앞에서 상실감을 느끼며 그를 애도하여 이 감정에서 벗어나려 한다. 그러나 영월 영감의 사고를 계기로 사실 그가 체제에 동조하는 듯 체제와 다른 길을 개척하고 있음을 깨닫게 된다. 정신의 혼란 상태에 빠져 서서히 죽어가는 영감의 모습은 그의 이상이 현실에서 실현되기 불가능한 일임을 보여준다. 성익은 사업소에서 사 온 금을 그의 손에 쥐여주며 그의 의지를 이해하고 받아들이기 시작한다. 그러므로 영월 영감의 죽음이라는 부정적 상황은 성익에게 이상의 완전한 상실이 아닌 새로운 획득으로 작동한다. 영감의 죽음을 통해 이미 상실했다고 생각했던 이상이 새로운 형상으로 돌아오는 역설을 체감하는 것이다.

체제와 문명에 거리 두기를 수행했던 성익은 이제 영월 영감의 의지를 새로운 이상으로 설정한다. 화장장에서 돌아오는 길에 생전 영월 영감이 했던 말을 되뇌는 그를 통해 영감의 의지가 성익을 통해 새롭게 전유 되었음을 확인할 수 있다.

2. 상실한 삶의 현시와 회귀적 사유의 장소성

1) 불일치의 허무감과 원시적 여성

이태준 소설의 장소는 건전의 일방적 영향 아래 놓인 경성을 떠나 삶을 지속할 대안처이다. 현재를 향유할 수 없게 하는 상실감은 사랑과 자연을 표상할 다른 장소를 찾아 새로운 감정 동학을 구상하려 한다. 이때 로컬(local)은 자연으로의 회귀를 상징하는 일종의 망명 장소가 된다. 로컬은 사회체제 안에 존재하나 이상적 원칙에 따라 체제를 거부할 수 있는 이중적 장소로 기능한다. 그러나 과거에 고착된 자의 시선으로 장소를 바라보는 한 망명은 온전히 달성될 수 없다. 퇴색한 과거의 가치와 원시적인 것을 어떤 고찰 없이 가져와 로컬에 대입하려 할 때 로컬의 장소성은 허무감의 정조만이 가득할 뿐이다.

「패강냉」(1938)[20]에서 '평양'은 중요한 장소이다. 평양은 전통을 소유한 장소였으나 점점 변질하여가는 폐허로 감각된다. 평양이 경성과 유사해진다는 것은 곧 건전이라는 단일 체제가 로컬리티를 삭제하는 것이기도 하다. 그러므로 작품은 평양을 조선, 로컬리티의 기표를 조선 문화로 전이하면서 조선 전체를 불모의 공간으로 인식하고 비판한다.[21] 그러나 평양의 모습을 좀 더 살펴본다면 이곳을 단순히 부정적 상징 장소만으로 평가할 수는 없을 것이다. 폐허는 현재의 공간이지만 과거와 연관되기에 이중적인 의미를 띤다.[22] 그렇다면 평양 또한 건전화되지만, 여전히 전통성을 지닌 장소로 파악할 수 있다.

현에게 평양은 "방향 전환"(119)을 종용하는 체제의 요구에서 벗어날 수 있는 장소이다. 그에게 경성이 건전 체제에 복속된 공간이라면 평양은 아직 전통이 존재하는 친밀한 장소이다. 그러므로 작품의 첫 장면에서 묘사

20) 이태준, 「패강냉」, 『이태준전집2』, 소명출판, 2015.

21) 정종현은 동시에 「패강냉」이 주조해내는 '평양'의 로컬리티가 내지 일본인들, 재조일본인들이 조선을 바라보는 시선과 유사하다는 점을 지적한다. 현의 시선이 '평양'의 탈역사적 심미화, 제국이 지방으로서의 '평양' 혹은 '조선'을 심미화하는 방식으로부터 벗어날 수 없다는 것이다.
정종현, 「한국근대소설과 평양이라는 로컬리티」, 『SAI』4, 국제한국문학문화학회, 2008, 참조

22) 예컨대, 벤야민은 몰락한 장소(파사주)에는 꿈의 이미지와 폐허의 이미지가 겹쳐 등장한다고 말한다. 파사주가 꿈인 동시에 '폐허'로 은유 되는 이유는 그곳이 화려했던 과거를 지니고 있기 때문이다. 화려한 과거가 없는 장소는 폐허로 감각되지 않는다. 그러므로 폐허는 장소 자체에 화려했던 어떤 순간을 함유한다고 볼 수 있다.

되는 평양의 원경은 전근대의 모습에 가깝다. "이조의 문물다운 우직한 순정"(113)을 지닌 평양을 긍정하는 현의 모습은, 그가 조선적 장소를 이상적 가치로 상정하고 있음을 드러낸다. 건전 체제가 총동원 체제로 심화되며 종국엔 '대동아'라는 균질적 공간체를 형성하는 정신적 기반이 된다는 점을 떠올린다면, 그가 평양을 이상적 장소로 생각하는 이유를 짐작할 수 있다. 평양이라는 로컬을 상상한다는 것 자체가 제국의 동일성 논리를 부정태로 바라보고 있음을 의미하는 것이다. 반면 평양 시내는 시외와 달리 건전 체제에 간섭된 장소이다. "평양 여자들의 머릿수건", "명랑한 평양사투리"의 "독특한 아름다움"(116)은 밀려나고 그 자리에 새 빌딩과 경찰서가 들어서 있는 것이다. "시뻘건 벽돌"(115)의 경찰서는 근대적 건축물이자 체제의 감시기관이라는 성격을 그대로 드러내면서 평양의 역사성을 파괴한다.

그러므로 평양은 전통적 로컬리티와 근대적 건전 질서가 중첩된 혼종적인 장소에 가깝다. 현이 두 가지 질서가 혼재된 평양을 받아들일 수 없는 이유는 순수한 전통만을 이상으로 삼기 때문이다. 평양에도 경성과 같은 건전의 기운이 존재함을 인지한 순간 전통 장소 평양은 사라져버린다. 이상적 장소가 상실감의 장소로 변모하는 것이다. 건전 체제의 손길이 미치는 평양은 더는 대안 가치를 희망할 자연이 아니다.

상실감은 현재가 올바르지 않다는 사유에서 촉발되기에 지금-여기의 속악함을 비판하는 감정으로 작동할 수 있다. 현 또한 평양을 통해 건전 체제에 침윤되는 조선의 현실을 보았기 때문에 상실감을 느낀다. 다만 평양의 로컬리티와 주변성만을 올바른 대상으로 보는 시선은 그 사유 안에 존재할 수 있는 맹점을 제대로 들여다보지 못 하게 한다.[23] 특정 지방의 로컬리티를 부각하여 진정한 전통으로 표상하는 행위들이 오히려 로컬의 허상을 강화하기 때문이다. 또한 맹목적으로 대립 구조를 지속시키는 것은 결국 전통도 건전도 제대로 조망할 수 없게 만드는 일이다. 그러므로 여기에는 오리엔탈리즘/옥시덴탈리즘의 이분법적 시선이 고스란히 내포되어 있는 셈이다.[24] 전통을 잃었다고 생각하며 표출하는 상실감이 이 구도를 견고하게 만든다.

현은 술자리에서 상실감을 채워 줄 새로운 이상을 찾아 헤맨다. 평양은 상실감의 장소이기에 현은 다른 사람처럼 명랑할 수 없다. "부들부들 떨리는 손"(123)을 한 위기의 순간 떠올린 기생 영월과 대동강의 풍경은 그의 상실감을 잊게 해 줄 마지막 보루가 된다. "힌저고리 옥색치마, 머리도 가림자만 약간 옆으로 탓을 뿐 시체애들처럼 물드리거나 지지거나 하지 않은"(120) 모습을 간직한 기생 영월은 현의 상실감을 보상받을 레트로토피아(retrotopia)로 소환된다. 그러나 여성에게 사라진 과거 장소를 찾는 행위는 실패할 수밖에 없다. 여성은 남성 지식인의 상실감을 회복시키는 원시적인 장소가 아닌 살아 움직이는 주체이다. 영월은 여전히 장구를 치며 옛 소리를 뽐내지만, 필요에 따라 댄스도 추는 기생이기도 하다. 그녀의 이런 모습은 대동강이 전통 장소가 아닌 합종의 장소, 옛 소리와 서양 댄스 음악이 공존하는 현재의 평양임을 재확인시킨다.

그러므로 현은 다시 한번 상실감을 느낀다. 평양과 영월의 변화를 변절

---

23) 레이 초우는 전통이 붕괴하고 있는데도 무조건 거기에 매달리는 사람들을 경계한다. 고찰 없는 충성은 균질화/특수성의 교착 상태의 대안이 되기보다, 문화번역 전체에 저항하여 그것을 못 하게 하는 억제력이 될 가능성이 대단히 크다는 것이다. 레이 초우(2004), 앞의 책, 264-268쪽, 참조.

24) 문재원, 「문학담론에서 로컬리티 구성과 전략」, 『한국민족문화』32, 부산대학교 한국민족문화연구소, 2008, 7쪽.

로 생각하기에 그가 구제받을 대상을 찾을 길은 요원하다. 술자리에서 빠져나와 바라보는 대동강도 이전과는 다르게 감각된다. “유구한 맛”을 잃은 “시체와 같이 차고 고요”(128)한 죽음의 장소가 되는 것이다. 현은 잃어버린 것의 원형에 집착하기에 현재를 받아들이지 못하며 평양은 영원히 상실의 장소로 남는다.

「석양」(1942)[25]은 경주라는 이상적 전통 세계를 타옥이라는 여성과 동일시하여 묘사한다. 매헌은 노화해가는 자신을 감각하며 흘러가는 시간에 “피로”(227)를 느낀다. 늙어가는 시기는 인생의 어느 단계보다 자신의 수동성을 지각하게 되는 때이다.[26] 매일 시간과 기억을 잊어가며 되돌릴 수 없다는 상실감을 실감한다는 것이다. 그러므로 “자기의 마디마디뼈를 해마다 무게를 가해 누르는 그 무형한 힘”(240)을 느끼는 매헌은 자신의 유한성을 보충해 줄 대상을 찾으려 한다. “정신을 늦추고 쉬고”(227) 싶다는 소망을 이루려 고갈되지 않는 시간의 장소인 경주로 향하는 것이다. 경성이 직선적 시간으로 움직이는 번잡한 공간인 반면 경주는 전통적인 것이 그대로 보존된 소박하고 고요한 장소이다.

매헌은 경주를 자기 생각대로 전유한다. 곧 석양으로 사라질 자신의 처지를 돌아보며, 경주를 전통과 역사가 보존된 무시간적 장소로 누리려는 것이다. 그러므로 경주의 장소성을 상징하는 오릉은 “그윽함”과 고요함을 지닌 “무궁한 공간”(232)으로 묘사된다. 이는 「고완품과 생활」[27]에도 묘사

25) 이태준, 「석양」, 『이태준전집2』, 소명출판, 2015.

26) 엠마뉴엘 레비나스(2010), 앞의 책, 105쪽.

27) 그림 하나를 옮겨 걸고, 빈 접시 하나를 바꿔 놓고도 그것으로 며칠을 간혀 넉넉히 즐길 수 있게 된다. 고요함과 가까움에 몰입되는 것이다. 호고인들의 성격상 극도의 근시적 일면이 생기기 쉬운 것도 이러한 연유다. 빈 접시요, 빈 병이다. 담긴 것은 떡이나 물이 아니라 정적과 허무다.

된 적 있는 옛것의 미덕으로, 매헌이 전통을 기억의 보존과 목적 없는 몰입의 대상으로 인지함을 보여준다. 또한 시간의 축적으로 완성된 이 장소는 마치 크로노스적 시간의 법칙이 사라져 버린 것 같다는 상상을 가능케 한다. 그리고 「패강냉」에서도 그렇듯이, 이 이상적 장소는 상실감 주체의 내려다보는 시선에 조망된다. 시선은 권력의 한 형태이다. 풍경 전체를 조망하는 시선은 "자신과 세계 사이에 거리를 창조하고 세계를 전시의 대상, 즉 무언가 그림 같은 것으로 구성하는"[28] 방법으로 장소에 통제력을 발휘하려 한다. 상실감을 회복하려는 주체에게 이상향은 언제나 명확하게 시야 안에 가시화되어 안정감을 주는 장소여야 하는 것이다.

레이 초우는 문명이 문화적 위기의 순간 기원(역사, 전통)과 원시적인 것(여성, 어린이, 자연)에 몰두하여 정체성을 확립해가는 원시적 열정을 이야기한다. 남성 지식인은 원시적인 것을 상정하여 거기에서 잃어버린 순수한 기원을 찾으려 한다는 것이다. 원시적 장소를 찾고 싶은 남성의 시선은 그러므로 로컬과 여성에게 머문다. 매헌이 고완품점에서 만난 타옥은 "도자기 중에도 이조 것"(228) 같은 전통성과 아름다움을 지닌 로컬의 현신이며, 정체를 알 수 없는 자연 자체로 인식된다. 그러므로 타옥은 매헌의 노화와 망각을 정지시킬 '카섹시스(cathexis)' 장소이다. 노화를 느끼는데 쏟던 에너지를 타옥을 이상화하는 데 돌리면서, 자신이 사랑하는 전통적인 것과 자신이 바라는 정지시간 모두를 획득하려는 한다.

> 갑자기 햇빛이 닥쳤다. 솔밭이 끝나자 강변이다...그리고 또 차츰, 이게 정말 현실인가? 자기 눈씨의 의혹이 생기었다. 그, 소녀는 결코 아

이태준, 「고완품과 생활」, 『무서록』, 깊은샘, 1994, 142-143쪽.

28) 레이 초우(2004), 앞의 책, 32쪽.

닌, 더구나 교양으로는 어느 어른의 경지보다도 높은 그 처녀가 그리 멀리도 가지 않아 있는 웅덩이 앞에서 기탄없이 옷을 활활 떨어 버리는 것이다. 반짝이는 모래 위에 푸른 먼산을 배경으로 한순간 상큼 서 보는 나체, 그 신비한 곡선들의 오릉 속에서 뛰어나온 요정이 아니고 무엇이랴!(235)

타옥은 매헌의 문학을 평가할 교양과 고완품을 감상할 심미안을 지녔으며, 동시에 어디서든 옷을 벗어 던지고 물에 뛰어들 수 있는 천진난만함까지 갖춘 존재로 찬미의 대상이 된다. 그러나 여성을 이상화하거나 심미적인 존재로 우러러보는 시각의 바탕에는 우월감이 깔려있다. 중년 남성 지식인의 기준에 어느 정도 부합하는 정신을 지닌 채, 그의 호기심을 자극할 줄 아는 여성 존재는 피로와 상실감을 보완해주는 대상으로 남을 수밖에 없다.

그러므로 이성적이며 본능적인 이 원시 장소는 상실감 주체에게 애착을 불러일으킨다. 여기서 여성은 원시적이라는 모든 말의 애매함을 내포한다는 점에서 원시적인 것의 원형이다.[29] "천재(天才)와 천치(天痴)"(236)인 이 원시적인 것은 배경인 산과 동화되면서 무시간적이고 신비로운 세계로 이미지화된다. 이태준은 「자연과 문헌」(1941)에서 자연을 신성하고 알 수 없는 존재로 정의하며 오직 직감으로 접근할 수 있는 진리 자체라고 말한다.[30] 매헌이 보는 타옥도 이와 다르지 않다. 그러므로 타옥은 현실의 인

29) 레이 초우(2004), 앞의 책, 221쪽.

30) 우리는 자연의 모든 것을 모른다. 우리는 영원히 그의 신원도, 이력도 캐어낼 수 없을 것이다. 오직 그의 신성한 존재 앞에 백지와 같은 마음으로 경건한 직감이 있을 뿐이다. 직감 이상으로 자연의 정체를 볼 수 없고 들을 수 없을 것이다. 자연에 대한 우리 인류의 최고 능력은 직감일 것이다.
이태준(1994), 앞의 책, 99쪽.

간이 아닌 상상의 요정으로 형상화된다. 경주보다 더 경주 같은 전통성을 지닌 채 세속 질서를 뛰어넘은 것 같은 존재감은 매헌의 상실감을 채워줄 최적의 대상이 되는 것이다.

그러나 타옥은 이상적 장소가 아닌 현실의 인간이며 시간성 안에서 살아가는 현재의 존재이다. 그녀는 청춘을 드러내며 자신을 탈시간적 장소로 바라보는 매헌에게 그 시선을 고스란히 돌려준다. 이는 여성 장소가 자신을 타자화하는 남성 주체에게 시선을 돌려주는 행위이자 그들의 기대를 배반하는 시위이자 전략이다.[31] "늙음이 오는 새 타옥에겐 청춘이 절정으로 올려 달은 듯"(250) 하다는 진실을 마주하며 매헌은 질투에 가까운 상실감을 체험한다. 매헌의 옛 사진과 거울에 비친 지금의 얼굴 대비는 바로 그가 생각하는 이상과 현실의 괴리를 보여준다. 타옥은 전통과 자연을 향유하며 현재를 고정하려 했던 그에게 그것이 불가능한 이상임을 알려주는 것이다. 그러므로 자신에게 또다시 상실감을 가져다주는 타옥은 이제 "전혀 다른 타옥"(247)이며 경이와 환멸을 동시에 불러일으키는 낯선 장소이다.

타옥이 떠나갈 때 매헌은 이상적 장소를 상실한다. 장소 상실로 자신과 세계를 바라보는 안전지대를 잃은 그는 불안감에 빠진다. 장소가 개인의 정체성을 담보해주지 못하자 진정한 상실감을 느끼는 것이다. 타옥을 상실했다는 고통을 잊기 위해 매헌은 해변으로 나와 자연의 "유구"한 모습을 확인하며 경이감을 느낀다. 그러나 시간에 따라 시시각각으로 변하는 석양은 그에게 현실을 대면하라고 종용한다. 매헌은 그렇게 다시 장소를 잃고 상실감을 경험한다. "너무나 속히 황혼"(255)이 되는 자신의 삶처럼

31) 레이 초우(2004), 앞의 책, 251-260쪽, 참조.

시간은 붙잡을 수 없으며, 이미 잃어버린 것은 다시 재현될 수 없다고 말하는 경주에서 그는 허무감을 느낄 뿐이다.

2) 전통의 재발명과 '지금-시간'의 감각

상실감의 장소는 과거와는 달라져 버린 현실을 다른 방식으로 마주하게 한다. 과거를 현재로 이식해 올 순 없지만, 추억을 돌이킬 수는 있기에, 상실감은 과거를 현재에 재구성하여 그 부재를 채우거나 전통에 상상력을 불어넣어 재발명한다. 전통과 과거는 언제나 선택적으로 흡수되고 순간적으로 드러나기에 원형적이라는 말은 성립이 불가하다. 이때 장소는 전통의 변화가 사실은 근본적으로 동시대적 변화임을 드러내는 공간이 된다. 이태준 소설 속 장소는 과거와의 새로운 연결고리를 찾아 현존하는 건전의 체제를 망가뜨리거나 다시 그리는 상상의 과정을 잘 드러낸다.

이태준의 문학에는 제국과 식민지의 복잡한 관계성이 반영된 경우가 많다. 이는 특히 '상고주의'라 불리는 경향을 통해 표현되었다. 서양적인 것의 대척점에 있는 동양적 '심경' 세계와 전통 주체인 '처사'의 모습을 분석하여 작가의 의도와 무의식을 들여다볼 수 있는 것이다. 이것을 일본 사소설의 영향과 동양론에 기반하여 형성된 것으로 보는 관점[32]도 있으며, 식민지 체험 이전의 완전한 세계를 추구하는 것이지만 제국주의적 지식 체계에서 벗어날 수 없다고 보는 견해[33]도 있다. 상고주의 자체가 근

---

32) 정종현, 「식민지 후반기(1937~1945) 한국문학에 나타난 동양론 연구」, 동국대학교 박사학위논문, 2005.

33) 자넷 풀, 「이태준, 사적영역으로서의 동양」, 『아세아연구』51-2, 고려대학교 아세아문제연구소, 2008.

대/식민 세계체제의 구도에서 벗어날 수 없으며, 그 안에서 식민지 주체의 분열성을 엿볼 수 있다는 것이다. 그러나 작가에게 상고주의는 기원을 향한 집착도 이분법적 체계를 공고히 하려는 무의식도 아니다. 그는 상실감을 바탕으로 전통을 새롭게 발명하여 전근대/근대 도식을 벗어나는 제3항의 장소로 소환한다.

상고주의 사유는 그의 수필 속에서 좀 더 살펴볼 수 있다. 「고완품과 생활」, 「난」, 「묵죽과 신부」, 「기생과 신부」 등의 작품은 옛 물건에서 이해관계나 사회적 맥락과는 무관한 새로운 아름다움을 찾는다. 특히 「성」[34]에서 작가는 옛 성을 바라보며 예술품의 의미를 정의한다. 성이 본래 가졌던 시간적 의미는 사라지고 환등상 아래서 드디어 예술품이 되었다는 것이다. 역사적 맥락에서 떨어져 나와 오직 나의 상실 인식 안에서 예술품으로 재정의되는 것, 즉 이태준은 성의 실체와 내력보다 성을 상상하는 방식에 더 관심을 가졌다. 해묵은 세계를 새롭게 하는 일, 작가가 상상하는 이상이란 주체의 관점에서 발명해 낸 전통이다.

「무연」(1942)[35]은 현재 공간인 낚시터와 과거 장소인 선비소 사이에서 새로운 장소가 상상되는 모습을 그린다. 서울 근교에 있는 낚시터는 낚시하는 데 필요한 요건들이 잘 갖추어진 공간이다. 아름다운 자연 풍경과 다양한 어종은 낚시터가 그 조성 목적과 기능에 부합하는 공간임을 드러낸다. 문제는 공간의 형식이 아니라 내용이다. 아름다운 외면과 달리 "시정에서 부리던 얌치와 악지와 투기를 그냥 가지고 오는 사람"(258)들이 점거한 불유쾌한 곳이기 때문이다. 이들이 낚시터의 자리를 차지하려 벌이

34) 이태준, 오형엽 편, 『이태준 수필선집』, 지식을 만드는 지식, 2017, 33-36쪽.
35) 이태준, 「무연」, 『이태준전집2』, 소명출판, 2015.

는 경쟁은 전쟁에 가깝다. 자신의 이익을 달성하려 약한 자들을 공격하고 짓밟는 일이 일상이 된 낚시터는 현실 세계의 축약판처럼 느껴진다. 유리한 고지를 차지하려 기꺼이 자신과 주변 사람들을 경쟁 상태로 내모는 광경은 승리하기 위해 현재의 고통을 당연하게 견뎌내도록 하는 전시 체제의 모습과 다르지 않다.

그 경쟁에 동참하고 싶지 않은 나에게 낚시터는 "사람 멀미"(262)를 느끼게 하는 상실감의 공간일 뿐이다. 나는 낚시터의 고통을 희석하려 과거의 장소를 소환하여 현재에 덧입히려 한다. 그가 떠올리는 "선비소"와 "쇠치망"은 어릴 적 추억이 녹아 있는 장소로 여유로움과 풍요로운 분위기를 간직한 청유의 장소이다.

> 그물을 가지고 선비소로 갈 때는 족댕이는 안 된다. 아예 옥수수나 오이를 따러 다니는 다래키를 들고 간다. 큰 바위를 둘러 그물을 치고 돌을 들어나 바위 등을 드윽 득 갈면 신짝 만큼 한 꺽지 뚝지 날베리들이 나와 그물을 쓰는 것이다. 선비소는 물이 맑고 강변이 깨끗하여 철렵들이 많이 오는덴데...낮에라도 아이들끼리만은 무서워서 못 오는 데다. 그러나 조금도 어두운 인상을 주는 데는 아니다. 등셍이가 잣나무 숲인 석벽이 좌청룡 우백호로 둘리어 남향 볕이 언제든지 뜨거웠고...탐스런 들백합이 석벽에 느러져 웃고 구름을 인 금학산은 늘 명상에 조으는 처사의 풍토였다. 나는 용못을 생각하면 먼저 '선비소'부터 그리워지군 하엿다.(261-262)

선비소는 무서우면서도 따뜻하며, 어두우면서도 밝은 신비로운 자연 장소로 감각된다. 또한 낚시 자체가 목적인 기능 공간과 달리 "명상"하려 낚시를 이용하는 "처사의 풍토"를 간직한 곳이다. 낚시터 공간과 반대되는 분위기를 지녔기에 그리움의 장소이기도 하다. 이곳은 현재에 존재하지 않기에 나는 연못을 추억하는데 더욱 몰두한다. 외조부가 손수 낚싯대를 만들어 "당금질"(260)을 하던 모습, 외삼촌들이 강에 들어가 물고기를 낚아 올리던 모습을 자세히 묘사하는 것이다. 이 모습은 과거를 현재에 그대로 재현하고 싶은 나의 욕망을 드러내는 것이기도 하다. 이때 상실한 쇠치망은 기원의 장소로 형상화된다.

그러나 현재의 쇠치망과 조우하는 순간 나는 기원의 장소가 상실의 장소로 변해버렸음을 깨닫는다. 쇠치망은 추억의 원형이 아닌 변질된 현재로 남아 있다. 회상 속에 존재하던 사람이나 풍경 모두 사라진 장소인 것이다. 그러나 나는 이 텅 빈 공간을 바라보며 새로운 사실을 깨닫는다. 벤야민은 외젠 앗제의 파리 사진 속에서 상실의 공간을 읽어낸다. 그는 파리의 텅 빈 장소들이 이제 그곳에 존재하지 않는 자들을 상상하게 만든다고 말한다. 이때 과거를 상실한 장소는 "세계와 인간 사이의 유익한 소외" 즉 "세부 내용을 밝혀내기 위해 모든 은밀한 것들이 제거되는 장"[36]을 드러내는 역할을 한다. 텅 빈 장소는 과거를 예전 그대로의 모습으로 되살리고 싶어 하는 열망이 환상에 불과함을 알려준다. 상실의 장소는 떠나버린 것을 떠올리게 하지만 그것은 돌아올 수 없다. 이들은 오직 상상을 통해 재정립될 수 있다. 앗제의 파리 사진 속 공간의 주인은 본래 그곳에 살던 사람들이다. 그러나 이들이 파리의 골목에 되돌아올 수 있는 길은, 현재의 시선이 장소를 새롭게 인식하고 떠난 이들을 상상할 때이다. 그러므로 기원의 장소에서 상실의 장소로 변화한 연못은 추억의 필터를 걷어내고 과거는 지나가 버린 시간일 뿐임을 환기한다. 연못은 나를 과거

36) 발터 벤야민, 최성만 역, 『발터 벤야민 선집2』, 길, 2007, 185쪽.

에서 소외시켜 현재를 직시하게 한다.

텅 빈 공간은 사람들이 떠난 상실의 장소이자 동시에 새로운 사람들이 이사를 오는 장소이기도 하다. 과거와 현재의 형상이 불일치 하는 연못은 사라진 추억 장소이지만 과거가 새롭게 구성되는 장소이다. 폐허를 목도해야만 기원의 환상을 상실하고 새로운 과거를 발명할 수 있다. 나는 연못 앞에서 실체적이고 절대적인 장소가 아닌 상상적이고 유동적인 장소를 생성할 필요를 느낀다. 이제 연못은 "역사의 순간들이 역사의 흐름에서 떨어져 나와, 다시 돌아가는" "더 이상 삶이 아니고, 죽음 또한 아직은 아닌"[37] 장소로 변모한다. 선비소에서 노파와 조우하는 사건은 이런 생각을 더욱 공고하게 해준다. 자신에겐 아름다운 추억이자 이상적 가치였던 연못이 노파에겐 고통스러운 "진실한 사정"(266)일 뿐이라는 사실은 연못을 예전 그대로 재현하고 싶다는 생각이 어리석었음을 깨닫는 것이다.

이는 체제에 의해 파괴되어 건전의 균질한 폐허가 되어버린 현재 연못 앞에서 부정적인 상실감에 빠지지 않는 이유이다. 절종된 참외와 낡은 초당은 상실감을 더욱 자극하지만 변해버린 장소 앞에서 나는 과거가 "부질없는 꿈"(268)임을 인지한다. 그러나 이는 건전 체제의 교훈을 받아들이는 것이 아니다. 과거를 환상적인 전설로 인정하는 것은 이를 도달해야 할 원형으로 상정했던 나의 사유를 폐기하는 행위이다. 폐허가 된 장소는 과거에서 절대적 원형을 찾아 의지하려는 행위가 무의미함을 직시하게 한다. 이는 기원에 고착되는 것이며 "한 사조 밑에 잠겨"(268) 사는 것이나 다를 바가 없는 것이다. 그러므로 쇠치망은 새로운 기억 장소로 다시 변

37) 전영백, 「모더니티의 역설과 도심(都心) 속 빈 공간」, 『미술사학보』37, 한국미술사학연구회, 2011, 225쪽.

화한다.

현재 느끼는 상실감은 원형적 과거가 아니라 내 안에서 새롭게 발명된 과거로 대리 보충되어야 한다. 과거를 단순히 되찾아야 할 대상으로 재현하는 것이 아닌, 동시 진행적이고 동시대적인 표상으로 재구성해야 하는 것이다.[38] 그러므로 현재를 받아들일 수 없다는 사유와 과거를 잃었다는 사실에서 발현하는 상실감은 허무감에 고착되지 않고 상상력을 끌어내는 감정 동학이 된다. "모든 게 따로 대세의 운행이 있을 뿐, 처음부터 자갈을 날라 메꾸듯 할 수는 없을 것"(268)이라는 장소 인식은 이를 뒷받침한다. 기억의 장소는 각자의 순간이어야 하지 고정된 형상으로 존재해서는 안 된다는 것이다. 이 장소는 주체 안에서 과거와 현재가 만나는 순간, 비자발적이고 우발적으로 형성된다. 과거를 망각해야 할 것으로 규정하는 건전 체제 속에서 과거를 상실하되 재구성하는 감각을 획득하는 것이다. 그러므로 연못은 오직 대리보충의 상상을 통해서 살아 숨 쉬며 충만한 '지금시간(Jeztzeit)'[39]의 장소가 된다.

「돌다리」(1943)[40]는 현재에 존재하지만, 과거만을 사랑하는 사람의 점유 장소처럼 보인다. "땅을 위해서는 자기의 이해만으로 타산하려 하지 않"(272)으며 "땅은 반드시 후헌 보답"(277)을 해준다는 전통적인 신념을 지닌 창섭 아버지는 돌다리에 애정을 쏟는다.

---

38) 레이 초우(2004), 앞의 책, 288-289쪽, 참조.

39) 역사는 구성의 대상이며, 이때 구성의 장소는 균질하고 공허한 시간이 아니라 지금시간(Jeztzeit)으로 충만한 시간이다...역사주의가 과거에 대한 영원한 이미지를 제시한다면, 역사적 유물론자는 과거와의 유일무이한 경험을 제시한다...그는 균질하고 공허한 역사의 진행 과정을 폭파하여 그로부터 하나의 특정한 시대를 끄집어내기 위해 그 기회를 포착한다.
발터 벤야민, 최성만 역, 『벤야민 선집5』, 길, 2008, 345-350쪽, 참조.

40) 이태준, 「돌다리」, 『이태준전집2』, 소명출판, 2015.

샘말 동네 앞에 흐르는 개울을 이어주던 돌다리는 장마 때 특히 요긴하게 이용되었지만 어느 날 망가진 후 방치되어 버린다. 돌다리 옆에 화려한 나무다리가 축조된 후, 돌다리는 모두의 관심 속에서 사라진다. 이런 다리를 재호명하는 사람이 창섭 아버지이다. 그는 자신의 조상과 부인, 아들까지 모두 이 다리를 건너다녔음을 기억하는 사람으로 돌다리의 역사와 내력을 존중한다. 이는 마치 자신이 지켜 온 전통과 돌다리를 동일시하는 모습으로 그려진다. 건전 체제의 힘 앞에 폐허로 변해버린 돌다리에 부재의 상실감을 느끼기 때문이다.

그의 고집과 같은 신념은 잃어버린 이상이 다시 귀환하길 기다리는 바라는 상실감에서 기인한다. 그러므로 망가진 채 방치된 돌다리는 대체될 수 없는 존재가 남긴 상실의 공간으로 보인다. 이는 롤랑 바르트의 '파인 고랑'을 연상하게 한다. "그것은 대체할 수 없는 그 사람이 더는 거기에 존재하지 않는다는 절대 공백의 공간이지만, 그 절대 부재성은 그 공간이 오로지 그 사람 자신으로만 채워질 수 있고 또 채워져야 하는 공간, 그 사람이 반드시 귀환해야 하는 공간"[41]이다. 그러므로 상실해가는 전통의 이상을 전시 체제의 논리로 교체하자는 아들의 요청을 받아들여질 수 없는 것이다.

조금 더 살펴보면, 창섭 아버지에게 돌다리는 기원적 전통만을 추억하는 장소가 아님을 알 수 있다. 바르트는 상실한 대상을 그리워하지만 되돌아올 수는 없다고 말한다. 그러므로 파인 고랑은 곧 애도 불가능한 장소를 의미한다. 창섭 아버지 또한 되돌아올 수 없는 전통에 상실감을 느낀다. 그러나 상실감은 "고통스러운 마음의 대기 상태이지만 "살아가는

41) 롤랑 바르트, 김진영 역, 『애도 일기』, 걷는나무, 2008, 271-272쪽.

의미"[42]를 찾도록 유도하는 감정이기도 하다. 그는 전통의 원형에 고착하기보다 전통을 새롭게 소환하려 한다. 그리고 돌다리는 바로 이 새로운 전통을 불러들이는 장소이다. 작품 초반에 묘사되는 돌다리 재건 모습은 귀환해야 하는 것이 본래 그대로 돌아올 수 없지만 새롭게 돌아올 수는 있음을 암시한다. 돌다리는 전통을 계승하지만, 전통을 수리하며 받아들이는 장소이다. 돌다리를 고치는 창식 아버지의 행위도 이와 연결하여 설명할 수 있다. 그는 끊임없이 샘말 동네의 옛것을 다시 고쳐 나가는 사람이다. 근대적 기술과 신념을 사용하지 않으면서, 퇴락한 전통을 보존하고 개선하는 주체이다.

> 길은 그전보다 넓어도 졌고 바닥도 평탄하였다. 비나 오면 진흙에 헤어날 수 없었는데 복판으로는 자갈이 깔리고 어떤 목은 좁아서 소바리가 논으로 미끄러져 들어가기 십상이었는데 바위를 갈라 내어서까지 일매지게 넓은 길로 닦아졌다. 창섭은, '이럴 줄 알았더면 정거장에서 자전거라도 빌려 타고 올걸' 하였다.
>
> 눈에 익은 정자나무 선 논이며 돌각 담을 두른 밭들도 나타났다. 자기 집 논과 밭들이었다. 논둑에 선 정자나무는 그전부터 있은 것이나 밭에 돌각 담들은 아버지께서 손수 쌓으신 것이다.(271)

창섭이 아버지를 만나러 샘말로 들어오며 목격하는 마을 장소의 정경이 이를 뒷받침한다. 그전보다 평탄하고 넓은 길과 정자나무 옆 손수 쌓은 돌담, 여기에 창섭 아버지가 생각하는 전통의 모습이 투영되어 있다. 그는 고정된 전통에 몰두하여 상실감을 세상과 벽을 쌓는 도구로 사용하

---

42) 롤랑 바르트(2008), 위의 책, 1977.12.8.

는 대신 돌담을 보수하고 길과 다리를 닦는 데 사용한다. 그러므로 마을은 자신의 방식으로 현재와 호흡하며 전통을 변화시켜 나가길 희망하는 아버지의 장소이다.

돌다리는 고립이 아닌 교섭을 바탕으로 새롭게 발명되는 전통 장소이자 개방과 통행의 장소로 이중 의미화된다. 동시에 재건된 돌다리는 건전 체제의 공간도 전통의 장소도 아니다. 새로운 외형을 갖추었지만 전통의 내력을 지닌 이 돌다리는 "투명하고 가시적인 근대적 공간의 일부가 아니라 불투명하고 비가시적인 경계지대로 이해할 때 생성하는 협상공간"43)이 되는 것이다. 체제는 건전 감정이 강화되어 그것이 사람들의 아비투스로 굳어지기를 바란다. 그러나 돌다리는 전통을 사유할 수 있게 만드는 장소이다. 전통은 전근대적인 가치를 의미하지 않는다. 창섭 아버지가 마을과 다리를 보수하는 사람인 것처럼, 전통은 그것이 절대적이어서가 아니라 현재의 대리 보충적인 것으로 작동할 때 의미가 있다.

건전 체제를 따르는 창섭에게 마을은 여전히 "아버지와 자기의 세계가 격리되는 일종의 결별의 심사를 체험"(279)하게 하는 과거일 뿐이다. 창섭 아버지 또한 창섭의 뒷모습을 보며 "임종에서 유언이나 하고 난 것처럼 외롭고 한편 불안"한 상실감을 느낀다. 그러나 창섭 아버지는 "고쳐 놓은 돌다리"(279)를 확인하며, 수시로 보살피고 보완하면 무너질 일이 없을 것이라 다짐하며 전통을 재정의하는 일을 긍정한다. 그의 전통 장소는 건전 체제와 원형적 전통의 이항 대립 구도를 뛰어넘는 가치를 유지하길 멈추지 않는다.

---

43) 장세룡 외, 『사건, 정치의 토포스』, 소명출판, 2017, 50쪽.

3. 전망의 고립과 연대의 미학

1) 경쟁적 애착관계와 동양적 가치의 왜곡

상실감이 사랑의 서사와 조우할 때 감정은 건전 체제의 평온함을 넘어 역동적으로 변화한다. 그러나 사랑에 실패하여 발현하는 상실감이 대안을 찾지 못할 때, 상실감의 주체는 자신은 물론 기존 세계와도 긍정적인 관계 맺기에 실패한 채 고립된다. 또한 질투와 시기가 사랑을 포기하는 이유가 될 때 사랑을 상실한 이유를 파악하지 못하고 기존의 삶에 예속된다.

이태준은 작가 정신을 온전히 드러내는 형식으로 단편소설을 꼽았지만, 장편 연재소설의 가능성을 찾는 길도 포기하지 않는다. 독자의 존재와 신문 매체의 성격을 고려하면서 작가의 사회적 현실 인식도 드러낼 수 있는 장르로서의 장편소설을 규정하려 한 것이다. 연재소설은 독자의 기대와 서사의 흐름을 일치시키는 방법으로 사랑 서사에 주목한다. 그리고 신문 기사의 사실 보도와 길항하는 방법으로 사회상의 묘사를 삽입한다. 이태준은 이를 '통속성'이라 정의하고 있다. 「통속성이라는 것」에서 그는 소설은 통속성이 없이는 구성할 수 없으며 통속성이 곧 작품의 사회성을 드러낸다고 보았다. 흔히 통속성은 진실이 없는 자극적이고 저급한 것으로 인식되지만, 도리어 통속성을 드러내야 객관성을 지닌 소설이 될 수 있다는 것이다. "씨키는 소설"이라도 그 안에 독자 성향과 사회성을 고려하여 형상화되는 통속성이 드러날 때, 작가의 현실 인식을 보여줄 수 있다.

『청춘무성』(1940)[44]은 장편 연재소설로 사랑의 삼각관계가 서사의 중핵

44) 이태준, 『청춘무성』, 서음출판사, 1988.

을 이룬다. 질투와 시기가 뒤섞인 사랑의 삼각관계가 불러오는 상실감을 표층 서사로 제시하여 작가가 생각하는 이상적 세계에 도달하는 과정을 탐구하는 것이다. 작품은 주체가 사랑 대상을 질투하고 경쟁자를 시기하여 사랑을 상실하는 과정을 보여준다.[45] 감정 고착이 불러오는 상실감을 통해 사랑의 진정성이 무엇인지 탐구하는 것이다. 이태준 소설에서 사랑은 이상적 대상을 획득하려는 의지이며, 획득에 실패했을 때 깊은 상실감을 끌어내는 배후 감정이다. 사랑 주체는 자신의 이상을 대상에게서 찾기에 상대를 소유하고 독점하고 싶어 한다. 그러나 자신보다 우월해 보이는 경쟁자가 등장하면서 질투와 시기를 느끼며 대상을 소유하길 포기한다. 경쟁자의 등장으로 질투를 느끼지만, 그가 자신의 바라는 이상을 지닌 존재이기에 시기를 느끼는 것이다.[46] 그리고 사랑에 실패할 때, 인물들은 상실감에 시달리며 현재를 벗어나지 못한다.

돈의 힘이란, 아니 인생의 힘은 인생의 행복은 오직 돈이라고, 입술

---

45) 『정념의 기호학』은 질투가 '상호주관적 정념(passion intersubjective)'을 대표한다고 정의한다. 질투는 주체, 대상, 반(反)주체라는 세 행위소와 질투하는 자, 사랑의 대상, 경쟁자라는 세 행위자의 상호주관적 삼자 관계에서 발생하는 감정 동학이다. 질투가 드러날 때 반드시 전제되어야 하는 요소는 경쟁과 애착이다. 그리고 질투에는 불안과 신뢰의 구조, 경쟁자가 대상을 소유하고 주체가 대상을 빼앗기는 통사론적 장치가 필요하다고 말한다.
알지르다스 그레마스·자크 퐁타뉴, 유기환 외 역, 『정념의 기호학』, 강, 2014.

46) 프로이트의 오이디푸스 콤플렉스를 사랑의 삼각관계라 규정할 때, 상실감과 관련한 질투/시기의 매커니즘을 좀 더 살펴볼 수 있다. 아이는 어머니의 사랑을 놓고서 아버지와 경쟁한다. 어머니의 사랑을 소유하고 싶어 하고 소유하고 있다고 믿는 아이는 사랑을 잃고 싶지 않기에 아버지에게 강한 질투심을 표출한다. 그리고 어머니를 소유하려는 아버지가 자신보다 우월한 존재임을 인지할 때 아이는 아버지에게 강한 시기심을 느낀다.
지그문트 프로이트, 황보석 역, 『정신병리학의 문제들』, 열린책들, 2004, 172-173쪽, 참조

에서 냠냠거리는게 아니라요. 아주 창자 밑바닥에서 부르짖어야 나오는 거야요.(85)

물질문명에선 퇴보해야 하고 정신문화에선 전진해야 합니다...사람의 가치는 정신을 소유한데 있고 생활의 행복은 정신과 더불어 하는데 있겠습니다.(27-28)

이 애증 관계는 우선 최득주와 원치원 사이에서 형성된다. 최득주가 생활과 물질을 중시하는 사람이라면 원치원은 정신세계에 몰두하는 존재이다. 득주는 "돈의 힘"(181)을 실감하는 세계에서 살아간다. 가난한 가족을 부양하려 충청도 부자의 애인이 되고 카페 여급이 되는 그녀에게 "피흐르는 진실한 인생의 단면"(181)이란 자본의 유무이다. 반면 원치원은 생식생활과 최소한의 노동 활동을 지향하며 양심 있는 교양인으로 살아가려는 사람이다.[47] 그는 현대의 물질생활을 비판하며 정신세계를 추구한다. 진정한 행복은 돈이 아니라 정신에 있다고 믿는 것이다. 이런 이상주의적 태도는 정반대의 세계에 거주하는 득주의 마음을 움직인다.

그녀가 치원에게 사랑을 느끼는 이유는 그가 자신에겐 없는 지식과 정신세계를 지녔기 때문이다. 득주는 자신이 지니고 싶은 이상적 요소를 치원을 소유하여 획득하려 한다. 득주가 어려운 생활 속에서도 학교에 다니며 공부를 지속하려는 행위 속에는 교육과 교양을 향한 열망이 내재한다.

47) 『청춘무성』의 원치원이 우치무라 간조의 무교회주의와 소로우의 원시공동체주의의 영향을 받은 점은 박진숙과 장성규 등의 연구로 논의된 바 있다. 연구에서 이태준의 무정부주의의 사상은 '기독교적 이상주의'와 '공상적 사회주의'의 속성을 지닌다고 언급된다.
박진숙, 「이태준 문학과 종교적 이상주의」, 『작가세계』71, 세계사, 2006.11. ; 장성규, 「이태준 문학에 나타난 이상적 공동체주의」, 『한국문화』38, 서울대규장각 한국학연구원, 2006.

후에 그녀가 사회사업을 실천할 때 중학교를 졸업한 희선에게 조력을 요청하는 것 또한 같은 맥락에서 이해할 수 있다. 반면 치원은 득주가 아닌 은심을 사랑한다. 은심은 전형적인 여학생이며 지식수준도 상당하지만, 무엇보다 서구적 교양과 세련된 취향을 지닌 존재이다. 그녀는 꽃과 커피 향기를 즐기며 마루젠 서점에 꽂힌 서양 잡지에서 고급 아트지의 감촉과 초콜릿의 색감을 찾아내는 심미안을 가졌다. 이는 사실 치원이 이상으로 삼는 서구세계이다. 즉, 득주와 치원 모두 이상에 닿고 싶다는 열망을 사랑으로 치환하고 있다.

그러므로 득주는 치원이 자신이 아닌 은심을 사랑한다는 사실을 알게 된 후 감정적으로 동요한다. 득주는 이상적 대상인 치원을 포기하고 싶지 않지만, 그는 은심과 더 밀접한 관계를 맺는다. 이상을 상실할지도 모른다는 공포감은 득주로 하여금 질투와 시기의 감정을 발현하게 한다. 질투와 시기는 대상에게 샘을 내고 미워하는 감정이라는 점에서 비슷하다. 다만 '질투(Eifersucht)'가 내가 소유하고 있는 것(애정의 대상, 소유물, 관계, 공감 등)을 상실할 수 있다는 불안의 감정에서 다른 이에 대해 샘을 내고 미워하는 것이라면 '시기(Neid)'는 근본적으로 다른 이가 소유하고 있는 것(애정의 대상, 물질적 복지, 상징적 권력 등)을 자신도 갖고 싶어 하는 욕망의 감정에서 다른 이에 대해 샘을 내고 미워하는 것이다.[48] 이 두 감정 모두 이상적 대상의 유무와 연결된다. 득주는 그동안 치원과 교류하며 형성한 호감을 상실할지도 모른다는 생각에 그에게 질투를 느낀다. 동시에 그녀는 은심을 시기한다. 은심이 자신이 욕망하는 이상적 여학생이자 치원과 친밀한 존재라는 점이 득주의 감정을 자극한 것이다.

48) 최문규(2017), 앞의 책, 133쪽.

그러므로 그녀는 애정의 대상인 치원에게 질투심을 상징적 권력을 지닌 은심에게 시기를 느끼며 공격성을 드러낸다. 치원을 카페로 초대하여 그가 지닌 지식과 정신이 공상일 뿐임을 비판하는 것이다. 치원의 능력으로는 자신의 생활을 구제할 수 없다고 자극하며, 현실의 생활 감각 없이 "독선적 처세구, 낙오자의 현실 도피구, 정신적 빈혈"(83)에 빠진 정신주의를 조롱한다. 폭력적 행위는 대상을 소유하고 있다는 상상을 유지하여 상실감을 없애고 싶은 마음의 발로이지만 이 행위는 역설적으로 그녀의 실패를 더 앞당길 뿐이다.

득주의 비판은 생활 감각의 유무를 따지는 것이지만 그 내용은 "양심 있는 교양인"(28)과 대조되는 "기계인간"(28)인 직공의 논리에 가깝다. 노동 활동을 하지 않고 청년다운 생활욕도 없이, 처사적인 삶과 반물질주의를 추구하는 치원이 "불건전한 사상과 생활"(83)을 하고 있다는 시각은 당대 전시 체제의 논리와 다르지 않다. 그러므로 치원은 "불유쾌"(74)의 감정과 반성의 태도를 동시에 인지한다. 득주가 말하는 신념이 치원이 바라는 이상적 세계는 아니기에, "같은 위치에부터 서는 것"(86)의 감정을 사랑이 아닌 동정으로 돌려보낼 뿐이다. 득주는 결국 은심에게 복수를 감행한다. 이상적 대상을 소유한 자에게 느끼는 시기심이 이상적 대상을 빼앗겼다는 상실감과 결합하여 폭력적인 행동으로 이어지는 것이다. 득주는 "나 같은 불행한 여성 대 은심이 같은 행복된 여성의 쌈"(138)을 하겠다며 익명의 편지를 보내 은심의 자존심을 깎아내린다.

그러나 상실을 미루기 위한 행위들은 도리어 사랑을 더욱 빨리 상실하게 하는 결과를 불러온다. 치원은 새로운 삶을 모색해보자는 득주의 제안을 거절하고 일본으로 떠나버린다. 질투와 시기심의 부정적인 확산이 결국 대상을 완전히 상실하게 만드는 것이다. 질투와 시기심이 가져온 상실감은 그 감정 경로가 부정적인 만큼, 주체를 상실의 상황 자체에 고착하게 한다. 득주는 상실감을 느끼지만 사랑을 제대로 애도하지 못한다. 그러기에 상실감을 해소할 새로운 대상을 설정할 수 없으며, 또 다른 사랑도 만들지 못한다. 그녀는 상실감을 극복하지 못하고 절도죄로 감옥살이를 하게 된다. 사랑의 상실감을 추동하는 배후 감정인 질투와 시기심이 그녀를 자기 파괴적 상태에 빠지게 한다.[49)]

원치원과 고은심의 사랑 또한 조오지 함이라는 경쟁자와 삼각관계를 형성한다. 원치원과 최득주가 정신과 물질을 두고 애증 관계를 맺었다면, 원치원과 고은심의 사랑은 동양과 서양의 문제 안에서 이루어진다.

> "서양은 '현대'의 거울이라 볼 수 있잖어요?"
> "그렇죠. 그 대신 동양은 서양의 시골로 떨어져버린 건, 즉 동양은 동양으로서의 서울노릇을 못하고 서양의 한 지방이, 나쁘게 말하면 서양문화의 식민지가 돼 버린 건 통탄할 일이죠."
>
> "그래두 오늘 서양문환 인류생활에 얼마나 편릴줘요? 선생님두 이렇게 자동차 기차 다 이용허시지 않으세요?"
> "건 그렇지 않습니다. 동양이라 해서 정신문화 뿐이구, 서양이라 해서 물질문화뿐으루 생각해선 안 됩니다. 서양에두 정신문화가 있구, 동

49) 질투와 시기가 자기파괴와 연결된다는 점은 16세기의 도상학적 그림들 속에서 포착할 수 있다. 게오르그 펜츠의 그림 「질투」와 「시기」에는 자신의 심장과 손을 뜯어먹는 여성들이 등장한다. 이상적 대상을 부정적으로 소유하려 할 때 생성되는 질투와 시기는 결국 자기 자신을 몰락시킨다는 의미를 함유한다. 또한 질투/시기가 대부분 그로테스크한 여성으로 형상화된다는 점은 이 감정들이 규제되어야 할 부정적 감정임을 증명한다.

양에도 물질문화가 없는 건 아니니까..... 다만 서양은 물질 문화편에 더 앞섰구, 동양은 정신문화편에 치중했다는 비교뿐이지, 서양문화가 오지 않었으면 동양은 전기두 빌딩두 전혀 없었으리라구 봐선 빈약한 상상입니다. 서양 문화가 오지 않었더라두 동양은 동양 재래의 동양인 생활, 동양인 이상에 맞는 '동양의 현대'를 건설했으리라구 봐야 됩니다."(206-207)

정신주의를 추구하는 원치원은 동양적 세계를 긍정한다. 그가 생각하는 동양은 과거 그 자체의 모습은 아니지만, 언제나 서양의 비교 관계 속에 존재한다는 점에서 미묘하다. 당대는 전시 건전 체제를 구축하며 대동아 공영권을 구상하려 했다. 전시 체제는 우선 일본의 근대가 서양 근대의 모방이었음을 비판하며 독자적인 아시아 모델을 세워야 함을 주장한다. 그러나 동양의 아시아는 결국 서양의 대타 개념이자, 대동아라는 또 하나의 중심을 생성하겠다는 기획이기에 '옥시덴탈리즘'[50]에 가깝다. 대동아가 새로운 중심이 될 것이며, 따라서 그 외부는 서열화해도 된다는 인식은 결국 서양이 동양을 구획해왔던 방식과 다를 바가 없는 것이다.

치원의 동양관도 이와 다르지 않다. "동양의 서울", "동양의 현대"를 주장하는 그의 생각은 서양 사유의 거울상이다. 그는 동양 문화가 서양을 넘어설 만한 가치 체계라고 생각하지만, 이는 거꾸로 그의 내면에 서양 문명의 열망이 내재해 있음을 밝히는 증거이기도 하다. 치원은 "조선인이요 동양인인 원치원이가 서양인인 그들"(96)에게 연설하는 기회를 얻고 기뻐한다. 이는 동양과 서양의 위치 전복을 이루어냈다는 사실에 느끼는 자

50) 근본적으로 다양한 문화 양태의 가능성을 간과한 채 오직 서구적 근대성의 한계만 넘어서고자 한다는 점에서 단일토픽적이고 단일보편적 주체에 머무르고 만다. 김용규, 『혼종문화론』, 소명출판, 2013, 121쪽, 참조.

부심이라기보다, 드디어 서양의 인정을 받게 되었다는 데서 나오는 감격이다. 동양 세계는 언제나 서양의 시선에서 벗어날 수 없는 것이다. 치원이 은심에게 사랑을 드러낼 때, 그녀의 서구적 분위기와 세련미를 떠올리는 이유 또한 동일선상에서 이해할 수 있다. 은심이 지닌 취향과 사유를 사랑하는 이면에는 서구적 체제를 이상향으로 긍정하는 치원의 시각이 내재해 있다.

치원과 은심은 동경에서 재회하여 사랑의 감정을 쌓아가지만, 경쟁자 조오지 함이 나타나면서 안정적 관계는 무너진다. 조오지 함은 치원이 은밀하게 바라던 서양적 이상을 온전히 체현하는 자이다. 그는 "바다에서 헤엄치는 물고기처럼 싱싱한 감촉"(169)과 "무게는 적은 대신 맑고 깨끗" 함을 바탕으로 "프렌드쉽"(217)과 "구미적 활동성"(234)을 수행하는 사람이다. 조오지함은 치원이 지니고 싶어 하는 서구적 문화자본과 평온함을 소유하였기에 시기의 대상이 된다. 그러므로 조오지 함이 낙동강을 보며 감탄하고 사람 키만한 오두막을 보며 쓴웃음을 짓는, 동양을 신비하지만 낙후된 곳으로 생각하는 전형적인 서양인임을 간파하지 못한다. 그는 서양과 동양의 위계질서 안에서 이상화되는 서구적 세련미를 열망하기 때문이다. 치원은 조오지함의 편협한 사유를 비판하기보다 "'아메리카'의 시민인 조오지 함을 앞에 놓고는, 문득 차창 밖에 전개되는, 너무나도 빈약한 물질건설"(238)에 부끄러워한다. 동양만의 동양을 구상하고 물질과 대비되는 정신을 추구하겠다는 의지가 결국 서구적 이상을 강하게 의식하는 데서 온 것임을 증명하는 순간이다.

그는 '레이디스 홈' 저널을 읽는 은심이 조오지 함과 더 어울린다고 생각하며 둘의 친밀한 관계를 질투한다. 질투는 주체와 대상 사이의 '애착

(attachement)' 관계와 주체와 연적 사이의 '경쟁(rivalité)' 관계의 교차점에 있다.[51] 그러므로 치원은 자신과 은심, 조오지 함이 얽힌 삼각관계를 관찰한다. 이때 경쟁자와 대상이 실제로 접촉했는지는 중요하지 않다. 중요한 것은 주체의 상상 속에서 만들어진 연접의 시뮬라크르이다.[52] 사랑의 대상에게 느끼는 질투와 경쟁자에게 가지는 시기심, 사랑 쟁탈전에서 승리할 수 없을 것이라는 예감은 주체의 질투와 시기심을 고조시킨다. 이제 그에게 중요한 것은 자신의 감정이 아니라 두 사람의 연접 여부에 있다. 그는 조오지 함이 은심을 획득하는지 은심이 자신을 떠나는지에 집착하며 사랑의 실상을 파악하지 못한다.

그러므로 조오지 함이 은심과 치원의 사랑을 응원하며 떠나가자 도리어 당황하고 만다. "문명한 나라 신사"(248)가 보여주는 문명의 세련성 앞에 치원의 정신주의도 동양론도 모두 패배해 버린다. 동시에 동양적 가치를 내세워 열망하던 서양적 가치 또한 소유할 수 없는 것임을 확인하기에 치원의 감정은 상실감으로 전환된다. 시기심에 사로잡힌 치원은 이중으로 실패한다. 경쟁자에게 뒤졌기 때문에 패배자이고 동시에 시기심을 통해 상실의 고통을 받고 있으므로 패배자이다.[53] 삼각관계의 시뮬라크르에 고착된 그는 갈등에 해소된 후에도 사랑을 획득하길 포기한다. 은심에게 조오지 함을 쫓아 떠나라고 말하는 것은 그녀를 위해서가 아니다. 치원은 오직 자신의 상실감을 은폐하는 데만 관심을 가진다. 그는 조오지함의 관대한 세련미를 모방하기 위해 은심에게 이별을 고한다. 그렇게 해야만 자신의 이중적 태도와 실패를 가릴 수 있기 때문이다.

---

51) 홍정표, 『정념기호학』, 한국외국어대학교출판부, 2014, 189-190쪽, 참조.
52) 알지르다스 그레마스·자크 퐁타뉴(2104), 앞의 책, 190-192쪽, 참조.
53) 김한승, 「시기심은 도덕적으로 정당한가?」, 『범한철학』57, 범한철학회, 2010, 328쪽.

은심은 사랑을 파워 게임으로 인식하는 치원에게 "사랑이나 결혼을 무슨 스포츠루 아시나요?"(253)라고 물으며 그 허위성을 지적한다. 치원은 이상적 대상의 획득 여부에만 몰두하여 질투와 시기심에 매몰된다. 사랑의 감정을 상대가 아닌 자기 내면에 쏟아내는 것이다. 이러한 감정의 고착은 사랑의 쌍방향적 교류를 불가능하게 만들기에, 주체는 사랑에 실패하여 상실감에 빠진다. 치원 또한 이상적 대상을 완전히 상실한 후에야 겨우 자신의 잘못이 무엇인지 돌아보게 된다.

이렇게 득주와 치원은 사랑을 이상적 대상을 소유하고 싶다는 일방적 감정으로 소비하기에 상대에게 폭력적이고 이기적인 행동을 자행하게 된다. 그 결과 느끼게 되는 사랑의 상실감은 삶을 전환하는 힘이 되지 못한 채, 주체들을 여전히 고통과 잘못 속에 놓아둘 뿐이다. 사랑 주체는 제대로 사랑하지 않았기에 애도도 할 수 없으며, 상실감을 느끼지만 이를 통해 더 나은 사랑을 창출할 생각을 하지 못하는 것이다.

2) 혼종 존재론과 유토피아의 건설

상실감은 더 나은 삶과 이상을 상상하고 기획하는 유토피아 사유와 연결되기도 한다. 이태준 소설 속 인물들은 건전 체제 앞에 이상적 삶의 기회를 상실한다. 대신 그들은 각자의 상실감을 바탕으로 이상을 획득할 대안 체제를 꿈꾼다. 그리고 연인이 사랑을 매개로 함께 창출하는 마을의 모습은 전시 체제가 요구하는 건전한 집단과는 비슷한 듯 다른 형태를 띤다. 건전한 전시 주체를 뒷받침하는 문화 자본 체제와 대안적 미래기획의 합종이 가져오는 이상향은 사랑 없는 연인들의 연대까지 이끌어내는 윤리적 결과를 도출한다.

『별은 창마다』(1942)[54]는 피아노를 전공하는 한정은과 건축학도 어하영의 사랑을 바탕으로 유토피아적 공동체를 건설해 나간다. 이태준은 장편 연재소설에서 사회사업을 계획하고 실천하는 연인들을 그리며 건전 체제와 길항하는 작가의 사상을 보여준다. 『청춘무성』에서 재락원이 사회사업의 실험 무대였다면, 이 작품에서는 예술가 주택 공동체가 문화사업의 희망으로 떠오른다. 순수 예술과 실용 건축의 조화로 완성하는 공동체는 전시 체제가 주도하는 직능주의, 실용주의, 전시형 주택 등과는 다른 세계를 추구한다.[55]

한정은은 피혁 회사 사장의 딸이자 일본의 음악학교에서 피아노를 전공하는 여학생이다. 그녀는 별과 유리를 사랑하는 미적 감수성의 소유자이기도 하다. 별은 일반적으로 이상향을 의미하며, 유리는 별빛을 분리하면서도 투과하는 이중적 성격을 지녔다는 점에서 정은의 삶을 잘 표현하는 상징물이라 할 수 있다. 그녀가 별에 몰두하는 이유는 또 있다. 현실은 그녀를 이상향을 획득할 수 없는 상황 속에 놓아두기 때문이다. 그녀의 주변에는 교양과 예술의 가치를 공유할만한 대상이 없다. 그녀의 아버지와 지점장 윤정흥, 비서 주익형은 오로지 피혁 사업과 재화의 축적에만

---

54) 이태준, 『별은 창마다』, 서음출판사, 1988.

55) 1941년 9월에 총독부는 경성의 만성주택부족 문제를 해결하려 조선식 주택영단 조성사업을 실시했다. 주택영단의 표준지침은 건축비의 낭비를 줄이기 위해 규격과 외관을 통일하였으며, 입주자격도 내지인 식민지인 동등하게 부여했다. 내선일체와 국민의 질적 생활 향상이라는 두 마리 토끼를 잡으려는 건전 체제의 기획이었다. 이렇듯, 규격을 통일하여 최소비용, 최소공간으로 주거 문제를 해결하는 주택을 전시용 주택이라고 말한다.
배개화, 「이태준의 장편소설과 국가총동원체제 비판으로서의 '일상정치'」, 『국어국문학연구』163, 국어국문학회, 2013, 참조.

몰두하는 "딱한 생활"(45)의 인간들이다.

피혁은 전쟁에 꼭 필요한 물품이기에, 피혁 사업은 전시 체제가 본격화한 후에 빠르게 성장한다. 그리고 이 사업은 전시 체제와 함께 흥망의 길을 걷는다. 건전 체제는 모든 물질과 정신을 전쟁의 수단으로 재편하기 때문에, 예술이나 교양을 취미로 누리는 일을 용납하지 않는다. 그러므로 "신도 없고 시도 없는 생활"(45)을 하는, 오로지 현실의 일에만 몰두하는 건전 주체들과 함께해야 하는 정은은 이상향을 획득할 수 없는 고독의 상태에 머물러 있을 뿐이다. 그들은 "같이 감상하고 같이 우주를, 인생을, 예술을 이야기"(48)할 능력이 없으며 하은의 섬세함을 신경쇠약 정도로 치부한다. 그녀가 현실에서 행복을 찾는 길을 요원한 것이다.

그러므로 그녀는 지식과 교양을 갖추고 예술을 향유할 줄 아는 어하영을 이상적 대상으로 인식하고 사랑을 느낀다. 어하영은 정은 같은 세련된 멋은 없지만, 음악과 문학에 조예가 있는 인물이다. 그 역시 아버지의 이해를 받지 못한 채 고독의 세계에 갇혀있기에 두 사람은 더욱 빠르게 가까워진다. 그러므로 그들에게 문화적 교양이란 취미나 취향을 넘어서는 정신적 결속체이며 현실 속에서 서로를 구원하는 열쇠이다. 바디우는 사랑이 마주침이 아니라 구성-건축이라 정의한다. 연인들은 자신에게 친숙한 것을 바탕으로 하되 탈중심적 관점에서 새로운 세계를 구축하며 앞으로 나아가야 한다는 것이다. 그러므로 진정한 사랑은 시간과 공간과 세계가 던져놓은 장애물을 넘으면서 지속적으로 승리하는 어떤 것이다.[56] 문화의 향유를 공통점으로 결합하는 하은과 하영의 사랑은 서로를 이상적 대상으로 삼으며 서로의 본질도 변화시킨다. 진정한 사랑의 주체는 사랑

56) 알랭 바디우, 조재룡 역, 『사랑예찬』, 길, 2010, 33쪽.

하는 주체가 아니라 둘로서 각자를 증폭하는 주체를 만들어낸다.[57]

정은은 직업여성들의 모습을 관찰하며 자신이 애착하는 서구적 예술미와는 다른 '현대미'[58]를 발견한다.

> 간호부가 병실에 나타나는 게 여간 반갑지 않군 해요. 그들은 문에 노크 소리두 퍽 명랑한 박자야요. 뭣보다 정결허구 행동이 민첩하구, 병이나 죽음에 대해서두, 체온기같은 이지적인 것, 여간 우러러뵈지 않았어요.(중략)
>
> 그렇게 생각허구 봄 백화점에 식당 소녀들두 좀 이뻐요?...이쁘죠, 허긴 앞머리에 하얀 레-스, 조고만 에이프론, 걷어오린 팔로 비파민 에이, 비, 시, 디를 시민에게 민활하게 공급한다는 건!(129-130)

"명랑"하고 "민첩"하고 "이지적" 태도를 긍정하는 그녀의 모습은 직능주의와 실용성을 강조하는 건전 세계의 시선을 그대로 받아들이는 것처럼 보인다. 자신의 "불란서 인형"같은 "장식적이고 비실용적인 삶"(131)을 반성할 정도로 그녀들의 모습에 감동을 하는 것이다. 그러나 정은의 사유는 여기서 멈추지 않는다. 간호사의 직업봉공에 감명하는 만큼 "죽은 환자를 귀찮아하지 않고 동정하는"(129) 간호사의 "거룩함"(129)도 인상 깊게 언급한다. 백화점 식당 소녀들을 향한 시선도 마찬가지이다. 소녀들은 시민들에게 영양소를 공급하는 직분에 충실하지만 기계적이지 않으며, 그녀들의

57) 알랭 바디우, 이종영 역, 『윤리학』, 동문선, 2001, 57쪽, 참조.

58) 현대미 논의는 1940년 『인문평론』에도 잘 드러나 있다. "온기도 혈기도 없"는 "무색의 페이브멘트"와 "세르로이드같은 투명한 표피성"가 현대미를 지칭하는 말들이다. 여러 논자들이 공통적으로 제시하는 현대미는 기계, 전쟁, 제복 등과 연결되는 감각이다. 이는 전쟁과 밀접한 연관관계를 맺는 것으로 다양한 감정을 배제한 실용적이고 기계적인 특성을 미적 이상으로 삼으려는 건전 전시 체제의 의도를 보여준다.

옷차림 또한 실용적인 면과는 거리가 있다. 정은은 건전 체제 속에서 이런 혼종적 요소를 예민하게 발견하여 자신의 이상향으로 삼는 것이다.

정은은 이를 바로 자신의 삶에 적용해본다. 군악가와 입영 축하깃발이 압도하는 은좌에서 그녀는 구두를 갈아 신고 시대에 맞는 새 옷을 맞춘다. "둥그렇게 볼이 부른" 신발은 "굽도 낮은 편"(147)이기에 사회 활동을 용이하게 하지만, 동시에 "산보처럼 걸어가는 데"(147) 좋은 구두이기도 하다. 이는 현실 활동과 잉여 취미 사이에서 중용의 균형감을 유지하려는 그녀의 의지를 드러낸다. 동시에 실용적인 의상은 체제가 정한 국민복이나 몸빼가 아닌 정은이 창안한 맞춤복이다. 히틀러 복장에서 영감을 받아 "경쾌한 특색, 튼튼하고 능률적인 특색, 위생적인 특색 등의 장점"(149)을 지녔지만 "최근 구라파에서 온 재봉 잡지들을 모조리 꺼내놓고 장시간에 걸쳐 의견교환"(149)하여 심미적 측면까지 고려한 첨단 양복이다. 이는 체제의 규격과 정은의 취향을 함께 드러냄과 동시에 각각의 취약점을 개선한 결과물이기도 하다.

자신의 이상을 구현할 수 없는 현실에 좌절하여 멈춰 서 있기보다 또 다른 이상을 실현하려 노력하는 정은의 모습은, 하영의 존재가 그녀의 삶에서 중요한 위치를 차지고 있음을 보여준다. 하영은 "현실이 주는 기성복 인생에 만족하지 않는" 사람이자 "부족하니까 건설하고, 불만하니까 개량하려는 정열과 이상"(233)을 지녔고 정은은 여기에 감화되었다. 그녀가 서구적 교양과 예술 지식에만 사랑의 가치를 두었다면 "현대적 매력"(232)과 "세련된 신경질"(234)을 지닌 신사 서재선을 택했을 것이다. 그러나 정은은 하영과 함께 변화하는 길을 택한다. 정은과 하영의 사랑에 서구적 교양이라는 공통분모는 필요조건이었지만, 현재의 상실에 고착되지 않고 자신을 변형하는 의지는 충분조건이다. 그러므로 두 사람은 "취미의 합치"에서 나아가 "이상의 합치"(205)를 이루는 기쁨을 느낄 수 있게 되는 것이다.

그리고 정은의 사랑은 다시 하영을 변화시킨다. 건축학도인 하영은 이 나라에 자신의 주택관을 만족시키는 집이 없음에 통탄한다. 그의 주택 취향은 원론적이고 단성적이다. 동양적이거나 서양적인 건축물만을 좋은 것으로 인지하기 때문이다. 하영은 정은의 집이 동양적이기에 생명력이 있다고 평가하며 황홀함을 느낀다. 동시에 자신의 이상이 반영된 모형 도시의 집들은 모두 서양 건물의 모습을 하고 있기에 "서양중독"이라는 평을 듣는다. 그러기에 "양관도 조선집도"(87) 아닌 지금의 건축물들은 정신이 녹아 있지 않은 "천속한 건물"(87)이라 비판하며 상실감을 느끼는 것이다. "주석 핸들이 번쩍이는 유리창이 많고 그 나뭇결 좋은 재목 위에 함부로 페인트칠"(86)을 한 절충식 집은 미적 이상을 충족하지 못한다. 그에게 집이란 고유의 정신을 드러내거나, 목적과 기능에 부합해야 한다. 실용 정신을 드러내면서도 견고하여 폭탄에 맞아도 견딜 수 있는 집, 이는 생활 친화적이라 할 수도 있겠지만 그보다는 전시 체제에 알맞은 집이 되어버린다. "가장 국가적이요, 가장 생산적인 집이요, 가장 실제적이면서 아름다운 집"(212)은 하영이 의도하지 않았더라도 체제가 바라는 이상적 집을 그대로 투영한 것이다.

하영은 집에 익숙한 친밀성을 부여한다. 집은 오로지 자신의 "생활이 안전하고 유쾌"(212)할 기능물이 되어야 하기에, 이질적인 요소를 도입하여 친숙함을 버릴 필요가 없다. 집 공간에 자신을 유지하고 보존하려는 욕망을 투영하는 것이다. 정은은 하영의 이런 건축관이 변할 필요가 있다고 생각한다. 그래서 기능적인 집에 예술을 결합하는 방법을 제시한다.

"예술가들만?"
"것도 좋지 않어요?"
"안돼! 그건 자유주의 시대 낭만파로 오해되게? 난 가장 국가적이요, 가장 생산적이요, 가장 실제적이면서 아름다운 집이요 동네이길 이상하는 건데....."
"예술가만 되면 낭만인가? 그거부터 묵은 관념이야요."(212)

그녀는 가장 실용적인 집에 가장 비실용적인 예술가를 거주하게 하여 외부와 내부의 균열을 꾀한다. 기능주의와 낭만주의는 공존할 수 없다는 하영의 생각을 "묵은 관념"으로 비판하며, 그가 자아를 보존하려는 주체에서 벗어나 이질적인 외부와 관계 맺는 이상향을 설정하도록 유도하는 것이다.[59] 그래야만 그의 집은 건전 체제의 목적을 부합하는 듯 비껴 나가는 새로운 유토피아가 될 수 있다. 사랑의 적은 동일성을 유지하려는 주체에 있기에 연인은 코나투스적 주체를 '탈출(evasion)'[60]하여 새로운 세

---

59) 하영에게 집은 자신을 투영하는 장소에 가깝다. 그렇다면 고정된 건축관 또한 이질적인 것의 합종을 바라지 않는 하영의 마음을 드러내는 기제이다. 레비나스는 윤리적 주체의 자격을 타자를 자아의 동일성으로 환원하지 않고 자아에 동화시키지 않는 데 있다고 말한다. 이질적인 타자와 조우하고 그들과 함께 있음을 인지할 때 자아는 코나투스를 넘어 윤리성의 세계로 진입할 수 있다는 것이다. 그러므로 하영의 집 또한 이질적인 것들의 자연스러운 공존을 인정할 줄 알아야 한다. 그래야 그의 집은 건전 체제의 욕망을 벗어나 새롭게 될 수 있다.

60) 탈출은 자아가 고정된 존재였다는 사실을 깨닫고 지금 여기에는 부재하는 타인의 얼굴인 무한(infini):'타자'로 관심을 돌리는 데서 출발한다. 탈출로 자기의 결박상태를 깨뜨리고, 자기충족적인 자아와는 전혀 다른 존재가 되는 것이다.
김연숙, 『레비나스의 <존재와 다르게—본질의 저편> 읽기』, 세창출판사, 2018, 88-95쪽, 참조.

계와 만나야 한다. 계속 변화하는 존재가 끈기 있게 사랑을 유지할 수 있으며, 사랑을 상실한 후에도 고립될 새 없이 자신을 수정하기 때문이다.

그러므로 정은과 하영은 사랑이 끝난 후에도 잃어버린 과거나 추억에 고착되거나 상실감에 고통받지 않는다. 애도는 자신이 겪은 상실에 의해 자신이 어쩌면 영원히 바뀔 수도 있음을 받아들일 때 일어난다.[61] 둘은 제대로 사랑했기에 서로를 애도할 수 있으며 새로운 이상을 설정할 수 있다. 상실감을 통해서, 상실 이후를 사유하며 유토피아 기획에 성공하겠다는 마음을 정립하는 것이다. 이제 정은은 건축 지식과 사업 수완을 길러 하영의 동등한 파트너가 되려 한다. 자본이 없는 하영의 상실감, 동지가 없다는 정은의 상실감은 유토피아적 공동체를 건설하겠다는 목표 아래 조우하기 위해 꼭 필요한 감정이다.

자신이 결핍한 부분을 인정하고 자신과 다른 타자 함께 할 때 공동체는 실현 가능한 사유가 된다. 정은은 하영의 집 2층에 홀로 누워 다시 하늘의 별을 바라본다. 별은 추억과 이상향의 은유였지만 이제 고정된 점이 아니며, 그 자체로는 어떤 의미도 지니지 못한다. 별은 과거이자 이념이지만 보는 사람의 현재 해석에 따라 움직이며 새롭게 성좌를 구성된다.[62] 정은은 "사랑은 반드시 결혼의 유충도 아닐 것"(269)이라 생각하며 가부장

61) 주디스 버틀러, 양효실 역, 『불확실한 삶: 애도와 폭력의 권력들』, 경성대학교출판부, 2008, 47쪽.

62) "이념들은 영원한 성좌(Konstellation)들이며, 그 요소들이 이러한 성좌들의 점들로 파악되는 가운데 현상들은 분할되는 동시에 구제된다."(발터 벤야민(2009), 앞의 책, 157쪽.) 벤야민은 보이는 것은 각각 개별 사물이지만 그것이 매번 다양한 방식으로 무한히 관계 맺을 수 있다고 말한다. 밤하늘의 수많은 별 사이에 관계의 선을 그어 매번 여러 개의 별자리를 만들 수 있다는 것이다. 또한 별의 반짝임은 그 자체로 과거가 현재화되는 방식이다. 그러므로 반짝이는 순간 현재에 다다르는 추억(과거)이자 이념의 성좌인 별은 상실한 자들이 어떻게 새로운 이상향을 설정해야 하는지를 알려준다.

적 세계를, 자선 사업을 꿈꾸며 자본주의 사회를, 주택 공동체를 구상하며 전시 체제를 비껴가는 대안적 세계의 상상을 멈추지 않는다.

"같은 정열을 품은 것은 사랑을 제외하고라서고 가장 가까운 동무"(266)가 된 옛 연인들은 이제 연대의 감정으로 동등하게 또 서로를 의지한 채 유토피아를 기획한다. 나와 타자가 어떤 창조적인 '우리'가 되어 관계 내에 자리 잡는 '편위(clinamen)'[63]의 사건으로 정립되고 변화할 "젊은 낭만의 무대"(274)는 건전 체제에 대응하는 새로운 체제를 생성해낸다.

63) 우리가 단순한 원자들로 하나의 세계를 이룰 수는 없다. 그 원자들 안에서 편위(clinamen)가 있어야만 한다. 동일자가 타자로, 동일자가 타자로 인해, 또는 동일자가 타자에게 향해 있거나 기울어져 있어야 한다. 공동체는 적어도 '개인'의 편위에서 연유한다. 개인-주체를 자신의 바깥으로 기울어 있게 할 때 공동체는 가능해진다. 즉 유한성 속에 노출된 우리의 실존-자체를 나누는 함께-있음으로서의 공동체가 가능해진다.
장-뤽 낭시, 박준상 역, 『무위의 공동체』, 인간사랑, 2010, 26쪽.

제6장

결론: 식민지 감정 체제에의 응전, 한국소설의 형상

제6장

결론: 식민지 감정 체제에의 응전, 한국소설의 형상

1. 건전의 과잉과 감정 동학의 의미

이 책은 식민지 말기 채만식, 박태원, 이태준의 소설의 감정 동학을 규명하고자 한 과정을 담고 있다. 식민지 말기 조선 사회를 관통했던 전시 체제와 경합하며 건전 감정을 탈구축하는 감정들을 보여주고 있음을 밝혀내려 했다. 이는 한국소설 연구, 특히 식민지 말기 한국소설을 분석하는 중요 키워드로써 감정 연구의 폭을 확장한다는 점에서 유의미하다.

논의의 구성은 감정 동학의 구조를 그대로 따르고 있다. 사회는 개인에게 자신들이 원하는 감정 체제를 학습하게 한다. 개인은 이를 받아들여 내면화할 수도 있으며, 이에 대응하는 새로운 감정을 생성하여 사회에 돌려줄 수도 있다. 이를 '감정 동학'이라 정의했다. 감정 동학은 감정 체제를 내면화한 것과도 다르지만, 그것이 부정적으로 발현될 때 사회에 복무하는 양상을 띤다. 반면 긍정적으로 작동할 때는 감정 체제를 내파하는 가능성을 생성한다.

그러므로 2장에서 건전 체제의 모습과 이를 내면화하는 문학장의 모습을 다뤘다. 3~5장에서는 건전 감정 체제에 대응하는 세 가지 감정 동학과 이것이 각각 어떻게 부정/긍정적으로 드러나는지 양상을 살폈다. 2장이 사회가 개인에게 부여하는 감정이라면 3~5장은 개인이 다시 사회에게 돌려주는 감정의 형상이다. 3장은 채만식 소설의 멜랑콜리를 4장은 박태원 소설의 수치심을 5장은 이태준 소설의 상실감을 탐구한다. 각 장의 1항에서는 감정 주체를 2항에서는 감정 주체의 경험적 공간인 감정 장소를 3항에서는 감정 주체가 타자와 맺는 사랑의 방식과 이에 길항하는 사회를 분석한다. 그리고 1절은 감정 동학의 부정적 양태를 2절에서는 감정 동학의 긍정적 형상을 살핀다. 멜랑콜리는 자아를 관조하는 감정 동학이며, 수치심은 타자를 의식하는 감정 동학이고, 상실감은 대안 세계를 상상하는 감정 동학이다. 이에 따라 각 소설의 주체, 장소, 사랑의 양상도 다른 결을 획득한다.

식민지 말기 조선 사회는 전시 체제의 돌입이라는 역사적 사건 앞에서 건강하고 밝은 상태를 뜻하는 건전을 내세워 사회를 직조한다. 이는 감정의 일원화를 구축하여 사회 구성원들을 언제든 전쟁에 호명할 수 있는 건강한 주체로 만드는 데 목적이 있었다. 그리고 문단은 신체제론과 국민문학을 내세워 "국민적 감정을 대표하여 방여하는 문학"을 주장하며 건전 감정의 문학적 형상화를 추구했다. 그러나 당대 소설의 양상은 이와 다른 부분이 많았다. 감정 체제를 내면화하는 듯 은밀하게 건전 감정에 대응하는 탈건전의 감정 역시 등장했던 것이다.

이러한 사실을 토대로 식민지 말기 소설의 감정장(場)을 분석하기 위해 채만식, 박태원, 이태준을 선택했다. 이들은 당대 문단 안에서 다양한 글쓰기를 하며 활발하게 활동했으며, 식민지 시대 전반을 체험한 존재들이다. 이들의 소설은 식민지 말기 건전 체제를 배경으로 사회 인식 및 생활의 문제, 연애 서사 등에 집중하고 있어 감정의 양태를 살펴보기에 적합하다고 할 수 있다. 동시에 풍자와 반어의 사회 탐구에서 내면의 침잠으로 중심 의식을 옮겨간 채만식, 대표적 모더니스트 작가라고 일컬어지다가 사회적 양태 파악에 관심을 더 쏟게 된 박태원, 상고의 취미를 전면에 내세워 새로운 삶의 양식을 궁리했던 이태준이라는 뚜렷한 차이점은 식민지 말기 소설의 장을 다양한 입장에서 논의할 수 있게 한다. 이러한 공통점과 차이점은 세 작가의 소설을 함께 논의하여 식민지 말기 한국소설의 감정 지형도를 그려볼 수 있음을 의미한다.

3장에서 채만식은 내면에 집중하는 멜랑콜리의 감정 동학을 통해 전시 체제를 관조한다. 식민지 말기 채만식 소설의 주체는 건전 체제의 부정성을 알기에 명랑이 아닌 멜랑콜리의 태도를 취한다. 그러며 자신도 알지 못하는 사이에 건전에 침윤되기도 하며, 건전을 돌파할 방법을 찾아내기도 한다. 문학가들은 신념을 잃어버린 자신에게 몰두하기에 진실을 착각하고, 불안 속에서 자기 기만적 믿음을 만들어 사유를 중단한다. 반면 지식인들의 관조는 정지의 시선으로 시대와 불화하는 사유를 형성하고, 전시 체제의 맹목성을 가시화하는 방법론이 된다. 멜랑콜리 주체의 존재 자체가 감정을 표백하여 시대 명령에만 몰두하기를 부추기는 건전의 진실을 드러내는 것이다. 이러한 양상은 멜랑콜리 주체들이 점유한 장소의 이중성을 통해 두드러진다. 명랑하고 안정적인 삶을 누리는 인물들의 사유 장소는 사실 멜랑콜리를 드러내는 분열된 알레고리 장소이다. 반면 절망의 정조가 지배하는 것처럼 보이는 장소는 그 원인인 건전 체제에 굴복하지 않으면서 즐거울 수 있는 삶을 재건하는 곳으로 전환된다. 나르시시즘에 함몰된 남성 멜랑콜리 주체는 결격 없는 존재가 되고 싶은 욕망에 경도된다. 그러므로 연애라는 접촉 방법을 이용하여 온전한 주체가 되길 꿈꾸며, 그 시도가 실패했을 때 체제의 명령을 통해 완전한 전시 주체로 거듭나려 한다. 이와 반대로, 여성 멜랑콜리 주체는 건전 체제의 허구적인 규범을 내파한다. 모성과 결합한 멜랑콜리는 체제가 주입하는 이상적 총후부인 모델이란 성취될 수 없는 환상임을 증명한다.

4장에서 박태원은 타자를 의식하는 수치심의 감정 동학을 통해 명랑의 의미를 재고찰한다. 박태원 소설의 무능한 아버지들은 수치심을 치욕으로 받아들이기에 거짓 서사를 만들거나, 보이지 않는 대상에 공격성을 드러내며 잘못을 회피하려 한다. 반면 가족을 유의미한 타자로 인지한 가장은 수치심을 대면하여 이를 윤리적 책임 의식으로 전환하는 건실성을 보여준다. 수치심이 불러오는 고통을 긍정적 동력으로 삼아 주체의 명예를 회복하는 것이다. 수치심의 감정 동학은 생활의 장소 속에서도 작동한다. 대립쌍으로 이루어진 장소들은 곧 타자와 공생하는 장소를 은유하며, 그들의 시선에서 벗어날 수 없기에 공포를 느끼는 수치심 주체의 모습을 보여준다. 그러나 수치심의 주체가 자신의 취약성을 인정할 때, 장소는 건전 체제에 기대지 않고도 생활력을 창출해낼 수 있는 현장이 된다. 가장은 가족의 시선을 바탕으로 고난을 전유하여 체제의 요구를 비껴가는 집 장소를 보존한다. 나아가 수치심은 사랑의 서사와 결합하여 체제 이면에서 움직이는 욕망을 가시화한다. 타자가 존재하지만 그를 유의미하게 성찰하지 못할 때, 수치심은 사랑을 자본의 교환 수단으로 전락시킨다. 그러나 수치심이 주체와 타자를 객관적으로 돌아보게 한다면 사랑은 건전 체제의 대안 감정으로 승화된다. 자신과 타인의 취약성을 있는 그대로 이해하며 공존하는 사랑이 탄생하는 것이다.

5장에서 이태준은 이상적 세계를 상상하는 상실감의 감정 동학을 통해 대안적 문화론을 창출한다. 이태준 소설의 상실감 주체는 현재를 대체할 무언가를 찾아 나선다. 이는 건전 체제를 부정적인 것으로 인지하는 사유가 전제된 감정이다. 고아 청년은 상실한 이상적 세계를 획득하려 하지만 사유 없는 상실감은 무분별한 기회주의로 변질할 뿐이다. 반면 예술가는 건전 체제를 제대로 사유하지 않았던 자신이 상실감의 근본 원인임을 깨닫고 행위를 멈추는 행위를 수행하며 현재의 전환을 꾀한다. 이러한 상실감은 대체 세계를 염두 하기에 장소성을 사유할 때 더 뚜렷하게 드러난다. 현실을 부정적으로 인식하기에 느끼는 상실감은 잃어버린 과거와 기원-조선적인 것을 되찾고자 하는 열망으로 귀결된다. 상실감의 주체는 퇴색한 과거의 가치와 자연을 어떤 고찰 없이 가져와 로컬과 여성에 대입하려 한다. 이 경우 장소에는 허무감이 가득할 뿐이다. 그러나 전통과 과거를 선택적으로 재발명하여 순간적으로 드러낼 때, 장소는 미래를 향한 맹목성에 사로잡힌 건전 체제를 넘어서는 사유의 탄생지가 된다. 상실감은 사랑의 서사와 결합하여 체제를 넘어서는 유토피아적 사유를 가능하게 한다. 질투와 시기에 함몰된 주체가 상실한 대상에 고착된다면 사랑은 그를 여전히 속악한 현실에 머물게 한다. 반대로 사랑의 상실이 새로운 공동체를 상상하는 기획으로 확장될 때 상실감은 유토피아를 실현하는 동학으로 작동한다. 사랑이 아닌 연대로 연결되는 연인의 모습은 상실감을 긍정적 힘으로 전환하는 윤리를 보여준다.

위에서 요약하였듯, 감정 동학이라는 틀로 식민지 말기 한국소설의 경향을 살펴보았다. 감정 동학은 체제와 길항하는 감정의 운동성과 구조성을 모두 살펴보기에 좋은 방법론이다. 감정 동학은 표면적 이데올로기 구조와는 다른, 새로운 감정 주체성의 기원을 탐구할 수 있게 한다. 해준다는 점에서 유의미하다. 이를 바탕으로 감정 주체와 감정 장소, 감정 체제를 분석했다. 감정이라는 내적 체계는 표면적 서사의 이면에서 구성되는 주체의 가능성을 찾아볼 수 있게 한다. 또한 식민지 감정 공간의 단성적 성격을 극복하는 분열적 감정 장소의 존재를 가늠할 수 있게 한다. 그리고 당대 체제와 길항하며 구성되는 감정장(場)을 조망할 수 있게 한다.

2. 식민지 말기 한국소설의 세 가지 대안

채만식, 박태원, 이태준 세 작가는 조망을 통해 멜랑콜리를, 성찰을 통해 수치심을, 상상을 통해 상실감의 감정을 재현한다. 이는 헤게모니적 건전 감정을 탈구축하는 일이라 말할 수 있다. 이를 바탕으로 식민지 말기 한국소설의 감정들은 균열, 구성, 연대의 미학을 획득한다. 이들 소설은 문학이 건전 감정 체제에 종속되지 않고 대안적 감정을 재구성하려 했음을 보여준다. 대안적 감정들은 건전을 내면화하기보다 건전을 새롭게 발명하려 했다. 전시 체제가 구현한 건전의 기획에 대응하면서 기존 감정 체제와는 다른 다양한 감성들을 창출해냈다. 아감벤은 진리를 다양한 모습들과 함께 어우러진 존재로서의 '시뮬타스(simultas)'로 인식해야 한다고 말한다. 그렇다면 식민지 말기 소설 속에서 감정 동학을 포착하는 일도 "모습들의 동시성과 이것들을 함께 유지시키고 결합시키는 불안한 힘"[64]의 시뮬타스를 찾는 과정이라 할 수 있을 것이다. 감정 동학이라는 역동적이고 구조적인 과정이 단일하고 균질한 상태로만 보이는 건전 체제 속 감정을 새롭게 발견하고 분할하는 정치적 가능성을 보여줄 수 있는 이유이다.

이 책의 목적은 식민지 말기 한국소설을 연구하며 당대 감정 체제인 건전에 대응하는 또 다른 감정의 양상을 밝힘으로써, 식민지 말기 문학 연구의 폭을 확장하는 데 있다. 그동안의 논의가 대부분 파시즘이라는 강력한 분석틀을 바탕으로 이루어졌음을 염두에 두었다. 그러므로 제3의 시각으로써 감정 동학에 주목하여 식민지 말기를 다른 방향에서 가늠하는 시각을 찾으려 한 것이다. 또한 사회적 산물이자 동시에 사회에 대응하는 역동적 힘인 감정 동학은 식민지 말기 소설의 잠재성을 발굴해낼 수 있게 했다. 지금까지의 식민지 말기 소설연구는 전시 체제와 명랑 담론의 사실관계를 파악하는 데 집중했다. 이는 식민지 말기의 사회문화사적 의미를 구축하는데 중요한 연구였으나, 소설을 이를 확인하는 증거자료로만 사용했다는 아쉬움이 있다. 소설이 파시즘과 명랑을 어떻게 반영하고 있는지 중점을 두었기에 일방적인 영향 관계만 읽어낼 수밖에 없었다. 반면 이 책은 감정의 이중 운동성을 바탕으로 소설이 감정 체제를 전유하여 다른 감정을 만들어내고 있었음을 증명하며 식민지 말기 소설을 재인식하는 토대를 마련하려 노력했다.

64) 조르조 아감벤, 양창렬 역, 『목적 없는 수단』, 난장, 2009, 112쪽.

채만식, 박태원, 이태준 소설에 나타나는 멜랑콜리, 수치심, 상실감의 감정 동학은 식민지 말기 한국소설의 감정 지형도를 새롭게 그리는 길을 마련했다. 더불어 각 작가의 문학세계를 하나로 잇는 연결고리를 사유할 수 있게 했다.

식민지 말기의 감정 동학은 건전 체제를 전유하는 감정들의 현장이었다. 식민지 말기의 감정 체제인 건전은 감정의 긍정상태를 표방하는 것처럼 보이지만 실상 체제를 맹목적으로 내면화하게 만드는 부정적 감정이다. 반면, 건전에 대응하는 소설의 감정들은 부정적인 것으로 일컬어지지만 도리어 능동적인 행위를 추동하는 힘으로 작동한다. 이들 소설은 체제가 주입하는 건전 감정을 내면화하기보다, 감정을 새롭게 전유하는 모습을 보여준다.

이는 식민지 말기 한국소설을 사회 역사적 사실의 투사물에 머물게 하는 데서 나아간다. 위 소설이 현실에 대응하여 세계를 새롭게 정의하려 시도했다는 점을 찾아 식민지 말기라는 죽음의 시대 속 희망을 사유한 것이다. 나아가 식민지 말기 한국소설이 지닌 감정 동학의 과정을 분석하여 행위 결과의 타당성에만 의미를 부여하는 연구 경향에 의문을 제기했다. 식민지 말기 한국소설 연구에 있어 감정의 결과뿐만 아니라 그 과정을 고찰함으로써 작품의 다양한 해석 가능성을 살폈다. 이는 건전 체제를 내면화한 결과와 체제에 대응하는 감정 동학의 부정적 양상을 구분하여 살펴야 함을 전제로 한다. 그 결과 두 양상의 결론이 결국 비슷함을 재확인할지라도, 결론으로 향하는 과정이 서로 다른 결을 지니고 있음을 파악할 수 있었다. 또한 감정 동학의 긍정적 양상을 분석하여 식민지 말기 소설들이 체제에 함몰되지 않고 체제를 전유하고 있었다는 사실을 재발견할 수 있었다.

그렇게 건전 체제를 내면화하지 않았지만, 체제에 순응하는 것처럼 보이는 소설들과 체제를 내파하는 소설들 모두를 조망하고 그 양가적 양상을 모두 살필 수 있었다. 이는 식민지 말기 소설을 결론에 따라 친일/반일로 나누어 그 의의를 평가한 문학사를 탈구축하는 것이기도 하다. 그리고 개별론과 장르론 중심의 연구로는 모두 논의할 수 없었던 다양한 작품을 함께 다루는 방법을 제시하려 했다. 이 책은 단편소설, 사소설, 장편 연재소설을 감정 동학 아래 배치하여 논의함으로써 각 작가의 식민지 말기 문학세계를 규명할 키워드로써 감정의 중요성을 확인했다. 이러한 논점은 식민지 말기 채만식, 박태원, 이태준 소설이 지닌 풍부한 의미를 다시 고찰하게 했다는 데 의의가 있다.

참고문헌

1. 기본 자료

채만식, 『채만식전집』1-10, 창작과비평사, 1989.
______, 『매일신보』, 1942.4.22.~7.10.

박태원, 『이상의 비련』, 깊은샘, 1991.
______, 『한국근대단편소설대계』8-9, 태학사, 1997.
______, 류보선 편, 『구보가 아즉 박태원일 때』, 깊은샘, 2005.
______, 『북한문한전집4』, 서음미디어, 2009.
______, 『신문연재소설전집3』, 깊은샘, 2011.

이태준, 『청춘무성』, 서음출판사, 1988.
______, 『무서록-이태준 문학전집15』, 깊은샘, 1994.
______, 『별은 창마다』, 깊은샘, 2000.
______, 『이태준전집』2-3, 소명출판, 2015.
______, 오형엽 편, 『이태준 수필선집』, 지식을 만드는 지식, 2017.

2. 국내 논문

강상희, 「박태원 문학 연구」, 서울대학교 대학원 석사학위논문, 1990.
강진호, 「이태준 연구」, 고려대학교 대학원 석사학위논문, 1987.
______, 「현대소설사와 이태준의 위상-이태준 연구와 향후의 과제」, 『상허학보』13, 상허학회, 2004.
공종구, 「채만식 문학의 대일 협력과 반성의 윤리」, 『현대문학이론연구』54, 현대문학 이론학회, 2013.

권은, 「경성 모더니즘 소설 연구–박태원 소설을 중심으로」, 서강대학교 대학원 박사학위논문, 2013.
___, 「식민지 교양소설과 이태준의 공간지향: 이태준의 『사상의 월야』를 중심으로」, 『상허학보』44, 상허학회, 2015.
김동규, 「하이데거 철학의 멜랑콜리」, 『현대유럽철학연구』19, 한국하이데거학회, 2009.
김동훈, 「세계의 몰락과 영웅적 멜랑콜리」, 『도시인문학연구』2-1, 서울시립대학교 도시인문학연구소, 2010.
_____, 「죽음을 부르는 질병인가, 인간 실존의 근원적 조건인가?」, 『철학논총』80, 새한철학회, 2015.
김미영, 「박태원의 자화상 연작 연구」, 『국어국문학』148, 국어국문학회, 2008.
김미지, 「모더니즘, 新感覺派, 現代主義」, 『한국현대문학연구』47, 한국현대문학회, 2015.
_____, 「박태원의 [만인의 행복] 과 식민지 말기의 '행복론'이 도달한 자리」, 『구보학보』14, 구보학회, 2016.
김미현, 「박태원 소설의 감성과 이데올로기」, 『현대문학의 연구』51, 한국문학연구학회, 2011.
김봉진, 「박태원 소설 연구」, 한양대학교 대학원 석사학위논문, 1992.
김예림, 「전시기 오락정책과 문화로서의 우생학」, 『역사비평』73, 역사비평학회, 2005.
김왕배, 「도덕감정: 부채의식과 감사, 죄책감의 연대」, 『사회와이론』23, 한국이론사회학회, 2013.
김윤식, 「이태준론」, 『현대문학』, 1989.5.
김윤정, 「애도 (불)가능의 신체와 문학의 정치성」, 『이화어문논집』46, 이화어문학회, 2018.
김정란, 「박태원 소설에 나타난 근대주체의 정념성 연구」, 한양대학교 대학원 박사학위논문, 2016.
김종회, 「해방 전후 박태원의 역사소설」, 『구보학보』2, 구보학회, 2007.
김주리, 「1940년대 '집'의 서사화에 대한 일고찰」, 『한국현대문학연구31』, 2010.
김지영, 「저항에서 협력으로 가는 여정, 그 사이의 균열」, 『한국현대문학연구』26, 한국현대문학회, 2008.
_____, 「'명랑'의 역사적 의미론」, 『한민족문화연구』47, 한민족문화학회, 2014.
김철, 「친일문학론: 근대적 주체의 형성과 관련하여」, 『국문학을 넘어서』, 국학자료원, 2000.
___, 「우울한 형/명랑한 동생」, 『상허학보』25, 상허학회, 2009.
김태훈, 「수치심의 기원과 발달에 관한 연구」, 『도덕윤리과교육』31, 한국도덕윤리과교육학회, 2010.
김한식, 「1930년대 후반 장편소설의 일상성 수용과 표현에 관한 연구」, 고려대학교 대학원 박사학위논문, 2000.

김홍기, 「채만식 소설에 있어 사소설의 특성」, 『한국문학이론과 비평』14, 한국문학이론과 비평학회, 2002.
김홍중, 「멜랑콜리와 모더니티」, 『한국사회학』40-3, 한국사회학회, 2006.
류보선, 「모더니즘적 이념의 극복과 영웅성의 세계」, 『문학정신』, 1993.
류수연, 「'골목'의 모더니티」, 『구보학보』10, 구보학회, 2014.
문재원, 「문학담론에서 로컬리티 구성과 전략」, 『한국민족문화』32, 부산대학교 한국민족문화연구소, 2008.
박미선, 「행복을 통한 규율과 "정서적 변환"의 정치 비판」, 『도시인문학연구』8-2, 서울시립대학교 도시인문학연구소, 2016.
박선영, 「여자는 어떻게 존재하는가」, 한국라깡과현대정신분석학회 정기학술대회, 2008.6.
박수현, 「이태준 문학 연구의 역사에 관한 일고찰」, 『작가세계』71, 작가세계, 2006.
_____, 「1970년대 한국 소설과 망탈리테」, 고려대학교 대학원 박사학위논문, 2011.
박숙자, 「근대문학의 형성과 감정론-'감정과잉'의 문학사적 평가와 관련하여」, 『어문연구』34, 어문연구학회, 2006.
_____, 「이태준 문학과 종교적 이상주의」, 『작가세계』71, 세계사, 2006.11.
_____, 「'조선적 감정'이라는 역설」, 『현대문학이론연구』29, 현대문학이론학회, 2006.
_____, 「박태원의 통속소설과 시대의 '명랑성'」, 『한국현대문학연구』27, 한국현대문학회, 2009.
_____, 「'통쾌'에서 '명랑'까지-식민지 문화와 감성의 정치학」, 『한민족문화연구』30, 한민족문화학회, 2009.
박진영, 「가장된 '명랑함'의 세계」, 『한국문학평론』6, 한국문학평론가협회, 2002.
방민호, 「일제말기 이태준 단편소설의 '사소설' 양상」, 『상허학보』14, 상허학회, 2005.
_____, 「박태원의 1940년대 연작형 "사소설"의 의미」, 『인문논총』58, 서울대학교 인문학연구원, 2007.
_____, 「일제말기 문학인들의 대일 협력 유형과 의미」, 『한국현대문학연구』22, 한국현대문학회, 2007.
_____, 「경성모더니즘과 박태원의 문학」, 『구보학보』9, 구보학회, 2013.
배개화, 「이태준의 장편소설과 국가총동원체제 비판으로서의 '일상정치'」, 『국어국문학연구』163, 국어국문학회, 2013.
서동욱, 「현대사상으로서의 바로크-벤야민과 들뢰즈의 경우」, 『철학논집』44, 서강대학교 철학연구소, 2016.
소래섭, 「근대문학 형성 과정에 나타난 열정이라는 감정의 역할」, 『한국현대문학연구』37, 한국현대문학회, 2012.
손유경, 「한국 근대소설에 나타난 '同情'의 윤리와 미학에 관한 연구」, 서울대학교 대학원 박사학위논문, 2006.
송하춘, 「채만식연구」, 고려대학교 대학원 석사학위논문, 1974.
신수정, 「감정교육과 근대남성의 탄생-이광수의 초기 단편소설을 중심으로」, 『여성문학연구』 15, 한국여성문학학회, 2006.
신은화, 「수치심과 인간다움의 이해」, 『동서철학연구』88, 한국동서철학회, 2018.
심광현, 「재난자본주의와 감정의 정치학」, 『문화연구』1-1, 한국문화연구학회, 2012.
심진경, 「통속과 친일, 이종동형의 서사논리」, 『한국문학이론과 비평』30, 한국문학이론과 비평학회, 2006.
오현숙, 「'암흑기'를 넘어 텍스트'들'의 심층으로」, 『구보학보』9, 구보학회, 2013.
우명미, 「채만식론」, 서울대학교 대학원 석사학위논문, 1977.
유승환, 「냉동어의 기호들: 1940년 경성의 문화적 경계」, 『민족문학사연구』48, 민족문학사 연구소, 2012.
_____, 「해방기 박태원 역사서사의 의미」, 『구보학보』8, 구보학회, 2012.
윤영옥, 「연구현황과 과제」, 『채만식 문학연구』, 한국문화사, 1997.
유예원, 「김승옥 소설에 나타난 수치심에 관한 시론」, 『이화어문논집』45, 이화어문학회, 2018.
유인혁, 「이태준의 「토끼이야기」에 나타난 자연과 근대」, 『인문연구』65, 2012.
유카 안자코, 「조선총독부의 '총동원체제'(1937~1945) 형성 정책」, 고려대학교 대학원 박사 학위논문, 2006.
윤대석, 「경성의 공간분할과 정신분열」, 『국어국문학』144, 국어국문학회, 2006.
윤정헌, 「구보 역사소설의 통시적 고찰」, 『구보학보』1, 구보학회, 2006.
이경돈, 「채만식과 사소설의 기원」, 『반교어문연구』22, 반교어문학회, 2007.
이경훈, 「복종과 복수의 서사」, 『채만식 중장편 소설 연구』, 소명출판, 2009.
이명호, 「아우슈비츠의 수치-프리모 레비의 증언집을 중심으로」, 『비평과 이론』16-2, 한국비평이론학회, 2011.
_____, 「문화연구의 감정론적 전환을 위하여」, 『비평과 이론』20, 한국비평이론학회, 2015.
이상경, 「역사소설의 주인공과 성격화 문제」, 『민족예술』여름호, 한국민족예술인총연합, 1994.
이상재, 「자전적 소설에서의 작가의식 형성 연구」, 『한국문예비평연구』54, 한국현대문예비평학회, 2017.
이수형, 「이광수 문학에 나타난 감정과 마음의 관계」, 『한국문학이론과 비평』54, 한국문학이론과 비평학회, 2012.
이양숙, 「채만식 소설에 나타난 1941년의 경성과 지식인」, 『현대소설연구』54, 한국현대소설학회, 2013.

이익성, 「상허 이태준 단편소설 연구」, 서울대학교 대학원 석사학위논문, 1987.
이주형, 「채만식연구」, 서울대학교 대학원 석사학위논문, 1973.
이정숙, 「1970년대 한국 소설에 나타난 가난의 정동화」 서울대학교 대학원 박사학위논문, 2014.
이준서, 「수치심 문화와 죄책감 문화 담론에 대한 비판적 고찰」, 『브레히트와 현대연 극』32, 한국브레히트학회, 2012.
이지훈, 「1930년대 후반기 한국 대중소설 연구」, 서울대학교 대학원 박사학위논문, 2003.
이희은, 「감응 연구의 관점에서 본 '현재'의 부재」, 『언론과 사회』22, 언론과 사회, 2014.
이희정, 「일제말기(1937년~1945년)『매일신보』문학의 전개양상」, 『한국문학이론과 비평』 21-2, 한국문학이론과 비평학회, 2007.
자넷 풀, 「이태준, 사적영역으로서의 동양」, 『아세아연구』51-2, 고려대학교 아세아문제연구소, 2008.
장성규, 「이태준 문학에 나타난 이상적 공동체주의」, 『한국문화』38, 서울대규장각 한국학연구원, 2006.
장수익, 「박태원 소설 연구」, 서울대학교 대학원 석사학위논문, 1991.
전영백, 「모더니티의 역설과 도심(都心) 속 빈 공간」, 『미술사학보』37, 한국미술사학연구회, 2011.
정근식, 「식민지 전시체제하에서의 검열과 선전, 그리고 동원」, 『상허학보』38, 상허학회, 2012.
정종현, 「한국근대소설과 평양이라는 로컬리티」, 『SAI』4, 국제한국문학문화학회, 2008.
정종현, 「식민지 후반기(1937~1945) 한국문학에 나타난 동양론 연구」, 동국대학교 박사학위논문, 2005.
정하늬, 「일제 말기 소설에 나타난 '청년' 표상 연구」, 서울대학교 대학원 박사학위논문, 2014.
조창환, 「일제말기 채만식 소설연구」, 『새국어교육』50, 한국국어교육학회, 1993.
천정환, 「박태원 소설의 서사기법에 관한 연구」, 서울대학교 대학원 석사학위논문, 1997.
천정환, 「일제말기의 작가 의식과 나의 형상화」, 현대소설연구43, 한국현대소설학회, 2010.
최성만, 「벤야민에서 중단의 미학과 정치성」, 『문예미학8』, 문예미학회, 2001.
최애순, 「50년대 아리랑 잡지의 명랑과 탐정 코드」, 『현대소설연구』47, 한국현대소설학회, 2011.
최영순, 「채만식 소설 연구」, 중부대학교 대학원 박사학위논문, 2016.
최유찬, 「아름다운 새벽의 알레고리 연구」, 『한국학연구』39, 고려대학교 한국학연구소, 2011.
최혜실, 「소설가 구보씨의 일일에 나타난 산책자 연구」, 『관악어문연구』13, 서울대학교, 1988.

하재연, 「신체제 전후 조선 문단의 재편과 조선어, 일본어 창작 담론의 의미」, 『어문논집』67, 민족어문학회, 2013.
허라금, 「수치의 윤리, 그 실천적 함의」, 『한국여성철학』26, 한국여성철학회, 2016.
홍이화, 「한국인의 수치심 이해를 위한 하인즈 코헛 이론의 재 고찰」, 『신학과실천』48, 한국실천신학회, 2016.
황지선, 「해방기 장소의 형성과 감정 동학의 지형」, 『춘원연구학보』13, 춘원연구학회, 2018.
황지연 · 연규진, 「내면화된 수치심과 전위 공격성의 관계」, 『한국심리학회지 건강』23-1, 2018.
황호덕, 「경성지리지, 이중언어의 장소론-채만식의 <종로의 주민>과 식민도시의 (언어)감각」, 『대동문화연구』51, 2005.
______, 「한국근대문학과 싸움」, 『반교어문연구』41, 반교어문학회, 2015.

3. 국내 단행본

강상희, 「친일문학론의 인식구조」, 『한국근대문학연구』, 2003.
강옥희, 『한국 근대 대중소설 연구』, 깊은샘, 2000.
권명아, 『역사적 파시즘 : 제국의 판타지와 젠더 정치』, 책세상, 2005.
김용규, 『혼종문화론』, 소명출판, 2013.
권용선, 『세계와 역사의 몽타주』, 그린비, 2009.
김병걸 · 김규동, 『친일문학작품선집1』, 실천문학사, 1986.
김상선, 『근대한국문학개설』, 중앙출판, 1981.
______, 『채만식연구』, 약업신문사, 1989.
김연숙, 『레비나스의 <존재와 다르게—본질의 저편> 읽기』, 세창출판사, 2018.
김용환 외, 『혐오를 넘어 관용으로』, 서광사, 2019.
김우종, 『한국현대소설사』, 선명문화사, 1968.
김윤식, 『한국현대현실주의소설연구』, 문학과 지성사, 1990.
______, 『한국문학의 리얼리즘과 모더니즘』, 민음사, 1990.
______, 『한국근대문예비평사연구』, 일지사, 1999.
김현 · 김윤식, 『한국문학사』, 민음사, 1973.
김재용, 『친일문학의 내적논리』, 소명출판, 2003.
김철 · 신형기 외, 『문학 속의 파시즘』, 삼인, 2001.
김홍기, 『채만식 연구』, 국학자료원, 2001.
류수연, 『뷰파인더 위의 경성-박태원과 고현학』, 소명출판, 2013.

류종영, 『웃음의 미학』, 유로, 2005.
맹정현, 『리비돌로지』, 문학과지성사, 2009.
방민호, 『채만식과 조선적 근대문학의 구상』, 소명출판, 2001.
방민호 외, 『일제 말기 한국문학의 담론과 텍스트』, 예옥, 2011.
상허문학회 편, 『1930년대 후반문학의 근대성과 자기성찰』, 깊은샘, 1998.
윤대석, 『식민지 국민문학론』, 역락, 2006.
소래섭, 『불온한 경성은 명랑하라』, 웅진지식하우스, 2011.
이경재, 『문학과 애도』, 소명출판, 2017.
이래수, 『채만식소설연구』, 이우출판사, 1986.
이재선, 『한국현대소설사』, 홍성사, 1979.
이현식, 『일제 파시즘체제 하의 한국 근대문학비평』, 소명출판, 2006.
이현우, 『애도와 우울증』, 그린비, 2011.
임종국, 『친일문학론』, 평화출판사, 1988.
임홍빈, 『수치심과 죄책감』, 바다출판사, 2016.
장세룡 외, 『사건, 정치의 토포스』, 소명출판, 2017.
정한숙, 『한국현대문학사』, 고려대학교 출판부, 1982.
조연현, 『한국현대문학사』, 성문각, 1969.
조이담, 『구보 씨와 더불어 경성을 가다』, 바람구두, 2005.
최문규, 『감정의 인문학적 해부』, 북코리아, 2017.
한민주, 『낭만의 테러-파시스트 문학과 유토피아적 충동』, 푸른사상사, 2008.
한수영, 『소설과 일상성』, 소명출판, 2000.
______, 『친일문학의 재인식』, 소명출판, 2005.
홍정표, 『정념기호학』, 한국외국어대학교출판부, 2014.
황호덕, 『벌레와 제국-식민지말 문학의 언어, 생명정치, 테크놀로지』, 새물결, 2011.

4. 번역 논문 및 단행본

게오르그 짐멜, 김덕영 외 역, 『짐멜의 모더니티 읽기』, 새물결, 2005.
니클라스 루만, 정성훈 외 역, 『열정으로서의 사랑』, 새물결, 2009.
레이먼드 윌리엄스, 성은애 역, 『기나긴 혁명』, 문학동네, 2007.
______________, 박만준 역, 『마르크스주의와 문학』, 지식을 만드는 지식, 2013.
레나타 살레클, 이성민 역, 『사랑과 증오의 도착들』, 도서출판b, 2003.
레이 초우, 정재서 역, 『원시적 열정』, 이산, 2004.

롤랑 바르트, 김웅권 역, 『밝은 방』, 동문선, 2006.
__________, 김진영 역, 『애도 일기』, 걷는나무, 2008.
르네 데카르트, 김선영 역, 『정념론』, 문예출판사, 2013.
리처드 커니, 이지영 역, 『이방인, 신, 괴물』, 개마고원, 2004.
린 헌트, 조한욱 역, 『프랑스 혁명의 가족 로망스』, 새물결, 1999.
마르틴 하이데거, 전양범 역, 『존재와 시간』, 동서문화사, 2016.
마르크스 슈뢰르, 정인모·배정희 역, 『공간, 장소, 경계』, 에코리브르, 2010.
마사 누스바움, 박용준 역, 『시적 정의』, 궁리, 2013.
__________, 조계원 역, 『혐오와 수치심』, 민음사, 2015.
__________, 강동혁 역, 『혐오에서 인류애로』, 뿌리와 이파리, 2016.
__________, 조형준 역, 『감정의 격동1』, 새물결, 2016.
미셸 푸코, 오트르망 역, 『담론과 진실』, 동녘, 2017.
바뤼흐 스피노자, 조현진 역, 『에티카』, 책세상, 2006.
발터 벤야민, 반성완 역, 『발터 벤야민의 문예이론』, 민음사, 2005.
__________, 조형준 역, 『아케이드 프로젝트』, 새물결, 2006.
__________, 최성만 역, 『발터 벤야민 선집2』, 길, 2007.
__________, 최성만 역, 『발터 벤야민 선집5』, 길, 2008.
__________, 김유동·최성만 역, 『독일 비애극의 원천』, 한길사, 2009.
사라 아메드 외, 최성희 외 역, 『정동이론』, 갈무리, 2015.
수잔 캐벌러-애들러, 이재훈 역, 『애도-대상관계 정신분석의 관점』, 한국심리치료연구소, 2009.
슈테판 볼만, 조이한·김정근 역, 『책 읽는 여자는 위험하다』, 웅진, 2006.
슬라보예 지젝, 한보희 역, 『전체주의가 어쨌다구?』, 새물결, 2008.
__________, 김서영 역, 『시차적 관점』, 마티, 2009.
__________, 주형일 역, 『가장 숭고한 히스테리 환자』, 인간사랑, 2013.
__________, 이수련 역, 『이데올로기의 숭고한 대상』, 새물결, 2013.
아리스토텔레스, 강상진 외 역, 『니코마코스 윤리학』, 길, 2011.
알랭 바디우, 이종영 역, 『윤리학』, 동문선, 2001.
__________, 이종영 역, 『조건들』, 새물결, 2006.
__________, 조재룡 역, 『사랑예찬』, 길, 2010.
알지르다스 그레마스·자크 퐁타뉴, 유기환 외 역, 『정념의 기호학』, 강, 2014.
에드워드 렐프, 김덕현 외 역, 『장소와 장소상실』, 논형, 2005.
에바 일루즈, 김정아 역, 「고통, 감정 장, 감정 아비투스」, 『감정 자본주의』, 돌베개, 2010.
박형신·권오헌 역, 『낭만적 유토피아 소비하기』, 이학사, 2014.

엠마누엘 레비나스, 김동규 역, 『탈출에 관해서』, 지식을만드는지식, 2012.
______________, 김연숙·박한표 역, 『존재와 다르게』, 인간사랑, 2010.
윌리엄 레디, 김학이 역, 『감정의 항해』, 문학과지성사, 2016.
자크 데리다, 진태원 역, 『마르크스의 유령들』, 이제이북스, 2007.
자크 라깡, 맹정현 역, 『세미나1』, 새물결, 2016.
자크 랑시에르, 오은성 역, 『감성의 분할』, 도서출판b, 2008.
___________, 주형일 역, 『미학 안의 불편함』, 인간사랑, 2008.
___________, 양창렬 역, 『정치적인 것의 가장자리에서』, 길, 2013.
장 뤽 낭시 외, 김예령 역, 『숭고에 대하여』, 문학과지성사, 2005.
장-뤽 낭시, 박준상 역, 『무위의 공동체』, 인간사랑, 2010.
장 클로드 볼로뉴, 전혜정 역, 『수치심의 역사』, 에디터, 2008.
장 폴 사르트르, 손우성 역, 『존재와 무』 Ⅰ, Ⅱ, 삼성출판사, 1982.
잭 바바렛, 박형신·정수남 역, 『감정의 거시사회학』, 일신사, 2007.
________, 박형신 역, 『감정과 사회학』, 이학사, 2009.
제레미 홈즈, 유원기 역, 『나르시시즘』, 이제이북스, 2002.
제프 굿윈·스티븐 파프, 박형신·이진희 역, 『열정적 정치: 감정과 사회운동』, 한울, 2012.
조르조 아감벤, 강승훈 역, 『남겨진 시간』, 코나투스, 2008.
___________, 박진우 역, 『호모 사케르』, 새물결, 2008.
___________, 양창렬 역, 『목적 없는 수단』, 난장, 2009.
___________, 정문영 역, 『아우슈비츠의 남은 자들』, 새물결, 2012.
___________, 김영훈 역, 『벌거벗음』, 인간사랑, 2014.
___________, 윤병언 역, 『행간』, 자음과모음, 2015.
존 브래드쇼, 김홍찬 역, 『수치심의 치유』, 한국기독교상담연구원, 2002.
주디스 버틀러, 양효실 역, 『불확실한 삶: 애도와 폭력의 권력들』, 경성대학교출판부, 2008.
줄리아 크리스테바, 김인환 역, 『검은 태양』, 동문선, 2004.
지그문트 바우만, 정일준 역, 『레트로토피아』, 아르테, 2018.
지그문트 프로이트, 정장진 역, 『창조적인 작가와 몽상』, 열린책들, 1996.
______________, 김정일 역, 『성욕에 관한 세 편의 에세이』, 열린책들, 1996.
______________, 윤희기 역, 『무의식에 관하여』, 열린책들, 1997.
______________, 윤희기·박찬부 역, 『정신분석학의 근본 개념』, 열린책들, 2003.
______________, 황보석 역, 『정신병리학의 문제들』, 열린책들, 2004.
질 들뢰즈, 박기순 역, 『스피노자의 철학』, 민음사, 1999.
크리스티나 폰 브라운, 엄양선·윤명숙 역, 『히스테리』, 여이연, 2003.
페터 슬로터다이크, 이진우·박미애 역, 『냉소적 이성 비판』, 에코리브르, 2005.

플라톤, 김인곤 역, 『고르기아스』, 이제이북스, 2014.
Harding Jenniper and Pribram, *Losing Our Cool? Following Williams ang Grossberg on Emotion*, Culture Studies 18, 2004.
Leon Wurmser, *The Mask of Shame*, Johns Hopkins Univ. Press, 1981.
Sara Ahmed, *The Cultural Politics of Emotion*, New York: Routledge, 2004.

황지선

이화여자대학교 국문과 및 동 대학원 졸업. 「식민지 말기 한국소설의 감정 동학 연구」로 박사학위를 받았다. 「동-해: 생의 갈망과 죽음에의 저항」, 「해방기 장소의 형성과 감정 동학의 지형」, 「해방기 채만식 소설의 감정 지향 양상 연구」, 「호러 인피니티를 대면하는 이야기(들)의 자세」, 「SF적 상상력의 변용과 AI로봇의 형상화」, 「디아스포라 주체의 모빌리티와 행복의 젠더화」 등의 논문을 썼으며, 한국문예창작학회에서 우수논문상을 받았다. 현재 이화여자대학교, 충남대학교에서 강의하고 있다.

식민지 말기 한국소설의 감정 동학 연구

초판 1쇄 인쇄 2021년 12월 17일
초판 1쇄 발행 2021년 12월 27일

지 은 이 황지선
펴 낸 이 이대현

책임편집 임애정
편 집 이태곤 권분옥 문선희 강윤경
디 자 인 안혜진 최선주 이경진
마 케 팅 박태훈 안현진

펴 낸 곳 도서출판 역락/서울시 서초구 동광로46길 6-6 문창빌딩 2층(우 06589)
전 화 02-3409-2058 FAX 02-3409-2059
이 메 일 youkrack@hanmail.net
홈페이지 www.youkrackbooks.com
등 록 1999년 4월 19일 제303-2002-000014호

ISBN 979-11-6742-205-7 93810

*정가는 뒤표지에 있습니다.